EDITION MODERNE
KOREANISCHE
AUTOREN

Edition moderne koreanische Autoren
Herausgegeben von Chong Heyong und Günther Butkus

EUN Heekyung

Ein Geschenk des Vogels

Roman

Übersetzt und mit einem Nachwort versehen
von Inwon Park und Anja Michaelsen

PENDRAGON

Die Übersetzung und Veröffentlichung wurde vom
„Korea Literature Translation Institute“ (LTI) gefördert

Unsere Bücher im Internet:
www.pendragon.de
www.korea-literatur.de

Deutsche Erstausgabe
Veröffentlicht im Pendragon Verlag
Günther Butkus, Bielefeld 2005

Lektorat: Martine Legrand-Stork
Umschlag: Michael Baltus unter Verwendung
eines Fotos von Martin Sasse
Satz: Pendragon Verlag auf Macintosh
Gesetzt aus der Adobe Garamond
ISBN 3-86532-015-5
Printed in Germany

Prolog:
Von meinem zwölften Lebensjahr an musste ich mich nicht mehr weiterentwickeln

Ich betrachte die Maus.

Mit Einbruch der Dunkelheit wurde die Beleuchtung im Garten eingeschaltet. Das Café, in prunkvollem europäischem Stil eingerichtet, erschien dadurch noch exotischer. Mein Blick, zufällig nach draußen gerichtet, entdeckte an einem Ast die Maus. Ich hatte ein Stück Steak in den Mund geschoben und war gerade dabei, die Gabel wieder zwischen den Lippen hervorzuziehen.

Ich fragte mich, was dieses schmutzig-graue Fellknäuel sein könnte, das sich in den gepflegten Bäumen bewegte. Dann plötzlich stieß mein Blick mit dem der Maus zusammen. Im weichen Pelz nagte sie beharrlich an etwas herum. Das Tier war so fett, dass mit jeder seiner Kopfbewegungen das Ende des Astes, auf dem es saß, erzitterte.

Das Glück, einen Tisch am Fenster ergattert zu haben, war also nur von kurzer Dauer. Ich ärgerte mich über die voreilige Freude, mit der sich mein Hintern aufgeregt auf dem Stuhl niedergelassen hatte. Glück und Unglück folgen einander unmittelbar.

Die Maus streckte ihre kurzen Beine und krabbelte auf den nächstliegenden Ast. Ihr Schwanz zog eine große Kurve, folgte dem Körper und verschwand. Schwanz. In meiner Kindheit blickte ich oft, wenn ich über dem Toilettenloch hockte, auf diesen Schwanz. Wenn ich spürte, dass sich in der Grube unter der Holzplatte etwas bewegte und ich unter mich blickte, saß auf dem Kot eine Maus. Die graue Maus, die vor kurzem noch auf den weißlichen Reisresten am Abfluss saß.

Die Maus krabbelte leichtfüßig auf den harten, wie mit einer Mörtelkelle angerührten Kot, und lief hin und her. Sie wühlte sich durch vergilbte Papierfetzen und an nicht ganz aufgeblasene Ballons erinnernde weißliche Kondome. Der Schwanz eilte dem Mäusekörper in dieser weichen Kurve nach. Hockend konzentrierte ich mich darauf, der Bahn des Schwanzes zu folgen, bis mir die Beine einschliefen.

Um Widerwillen und Hass zu überwinden und auch Liebe, schaue ich die Dinge immer direkt an, so wie jetzt die Maus, während ich ein

Stück Steak zwischen dem angesammelten Speichel kaue und herunterschlucke. Das ist eine alte Gewohnheit von mir.

Plötzlich höre ich die prächtige Barockmusik. Ich hatte die Klänge ausgeblendet, während ich mich an die Maus erinnerte, jetzt strömen sie über die Wahrnehmungsschwelle hinweg in mein Bewusstsein. Gleichzeitig bleibt mein Blick an seinem langen Finger hängen, er schluckt gerade das letzte Stück Steak hinunter und legt die Gabel auf den Teller.

In meinen Augen liegt die Zärtlichkeit, die so oft im Blick einer Frau enthalten ist, die den geliebten Mann betrachtet. Natürlich weil ich ihn liebe, oder genauer, weil ich etwas empfinde, das gewöhnlich Liebe genannt wird.

Für mich entsteht Liebe nach Belieben, ebenso wandelt sie sich und nach Belieben verwerfe ich sie auch. Ich kann zwar nicht behaupten, dass ich (ich habe die Mitte Dreißig überschritten) Liebeskummer und Reue nicht erlebt hätte, aber wahrscheinlich ist auch das nur eine süße Ausrede. Ich denke bis heute, dass Liebe entsteht, wenn Temperament, Notwendigkeit und Gelegenheit zusammentreffen, sie verwandelt sich durch Einflüsterung oder Selbsthypnose, um schließlich zu verschwinden.

Vor mir sitzt jetzt er.

Ich liebe ihn von ganzem Herzen und bin derart entzückt, dass mir sogar der Gedanke kommt, dies könnte in meinem Leben die einzige „wahre Liebe" sein. Falls er es als Beweis unbedingt von mir verlangen sollte, würde ich alles, was ich habe, mutig hinschmeißen und mit ihm im Nachtzug in die Südcholla-Provinz fahren, am Fensterplatz sitzen und für ihn, etwas armselig aber dennoch hoffnungsvoll, gekochte Eier schälen, ohne Einschränkung!

Aber wenn ich zurückblicke, habe ich noch vor wenigen Monaten das gleiche gedacht und einem anderen Mann gegenüber gesessen.

Ich begegne der Liebe selbstverständlich mit Zynismus, deshalb kann ich freizügig Beziehungen zu Männern eingehen. Und meine leidenschaftliche Bereitschaft, für die Liebe jederzeit alles hinzuschmeißen, entspringt einem Zynismus dem Leben gegenüber. Ich habe mein Leben nie wichtig genommen und es ist mir gleichgültig, ob ich im nächsten Moment verliere, was ich gerade noch besaß. Es ist keine Ironie, dass nur Menschen ohne Erwartungen dem Leben treu sein können.

Er rührt Zucker in den Kaffee, den der Kellner gebracht hat, und öffnet den Mund.

„Du, letzte Nacht …"

Letzte Nacht? Ich war gerade dabei, den Teelöffel in die Zuckerdose zu tauchen, die er mir hingeschoben hatte. Ich hebe meinen Kopf und suche in seinem Gesicht nach Anhaltspunkten für das, was dieses „letzte Nacht" bedeuten könnte. Um seinen Mund spielt ein verlegenes Lächeln, wie immer bei einem Menschen, der versucht, ein heikles Thema anzusprechen. An der Verlegenheit in seinem Blick, den er nach unten richtet, um meinem auszuweichen, kann ich sehen, dass dieses schwierige Thema weniger unangenehmer als intimer Art ist.

Ich halte Distanz zu meinem Leben, indem ich mich in ein „sichtbares Ich" und ein „sehendes Ich" teile. Ich betrachte mich stets selbst. Das „sichtbare Ich" lasse ich mein Leben führen und das „sehende Ich" beobachtet dies. Auf diese Weise verfolgt ein anderes, inneres Ich Schritt für Schritt mein Tun. Das ist eine mehr als zwanzig Jahre alte Gewohnheit.

Mein Leben wurde nur durch diese Spannung, mit der ich permanent Distanz bewahren kann, aufrechterhalten. Dadurch kommt mir das Leben selbst nicht zu nahe.

Sex ist keine Ausnahme. Auch beim Sex beobachte ich mich immer. Durch angemessene Inszenierung sinnlicher Koketterie und lyrischer Schüchternheit schuf ich stets ein scheinbar harmonisches Glück mit dem jeweiligen Partner, ich war selbst jedoch noch nie ganz eingenommen.

Wahrscheinlich hat er das trotz seiner Verliebtheit durchschaut. Mein Herz wird etwas ungeduldig bei der Vermutung, dass das heikle Thema „letzte Nacht" etwas damit zu tun haben könnte. Dass Liebe zu einem anderen im Wesentlichen nur auf diese Weise möglich ist, kann ich einem empfindsamen Menschen wie ihm schwer verständlich machen.

Damals im Winter des Jahres 1969 saß ich am Schreibtisch und strich nach und nach die einzelnen Punkte einer Liste – „An was man auf keinen Fall glauben darf": Sympathie, Gut und Böse, Beständigkeit, Einzigartigkeit, Versprechen… Schließlich blieb nichts mehr übrig. Da sah ich eine ganze Weile auf meinen Mittelfinger, an dem der Bleistift eine tiefe Druckstelle hinterlassen hatte. Seitdem bin ich überzeugt, dass der Mensch nur sich selbst aufrichtig lieben kann. Auch heute halte ich manchmal beim Schreiben inne, lege den Bleistift nieder und schaue eine ganze Weile auf die Druckstelle. Ich habe das Leben zu schnell zu Ende gebracht. Seitdem ich damals die Liste „An was man auf keinen Fall glauben darf" vollständig vernichtet hatte, brauchte ich mich, zwölf Jahre alt, nicht mehr weiterzuentwickeln.

Die eigene Kindheit ist zwar für niemanden wirklich jemals abgeschlossen, das Schicksal meines Lebens stand jedoch damals schon fest. Es hatte von vornherein keine guten Absichten, war aber zumindest so gnädig, bereits in jener unschuldigen Zeit über meine Zukunft zu entscheiden.

„Du, letzte Nacht ..."

Er spricht diesen Satz zögernd noch einmal aus, der für mich bereits außer Lauten keine weitere Bedeutung hat. Seine Stimme schwankt, er hält meine Gefühle für heuchlerisch, weil sie nicht von Sex eingenommen sind. Aber das ist ein Missverständnis. Die Liebe, die ich mir Männern gegenüber erlaube, mag zwar künstlich sein, Heuchelei ist sie nicht. Um sein Misstrauen zu zerstreuen, werde ich nicht nur meine sämtlichen körperlichen Talente einsetzen, sondern ihn auch heute noch bereitwillig in meine Wohnung locken, damit sich die Gelegenheit dazu so schnell wie möglich ergibt. Bereits mit einer fertigen Antwort im Kopf schiebe ich mein Kinn nach vorn, als würde ich ihn zum Sprechen auffordern, und so, mit dem Gesicht in seine Richtung gewandt, blicke ich zur Seite. Ich sehe die Maus an. Ich messe den Abstand.

1. Wie man die Wunde vom Schmerz unterscheidet

Warum habe ich so früh die Schattenseiten des Lebens gesehen?

Weil mir bald bewusst wurde, dass mir mein Leben von Anfang an nicht wohlgesonnen war. Diese frühe Erkenntnis bestürzte mich. Meine Ausgangsposition war äußerst nachteilig. Dieses mir nicht wohlgesonnene Leben wartete neugierig darauf, dass ich bald die unvorteilhaften Bedingungen meiner Existenz erkennen und entsprechende Vorkehrungen treffen würde. Ich wusste, dass ich dem inneren Druck der Wunde um so weniger würde standhalten können, je mehr ich mich an dieses missgünstige Leben klammerte. Seit jener Erkenntnis wahrscheinlich halte ich mein Leben auf Distanz und belauere misstrauisch seine Fallen. Dadurch kam ich dem Geheimnis des Lebens schnell näher.

Man sagt, meine Mutter sei gestorben, als ich sechs Jahre alt war. Ich habe keine Erinnerung an sie. Vielleicht ist das der Grund dafür, dass ich keine Sehnsucht nach ihr verspüre. Dass mir überhaupt ihr Bild erscheint und ich erkenne, dass sie mir nicht fehlt, bewirkt meine Großmutter. Sie ist beharrlich bemüht, vor mir zu verbergen, dass es einmal so etwas wie eine Mutter gegeben hat. Wenn mich meine Großmutter ansieht, dann ist in ihrem Blick nicht nur der Stolz enthalten, den alle Großmütter ihren selbstverständlich außergewöhnlichen Enkelinnen entgegenbringen. In ihrem Blick ist auch Mitleid. Er erinnert mich nicht nur daran, dass ich meine Mutter verloren habe. Dieser großmütterliche Blick gibt mir auch die Gewissheit, dass ich, solange ich mich in seiner Reichweite aufhalte, keine Sehnsucht nach jenem verlorenen Etwas haben muss.

Meine Großmutter öffnet die Küchentür und sieht mich heraustreten. Auch jetzt sagt sie mit diesem stolzen und zugleich mitleidigen Blick: „Du bist aufgestanden, Jinhi? Weck auch deine Tante."

In einem Kleid aus gekrepptem Stoff, an dem vorn in dichter Folge perlmuttfarbene flache Knöpfe befestigt sind, geht sie an den Brunnen und wäscht sich den Ruß vom Petroleumofen ab. Ich nehme die rote der vier Zahnbürsten mit den verblassten Farben vom Pfeiler der Veranda[1] und drükke Zahnpasta darauf. Dabei sehe ich, wie meine Großmutter das Handtuch, das sie um den Kopf gebunden hat, löst und sich daran die Hände abwischt.

„Und was ist mit dem Onkel?"

„Deinen Onkel nicht. Sicher hat er heute Nacht kein Auge zugetan, er soll ausschlafen."

Aber noch ehe Großmutter den Satz zu Ende gesprochen hat, geht die Tür zu seinem Zimmer auf und mein Onkel tritt, ein Handtuch um die Schultern, mit großen Schritten in den Hof. Mit ihm kommt auch unser Hund Happy unter der Veranda hervor, schüttelt ein paar Mal den Kopf, um den Staub loszuwerden und wedelt mit dem Schwanz. Onkel Yonghun wirft mir einen flüchtigen Blick zu, als ich ins Zimmer gehe, um meine Tante zu wecken, und nimmt die grüne Zahnbürste vom Nagel am Pfeiler.

Im Blick meines Onkels fehlt das Mitleid meiner Großmutter. Er betrachtet mich nur mit Stolz.

Spricht man vom „Sohn der Kakibaumfamilie in Sohungdong", weiß in unserer Gemeinde jeder, von wem die Rede ist. Gerade hat Onkel Yonghun zwar sein Studium unterbrochen, um hier in der Heimat demnächst seinen Militärdienst zu leisten, er ist jedoch bekannt als Jurastudent der Nationaluniversität in Seoul, die in Korea die höchsten Zulassungsanforderungen stellt und den besten Ruf hat.

„Ist Yongok noch nicht aufgestanden?"

„Sie steht jeden Tag so spät auf, als wäre sie Sodongsong aus der Tang-Dynastie."

„Lass sie doch. Sie ist schließlich kein Kleinkind."

„Lassen? Warum soll ein Mädchen, das kräftig ist wie ein ausgewachsenes Pferd, so viel schlafen? Sogar ihr Bruder steht schon früh am Morgen auf, und der hat die ganze Nacht gelernt!"

Meine Tante liegt unter der Decke ausgestreckt und sucht nach einer Radiofrequenz, aber als sie hört, wie meine Großmutter und mein Onkel draußen über sie reden, schreit sie: „Ihr nervt mich!" Sie schiebt die Decke ruckartig zurück und richtet sich auf. Auf den Knien kriecht sie über die Decke hinweg in den hinteren Teil des Zimmers und greift wie immer als erstes nach einem Spiegel.

„Ist Janguns Familie schon draußen?"

„Nein, noch nicht."

„Was Mutter immer hat. Ich wollte warten, bis Janguns Familie sich gewaschen hat, es geht am Brunnen immer so hektisch zu … Warum kann sie es nie ertragen, wenn ich mal länger schlafen will?"

Sie sagt zwar „Janguns Familie“, aber es ist nicht die ganze Familie, bzw. der ganze Haushalt, also Jangun und seine Mutter und deren Untermieter Herr Choi und Herr Lee, mit denen meine Tante nicht zusammentreffen will. Es geht um Herrn Choi. Herr Choi ist Lehrer an unserer Schule, und vielleicht denkt er freizügig über Körperkontakt zu Frauen, weil er als Mann Tanz unterrichtet. Ehrlich gesagt, er hat etwas Hinterhältiges. Dass Herr Choi wie aus Versehen die Brüste der Mädchen berührt oder verstohlen deren Blusenausschnitte mustert, ist in der Schule bekannt. Es ist wohl verständlich, dass Tante Yongok morgens nicht gern rauskommt, wenn Herr Choi in Unterhemd und Pyjamahose zum Brunnen geht. Sie könnte zwar, wie Großmutter sagt, einfach noch früher aufstehen und sich vorher waschen, aber hier ist die Faulheit meiner Tante auch nicht zu unterschätzen.

Ich sehe, wie sie zurück unter die Decke kriecht und das Radio wieder an sich zieht und verlasse das Zimmer, da Großmutters Auftrag erst einmal erledigt zu sein scheint. Am Brunnen steht inzwischen die Ajumma aus der „Kwangjin-Taera“ und schält gerade die dritte Kartoffel, die ungefähr so groß wie der Kopf ihres zweijährigen Sohnes Jesong ist, den sie auf dem Rücken trägt. „Kwangjin-Taera“ ist der Name der Schneiderei, die in unserem Haus eingemietet ist. Onkel Yonghun sagt zwar, es hieße „Tailor“, aber sämtliche Schneidereien in unserer Gemeinde nennen sich „Taera“.

Unser Haus besteht aus zwei Wohnbereichen, die über den Hof zugänglich sind, und einem Ladenbereich zur Straße hin. Insgesamt gibt es also drei Teile.

Links im Hof wohnt Janguns Familie, eins der beiden Zimmer teilen sich Mutter und Sohn, das andere ist an Herrn Choi und Herrn Lee untervermietet. Rechts davon wohnen wir Eigentümer. Die Küche und den anliegenden Raum benutzen meine Großmutter, meine Tante und ich, im mittleren Zimmer wohnt mein Onkel. An der Veranda entlang, um die Ecke und etwas versteckt steht ein Zimmer leer. Der viergeteilte Ladenbereich ist vermietet. Den größten Raum nimmt die Damenschneiderei „New Style“ ein, daneben befinden sich die „Kwangjin-Taera“ für Herren und „Unser Schönheitssalon“. Über der Damenschneiderei „New Style“ im ersten Stock liegt das Fotostudio „Munwha“.

Und in der Mitte des Hofs steht ein Brunnen.

An diesem Brunnen bereiten alle Familien ihr Essen zu, waschen sich, waschen ihr Geschirr und ihre Kleider und tauschen Informationen aus. Die Ladentüren führen zwar zur Straße, aber die Türen der Wohnräume öffnen sich auch zum Hof hin. Zeichnete man den Grundriss des Hauses, ähnlich einem Campus, dann bildet der Brunnen den Lebensmittelpunkt. Als wir vor einigen Jahren das Außenhaus niederrissen und die Läden einrichten ließen, bauten die Arbeiter zwar im hinteren Hof eine Pumpe ein, aber die Mieter waren daran gewöhnt, Wasser mit einem Eimer zu schöpfen. Sie fanden es merkwürdig, Wasser hochzupumpen, das sie nicht sehen konnten, so dass das Gerät schließlich verrostete und nutzlos wurde.

Wenn ich von draußen komme und durch die Haustür eintrete, sehe ich aus Gewohnheit in Richtung Brunnen. Wenn nämlich jemand zu Hause ist, dann wird er sich dort aufhalten. Hin und wieder kommt es vor, dass ich niemanden am Brunnen sehe und aufatme, dann aber aufschrecke, weil plötzlich jemand aus der Toilette neben der Haustür hervortritt.

Der Brunnen ist Quelle der Gerüchte und Geheimnisse.

Alle Erwachsenen in unserem Haus mögen mich. Janguns Mutter sagt: „Das liegt daran, dass du elternlos bei deiner Großmutter aufwächst, deshalb haben die Leute Mitleid mit dir." Die Ajumma aus der „Kwangjin-Taera" meint: „Die Erwachsenen mögen dich, weil du immer die besten Noten hast." Der Ajossi vom Fotostudio „Munwha" sagt: „Du grüßt immer so brav, das freut die Erwachsenen." Miss Lee aus der Schneiderei „New Style" sagt: „Alle mögen dich, weil du so hübsch bist."

Aber ich weiß, worauf die Sympathien der Erwachsenen wirklich beruhen. Ihnen ist bewusst, dass ich ihre Geheimnisse kenne. Mit ihren gepfändeten Geheimnissen kommen sie nicht umhin, mich zu mögen. Ich weiß schon lange, dass im Innern der Leute eine derartige Unterwürfigkeit steckt.

Ich habe zu den Geheimnissen der Erwachsenen leichten Zugang, weil ich ein Kind bin. Genauer gesagt, weil ich als Kind wahrgenommen werde. Erwachsene sind darauf eingestellt, Kinder nur als Kinder anzusehen, um einfacher mit ihnen umgehen zu können, und so reichen schlichte Eigenschaften, wie hübsch oder intelligent zu sein, um als Kind durchzugehen.

Kinder, die wie ich die Welt schnell durchschauen, können sich viel überzeugender als die, die sich wirklich nur auf Kinderniveau befinden, so kindlich verhalten, wie Erwachsene es sich wünschen. Deshalb verhalte ich mich, als hätte ich etwas von der Oberfläche des Geheimnisses verstanden, wüsste aber nichts über dessen Wesen. Das beruhigt die Erwachsenen und weckt ihre Gesprächigkeit. Geheimnisse sind so bösartig beschaffen, dass sie im selben Maß, wie sie nicht offenbart werden sollen, danach verlangen, mit jemandem geteilt zu werden.

Eine weitere Methode, sich den Geheimnissen der Erwachsenen zu nähern, ist die Beobachtung. Ich habe ein gutes Beobachtungsvermögen, was meine Großmutter stets an mir lobt. Außerdem habe ich Interesse daran, das Gesehene auf meine Weise zu analysieren. Manchmal experimentiere ich mit Mitleid, Anständigkeit, Begierde oder ähnlichen Gefühlen, die das Innere der Menschen durcheinander bringen. Meine Forschungsobjekte sind meistens meine leicht durchschaubare Tante oder Mitschüler wie Jangun. Solche Experimente steigern meine Fähigkeit, andere zu durchschauen und die Geheimnisse der Erwachsenen zu deuten.

In diesen Geheimnissen das Geheimnis des Lebens zu ergründen, ist jedenfalls eine Methode, eine Spannung herzustellen, mit der ich mein Leben aus der Distanz heraus betrachten kann. Ich wäre wohl verrückt geworden, hätte ich nicht Abstand zu meinem Leben halten können.

Ich hörte es, als ich acht oder neun Jahre alt war. Zwei Frauen aus der Stadt, entfernte Verwandte meiner Großmutter, unterhielten sich und verstummten in dem Moment, als ich das Zimmer betrat. Um mich mit ihren Blicken zu durchbohren. Nachdem sie mich eine Weile mit ihren Augen auseinander genommen hatten, als sähen sie ein besonders ausgefallenes Objekt, wechselten sie folgende Worte: „Dieses Kind ist es doch, nicht wahr? Trotz der Mutter ist es unversehrt im Kopf?“

„Die Krankheit ist doch nicht erblich.“

„Wer weiß das schon? … Wann es passiert.“

„Jedenfalls plagt sich die Großmutter damit, das elternlose Kind aufzuziehen.“

„So ist es. Das nicht einmal ganz richtig ist im Kopf.“

„Was redest du da, vor dem Kind!“

„Auch wenn es noch so klein ist, es ist, als ob in seinen Augen ein Gespenst wohnt. Da läuft es mir kalt den Rücken runter.“

„Was heißt hier Gespenst, weißt du nicht, was für eine liebenswürdige Person seine Mutter war …? Hast du nicht viele gesehen, die nach dem Krieg den Verstand verloren haben? Das waren doch ganz normale Menschen, wer kommt schon mit einer solchen Krankheit auf die Welt?"

„Die Mutter ist doch nicht daran gestorben, dass sie den Verstand verloren hat. Sie hat sich aufgehängt! Hat der Onkel des Kindes nicht die Leiche seiner eigenen Schwester heruntergenommen und verbrannt? Was wird wohl aus dem Kind, wenn es erwachsen ist … Ich könnte es jedenfalls nicht aufziehen, sei es meine Enkelin oder sonst jemand. Es wäre mir zu unheimlich."

„Meine Güte, hör auf damit. Wenn die Tante nun hereinkommt."

Als müssten sie keinen Gedanken daran verschwenden, dass auch ich Ohren und Augen habe, breiteten sie ihre Unterhaltung vor mir aus und achteten nur auf Geräusche von draußen, ob ja nicht meine Großmutter ins Zimmer käme. Dabei beklopften, drehten und schüttelten sie mich, ihr Beweisstück, verstohlen, um ihre Unterhaltung noch greifbarer und interessanter zu machen …

Seitdem wird es sein. Dass ich angefangen habe, die Blicke anderer zu hassen. Eine Zeit lang glaubte ich, wenn Leute mich ansahen und tuschelten, dass sie über meine Mutter sprachen. Dann senkte ich den Kopf, um mir nichts anmerken zu lassen. Aber gerade weil ich es verabscheute, beobachtet zu werden, entwickelte ich früher als andere eine Strategie, mich zu verbergen.

Wenn mich jemand ansieht, teile ich mich in zwei Ichs. Das eine Ich bleibt einfach in meinem Körper verborgen, und das andere, das von meinem wirklichen Ich abgetrennt ist, tritt nach außen und spielt meine Rolle.

Das Ich, das meinen Körper verlassen hat, setzt sich anderen Menschen aus und verhält sich so, als wäre es ich selbst, aber mein wirkliches Ich bleibt zurück und betrachtet das andere. Das eine Ich handelt, wie sie es von mir erwarten, und das zurückgebliebene Ich beobachtet es. Ich teile mich in ein „sichtbares" und in ein „sehendes Ich".

Das wirkliche Ich ist selbstverständlich nicht das „sichtbare", sondern das „sehende Ich". Da es das „sichtbare Ich" ist, das den Druck, der von den Blicken anderer ausgeht, aushalten und erleiden muss, wird das „sehende Ich" weniger verletzt. Indem ich mich auf diese Weise in zwei Hälften teile, bleibe ich selbst dem Blick anderer Leute verborgen und kann mich so bewahren.

Ich habe schon einmal daran gedacht, dass es Heuchelei oder Verstellung sein könnte, wenn ich ein anderes Ich, das ich nicht bin, erzeuge und zeige. Ich dachte, es könnte etwas Schlechtes sein, mich zu teilen, weil ich so tue, als ob. Vielleicht handle ich falsch? Aber seitdem ich das Wort „künstlich" kenne, sind meine Zweifel verschwunden. Mein Prinzip der Teilung ist keine Heuchelei, sondern Künstlichkeit, was zwar ein viel komplizierteres Gefühl, aber im strengen Sinne nichts Unmoralisches ist.

Deshalb habe ich nun weder Bedenken noch ein schlechtes Gewissen, die Geheimnisse der Erwachsenen auszuplaudern.

---

[1] Die Veranda, deren Holzboden etwas erhöht auch als Sitzgelegenheit dient, führt im traditionellen Wohnhaus um den Innenhof herum.

2. Spieglein, Spieglein an der Wand

Das ergiebigste Objekt meiner Beobachtung, die Person, die mir sämtliche Geheimnisse von sich anvertraut hat, ist meine Tante.

Tante Yongok wurde in diesem Jahr einundzwanzig, und es ist ehrlich gesagt nicht besonders erwachsen von ihr, ihre Geheimnisse mit mir zu teilen. Aber das macht nichts. Sie ist, worum immer es auch ging, weit vom Erwachsensein entfernt und wirkt immer dann am vernünftigsten, wenn sie sich nicht als erwachsen gebärdet. Durch die Geheimnisse meiner Tante habe ich das Leben kennengelernt.

Tante Yongok pflegte seit einiger Zeit Brieffreundschaften zum Vergnügen.

Weil ihr bewusst war, dass Brieffreundschaften kein angemessenes, ein etwas zu lebhaftes Hobby für den Lebenswandel einer sittsamen jungen Frau sind, begründete sie den Briefverkehr anfänglich damit, ihre Kenntnisse der englischen Alltagssprache verbessern zu wollen.

Gegen dieses Ziel konnte auch meine dickköpfige Großmutter kein überzeugendes Argument aufbringen. Da der sogenannte Beruf meiner Tante Englischnachhilfelehrerin war, konnte Großmutter sie nicht daran hindern, ihren beruflichen Horizont erweitern zu wollen, obwohl sie ahnte, dass „Brieffreundschaften" nur ein anderer Ausdruck für „unnützes Geschreibsel" war.

Der Beginn der ersten Brieffreundschaft war nicht wenig nervenaufreibend. Zuerst musste Tante Yongok einem „Verein für internationale Kontakte" (oder so ähnlich) ein Bewerbungsformular mit Lichtbild schicken. Der „Verein" vermittelte dann nach eigener Einschätzung die Adresse eines Ausländers, der zu den Voraussetzungen passen sollte. Meine Tante ließ selbstverständlich neue Fotografien anfertigen, dafür ging sie drei Mal zum Fotostudio „Munwha". Einmal gefiel ihr nicht, dass ihre Augen angeblich ungleich aussähen, das andere Mal fand sie, dass sie zu provinziell wirke. Schließlich verletzte sie den beruflichen Stolz des Ajossi vom Fotostudio, indem sie ihm sagte, er könne die Vorzüge einer Person überhaupt nicht zur Geltung bringen. Der „Verein" vermittelte ihr dann die Adresse eines sechzehnjährigen kanadischen Jungen, der Harold Soundso hieß.

Als es dann soweit war und Tante Yongok ihren ersten Brief schreiben wollte, fiel ihr das entgegen ihrer Erwartung nicht leicht. Sie stapelte ein englisches Konversationslexikon, ein Wörterbuch und sogar ein Englisch-Arbeitsbuch aus der Oberschulzeit vor sich auf den Schreibtisch, stöhnte bis spät in der Nacht vor sich hin, um dann unter großen Anstrengungen zwei Seiten Briefpapier zu füllen. Bitter sei die Mühe – süß die Frucht –, schließlich hielt sich Tante Yongok den Brief vor die Augen und las mit zitternder Stimme daraus vor. An jenem Tag nahm sie den Brief mit in ihren Nachhilfeunterricht. „In den Deutschunterricht geht man weinend hinein und kommt lachend heraus, während man in den Englischunterricht lachend hineingeht und weinend herauskommt." Tante Yongok führte dieses Zitat, das sie irgendwo aufgeschnappt hatte, als größte Weisheit im Fremdsprachenunterricht an. Sie betonte, dass sie durch ihre gerade gewonnene Erfahrung erneut erkannt habe, wie schwierig das Englische sei, gleichzeitig wies sie voller Stolz darauf hin, dass ihr durch ihre Kenntnisse dennoch möglich gewesen sei, diesen Brief erfolgreich fertigzustellen. Sie las ihn ihren Schülerinnen und Schülern selbstverständlich mehrere Male vor und verwendete ihn sogar als Leseübung für die, denen die Aussprache einigermaßen glückte.

Tante Yongok war damals als Nachhilfelehrerin in vielerlei Hinsicht unprofessionell. Nach dem Abschluss der Oberschule hatte sie einige Monate keine Beschäftigung und bildete daraufhin aus Erstklässlern der Mittelschule drei, vier Gruppen, um ihnen Englisch beizubringen. Die Bezeichnung „Nachhilfeunterricht" war eigentlich übertrieben, „Spielen mit Kindern" wäre passender gewesen. Meine Tante vermittelte ihren Schülern hauptsächlich das Alphabet und die phonetischen Zeichen. Im Höchstfall führte sie mit ihnen noch einige elementare Leseübungen aus dem ersten Kapitel des Lehrbuchs „Tom and Judy" durch. Tante Yongok behauptete stets, sie sei zwar aus bestimmten Gründen nicht auf die Universität gegangen, aber bis in die Oberschule hinein habe sie wenigstens im Englischen niemandem nachgestanden. Wenn ich manchmal beobachtete, wie sie mit aufgeschlagenem Konversationslexikon im Zimmer auf und ab ging und Sätze plapperte oder Popsongs mitsang, schien ihr Englisch tatsächlich so gut zu sein, wie sie behauptete. Für die Didaktik ihres Nachhilfeunterrichts waren aber anscheinend überhaupt keine Kenntnisse nötig. Es herrschte eine gesellige Stimmung. Ich konnte beobachten, wie die

Jungen und Mädchen in dem Raum, in dem meine Tante unterrichtete, auf den Knien saßen und sich mit geröteten Gesichtern Blicke zuwarfen. Sie hatten mit dem Eintritt in die Mittelschule nicht mehr häufig die Gelegenheit, sich zu treffen. Mehr als ein, zwei Mal sah ich, dass sie auch nach Ende des Unterrichts nicht daran dachten, nach Hause zu gehen, sondern auf der Bank im Hof sitzen blieben, schwatzten und darauf warteten, dass die nächste Gruppe herauskam. Dann verschwanden manche paarweise und die übrigen aßen Kekse und schmiedeten Pläne für einen Sonntagsausflug.

Einmal fiel unter dem Vorwand, den Unterricht im Freien abhalten zu wollen, das Lernen einfach aus, und die Schüler spielten auf dem Sportplatz der nahe liegenden Grundschule Federball. Ein anderer Tag wurde zum „Tag der Kameradschaftsförderung" bestimmt (die auch ohne zusätzliche Treffen bestens funktionierte). Dabei saßen alle Schüler und Schülerinnen, die Tante Yongok betreute, eng beisammen, atmeten gemeinsam ihre Fuß- und Schweißgerüche ein und kicherten einige Stunden lang herum.

Die Jungen und Mädchen redeten meine Tante mit „Sister" an. Das entsprach der Unterrichtsphilosophie meiner Tante, die behauptete, diese Bezeichnung wirke vertrauenserweckender als „Frau Lehrerin" und in einer familiären Atmosphäre nähmen die Schüler freiwillig am Unterricht teil. Es gelang ihr dennoch nur sehr eingeschränkt, Vertrautheit und eine familiäre Atmosphäre zu schaffen. Wenn Tante Yongok mit den Mittelschülern herumkicherte, war sie wie eine von ihnen. Sie wirkten unschuldig wie Waisenkinder.

Der Nachhilfeunterricht meiner Tante konnte folglich nicht lange bestehen bleiben.

Sie war zufrieden, dass die Mittelschüler ihr, der „Sister", gehorchten, und sah das Geheimnis ihrer Beliebtheit in der zwanglosen Unterrichtsatmosphäre. Als Konsequenz daraus beschwerten sich die Jungen und Mädchen, die mit der „Sister" eine fröhliche Zeit verbracht hatten, zu Hause über die „inkompetente Nachhilfelehrerin" und wider Tante Yongoks Erwartungen kamen nach wenigen Monaten kaum noch Schüler.

Zur selben Zeit gab Tante Yongok die Brieffreundschaft mit Harold auf. Aus Spaß daran, Briefe aus einem fernen Land zu bekommen, sie genussvoll im Unterricht vorzulesen und mit ihnen zu prahlen, hatte sie drei, vier Briefe geschrieben. Die Zeit des Nachhilfeunterrichts aber war vorbei, es gab keine Mittelschüler mehr, die Beifall spendeten, und da die über zwanzigjährige Frau und der sechzehnjährige Junge aus Kanada keinen gemeinsamen Gesprächsstoff hatten, und weil Tante Yongok nach „Dear Harold" nicht wusste, was sie noch schreiben sollte, deshalb das Lexikon an sich zog und wie ein Schriftsetzer an den Wörtern Buchstabe für Buchstabe herumbastelte, bis das Papier voll war, blieb die Brieffreundschaft inhaltsleer. So scheiterte Tante Yongoks erste Brieffreundschaft.

Bei ihrer zweiten Brieffreundschaft war die Sache anders. Dieses Mal war ihr Briefpartner kein Ausländer, sondern Koreaner und ein erwachsener Mann (eine wichtige Voraussetzung in Hinblick auf eine potentielle Heirat), und vor allem seine Stellung als Soldat schien viel realitätsnäher, verglichen mit dem Leben eines pubertierenden Jungen mit Pickelspuren in einem fremden Land. Dieser neue Briefpartner war „Hyongyol Lee, ein 22-jähriger, kerngesunder Kerl der Republik Korea und Korporal, der sich den Pflichten der Landesverteidigung hingibt." Mit diesen Worten begann sein erster Brief.

An dem Tag, als Hyongyol Lees Brief eintraf, wurde unser Haus auf den Kopf gestellt.

Die Frühlingssonne schien sehr warm auf die südliche Veranda. Ich schnitt gerade weiße Kalenderblätter zurecht, um damit meine neuen Schulbücher für die 5. Klasse einzubinden, und Tante Yongok schien irgendeinen Grund gefunden zu haben auszugehen und wusch sich die Haare. Als sie damit fertig war, legte sie ein Tuch um ihren nassen Kopf, setzte sich zu mir und begann, kräftig das Wasser aus ihren Haaren zu schütteln. Sie hatte ihr Gesicht von mir wegdreht und war damit beschäftigt, betont elegant, „Noch einmal, auch wenn ich dich hasse" von Jin Nam zu singen. Dabei bemerkte sie nicht, dass Wasser überall auf meine Bücher spritzte.

In dem Augenblick, als ich mein Gesicht hob, um sie darauf aufmerksam zu machen, brach der Gesang meiner Tante ab.

„Was? Ist ein Brief für uns gekommen?"

Ich folgte ihrem Blick und sah, wie der Briefträger mit seiner großen Tasche durch das Tor hereinkam.

„Wohnt hier eine Frau Yongok Jeon?"
„Yongok Jeon? Yongok Jeon, das bin ich…"
„Bitte sehr, ein Brief."
Der Briefträger übergab meiner Tante einen Militärbrief. Zunächst schaute sie nur fragend, dann drehte sie den Briefumschlag um und ihre Wangen röteten sich. Sie las ein paar Zeilen, stand aufgeregt auf, las weiter, dann las sie hastig, warum auch immer, mit zunehmender Geschwindigkeit, und die Art, wie sie mit dem Brief auf der Veranda auf- und abging, machte mich ziemlich wild. Als sie den Brief zu Ende gelesen hatte, hielt sie ihn mir stolz entgegen, als wäre es ein Zulassungsbescheid.
„Jinhi, wenn du magst, kannst du ihn auch lesen. Er ist von einem Brieffreund."
Ihre Stimme war zu laut, als dass nur ich sie hören konnte. Sie drang geradewegs durch die Zimmertür bis zu den Ohren meines Onkels, obwohl diese nur zur Hälfte frei lagen, weil er sich ein Stirnband um den Kopf gebunden hatte. Onkel Yonghun war kein leichtfertig handelnder Mensch. Hätte er nicht ein zweites Mal die Stimme meiner Tante hören müssen, hätte er seinen Blick, den er in Richtung Zimmertür gewandt hatte, um zu sehen, was draußen los war, wieder auf das vor ihm auf dem Schreibtisch liegende Gesetzbuch gerichtet. Dann hätte er auch nicht das eine Ende des Stirnbands, das eigentlich der Gürtel eines Hanbok meiner Großmutter war, dazu benutzt, meiner Tante eine Ohrfeige zu versetzen. Aber was Tante Yongok von sich gab, nachdem ich ihr den Brief zurückgegeben hatte, berechtigte auch nach meiner Meinung jeden älteren Bruder dazu, die Beherrschung zu verlieren.
„Wenn ich nun die Freundin eines Soldaten werde und ihm gebratene Hähnchen bringe, das wird bestimmt lustig, was? Ich habe gehört, dass Soldaten einem nachpfeifen und Dinge hinterherrufen, wenn man dort zu Besuch ist. Wie aufregend muss das sein!"
Sie hatte kaum zu Ende gesprochen, da riss Onkel Yonghun die Zimmertür auf. Tante Yongok stieß, fast ohnmächtig vor Schreck, ein „Oh, Himmel!" aus und in ihr Gesicht flog eine Hand – was in jeder Hinsicht ihre eigene Schuld war. Am frühen Abend kam Großmutter nach Hause und verzog das Gesicht, als sie meine Tante sah, die immer noch vor sich hinschluchzte. Sie verzog es noch mehr, als sie von mir die näheren Um-

stände der Geschichte hörte. Sie rief laut nach Tante Yongok und stieß dabei wie wild den Schürhaken auf den Küchenboden. Es sah aus, als wollte Großmutter sofort auf sie losgehen. Tante Yongok hatte schützend ihre Arme vor dem Kopf verschränkt und kam, wie ein Straßenhund, seitwärts in die Küche geschlichen. Großmutter packte sie am Arm, setzte sie grob auf den Boden und ließ den Schürhaken hart neben ihr aufschlagen. Hatte mein Onkel meiner Tante Angst eingejagt, so machte meine Großmutter ihr die Hölle heiß. Eine unnachgiebige Vernehmung begann.

Dem Bekenntnis meiner Tante war zu entnehmen, dass diese Brieffreundschaft nicht durch eine Anzeige aus den hinteren Seiten einer Zeitschrift oder eines Schlagertextmagazins begonnen hatte. Nicht sie, sondern ihre Freundin Kyongja aus der Familie des Gemeindevorsitzenden habe die Adresse eines Militärdienstleistenden aus der Rubrik „Brieffreundschaften“ in der Zeitschrift Myongnang herausgeschrieben und einen Briefwechsel angefangen. Kyongja hatte von ihrem Briefpartner die Bitte erhalten, einem ehrlichen Freund eine geeignete, ehrliche Partnerin vorzustellen. Und so habe Kyongja mit der Bemerkung, man könne keine ehrlichere Seele finden, die Adresse meiner Tante weitergegeben. Kyongja habe gesagt: „Weil du solch ein Feigling bist und ich mir dachte, du würdest bestimmt nicht deine Zustimmung geben, habe ich einfach deine Adresse hingeschickt, erschrick also nicht, wenn du einen Brief bekommst.“ Meine Tante habe ausgerufen: „Für wen hältst du mich, dass du so etwas anstellst!?“ Sie habe ihr die Freundschaft gekündigt, sei aufgesprungen und nach Hause gekommen … So weit zum Inhalt des Bekenntnisses gegenüber meiner Großmutter.

Natürlich verdrehte Tante Yongok die Tatsachen. Dass Kyongja ihrem Freund die Adresse meiner Tante geschickt und es ihr erst danach erzählt haben soll, ist einfach unglaubwürdig. Für jemanden, der etwas vom Leben versteht, ist es nicht schwer zu erahnen, dass Kyongja ihr den Briefpartner auf Druck meiner Tante vermittelt hatte. Es stimmte zwar, dass meine Tante aufgesprungen war, aber das Wort „aufspringen“ lässt sich auf unterschiedliche Weise verstehen. Man kann „vor Schreck aufspringen“, aber im Falle meiner Tante träfe wohl eher „vor Freude aufspringen“ zu. Und es entsprach auch nicht der Wahrheit, dass meine Tante Kyongja die Freundschaft gekündigt hatte und nach Hause gekommen war. Nachdem sie Großmutter abgehängt hatte, musste sie mir später bei „Wahrheit oder Pflicht" Rede und Antwort stehen und ihre Darstellung berichtigen: Als Tante Yongok erfuhr, dass auch sie bald einen Brieffreund haben solle, freute sie sich sehr. Weil sie ihre Neugier nicht bezähmen konnte, überschüttete sie Kyongja mit Fragen: „Wie sieht er eigentlich aus? Ist er groß?"

„Ja, er scheint gut auszusehen. Sein Spitzname ist Rock Hudson."

„Was? Er ist doch nicht etwa ein älterer Typ? Wieso Rock Hudson – wenn es wenigstens James Dean wäre!"

Dann rückte Tante Yongok näher an Kyongja heran und fragte weiter: „Hast du mich auch mit jemandem verglichen? Du musst doch auch was geschrieben haben, um mich vorzustellen."

„Habe ich. Dass du Hi Mun übertriffst."

„Was heißt hier Hi Mun, du hättest schreiben sollen, Natalie Wood. Und du hast doch hoffentlich geschrieben, dass Lesen und Musikhören meine Hobbys sind?"

„Jaa, und dass dein Zukunftswunsch ist, ‚eine weise Mutter und gute Ehefrau' zu werden."

Anstatt die Freundschaft zu kündigen und nach Hause zu kommen, fühlte sich Tante Yongok noch enger mit Kyongja verbunden und trennte sich erst am Abend schweren Herzens von ihr. Der Abschied bereitete ihr an jenem Tag besondere Mühe, denn alles, was aus Kyongjas Mund kam, rührte ihr Gemüt auf. Kyongja hatte gesagt, der Militärdienstleistende Hyongyol Lee komme aus Seoul, sei ein Sohn aus reicher Familie, Student, sein Hobby: Filme ansehen, seine „besondere Fähigkeit": Motorradfahren … Je mehr meine Tante erfuhr, desto heftiger klopfte ihr Herz. Sie konnte ihr Glück nicht fassen, und wollte sich am liebsten in die empfindlichste Stelle ihres Oberschenkels kneifen.

An jenem Tag sah Tante Yongok ihre Schuld angesichts Großmutters Schürhaken mit ernster Miene ein und rieb beide Hände aneinander, um ihrer Reue Ausdruck zu geben. Sie beteuerte, sich nie wieder auf so etwas wie eine Brieffreundschaft einzulassen. Ihre Strategie bestand darin, einen Schritt zurück und zwei Schritte nach vorn zu gehen.

Nach dem Verhör sagte meine Großmutter nur kurz: „Du kannst gehen", drehte ihr den Rücken zu und schöpfte schweigend Reis aus der Vorratskiste. Der stumme Rücken meiner Großmutter brachte die Familienliebe zum Ausdruck, die sie und meinen Onkel veranlasst hatten, so hart zu meiner Tante zu sein. Diese schluchzte laut und nahm die Familienliebe an.

Aber noch in derselben Nacht machte sie mir ernsthaft einen Vorschlag, der diese Familienliebe verraten sollte. Sie bat mich, die Verwaltung der Briefe von Hyongyol Lee zu übernehmen. Nachdem Tante Yongok die Küche verlassen hatte, saß sie eine Weile gebeugt über dem niedrigen Schreibtisch und machte eine offenkundig reuige Miene, ging dann kraftlos nach draußen und kam einige Zeit später wieder. Sobald sie das Haus verlassen hatte, war sie jedoch sofort zu Kyongja gelaufen und hatte anscheinend arrangiert, dass die Briefe von Hyongyol Lee an Kyongjas Adresse geschickt werden konnten. Meine verwalterische Aufgabe sollte darin bestehen, die Briefe von dort abzuholen und sie sicher an Tante Yongok weiterzuleiten.

Ich war irritiert. Das Problem bestand doch darin, mit den Briefen entdeckt zu werden – war es da nicht gleichgültig, ob meine Tante oder ich die Briefe von Kyongja abholten? Als ich Tante Yongok darauf aufmerksam machte, fiel auch sie für einen Moment in verwirrtes Schweigen. Dann entschuldigte sie sich und sagte, das hätte sie glatt vergessen. In Wirklichkeit ginge es darum, mir diese schwere Aufgabe zu übertragen, weil sie dann für den Fall, erwischt zu werden, besser gewappnet sei. Sollte auffliegen, dass sie weiterhin mit Hyongyol Lee Briefe austauscht, sei die Angelegenheit für sie weniger unangenehm, wenn auch ich darin verwickelt wäre, da ich eine besondere Position in unserer Familie einnähme. Sie sagte, es täte ihr zwar für mich sehr Leid, und sie könne in dieser Sache ihre Würde als Tante nicht aufrechterhalten, aber sie bäte darum, weil ihr keine bessere Alternative einfalle, und entschuldigte sich wiederholte Male.

Nun ja, Briefbotengänge durch Kinder waren eine Art Mode. Auch wenn sich nur eine schmale Gasse zwischen ihnen befand, ließen sich romantische junge Männer und Frauen durch kleinere Geschwister, Nichten oder Neffen Briefe überbringen, als seien sie der junge Werther.

Auch Tante Yongok schien sich aus diesem Grund Briefbotengänge zu wünschen. Wahrscheinlich wollte sie an der Mode teilhaben und ihre Briefschreiberei noch geheimnisvoller erscheinen lassen.

Als Gegenleistung für meine Mitwisserschaft und um zu zeigen, dass ich bereit war, das Geheimnis mit meiner Tante zu teilen, musste ich ihren Vorschlag annehmen.

Ende Juni tauschte meine Tante seit fast drei Monaten Briefe mit Hyongyol Lee aus. Aber weil ich ziemlich unter ihren Launen zu leiden hatte, kam es mir vor, als dauerte die Brieffreundschaft schon drei Jahre an. In der Zwischenzeit hatte ich nämlich die Quengeleien meiner Tante über das Leben wirklich zur Genüge ertragen müssen.

Zum Beispiel legte sie sich ständig hin und zog die Decke über den Kopf, wenn sich seine Briefe auch nur ein wenig verspäteten. Sie konnte sich dann gerade noch aufrichten, lehnte kraftlos an der Wand, wenn man ihr den Esstisch zuschob und gab unbestreitbar die unglückliche, verlassene Hauptdarstellerin eines koreanischen Films. Wenn sie traurig den Kopf schüttelte und sagte, sie habe keinen Hunger, wirkte sie wie die einzige Tochter aus reichem Hause, deren Tage gezählt sind. Wegen des anhaltenden Argwohns meiner Großmutter aß sie zwar etwas, aber sie benutzte ihre Stäbchen, als wollte sie Sandkörner zählen, und sobald Großmutter mit dem Esstisch aus dem Zimmer ging, warf sie sich mit ihrem Körper, den sie die Zeit über mühsam an der Wand abgestützt hatte, in meine Richtung und sagte schließlich den Text auf: „Jinhi, was soll ich nur machen? Was soll ich tun?“ Dann war ihre Schauspielkunst der von Hi Mun, die sie ja, nach Kyongjas Formulierung, „überträfe“, keineswegs unterlegen.

Wenn dann endlich ein Brief von Hyongyol Lee kam, verwandelte sich Tante Yongok in einen anderen Menschen. Sie summte nicht nur den ganzen Tag vor sich hin, sondern gab mir auch plötzlich einen Hundert-won-Schein und sagte ohne eine Spur von Überheblichkeit: „Hier, auch wenn du einen Kage-Udon dafür isst, werden vierzig Won übrig bleiben!“ Oder sie ging zu meiner Großmutter und sagte, „Mutter, du hast es nicht leicht, nicht wahr? Wenn ich heirate, werde ich eine Haushaltshilfe haben und dich verwöhnen, also warte noch ein wenig, ja?“ Das machte sie sonst nie und meine Großmutter war dann sehr besorgt.

Zu solchen Tagen gehörte auch, dass sie Stunden vor dem Spiegel verbrachte. Sie presste ihre Pickel aus und zupfte ihre Augenbrauen mit einer Pinzette, aber hauptsächlich machte sie Ausdrucksübungen. Sie drehte ihr gehobenes Kinn zur Seite und schnitt eine arrogante Grimasse, um sogleich den Blick zu senken, ihre Stirn in Falten zu legen und traurig zu gucken. Dann richtete sie ihre Augen wieder auf und machte ein wütendes Gesicht. Sie senkte den Kopf, und mit schmalen Augen, in denen ein verschwommener Ausdruck lag, blickte sie in die Ferne, bewegte dann mit niedergeschlagenen Augen den Kopf langsam hin und her und spitzte ihre Lippen, als wolle sie etwas sagen. Sie tat beleidigt, hob das Kinn wieder ein Stück und entspannte ihre Augen, guckte anschließend verführerisch mit leicht geöffnetem Mund, um dann (was für ein Gesicht sollte das wohl sein?) ihren Mund fest zu schließen, die Augen weit aufzureißen und mit erhobenem Kopf ein „Pah!" auszustoßen. Erst dann waren die Ausdrucksübungen meiner Tante beendet. Manchmal kam es vor, dass sie diese sinnlose Aktion mehrere Male voller Ernst wiederholte.

An Tagen, an denen sie trotzdem ihre Laune nicht beherrschen konnte, zeigte sie mir, so, dass es meine Großmutter nicht merkte, die Briefe von Hyongyol Lee. Selbstverständlich forderte sie verschiedene Zusicherungen, als ob es darum ginge, wichtige Dokumente einzusehen. Nur, um es den Launen meiner Tante recht zu machen, versuchte ich den Eindruck zu erwecken, als ob mich seine Briefe brennend interessierten, aber oft zog sie ihre Wertsteigerungsstrategie, getarnt bis zum letzten Moment als jungfräuliche Schüchternheit, derart lange hinaus, dass sie mich fast dazu brachte, aufzugeben. Die Briefe von Hyongyol Lee, die ich auf diese Weise zu lesen bekam, belohnten mich nicht für meine Mühen, er war ein leidliches Schreibtalent.

Seine Briefe begannen stets mit „Liebes Fräulein Yongok". Dann schrieb er immer über das Wetter, vom letzten Frühling bis zum Frühsommer blieben seine Briefanfänge stets gleich. Mehr als „Es ist warmes Wetter", „Das Wetter ist warm geworden", „Es wird allmählich wärmer", „Der Sommer scheint im Anbruch zu sein", „Der Sommer ist im Kommen" und „Jetzt scheint es Sommer zu sein" veränderten sie sich nicht.

Was nach dem Wetter folgte, waren berühmte Zitate, die mit „Jemand hat einmal folgende Worte gesagt" eingeleitet wurden. Man sah zwar, dass es berühmte Worte waren, aber es war absolut nicht zu erkennen, was die einleitenden Worte mit dem Darauffolgenden zu tun hatten. Zum Beispiel schrieb er: „Sokrates bezeichnete den Menschen als ein gesellschaftliches Tier" und ging dann über zu „Wie geht es Ihnen?" Oder nach „Patrick Henry sagte, man möge ihm die Freiheit oder den Tod geben" kam plötzlich: „Heute morgen bin ich früh aufgewacht." So oder so ähnlich spielte es sich immer ab. War diese Hürde erst einmal genommen, dann lasen sich die Briefe sehr leicht, weil sie keine schwierigen Wörter oder Gleichnisse enthielten. Außerdem hielt er sich kurz. Das waren die Vorzüge seiner Briefe.

Zusammengefasst lautete die Geschichte ungefähr so: Ich, Hyongyol Lee, bin das jüngste von drei Kindern, zwei Söhnen und einer Tochter, des Geschäftsmannes Soundso Lee. Alter: 22 Jahre. Hauptfach an der Universität: Bauingenieurwesen. Meine ältere Schwester ist verheiratet, und mein älterer Bruder sammelt in der väterlichen Firma Berufserfahrung, um den Familienbetrieb weiterzuführen. Mein Zukunftswunsch ist, meinem Hauptfach treu zu bleiben und bei einer Baufirma zu arbeiten oder das Studium fortzusetzen und Professor zu werden. Aber ich habe nicht im geringsten den Wunsch, ein langweiliges Dasein zu fristen, ich möchte frühzeitig heiraten und eine Familie gründen und dann ein fröhliches Leben führen, mit meiner Frau zusammen Tennis spielen und reisen. Ich kann Mundharmonika spielen, mein Hobby ist Motorradfahren, und ein alter Traum von mir ist, mit meiner Freundin hinten drauf eine Waldstraße entlang zu fahren, aber weil ich bis jetzt keine Freundin hatte, konnte ich das noch nicht tun. Denn bislang kannte ich nichts außer Lernen, und es schien mir noch nicht der richtige Zeitpunkt für eine Beziehung zu sein. Als ich das Foto von Ihnen, Fräulein Yongok, sah, fand ich insbesondere Ihre Augen schön. Und jedes Mal, wenn ich Ihre Briefe erhielt, war ich überrascht, wie rein Ihr Herz ist. Es ist eine Gnade Gottes, dass ich Sie, die schöne und reine Fräulein Yongok, kennen gelernt habe …

Meine Tante schrieb ihre Briefe meistens nachts, wenn Großmutter eingeschlafen war. Meine Großmutter setzte sich nach dem Abwasch vor das Radio, um dem Fortsetzungshörspiel zu lauschen. Weil sie aber immer schon am frühen Abend müde wurde, konnte sie die geliebte Sendung nie bis zu Ende hören und fing bald an zu schnarchen. Obwohl es nur ein Radio war, für das man lediglich Ohren benötigte, ließ sie während der Hörspielzeit alles andere liegen und setzte sich ganz nah vor das Gerät, starrte es an und lauschte. Sie konnte ihre Augen nicht davon lösen, als ob ihr in der Zeit, die sie nicht hinsah, ihr die Geschichte entgleiten würde.

Trotzdem kam es andauernd vor, dass sie tief eingeschlafen war, wenn ich an der eigentlich wichtigen Stelle in ihre Richtung sah. Dann rüttelte ich an ihr und klärte sie über den momentanen Stand der Handlung auf: „Großmutter, Großmutter! Hör hin! Die Tochter hat endlich ihre Mutter getroffen. In diesem Augenblick!“ Meiner Großmutter war es peinlich, in einem solchen wichtigen Moment eingenickt zu sein, und als ob sie gar nichts verpasst habe, sagte sie dann: „Ich weiß, das weiß ich doch“, und richtete ihre Augen angestrengt auf das Radio. Ein wenig später aber ging ihr Atem, phhhh, phhh, im gleichmäßigen Rhythmus und sie war unversehens wieder eingeschlafen.

Weil Großmutter schon am frühen Abend so tief schlief, schrieb Tante Yongok nach Herzenslust ihre verbotenen Briefe, während ich in der Sunday Seoul blättern konnte, die meine Tante aus unserem Friseursalon mitbrachte. Und wenn Tante Yongok Fragen zu Rechtschreibung und Formulierung hatte, musste ich sie beraten.

Ihre Briefe bildeten zu denen von Hyongyol Lee ein passendes Gegenstück. Ihr Inhalt lautete ungefähr folgendermaßen: Ich, Yongok Jeon, bin das jüngere der beiden Kinder (ein Sohn, eine Tochter) des Soundso Jeon, eines Polizeibeamten hohen Ranges. Mein älterer Bruder ist momentan im dritten Studienjahr an der juristischen Fakultät, und meine Mutter betreibt Landwirtschaft und Bauwesen (meine Tante, die nach einem feinen Wort suchte, um das Vermieten von Läden auszudrücken, dachte, dass unter den Berufen, die mit Häusern zu tun haben, dieses am annehmbarsten wäre). Weil mein Vater dem Koreakrieg zum Opfer fiel, sind wir die Familie eines um den Staat Verdienten. Alter: 21 Jahre. Zwar wurde ich an einer Universität in Seoul aufgenommen (diese Tatsache war mir neu, aber weil meine Tante errötete und behauptete, es sei wahr, dass sie sich zumindest beworben hätte, beschloss ich, Wahrheit oder Lüge, dem nicht weiter nachzugehen), aber weil ich meine Mutter nicht verlassen wollte, habe ich dem Studium entsagt und unterrichte in der Heimat Englisch. Ich habe einen ruhigen Charakter, meine Hobbys sind Lesen und Musik hören, und mein Wunsch für die Zukunft ist, eine weise Mutter und gute Ehefrau zu werden. Einen Freund habe ich nicht im Geringsten, Gelegenheiten gab es zwar viele, aber meine Familie ist streng. Meine Lieblingsjahreszeit ist der Herbst, meine Lieblingsblume das „Vergissmeinnicht“. Mein Traummann ist ehrlich und hat mich dauerhaft lieb.

Die Briefe meiner Tante blieben jedoch nicht auf dieser Stufe stehen. Nach einiger Zeit wurden sie immer sentimentaler. Seitdem ab und zu das Wort „Sehnsucht" fiel und sich gefühlsbetonte Stellen häuften, zeigte sie mir die Briefe nicht mehr. Sie fragte mich auch nicht mehr nach Formulierungen oder Rechtschreibung, als sei die Beziehung zu Hyongyol Lee so vorangeschritten, dass Formalitäten überflüssig wurden. Nun ließ sie mich auch seine Briefe nicht mehr lesen.

Da es trotzdem weiterhin meine Aufgabe ist, die Briefe zu überbringen, trage ich nach wie vor das Geheimnis meiner Tante unter der Zunge.

3. Die stinkende Leere unter seinen Füßen

Janguns Mutter durchschaue ich auf eine andere Weise als meine Tante, denn ich kenne kein besonderes Geheimnis von ihr, sondern vielmehr ihr ganzes neidisches und boshaftes Wesen.

Nicht nur über Janguns Mutter, sondern über ihren ganzen Haushalt weiß ich bis in die kleinsten Einzelheiten Bescheid, angefangen bei Janguns Hinterlist, die so häufig bei artigen Kindern zu finden ist, über Herrn Choi, der mit lüsternen Gedanken den Frauen hinterhersieht, bis hin zu Herrn Lee, dessen Gesicht von Hämorrhoiden und Migräne schmerzverzerrt. Es war also nicht besonders schwer, einen Weg zu finden, um Mutter und Sohn eins auszuwischen.

Letzten Monat wurde ich ungefähr zwei Wochen lang jeden Morgen von Janguns lautem Lesen geweckt.

Gewöhnlich wache ich immer durch Großmutters morgendliches Rascheln auf. Im Halbschlaf kann ich ihren gekrümmten Rücken sehen, wenn sie sich im Licht der Morgendämmerung die Haare zurechtmacht, um in die Küche zu gehen. Die Ajumma aus dem Schönheitssalon in unserem Haus versucht zwar bei jeder Gelegenheit, sie zu einer Dauerwelle zu überreden, und an Markttagen laufen die Händler gierig hinter ihr her, um ihr ihre Haare abzuschwatzen und sie an Perückenfabriken weiterzuverkaufen, aber Großmutter steckt unbeirrt weiterhin ihre Haare zu einem Dutt hoch.

Wenn sie damit fertig ist, entfernt sie die Haare aus dem glänzenden roten Kamm, zupft abwechselnd links und rechts Haare von ihrem Rücken und rollt sie zu einem Bündel zusammen. Anschließend bindet Großmutter ein weißes Tuch um ihren Kopf und verknotet die Enden. Erst dann steht sie auf, dabei stützt sie sich zuerst mit der rechten Hand auf ihrem Knie ab, um sich unter Ächzen zu erheben, so dass schließlich ihre Arbeitshose in mein Blickfeld kommt.

Bevor meine Großmutter das Zimmer verlässt, bleibt sie noch einmal im Türrahmen stehen, dreht ihren Kopf und blickt in die Ecke, in der meine Tante und ich schlafen. Manchmal merkt sie, dass ich schon wach bin, dann bewegt sie ruhig ihre Hand auf und ab, als streichele sie ein in der Luft liegendes Baby und gibt mir dadurch zu verstehen, dass ich weiterschlafen soll. Wenn Großmutters Rücken leise verschwunden ist, spüre ich, wie die Morgendämmerung durch den Türspalt ins Zimmer tritt und sich im Innern umsieht. Dann schlafe ich wieder ein, bis Großmutter das Frühstück vorbereitet hat und uns weckt. All das gehörte für mich zu den friedlichen Gewohnheiten, einen Morgen zu beginnen. Bis Janguns lautes Lesen diesen Frieden zerstörte.

Janguns Mutter war 23 Jahre alt, als sie mit einem Feldwebel verheiratet wurde. Als sechstes Kind eines Bauern wuchs sie mittellos und arm in einem kleinen Dorf auf, das 20 Ri vom nächsten größeren Ort entfernt lag. Sie war deshalb vollkommen damit zufrieden, einen Militär zu heiraten, schon allein deshalb, weil er eine Uniform trug. Sein bösartiges Wesen, das ihm bei seinen Untergebenen den Beinamen Giftschlange eingebracht hatte, hielt sie für ein notwendiges Zeichen von Autorität. Janguns Mutter schnupperte ein bisschen von dem Duft der Macht, der von den Rändern dieser Autorität ausging, wenn ihnen die Untergebenen ihres Mannes bei einem Umzug halfen oder beim Vergraben des Kimchifasses. Aber nicht einmal ein Jahr lang genoss Janguns Mutter diesen faulen Duft, da kam ihr Mann ums Leben und hinterließ ihr nur den vaterlosen Jangun. Er war nicht einmal heldenhaft im Kampf verschieden, sondern sprang, während er seine Soldaten anbrüllte, außer sich vor Wut wild umher, trat dabei auf einen Nagel und starb an Tetanus.

Janguns Mutter schien völlig vergessen zu haben, auf welche Weise ihr Mann sein Leben verloren hatte. Weil sie immer behauptete, ihr Mann sei eines glorreichen Soldatentodes gestorben, glaubte sie wahrscheinlich eines Tages selbst daran. Als sie wieder einmal lautstark verkündete, ihr Mann habe seine Jugend der Republik Korea geopfert, fragte der kleine Jangun, im Glauben, heroische Soldatengeschichten stünden immer im Zusammenhang mit dem Koreakrieg: „Mama, ist Vater im Koreakrieg gefallen?" Noch heute lacht jeder bei uns darüber. Hätte Jangun mit seiner Vermutung richtig gelegen, dann wäre sein Vater fünf Jahre vor der Geburt seines Sohnes gestorben. Selbst Janguns Mutter war über die Frage ihres Sohnes erschüttert. Aber sie ließ sich nicht lange beirren und schon gar nicht den Glauben, nein, die Notwendigkeit, ihr Mann sei ein großer Soldat gewesen, nehmen. So antwortete sie ohne zu zögern: „Dazu kam es bloß nicht, weil dein Vater zu jung war. Aber wäre er nur zehn Jahre früher zur Welt gekommen, er wäre ganz bestimmt im Koreakrieg gefallen. Auf jeden Fall, da besteht gar kein Zweifel."

Ihr Ehrgeiz bezog sich nicht nur auf ihren Mann, auch ihr Sohn wurde vollkommen von ihr vereinnahmt. Janguns Zukunftswunsch bestand darin, „in die Fußstapfen seines Vaters zu treten und ein großer General zu werden", was in erster Linie den Interessen seiner Mutter entsprach. Nachdem Janguns Mutter diesen Entschluss in der ganzen Gegend verbreitet hatte, wurde er nicht mehr bei seinem an sich einwandfreien Namen „Yongsu Kim" gerufen, sondern nur noch „Jangun", „Vier-Sterne-General". Nur Janguns Mutter wollte sich den Spott, der darin lag, nicht eingestehen.

Jangun war zurückhaltend und passiv, was wahrscheinlich daran lag, dass seine Mutter so dominant war, dass er selbst diese Eigenschaft nicht mehr zu entwickeln brauchte. Wenn man an ihrem Zimmer vorbeilief und auf die daraus hervordringenden Geräusche achtete, dann klang es, als habe die Mutter eine Lokomotive verschluckt, während der Sohn, auf die Größe einer Ameise geschrumpft, auf dem Boden herumzukriechen schien. Gegensätzlicher hätten die beiden nicht sein können.

Sollte aus Jangun eines Tages doch noch ein General werden, würde nichts an ihm einem Chunghee Park ähneln, und während viele Menschen sich wünschen, General zu werden, wenn sie Chunghee Park sehen, würden sie das Generalswesen für unbedeutend halten, stünde Jangun als solcher vor ihnen. Es wäre zwar möglich, dass ein unbedeutender General den Begriff des Generals mit gänzlich neuen Bedeutungen füllen und insofern eine nicht unwichtige Rolle übernehmen könnte. Aber da es ausgeschlossen war, dass aus Jangun ein General würde, bekam er also nicht einmal die Gelegenheit, die Menschen dazu zu bringen, in einem General etwas Unbedeutendes zu sehen. So würde die Zukunft nichts als Trauer für Janguns Mutter mit sich bringen.

Die Mutter dieses „Generals" erhielt die wichtige Information, man müsse sich intensiv mit der „Geschichte der drei Reiche" auseinandergesetzt haben, um eine bedeutende Person werden zu können. Unverzüglich kaufte sie auf Raten die achtbändige Gesamtausgabe, und seitdem musste Jangun jeden Morgen laut daraus vorlesen. Janguns Mutter erschien die glockenreine Stimme ihres Sohnes nicht weniger würdevoll als die eines wirklichen Generals, der eine Militärschrift vorträgt. So wachte ich jeden Morgen in der Zeit der drei Reiche auf einem chinesischen Kriegsfeld auf, denn unser Zimmer grenzte direkt an das von Jangun und seiner Mutter.

Anscheinend beeindruckte meine Großmutter eine Zeit lang das laute Lesen, das mir so auf die Nerven ging, oder sie wurde durch das Geschwätz von Janguns Mutter beeinflusst, wenn sie morgens gemeinsam in der Küche standen und Janguns Mutter sich in überschwänglichem Lob über den „lesenden General“ erging. Großmutter fragte: „Wenn die Geschichte der drei Reiche ein so gutes Buch ist, vielleicht könnte unsere Jinhi es sich einmal ausleihen?“

Da schloss Janguns Mutter demonstrativ ihren bis dahin noch vor Lob weit aufgerissenen Mund. Nach einer kurzen Pause sagte sie: „Sie kann es ja versuchen. Aber das Buch zu Ende zu lesen, wird ihr schwer fallen. Sie mag ja intelligent sein, aber Mädchen sind doch bloß Mädchen.“

Dann soll sie ihren Blick gesenkt haben.

Beim Abendessen wiederholte Großmutter das Gespräch, und obwohl sie sich bestimmt viel Mühe gab, wie nebenbei davon zu erzählen, konnte sie ihren Missmut doch nicht ganz verbergen. Tante Yongok ereiferte sich auf die für sie typische kindische Weise: „War sie etwa nie ein Mädchen? Ich hör wohl nicht recht!“

Ich hatte nicht das geringste Verlangen, an einem oberflächlichen Geschlechterkampf wie diesem teilzunehmen, und noch weniger, mit Tante Yongok oder Janguns Mutter auf der selben Seite zu stehen. Ich sah nur Janguns rundes flaches Gesicht vor mir, der besser als alle anderen wusste, dass er mir in jeder Hinsicht unterlegen war, im Gegensatz zur Überzeugung seiner Mutter, die „bloß ein Mädchen“ in mir sah.

Jangun geht wie ich in die fünfte Klasse. Weil wir seit der zweiten Klasse im selben Haus wohnen, bezeichnet uns die Ajumma aus der „Kwangjin-Taera“ als Sandkastenfreunde. Aber diese Bezeichnung ist nicht zutreffend. Da es keine Erwachsenenwelt gab, die ich hätte nachahmen wollen, habe ich nie im Sandkasten gespielt, und Jangun habe ich kein einziges Mal als „Freund“ angesehen.

Jangun war kein Freund, er ähnelte eher einem Anschauungsobjekt. Er hatte sich jahrelang freiwillig für meine boshaften Experimente zur Verfügung gestellt, in denen ich das menschliche Wesen erforschte. Ich war der Ansicht, dass ich ihn entschädigte, indem ich ihm, wenn ich ein Experiment beendet hatte, immer als erstem eine Kostprobe des Resultats gab. Ich benutzte Jangun für meine Untersuchungen menschlicher Gefühle, wie Grausamkeit und Verrat, und obwohl ich ihn diese als Dank spüren ließ, war Jangun nicht davon abzuhalten, mich zu bewundern. Da ich mir darüber im Klaren war, dass er meine Behandlung nicht unbegrenzt ertragen würde, achtete ich stets darauf, diese zu verschlüsseln. Die daraus entstandenen Missverständnisse führten manchmal dazu, Janguns Hoffnung zu schüren, und ihn schließlich noch mehr an mich zu binden.

Janguns Mutter bezeichnet mich nur dann als Freundin ihres Sohnes, wenn es ihr nützlich ist, vor allem dann, wenn ich Jangun bei den Hausaufgaben helfen oder ihm seinen Schuhbeutel zur Schule nachtragen soll, den er zu Hause vergessen hat. Es ist mir zwar nicht gleichgültig, dass ich dadurch jedes Mal mit Jangun auf dieselbe Stufe gestellt werde, halte es aber auch nicht für notwendig, krampfhaft immer wieder richtig zu stellen, dass ich Jangun überlegen bin. Es hätte sowieso keinen Zweck zu protestieren. Würde ich abwehrend den Kopf schütteln und sagen: „Jangun und ich sind keine Freunde, ich habe ihn nicht gern", würde Janguns Mutter nur laut lachend erwidern: „Sicher, sicher, aber ja doch", und stumpf den Schluss ziehen, dass ich Jangun wirklich gern haben muss. Sie würde sofort im Kopf eine Liste der unheilbar Geschwätzigen zusammenstellen und überlegen, wem sie diese Entdeckung zuerst mitteilen soll. Würde ich außerdem zu ihr sagen: „Jangun ist nur mein Anschauungsobjekt", ihre Wut wäre welterschütternd, allein der Gedanke daran ist mir lästig.

Wegen der Geschichte der drei Reiche musste ich mein Verhalten ein wenig ändern. Ich hatte die plötzliche Eingebung, dass ich Janguns Mutter zeigen sollte, dass ihr zu Großem auserkorener Sohn vor mir, einem „gewöhnlichen Mädchen", in die Knie gehen würde. Ich begann, nach einem Weg zu suchen, mit dem ich Janguns Mutter in Wut versetzen könnte, ohne dass es ihr möglich wäre, diese öffentlich zum Ausdruck zu bringen.

Es gibt viele Möglichkeiten, Janguns Mutter unmittelbar eins auszuwischen, aber solche simplen Streiche können sich nur Gören erlauben, denen Beschimpfungen nichts mehr ausmachen, einer vorbildlichen

Schülerin wie mir sind sie nicht angemessen. Daher blieb mir nichts anderes übrig, als wieder einmal auf Jangun als Versuchsobjekt zurückzugreifen, und sozusagen die Fernbedienung zu betätigen, um seine Mutter zu ärgern.

Ich dachte daran, Jangun dazu zu bringen, in die Toilette zu fallen. Jangun im Kotkübel und seine Mutter. Die Hauptrolle in diesem Stück hätte Janguns Mutter, sie würde mir erneut die Gelegenheit bieten, ihren Gesichtsausdruck zu studieren.

Damit Jangun in den Kotkübel fiel, musste ich ihn zunächst dazu bringen, seine Arme in das Loch unter seinen Füßen zu stecken, so dass sein Körper hinterher fällt. Ich beschloss, für dieses Experiment von Eifersucht Gebrauch zu machen.

Im vergangenen Jahr, etwa um dieselbe Zeit, kam ein neuer Schüler in unsere Klasse. Er war nicht nur der Sohn des Bürgermeisters, sondern sah auch aus wie ein junger Prinz und war gut in der Schule. Bomjin Kim wurde unser Klassensprecher. Seine Beliebtheit bei den Mädchen war gewaltig, nur ich stellte eine Ausnahme dar. Anfangs erregten sein feiner Seouler Dialekt und sein weißes Gesicht auch meine Sehnsucht nach der Großstadt. Aber Bomjin warf mir ständig Blicke zu, die offensichtlich um meine Gunst buhlten, obwohl ich mich im Beobachtungsstadium befand und noch kein abschließendes Urteil gefällt hatte. Und weil er auf meine Strategie, ihm äußerst kühl zu begegnen, reinfiel und sich weiterhin anstrengte, meine Sympathie zu gewinnen, wurde er bald langweilig für mich. Wenn ich mich während einer Schülerbesprechung meldete, rief er mich stotternd auf und in seinem hübschen Gesicht war ein idiotisches Begehren zu sehen.

Bomjin war zu jung um zu wissen, dass sich eine törichte Blöße gibt, wer sich verliebt. Deshalb ist es ihm bis zum Schluss nicht gelungen, mich für sich einzunehmen. Jangun reagierte mit lächerlich hartnäckiger Eifersucht, die noch durch seinen Minderwertigkeitskomplex und seinen Neid auf den Klassensprecher vergrößert wurde.

Ich konnte mir genau vorstellen, wie Jangun reagieren würde, wenn ich auf Bomjin zu sprechen käme. Darauf setzte ich.

Am Tag nachdem Janguns Mutter meine intellektuellen Fähigkeiten bezüglich der Geschichte der drei Reiche angezweifelt hatte, leerte sich am Nachmittag das Haus. Es war Sonntag und nur Jangun und ich blieben zurück. Wir saßen auf der Veranda, als ich mich ihm zuwandte und ein Gespräch begann: „Du, unser Klassensprecher …"

„Bomjin Kim? Was ist mit ihm?"

„Ich weiß nicht, was er von mir will."

„Warum? Was war denn? Was ist denn?"

Am Ende jeder Frage hob er seine Stimme und rückte näher an mich heran. So erzählte ich ihm mit gespielter Gleichgültigkeit, was sich zwischen dem Klassensprecher und mir ereignet hatte.

Seit einigen Tagen schwirrte der Klassensprecher in meiner Nähe herum, als hätte er mir etwas mitzuteilen. Am gestrigen Samstag blieben alle Schülervertreter bis spät abends in der Schule und schmückten die schwarzen Bretter für den Wettbewerb „Schönster Klassenraum" in der nächsten Woche. Dabei spähte der Klassensprecher ununterbrochen in meine Richtung.

Als wir fertig waren und das Klassenzimmer verließen, dämmerte es schon. Alle Schüler liefen über den Sportplatz in Richtung Schultor, als ich zufällig zurückblickte und unseren Klassensprecher allein hinterherkommen sah. Er winkte mir zu und ich verlangsamte meinen Schritt ein wenig, damit die anderen es nicht merkten, und wartete auf ihn. Als wir uns fast auf der selben Höhe befanden, rief uns eine Stimme aus der Richtung des Lehrerzimmers. Es war unser Klassenlehrer und als ihn die anderen Schüler erkannten, liefen sie zu ihm zurück. Bomjin und mir blieb nichts anderes übrig, als uns unter die anderen zu mischen.

Unser Klassenlehrer lud uns in den Mandu-Imbiss vor der Schule ein, weil wir so lange in der Schule geblieben waren. Wir aßen die Mandus, die der Lehrer bestellt hatte und trennten uns dann, um nach Hause zu gehen. Das Haus von Bomjins Vater, dem Bürgermeister, liegt beim alten Schulhaus, in der entgegengesetzten Richtung von unserem Haus. Als ich den Mandu-Imbiss verließ, spürte ich, wie mir der Klassensprecher dicht auf den Fersen folgte. Aber auch dieses Mal wurde er zurückgehalten, der Lehrer rief ihn zu sich: „He, Bomjin Kim, lass uns zusammen gehen." Auch das Haus, in dem der Lehrer zur Untermiete wohnt, liegt hinter dem Haus des Bürgermeisters beim alten Schulhaus. Die Schüler verabschiedeten sich im Chor: „Auf Wiedersehen!", und unser Klassenlehrer antwortete ihnen: „Passt auf euch auf!" Währenddessen spürte ich Bomjins bohrenden Blick, er stand hinter dem Lehrer.

„Und weiter?"

„Das war alles."

Ich ließ absichtlich die Worte nachhallen. Dann fügte ich wie zu mir selbst hinzu: „Bomjin und seine Familie ziehen doch wieder nach Seoul. Ob er mir seine Adresse in Seoul geben wollte?"

Dann starrte ich direkt in Janguns Gesicht und fügte hinzu: „Mir kam es auch vor, als wollte er mir einen Brief zustecken …"

Als Jangun das hörte, spannte sich sein Gesicht merklich an und er schnaubte sogar ein wenig. Er bezweifelte nicht den Wahrheitsgehalt meiner Geschichte, in die ich so realistische Elemente wie die „Klassenverschönerung" und den Mandu-Imbiss eingebaut hatte.

Sobald ich am darauffolgenden Tag von der Schule heimkam, setzte ich mich auf die Veranda und las etwas, das man bei flüchtigem Blick für einen Brief halten konnte. Erschien jemand, tat ich so, als würde ich es heimlich verstecken. Es dauerte nicht lange, bis ich Janguns Aufmerksamkeit erregt hatte. Als ich glaubte, seinen Blick ganz auf mich gezogen zu haben, knüllte ich das Stück Papier zusammen und ging damit zur Toilette. Als ich wieder aus der Toilette herauskam, hatte ich nichts mehr in meinen Händen.

Jangun blickte in die Richtung, aus der ich gekommen war. Er platzte zwar vor Neugier, aber aus Stolz versuchte er, sich nichts anmerken zu lassen. Ich gab Jangun den Weg zur geheimen Nachforschung frei und verschwand in meinem Zimmer. Sobald ich die Zimmertür geschlossen hatte, eilte er zur Toilette. Er würde sich dort hinhocken und auf den zusammengeknüllten falschen Brief hinunterblicken, auf diese Papierblume, die auf den Kotschichten erblüht war. Aber würde er wirklich seinen Arm ausstrecken, um nach dem Brief zu greifen?

Ich wusste immer, dass Zufall und Glück das Leben in der Hand halten und es hin und her schütteln. Ich ergänzte dieses Wissen mit dem Prinzip größtmöglicher persönlicher Anstrengung, um das Glück ergreifen zu können. Ich hatte getan, was ich tun konnte; ob Jangun in die Toilette fallen würde oder nicht, lag daher nicht mehr in meinen Händen. Aus der Toilette ertönte ein Hilfeschrei. Das Glück war dieses Mal nicht auf der Seite von Janguns Naivität, sondern meiner Hinterhältigkeit.

Es war unnötig, vorher zur Toilette zu gehen und nachzusehen, ich rannte wie eine Eilbotin geradewegs zu Janguns Mutter, die im Garten Kohl für Kimchi pflückte, und überbrachte ihr die traurige Nachricht, Jangun sei in die Toilette gefallen. Danach kehrte ich blitzschnell in den Hof auf die Veranda zurück, suchte mir einen Platz, von dem aus ich alles gut sehen konnte, und machte es mir bequem.

Weil Jangun sich furchtbar erschreckt hatte und heftig um sich schlug, schaffte es seine Mutter nicht allein, ihn aus dem Kotkübel herauszuziehen. Nur mit Hilfe des Ajossi vom Fotostudio „Munwha" konnte er mühsam herausgeholt werden.

Sie zerrten den schockierten Jangun zum Brunnen. Er konnte nicht verstehen, was ihm geschehen war und fühlte sich zutiefst ungerecht behandelt. Jangun schämte sich so sehr, dass er brüllte und heulte wie ein Schwein auf dem Schlachthof. Er gab einen wahrlich beeindruckenden Anblick ab. Nachdem ihm seine Mutter alle Kleidungsstücke ausgezogen hatte, kam sein nackter Körper zum Vorschein, vollständig mit Kot bedeckt, als sei er überall tätowiert, so dass mir gar nicht bewusst wurde, einen nackten Jungenkörper zu sehen. Jangun schluchzte laut und schämte sich gleichzeitig für seine Nacktheit. Er presste, trotz der Tränen, mit aller Kraft seine Beine zusammen und hockte sich auf den Boden.

Janguns Mutter schöpfte eilig kübelweise Wasser und schüttete es kräftig mehr als zehn Mal über ihn aus. Dann seifte sie ein Tuch ein und rieb Janguns Gesicht damit ab. Sie schrubbte erbarmungslos Hals, Brust und Penis. Währenddessen hörte Jangun nicht auf zu heulen und seine Mutter nicht auf zu schimpfen, was in meinen Ohren ein vortreffliches Duett ergab. Um den Brunnen war alles voller Kot. Am Abflussloch sammelten sich noch nicht zerfallene Kotstücke und das gesamte Haus bebte vor Gestank.

Der Ajossi vom Fotostudio „Munwha" sah dem Treiben zu und verzog das Gesicht angesichts der herumliegenden Kotstücke, gleichzeitig konnte er sich beim Anblick des in den Kotkübel gefallenen Jungen das Lachen nicht verkneifen.

Als die Ajumma aus der „Kwangjin-Taera" Janguns Heulen hörte, öffnete sie ihre Zimmertür und rief entsetzt: „Du meine Güte, wie ist das passiert?“ Sie zog sich rasch ihre Gummischuhe an, rannte zum Brunnen und half Janguns Mutter beim Wasserschöpfen. Die Leute aus der Schneiderei „New Style“ und dem Schönheitssalon hörten die Nachricht später durch den Ajossi von Fotostudio. Sie liefen in den Hof, fragten bedauernd: „Oh, schon fertig mit Waschen?“ und gingen kichernd wieder in ihre Läden.

Die Ajumma aus dem Nachbarhaus, ebenfalls von Janguns Geschrei herbeigelockt, sagte: „Ich hab' mich schon gewundert, wer das sein mag ... ist das nicht Jangun? Wie konnte der General nur in den Kotkübel fallen?“ Damit versetzte sie Janguns Mutter einen kräftigen Hieb vor die Brust. Bald darauf spähte die Tochter der Nachbarin, als sie von der Schule nach Hause ging, durch das Haustor hinein. Anscheinend erzählte sie zu Hause, was sie gesehen hatte, denn ihr fünfjähriger Bruder, der immer ohne Unterhose rumlief, kam und stellte sich neben Jangun an den Brunnen. Er betrachtete, auch dieses Mal ohne Unterhose, mit offensichtlicher Neugier Janguns Geschlechtsteil.

Janguns Mutter schickte ihren Sohn, in ein Handtuch gewickelt und einer ins Wasser gefallenen Maus gleichend, ins Haus. Ihr Gesicht war derart entstellt, dass man kaum hinsehen mochte. Während sie Wasser über den Kot am Brunnen goß, fand sie etwas, an dem sie ihre Wut auslassen konnte: „Verdammt noch mal! Welches Miststück hat das hier ins Klo geworfen?“

Es war ein Kondom. Ein Kondom, das jemand in den Kotkübel geworfen hatte und nun an Janguns Körper erneut das Licht der Welt erblickt hatte. Es wollte nicht wieder im Abflussloch verschwinden, wie viel Wasser Janguns Mutter auch nachgoss. Genaugenommen war ja nicht die Person für die peinliche Situation verantwortlich, die das Kondom in die Toilette geworfen, sondern Jangun, der es wieder herausgeholt hatte. Aber wegen eines Gegenstandes zu zetern, mit dem sie als Witwe in Verbindung gebracht wurde, verschaffte Janguns Mutter eine für sie typische Gelegenheit, ihre Wut loszuwerden.

Die Ajumma aus der „Kwangjin-Taera“ errötete, als sie das Kondom erblickte, wusch sich rasch die Hände und ging zurück ins Haus. Janguns Mutter, die nicht mehr wusste, was richtig und falsch war, warf einen angewiderten Blick in die Richtung, in die die Ajumma verschwunden war, und während sie den Bereich um den Brunnen herum so gut es ging säuberte, klagte sie ohne erkennbaren Zusammenhang zur aktuellen Situation laut und ohne Ende über ihr Witwendasein. Jangun hatte immer noch nicht aufgehört zu weinen. Anscheinend wollte sich der Schock über die unerwartete Erniedrigung und die Scham nicht so schnell wieder legen. Und sicherlich spekulierte er auch hinterlistig darauf, dass seine Mutter weniger schimpfen würde, wenn er die Tragödie ordentlich übertriebe und betonte, dass er bereits genug gelitten habe.

Als gegen Abend die anderen Bewohner heimkehrten und nach und nach den Hof betraten, riefen sie jedes Mal zuerst: „Was ist das für ein Gestank?“ Jangungs Missgeschick wurde an diesem und den folgenden Tagen noch lange diskutiert, es war ein gefundenes Fressen für unser Haus, in dem fast nur Frauen lebten, denen selten besondere Ereignisse oder besonderer Spaß geboten wurden.

Nach der Sache mit dem Kotkübel war Jangun einige Zeit krank. Weil im Mai der Abendwind noch recht kühl ist und Jangun völlig nackt ziemlich lange mit Wasser begossen wurde, hatte er sich erkältet. Und es stimmt, dass Kot sehr giftig ist, wie man sagt. Jangun bekam am ganzen Körper Ausschlag und litt entsetzlich. Als er aber nach langer Krankheit wieder in die Schule kam, warteten dort noch schlimmere Qualen auf ihn.

Ob Lehrer oder Schüler, niemand ging ohne Kommentar an ihm vorbei.

„Habe gehört, dass du in den Kotkübel gefallen bist, Jangun. Geht's dir gut?“, fragten die Netteren, andere sagten nur: „Irgendwie riecht es immer noch nach Scheiße.“

Ein Lehrer änderte den Spitznamen „General“ in „Scheißgeneral“ und machte kein Hehl aus seiner Gehässigkeit: „He, Scheißgeneral, wieder wohlauf? Das geht doch nicht, dass ein Scheißgeneral in die Scheiße fällt, oder?“

Mädchen, denen Jangun im Flur begegnete, fassten sich an den Händen und näherten sich ihm auffällig still. Sobald sie an ihm vorbeigegangen waren, prustete eines der Mädchen mit vor den Mund gepresster Hand los, und als hätten die anderen nur auf dieses Zeichen gewartet, brachen alle in großes Gelächter aus und rannten davon.

Folgende Geschichte hat mir jemand aus Janguns Klasse erzählt. Weil es während der Sportstunde regnete, konnten die Schüler nicht auf den Sportplatz gehen und saßen im Klassenzimmer fest. Sie überredeten den Lehrer, ihnen eine Geschichte von früher zu erzählen. Zuerst sagte der Lehrer verlegen, ihm falle nichts ein, aber als sein Blick auf Jangun traf, hatte er plötzlich eine Idee. Er erzählte die Geschichte vom „Faustgeneral".

Jener „Faustgeneral", der aufgrund seiner ungewöhnlich großen Fäuste so genannt wurde, hatte die Befehlsgewalt über viele Kommandanten. Jeder von ihnen beherrschte eine besondere Kampftechnik, wie etwa den Umgang mit dem Messer oder dem Bogen. Unter ihnen war ein Kommandant, der für nichts zu gebrauchen war und daher verspottet wurde. Wenn man überhaupt von einer Fertigkeit sprechen konnte, so war er gut im Urinieren. Als der Krieg ausbrach, verhalf ausgerechnet dieser „Urinkommandant" der Truppe zum Sieg, denn alle Feinde ertranken in einem See, der sich durch seinen Harn gebildet hatte. Der „Urinkommandant" erhielt eine Auszeichnung für seine verdienstvolle Tat, gut uriniert zu haben. Als die Geschichte zu Ende war, blickten alle Kinder auf Jangun und fingen der Reihe nach an zu lachen. Das Gelächter wollte bis zum Ende der Stunde nicht abbrechen.

Jangun erzählte seiner Mutter von all diesen Verspottungen, woraufhin sie vor Wut und Scham fast platzte. Unglücklicherweise hatte sie niemanden, an dem sie ihre Wut auslassen konnte. Sie versuchte zwar herauszufinden, wie Jangun es geschafft hatte, in den Kotkübel zu fallen, aber er behauptete lediglich immer wieder, er sei ausgerutscht.

Auch dieses Mal belohnte ich Janguns Bereitwilligkeit, mit der er meinem Experiment zur Verfügung gestanden hatte, mit scheinheiliger Freundlichkeit. Während jeder sich über Jangun lustig machte, begegnete ich ihm ohne Gehässigkeit und brachte ihm sogar die Schulhefte eines Klassenkameraden, damit er nachholen konnte, was er während seiner Abwesenheit verpasst hatte. Jangun war davon nahezu überwältigt. Er war mir sowieso schon grenzenlos dafür dankbar, dass ich sein lächerliches Motiv nicht verraten hatte und hielt das für den Ausdruck meiner reifen Persönlichkeit. Auch die anderen sparten nicht mit Lob. Sie sagten, sie hätten ja gewusst, dass ich mich für mein Alter sehr erwachsen verhalte, aber bei dieser Gelegenheit habe sich auch mein gutes Herz gezeigt. Ich wusste, Lüge und Scheinheiligkeit stecken unter derselben Decke.

Eines Tages sah ich im morgendlichen Dämmerlicht, wie meine Großmutter mit ihrem weißen Tuch um den Kopf gerade das Zimmer verlassen wollte, um das Frühstück zuzubereiten. Mit ihrer typischen Handbewegung deutete sie mir wie im Traum an, ich solle weiterschlafen. Da bemerkte ich, dass seit einiger Zeit Janguns lautes Lesen nicht mehr zu hören war.

Ich genoss den wiedergefundenen morgendlichen Frieden und versank in weichem Schlaf.

4. Wie man sich als Ehefrau eines anspruchsvollen Glücksritters qualifiziert

Alle kennen das Geheimnis des Ajossi aus der „Kwangjin-Taera“: Er hat sich vor dem Militärdienst gedrückt.

Letztes Jahr erhielten alle Erwachsenen einen Personalausweis. Der Ajossi fürchtete, die Sache mit dem Militärdienst könne auffliegen und bestach den zuständigen Beamten in der Kreisverwaltung. Dieser Beamte wählte von den drei Fotostudios in unserem Ort ausgerechnet das Fotostudio „Munwha“, um ein Passfoto für seinen eigenen Ausweis anfertigen zu lassen. Und entweder belehrte er gern andere Leute oder er hatte einfach einen ausgeprägten beruflichen Ehrgeiz, jedenfalls hielt der Verwaltungsbeamte während des Fototermins eine lange Rede über nationale Sicherheit, den Guerillakämpfer Shinjo Kim, die Entführung des Schiffes Pueblo und die Tonghyokdang-Affäre. Dann forderte er den Ajossi eindringlich mehrere Male auf, seine Kunden über den Sinn eines Personalausweises aufzuklären.

„Bei dieser Gelegenheit erwischen wir auch die Männer, die sich vor dem Militärdienst gedrückt haben“, sagte der Beamte. Auch dies sei ein Grund dafür gewesen, den Ausweis einzuführen. „Es gibt sogar Leute, die versuchen das mit Geld zu vertuschen“, verriet er noch. Der Gesichtsausdruck des Ajossi aus dem „Munwha“ blieb ungerührt wie immer, aber der Beamte glaubte, seine Worte seien nicht überzeugend genug gewesen, deshalb offenbarte er ihm auch noch ungeduldig, dass so jemand in dieser Nachbarschaft wohne. Von da an war es ein offenes Geheimnis, dass sich der Ajossi aus der „Kwangjin-Taera“ vor dem Militärdienst gedrückt hat.

Wenn Menschen von den Geheimnissen anderer Leute erfahren, lassen sich zwei unterschiedliche Reaktionsweisen beobachten, die niederträchtige und die großzügige. Die einen wollen das Geheimnis zu ihren eigenen Gunsten ausnutzen, die anderen sehen darüber hinweg. Janguns Mutter gehörte zu denen, die auf Geheimnisse mit Niederträchtigkeit reagieren.

Janguns Mutter redet wie immer beim Abwaschen auf die Ajumma aus der „Kwangjin-Taera“ ein. Zuerst lässt sie sich über den vietnamesischen Rock meiner Tante aus, findet ihn zu eng und das Muster zu auffällig, und bei dem Stichwort Vietnam fällt ihr der jüngere Sohn des Fahrradhändlers ein, der vor kurzem von dort zurückgekommen war: „Es ist ein Jammer um den jungen Mann. Welches Mädchen wird ihn jetzt noch heiraten, mit diesen Beinen?"

Während es eine beliebte Strategie von Janguns scharfzüngiger Mutter ist, Mitleid vorzutäuschen und dabei eigentlich nur das Leid der anderen hervorzuheben, reagiert die Ajumma aus der „Kwangjin-Taera" wie immer mit unschuldiger Aufrichtigkeit: „Bisher habe ich nur von Leuten gehört, die mit Fernseher und Stereoanlage aus Vietnam zurückgekommen sind, aber wenn man den verletzten Sohn des Fahrradhändlers sieht, lässt sich wohl nicht mehr so leicht behaupten, man ginge gern nach Vietnam. Aber es scheint sich dort eine Menge Geld verdienen zu lassen, mehr als hier mit dem eigenen Handwerk."

„Hat das etwa dein Mann gesagt?"

„Aber nein, der würde doch nicht solchen Unsinn reden", antwortete die Ajumma und schrubbte heftig den Blechtopf.

Es wurde allgemein als Tatsache angesehen, dass der Ajossi aus der „Kwangjin-Taera", Kwangjin Park, nicht etwa keinen Unsinn redete, sondern überhaupt nichts anderes von sich gab. Trotzdem verehrte ihn die Ajumma wie einen Gott. Als gäbe es keinen anderen Mann unter diesem Himmel, sprach sie stets voller Bewunderung von ihm. „Jesongs Vater dies, Jesongs Vater das ...", hieß es, bis ihre Zunge schon ganz trocken war, und wenn jemand über den Ajossi herziehen wollte, versuchte sie das, wie jetzt gegenüber Janguns Mutter, mit allen Mitteln zu unterbinden.

Trotz ihres zuvorkommenden und liebenswürdigen Charakters krempelte sie eines Tages ihre Ärmel hoch und ging entschlossenen Schrittes zu einer Frau aus dem Nachbarort, die schlecht über den Ajossi geredet hatte. Als sie die Witwe zur Rede stellen wollte, wurde sie heftig von ihr beschimpft: „Es ist absolut ungehörig für ein junges Weib, sich derart wegen ihres Mannes aufzuspielen!", worauf die Ajumma wütend erwiderte: „Bist du erst dann zufrieden, wenn alle Frauen in Korea Witwen sind?" Dabei zogen sich die beiden an den Haaren und hörten noch lange nicht auf, sich gegenseitig zu beleidigen.

Janguns Mutter wirft der Ajumma einen verärgerten Blick zu, die, ob wachend oder schlafend, ihren nichtsnutzigen Mann in Schutz nimmt.

Ihre Lippen zucken ein paar Mal, als wolle sie etwas Gemeines sagen, aber als sie sieht, wie sich die Ajumma so intensiv ihrem Blechtopf widmet, rollt sie nur resigniert mit den Augen und kommt wieder auf den Sohn des Fahrradhändlers zurück: „So ist das Leben. Jetzt als Kriegsversehrter scheint ihn sogar seine Freundin verlassen zu haben, obwohl die vorher nicht ohne ihn sein konnte."

„Dann hätte sie ihn heiraten sollen. Glaubt sie etwa, sie wird es zu mehr bringen, wenn sie ihm das Herz bricht? Ich weiß ja nicht wer sie ist, aber ich kann ihr Verhalten nicht verstehen."

„Hast du schon mal erlebt, dass Weiber, die angeblich ohne ihre Männer nicht leben können, wirklich treu sind?"

„Aber der junge Mann soll doch etwas verdient haben."

„Ach was! Die Leute sagen das bloß aus Verwunderung darüber, dass er überhaupt etwas Geld zwischen die Finger bekommen hat. Das war doch ein Rumtreiber, bevor er nach Vietnam ging, der hat doch nicht das große Geld gemacht!"

„Er war ein Rumtreiber?"

„Es gibt doch diese Stelle in dem Lied von Chuja Kim: ‚Der Unruhestifter, Feldwebel Kim, wurde in Vietnam ein Held'. Männer müssen Militärdienst leisten, wenn sie richtige Männer sein wollen."

Janguns Mutter zitierte Lieder von Chuja Kim, als handelte es sich um chinesische Weisheiten, nicht, weil sie die Lieder so sehr mochte, sondern weil sie selbst Chuja Lee hieß. Als die koreanische Frauenbasketballmannschaft vor zwei Jahren Vizeweltmeisterin wurde, war Janguns Mutter über diesen Beitrag zum nationalen Ruhm hellauf begeistert, vor allem, weil sie unter den Sportlerinnen eine Chuja Kim entdeckt hatte. Eine Zeit lang beendete sie jeden Satz mit diesem Namen und behauptete selbstgefällig: „Es gibt keine unbegabte Chuja."

Die Bemerkung von Janguns Mutter, ein richtiger Mann müsse zum Militär gegangen sein, bleibt unerwidert. Janguns Mutter sieht die Ajumma aus der „Kwangjin-Taera" an und überlegt, ob sie auch dieses Mal Gnade walten lassen soll: „Übrigens, hat eigentlich dein Mann seinen Militärdienst geleistet?"

Die Stimme der Ajumma wird plötzlich laut: „Aber natürlich! Warum sollte er ihn nicht geleistet haben, in seinem Alter?"

„Du lieber Himmel, warum regst du dich denn so auf?"

Janguns Mutter tut, als habe sie sich erschreckt, aber insgeheim betrachtet sie sorgfältig den Gesichtsausdruck der Ajumma. Obwohl sie in der Regel weiß, wie die Leute bei bestimmten Themen reagieren, findet Janguns Mutter immer wieder großen Gefallen daran, an ihre wunden Punkte zu rühren. Sie ähnelt darin manchen Lehrern bei Prüfungen. Ich meine diese Lehrer, die ihre Schüler, wenn sie über ihren Aufgaben schwitzen, fragen, ob sie Hilfe brauchen, dabei hämisch grinsen und mit ihrem Stock auf die Kante des Lehrerpults schlagen. Die Schüler machen sich dann falsche Hoffnungen und betteln um einen Hinweis, um dann jedes Mal mit der Antwort abgespeist zu werden, sie hätten halt vorher fleißiger lernen sollen.

Es schien mir unsinnig, dass die Ajumma und der Ajossi so beharrlich leugneten, was alle wussten, und sich dadurch dem allgemeinen Spott aussetzten. Aber wenn ich länger darüber nachdachte, konnte ich es auch irgendwie verstehen. Auch mir schien jemand, der sich vor dem Militärdienst gedrückt hat, ein großer Feigling zu sein, und in jener militärischen Zeit handelte es sich um eine noch größere Schande. Selbst der Schauspieler Ilseop Kim gab in den Korea-Nachrichten vor den Kinovorführungen deutlich zu verstehen, dass ein richtiger Kerl zum Militär müsse. So war der Ajossi aus der „Kwangjin-Taera" nicht nur gezwungen, sein eigenes Verhalten zu leugnen, sondern musste auch noch lauthals verkünden, was für Schwächlinge das seien, die sich vor dem Militärdienst drücken, sonst hätte er in der Teestube, im Billardsalon oder in der Bierhalle Mühe gehabt, seine Männlichkeit zu behaupten, mit der er doch so gern prahlte.

Diese Zeit erschien mir nicht deshalb eine militärische zu sein, weil wir in der Schule wie Soldaten während der Morgenversammlung auf dem Sportplatz Anweisungen bekamen und uns immer wieder anhören mussten, wie bedeutend Major Jaegu Kang und sein Motto „Lasst uns ein kurzes, aber intensives Leben führen!" seien. Entscheidend war auch nicht, dass die Schüler zu dem Lied „Ihr Soldaten von der Truppe Wilde Tiger" Gummitwist spielten und im Radio so häufig das Lied „Sechs Monate Rekrutenausbildung, trotzdem ist Soldat Kim glücklich" zu hören war. Militärisch war die Zeit auch nicht deshalb, weil Janguns Mutter bei jeder Gelegenheit verkündete, ihr Sohn werde General, immer wieder betonend, es gebe in Korea keine höhere Position (natürlich gebe es noch die des Präsidenten, aber wie an Präsident Chunghee Park zu sehen sei, gelange man nur über die Position eines Generals dorthin). Die wirkliche Macht der Soldaten wurde mir zutiefst bewusst, als ich eines Tages von einem Militärwagen mit Schlamm bespritzt wurde.

Es geschah wenige Tage nach Neujahr. Wegen der milden Temperaturen war der Schnee geschmolzen und der Boden schlammig, wie mit Bohnenbrei bestrichen. Weil meine Füße bei jedem Schritt im Dreck versanken und meine Turnschuhe so schwarz waren, als hätte ich sie aus einem Eimer Farbe gezogen, hielt ich den Blick nach unten gerichtet und bemühte mich beim Gehen meine Füße so vorsichtig wie möglich vom Boden zu lösen. Aus der entgegengesetzten Richtung kam ein Militärwagen mit Höchstgeschwindigkeit auf mich zugerast. Ich hob den Kopf, als ich das Geräusch der gewaltigen Reifen hörte, und fast im selben Moment traf mich der Schlamm im Gesicht und am ganzen Körper. Schon war der Lastwagen wieder verschwunden. Ich stand eine Weile einfach da, von Kopf bis Fuß mit bohnenbreiartigem Schlamm bedeckt, und konnte nicht fassen, dass Soldaten, die sich Tag und Nacht für das Wohl des Volkes einsetzten, so etwas anrichten konnten. Seit diesem Erlebnis sah ich zwar ein wenig auf diese Barbaren herab, aber ehrlich gesagt bekam ich auch Angst, denn sie waren offensichtlich zu allem fähig.

Jedenfalls war allen bekannt, dass sich der Ajossi aus der „Kwangjin-Taera“ vor dem Militärdienst gedrückt hatte. Ein weniger bekanntes Geheimnis stellten seine Frauengeschichten dar, aber wenn man mit etwas Aufmerksamkeit auf sein Motorrad achtete, waren sie ebenso leicht zu durchschauen.

Wenn ich aus der Schule kam, entdeckte ich das Motorrad oft am Straßenrand. Mein Nachhauseweg führte nämlich hinter der Kreisverwaltung am Kino und am Busbahnhof vorbei, also an den Orten, an denen sich der Ajossi am liebsten vergnügte. Meistens sah ich es am Busbahnhof, an dem die Fernbusse ankamen und abgestellt wurden. Nirgends war es so laut wie hier, der Boden war voller Ölflecken, überall lag Müll verstreut, weggeworfene Reifen, Taschentücher, leere Flaschen.

Es herrschte stets ein großes Durcheinander an fluchenden Busschaffnern mit verdrecktem Geldbeutel an der Hüfte, Fahrkartenbündel und Kugelschreiber an Schnüren in den Händen, verdächtig aussehenden Kindern in schäbiger Kleidung, die zwischen den Bussen herumstreunten, Menschen, die ankamen und wegfuhren, andere zum Bus begleiteten und Angehörige abholten. Weil sich immer auch Herumtreiber und Taschendiebe auf dem Bahnhof aufhielten, hörten die Schlägereien und Streitereien nie auf, weshalb sich auch das Polizeirevier in unmittelbarer Nähe befand.

Neben der Polizei verkaufte die Bahnhofsapotheke vor allem stärkende Getränke und Mittel gegen Reiseübelkeit, vor dem Gemischtwarenladen „Brüder" lagen Äpfel im Netz und getrocknete Tintenfische aus, daneben befanden sich der Friseursalon „Bis zum nächsten Mal", der Getreidewarenhandel „Reiche Ernte" und eine heruntergekommene Gaststätte ohne Namen. Das Motorrad vom Ajossi war meistens vor der Arirang-Bierhalle zu finden.

Als ich es einmal beim Vorbeigehen dort entdeckte, sah ich mich ein bisschen um. Aus der angelehnten Tür drang die Stimme des Ajossi hervor, die Bierhalle war noch nicht geöffnet und anscheinend gerade erst sauber gemacht.

„Dein Rock ist aber kurz. Das ist ja kein Minirock, sondern eine Unterhose."

„Was geht's Sie an, wie lang mein Rock ist. Sie werden mir ja sowieso keinen schneidern, oder?"

Die Frau hob ihre Stimme am Ende der Frage zu einem auffordernden Quietschen.

„Also, wenn's um ein Röckchen geht, dann lasse ich dir eins machen."

Der Ajossi schien zunächst auf die Sache einzugehen.

„Wirklich? Dann gehe ich morgen in die Schneiderei ‚New Style' und lasse meine Maße abnehmen."

Die Frau ließ nicht locker.

„Aber vorher nehme ich bei dir Maß."

Sie kreischte: „Wo gibt's denn so was? Nein, ich verrate Ihnen meinen Taillenumfang, und Sie lassen mir einen Rock schneidern, ja?"

„Die Taille reicht doch nicht für ein Röckchen. Nein, komm mit mir in den Raum da, und ich nehme alle Maße."

Das Lachen der Frau wurde noch schriller, so dass ich nichts mehr verstehen konnte. Selbst wenn ich sie verstanden hätte, wäre mir der Sinn ihrer Worte unverständlich geblieben. Aber an der Stimmung konnte ich erraten, dass es sich um intime Spielereien zwischen Mann und Frau handelte.

Als ich nach Hause kam, hielten sich meine Großmutter und die Ajumma aus der „Kwangjin-Taera“ am Brunnen auf. Meine Großmutter war dabei, Wäsche auszuspülen. Sie sah mich hereinkommen, richtete sich einen Moment lang auf und fragte: „Bist du zurück?“ Auch die Ajumma, die hockend, Jesong auf dem Rücken, Reis wusch, sah kurz auf. Vielleicht lag es an dem bemitleidenswerten Anblick der gewissenhaften Ajumma, dass ich daran denken musste, wie der Ajossi in der Bierhalle Unsinn redete. Die Ajumma fragte meine Großmutter: „Wo ist Janguns Mutter hingegangen?“

„Ich weiß nicht. Vielleicht wieder zu einem Treffen eines Sparvereins? Sie ist doch in so vielen …“

„Es ist schon außerordentlich, an wie vielen Sparvereinen sie beteiligt ist. Was sie alles unternimmt! Und dabei muss sie sich auch noch um ihre Untermieter kümmern. Ich würde das niemals alles schaffen.“ Abgesehen von ihrer Angriffslust, wenn sie wieder einmal Partei für ihren Mann ergreifen musste, war die Ajumma in jeder Hinsicht gutmütig und hilfsbereit. Aus Mitleid brachte sie zum Beispiel Miss Lee, die jede Mittagspause allein in der Damenschneiderei aß, eine Schale Kimchi, und sie passte auch auf das Haus auf, das tagsüber gewöhnlich leer stand. Obwohl sie täglich mit Arbeit überlastet war, hatte sie immer einen offenen Gesichtsausdruck.

„Janguns Mutter lässt sich auf alles Mögliche ein, nur um Spaß zu haben. Aber du, du arbeitest ohne zu murren und hast so ein gutes Herz, so eine wie dich, die findet man kein zweites Mal.“

„Ach, Sie übertreiben.“

„Ich will nicht viele Worte darüber verlieren, ich weiß, dass du es nicht magst, wenn man über deinen Mann spricht. Aber es muss einmal gesagt sein, dass Jesongs Vater die beste Partie in ganz Korea gemacht hat. Erledigt er denn etwa die Arbeit in der Schneiderei? Du tust doch alles! Wo gibt es schon noch eine Frau wie dich, die so sparsam ist, den Haushalt führt, sich nie etwas anmerken lässt, obwohl sich der Mann herumtreibt? Jesongs Vater hat so großes Glück gehabt mit dir. Und ob er das hat!“

Weil das Thema „ihr Mann“ eine heikle Angelegenheit für die Ajumma war, hörte ich den beiden etwas besorgt zu. Sollte die Ajumma womöglich die Beherrschung verlieren, würde sie Großmutter brüskieren. Aber unerwarteter Weise ließ sie nur ihren Kopf sinken und hörte Großmutter schweigend zu, und zu meiner noch größeren Überraschung fiel sogar eine dicke Träne in den Blechtopf, in dem sie den Reis wusch. Sie schien in sich zusammenzufallen, was gar nicht zu der sonst so fröhlichen und tüchtigen Ajumma passte.

„Ich weiß, was du durchmachst. Frauen, die einstimmen, wenn über ihre Männer hergezogen wird, sind oberflächliche Geschöpfe. Was immer auch passiert, als Ehepaar sitzt man in einem Boot. Wenn sich der Bug neigt, dann muss man wenigstens am Heck kräftig dagegen halten. Was soll es schon Gutes bringen, wenn eine Familie auf den ersten Blick als schwankendes Schiff zu erkennen ist? Damit tut man nur den Lästerern einen Gefallen, die den Mund nicht halten können. Wenn ich sehe, wie du deinen Mann in Schutz nimmst, obwohl es in dir brodelt, weiß ich, was für eine anständige Frau du bist."

„Aber ..."

Die Ajumma konnte nicht weitersprechen. Großmutter klopfte ihr sanft ein, zwei Mal auf den Rücken und gab ihr zu verstehen, dass sie nichts zu sagen brauchte.

„Was soll man tun, so ist das Leben. Das Schicksal einer Frau ist das Schicksal eines leeren Gefäßes in den Händen eines Mannes."

Der Schluss, den Großmutter zog, gefiel mir nicht.

Wie Großmutter gesagt hatte, war die Ajumma im Geschäft und im Haushalt gleichermaßen gründlich und fleißig. Dennoch wurde sie alle paar Tage vom Ajossi getreten wie ein Hund. Mehr als ein Mal hörte ich sie nachts auf dem Weg zur Toilette keuchen. Sie durfte ihre Schmerzen aus Rücksicht auf die anderen Hausbewohner nicht einmal laut herausschreien. Stets leitete der Ajossi seine Tritte mit dem Satz ein: „Du wagst es, vor mir, dem Menschen Kwangjin Park!"

„Der Mensch Kwangjin Park" – diesen Worten folgte jedes Mal ein Monolog über die „goldene Vergangenheit" des Ajossi: „In meiner goldenen Vergangenheit war ich, der Mensch Kwangjin Park, ..." Der Verlauf dieser „goldenen Vergangenheit" war in der Tat beachtlich. Militärdienstdrücker, Schneider, Schürzenjäger, unzuverlässiges Familienoberhaupt, das seine Frau schlägt – nur so kannten wir den Ajossi, aber in seinen eigenen Darstellungen war „der Mensch Kwangjin Park" ein Glücksritter, dem es nur an Glück und Geld fehlte.

Verglich man die Prahlereien des Ajossi und die Meinungen der anderen Erwachsenen, dann stimmte es zumindest, dass sein Leben bisher auf vielen Umwegen verlaufen war: Seine Familie, so der Ajossi selbst, war reich und erntete im Jahr, wenn auch nicht zehntausend, so doch tausend Sack Reis. Es habe sich um eine angesehene Familie gehandelt, sein Großvater nahm in der Mandschurei an der Unabhängigkeitsbewegung teil, und sein Vater war während der japanischen Besatzungszeit Beamter, wie auch er selbst in seiner „goldenen Vergangenheit". Ständig wiederholte er, dass er heute bestimmt ein hohes Tier wäre, hätten sich die Dinge anders entwickelt. Wenn man ihn fragte, ob sein Vater als Beamter in der japanischen Besatzungszeit nicht mit den Japanern kollaboriert haben musste, und wie das sein könne, wenn sein Großvater doch ein Unabhängigkeitskämpfer war, dann seufzte der Ajossi, war ganz Zeuge der Leidensgeschichte seines Volkes und sagte: „Die Zeit ist an allem schuld."

Die Version des Ajossi aus der Sägemühle, der aus dem selben Ort stammt wie der Ajossi aus der „Kwangjin-Taera", sah etwas anders aus: Demnach hatte die Familie des Ajossi über mehrere Generationen bei einem reichen Großgrundbesitzer als Pächter gearbeitet. Der Großvater des Ajossi ließ, als der Sohn des Großgrundbesitzers sich entschloss, in die Mandschurei zu gehen, seine Familie zurück und folgte seinem Herrn. Dann starb er in der Mandschurei.

Zum Dank musste der Vater des Ajossi mit seiner Familie das Gut des Besitzers verlassen. Der Vater des Ajossi war einerseits voller Verbitterung darüber, dass die Gutsbesitzerfamilie, für die sein Vater sein Leben geopfert hatte, auch noch seine Familie schlecht behandelte. Der knappe Lohn, den sie bekommen hatten, reichte nicht aus, um sich selbstständig zu machen. Andererseits brannte der junge Mann darauf, seinen armseligen, einem Tier gleichen Status zu überwinden. Um seine soziale Stellung zu verbessern, wurde er Handlanger der Kolonialverwaltung und kostete als Hund der Japaner ein wenig vom Geschmack des Knochens.

Am Tag der Unabhängigkeit hätte er eigentlich durch die Schaufel der Leute erschlagen werden müssen, die auf die Höfe und in die Gassen herausgeströmt waren und vor Freude tanzten, aber irgendwie konnte er sein Leben retten, weil man berücksichtigte, dass sein Vater in der Mandschurei gestorben war. Von den beiden Söhnen, die aus diesem Grund zu Nachkommen eines Unabhängigkeitskämpfers und eines Kollaborateurs geworden waren, ging der ältere Sohn zur Polizei, um die Schuld seines Vaters rein zu waschen.

Der zweite Sohn, Kwangjin Park, entschied sich für den Weg des Opportunisten. Während der chaotischen Zeit des Koreakrieges, in der sich die Welt täglich veränderte und die politischen Anführer über Nacht wechselten, schlug er sich durch, indem er sich mal als unterdrücktes Opfer eines Gutsherren, mal als Nachkomme eines Unabhängigkeitskämpfers und mal als Angehöriger eines Polizisten ausgab, und immer, wenn sich die Situation veränderte, pries er die neue Zeit in höchsten Tönen. Die Leute in der Nachbarschaft ließen ihn in Ruhe, weil sie an seinen Großvater und seinen älteren Bruder dachten und weil sie wussten, dass der Ajossi zu närrisch war, um wirklich gefährlich zu sein. Die Welt befand sich in ständigem Umbruch und versank im Chaos. Der Ajossi war damals etwa zwanzig Jahre alt und vermutlich meinte er diese Zeit, wenn er von seiner „goldenen Vergangenheit" sprach, die er einfach nicht vergessen könne. Aus dieser Zeit stammte sicherlich auch die Angewohnheit des Ajossi, sich selbst einen „Glücksritter" zu nennen, vielleicht eine treffende Bezeichnung für einen, der sich mit dem Wind dreht.

Als die Welt allmählich wieder in Ordnung kam, verschaffte ihm die Gutsbesitzerfamilie eine Arbeit als Verwaltungsbeamter. Es war eine belanglose Stelle, die sich kaum von der eines Boten unterschied, aber gerade dort fand auch der Ajossi Gefallen am Geschmack des Knochens, den sein Vater bei den Japanern bereits kennen gelernt hatte. Er arbeitete für die Verwaltung des staatlichen Forstwesens, und wo es sich ergab, nahm er von den Holzfällern Geld und zeigte ihnen, wo sie heimlich Bäume fällen konnten. Als die Sache aufflog, sorgte ein Sohn der Gutsbesitzerfamilie, der eine hohe Position im Ministerium für Forstwesen inne hatte, dafür, dass der Ajossi nicht ins Gefängnis musste und mit einer Kündigung davonkam.

Da er seine Arbeit auf unehrenhafte Weise verloren hatte, hielt es der Ajossi für angebracht, seine Heimat für eine Weile zu verlassen, außerdem strebte er danach, seine Männlichkeit in der Stadt zu beweisen und ein neues Leben zu beginnen. Ein älterer Mitschüler aus der Grundschule, der auch ein Freund seines älteren Bruders war, führte in der Provinzhauptstadt eine Herrenschneiderei. Der Ajossi wählte diesen Ort als Übergangsstation, um seine Pläne zu verwirklichen.

Der Glücksritter Kwangjin Park hatte nicht vor, als Herrenschneider zu enden, und als er erfuhr, dass sein Mentor an Lungenkrebs erkrankt war, wollte er dessen Haus schnell wieder verlassen. Auf Druck der Frau des Schneiders hatte er zuvor halbherzig herumgestanden und so getan, als helfe er bei der Arbeit, aber seine Hauptbeschäftigung bestand darin, sich herumzutreiben. Wenn sein Mentor gestorben war, gab es keinen Grund mehr für ihn, noch länger in der Schneiderei zu bleiben. Dass er dennoch nicht einfach davonging, lag an seinem Verhältnis zu Sunbun, dem Dienstmädchen der Schneidersfamilie.

Die Frau des Schneiders hatte Sunbun aus ihrem Heimatdorf mitgebracht. Sie war zuvorkommend und fleißig und half auch bei der Arbeit in der Schneiderei. Dem Ajossi war Sunbun eigentlich zu provinziell, aber irgendwie kam es eines Tages dazu, dass er sie im Eckzimmer der Schneiderei vergewaltigte. Sunbun weinte und nahm das Unglück ihres Lebens resignierend an.

Bald darauf erfuhr die Frau des Schneiders, was geschehen war, redete dem Ajossi ernsthaft ins Gewissen, er solle sich zusammenzureißen und sesshaft werden. Trotz seiner großen Töne hatte der Ajossi in Wirklichkeit nicht den Mut, sich in der Stadt ein eigenes Leben aufzubauen, deshalb versuchte er eine Weile ernsthaft, das Schneiderhandwerk zu erlernen. Weil er aber ohne Talent und Tugend geboren war, reichten seine Fertigkeiten bei weitem nicht an die von Sunbun heran, die das Nähen nur durchs Zusehen beherrschte. Der Ajossi half eine Zeit lang in der Herrenschneiderei aus, nachdem sein Mentor gestorben war, und als sich dessen Frau im darauffolgenden Jahr leichten Herzens wieder verheiratete, überließ sie ihm das Inventar der Schneiderei als Anerkennung für seine Leistungen. Der Ajossi heiratete Sunbun und eröffnete mit ihrem Ersparten die „Kwangjin-Taera“ im Nachbardorf seines Heimatortes.

Niemand weiß, wie viel Sunbun bis zur Hochzeit gelitten hatte. Auch in der Zeit, als der Ajossi in der Herrenschneiderei seines Mentors half, verbrachte er mehr Zeit damit, von Kneipe zu Kneipe zu ziehen und sich als unabhängiger Junggeselle auszugeben, als zu arbeiten. Selbst wenn er im Geschäft war, stand er weniger im Laden als davor auf der Straße, wo er Verkäuferinnen und Dienstmädchen nachstellte.

Nach der Hochzeit dachte Sunbun, dass die Qualen nun endlich ein Ende haben würden. Aber das war nicht der Fall.

Allein daran, dass der Ajossi überhaupt keine Bügelarbeiten verrichtete, um die ein Schneider gewöhnlich nicht herum kommt, konnte man sehen, wie nachlässig er sein Geschäft führte. Der heiße Dampf sei schädlich für den Körper eines Mannes, behauptete er, aber Zuschneiden oder Nähen lehnte er auch ab, weil diese Tätigkeiten unmännlich seien. Im Grunde gab es nichts, was er, der Glücksritter, in dieser Schneiderei tun konnte.

Sämtliche Arbeit verrichtete die Frau des Glücksritters. Zusätzlich litt sie erheblich unter der Mutter des Glücksritters, die ständig vorbei kam und schimpfte, weil die Ajumma keinen Prinzen, keinen Thronfolger, auf die Welt brachte, und die Ajumma konnte ihr nicht entgegentreten und sagen: „Von nichts kommt nichts." Trotzdem fügte sie sich in ihr Schicksal, nichts war an ihr auszusetzen. Aber weil die Rolle der Frau eines Glücksritters nun einmal schwierig ist, wurde sie vom Glückritter häufig geschlagen. Erst nachdem sie bereits einige Jahre bei uns wohnten, wurde der Sohn des Glücksritters, Jesong, geboren. Wäre dies nicht geschehen, hätte die Ajumma die Tyrannei der Mutter des Glücksritters vermutlich nicht mehr lange ausgehalten und ihren Platz als Frau eines Glücksritter aufgeben müssen.

Die Mutter des Glücksritters war außerordentlich darüber enttäuscht, dass ein Glücksritter aus einer Unabhängigkeitskämpfer- und Polizistenfamilie, der gut aussah und ein Handwerk beherrschte, bis in die Stadt hinauszog, nur um eine Frau mitzubringen, die „provinziell" war und in jeder Hinsicht, in Ausbildung, Aussehen und Familie zu schlecht abschnitt, um die Frau eines Glücksritters zu sein. „Du hast Männerglück, obwohl du so zurückgeblieben bist", spuckte sie ihrer Schwiegertochter entgegen, wenn sie ihr beibringen wollte, wie sich die Frau eines Glücksritter zu verhalten habe.

Obwohl die Mutter des Glücksritters eine Analphabetin war, wusste sie sehr gut über die Sieben Sünden Bescheid, bei denen man eine Ehefrau verstoßen darf. Als der Glücksritter einmal nach seinen Ausschweifungen am frühen Morgen zurückkam, wollte ihm seine Frau ein Glas Wasser mit Honig ins Zimmer bringen. Da giftete die Mutter des Glücksritters ihrer Schwiegertochter in den Nacken: „Dein Blick ist nicht rein! Die erste der sieben Sünden ist Eifersucht, du Miststück!" Ein anderes Mal wandte sich die Mutter des Glücksritters vom Esstisch ab, weil sie kein Fleisch darauf fand und schnaubte: „Weißt du nicht, dass die unverschämteste der sieben Sünden ist, die Eltern nicht angemessen zu versorgen?" Und sie vergaß auch nicht damit zu drohen, sie ihres Amtes als Frau des Glücksritters zu entheben. Als häufigste Sünde wurde ihr vorgeworfen, kein Kind auf die Welt zu bringen.

Die Mutter des Glücksritters kam alle zwei Wochen, hielt eine unflätige Predigt über die sieben Sünden, schlug mit den Fäusten auf den Boden und erging sich in Klagen über die Zukunft der Familie des Glücksritters, dieser berühmten Familie, die einen Unabhängigkeitskämpfer hervorgebracht hatte und nun keine Nachkommen haben sollte. Dann stopfte sie eine hübsche Summe Geld in ihren Rockbund und kehrte heim.

War der Platz der Frau eines Glücksritters wirklich so erstrebenswert? Ich konnte einfach nicht verstehen, warum die Ajumma ihr ganzes Leben für diese Position opferte. Es schien mir eher merkwürdig, in einem solchen Zustand zu leben, ohne auch nur einmal nach Gift zu greifen.

Vielleicht bedeutet ein Glücksritter zu sein, sich mit dem Wind zu drehen. Der Hals des Menschen Kwangjin Park war jedenfalls so gelenkig, dass er ihn in jede Richtung wenden konnte. Er steckte seinen nutzlosen Kopf in jede passende und unpassende Angelegenheit, und weil er gern gönnerhaft tat, gab er nicht wenig Geld aus.

Während der Parlamentswahlen im vorletzten Jahr wollte sich der Ajossi am Wahlkampf des Oppositionskandidaten beteiligen und verteilte eifrig Maggoli. Er sagte kraftlose Sprüche auf, die nicht überzeugen konnten, weil man sie schon während der Präsidentschaftswahl zu häufig gehört hatte: „Auf jeden Fall die republikanische Partei wählen, die Kraft des Ochsen ist am besten!" und „Lasst uns in diesem Frühling das Rindvieh abschaffen, das die letzte Missernte verursacht hat!" Er investierte eine Menge Geld in diesen vergeblichen Wahlkampf und redete sich den Mund wund über die Politik der Regierungspartei. Immer wieder betonte er, dass er Nachkomme eines Unabhängigkeitskämpfers sei. Aber er schaffte es nicht, die Leute für sich zu gewinnen, sondern wurde am Ende nur beschimpft. Janguns Mutter hatte von der Frau des Oppositionskandidaten gehört, dass selbst seiner Partei der Einsatz des Ajossi als Wahlkampfhelfer unangenehm war.

Als die Wahl vorbei war, steckte der Ajossi sein ganzes Vermögen in ein Motorrad, das für ihn die Verwirklichung der Demokratie symbolisierte. Die politische Überzeugung (bzw. der Traum, Leiter der hiesigen Zeitungsredaktion zu werden, wenn der Kandidat, den er vertrat, zum Abgeordneten gewählt würde, um dann mit der Fahne der Zeitung am Motorrad durch den Ort zu fahren) brannte in ihm, aber was ihm blieb, waren nur ein schlechter Ruf und viele Schulden. Der Ajossi war jedes Mal erschüttert, wenn er wieder einmal erleben musste, dass die Welt ihm den Rücken zukehrte und sein Schicksal als Glücksritter, der vom Pech verfolgt ist, unwiderruflich besiegelt war. Dann klagte er: „Ich, der Mensch Kwangjin Park, bin in einer falschen Zeit geboren", und da sein Leiden jedes Mal mit einem mehrtägigen Besäufnis einherging, waren die Leute in seiner Nachbarschaft gezwungen, die Bürde seines Schicksals mit ihm gemeinsam zu tragen.

Zwar konnte der Ajossi seinen Traum, mit dem Motorrad, die Fahne der Zeitung am Rücksitz befestigt, Staub aufzuwirbeln und sich wichtig zu machen, nicht verwirklichen, aber bald darauf zog er einen anderen Nutzen aus seinem neuen Fahrzeug. Anstelle der Zeitungsfahne fuhr er Frauen, die Tücher um den Kopf gebunden hatten, auf dem Rücksitz in der Gegend herum.

Seitdem umfassten an vielen Tagen die dünnen Arme einer Frau die Hüften des Ajossi. Wenn sie eine Kurve entlang fuhren oder die Straße steiler wurde, klammerten sich die Frauen noch enger an ihn, riefen: „Oh!", und drückten zum großen Entzücken des Ajossi ihr Gesicht gegen seinen Rücken. Damit tröstete er sich über die Enttäuschung hinweg, in der Politik gescheitert zu sein und seinen Traum als Oppositionspolitiker nicht verwirklicht zu haben.

Als er einmal mit der Kellnerin Fräulein Yang aus dem Teehaus Chung einen Ausflug machte, erfasste ihn in einer Kurve männlicher Übermut. Angeregt durch ihre Schreie und Fräulein Yangs fester werdende Umklammerung, beschleunigte der Ajossi zu schnell, so dass sich das Motorrad überschlug. Zur öffentlichen Schande hinzu kam ein gebrochener Arm, der eingegipst werden musste. Noch heute kann der Ajossi aufgrund des Unfalls einen Finger nicht richtig bewegen, und es war ein großes Glück, dass Fräulein Yang mit einigen Schrammen davonkam.

Sunbun ertrug all dies.

Sie ertrug das Leben wahrscheinlich deshalb, weil sie es einfach als ihr Leben ansah. Daher glaubte sie, dass es sich in dem Augenblick, in dem sie im Eckzimmer der Herrenschneiderei gegen ihren Willen ihre Jungfräulichkeit verlor, bereits entschieden hatte, unabhängig davon, was für ein Mensch der Ajossi war. Wenn ihr in den Sinn gekommen wäre, dass der Ajossi nicht ihr ganzes Leben sein musste, dann hätte sich vielleicht etwas ändern können. Aber sie dachte vermutlich nicht einmal im Traum an so eine Möglichkeit. Frauen ziehen viel zu schnell Schlüsse für ihr ganzes Leben. Selbst wenn sie auf einem Feld voller Kieselsteine stehen, schaffen sie es nicht, sich umzudrehen und zu gehen. Obwohl direkt nebenan ein fruchtbares Feld sein könnte, rackern sie sich ihr ganzes Leben lang auf diesem einen Feld ab, nur weil sie es einmal betreten haben.

Ich wünschte mir, die Ajumma könnte ihr Leben von außen betrachten. Ich war es leid, mit ansehen zu müssen, wie das Leben eines ehrlichen und gutmütigen Menschen dauerhaft überschattet wurde. Für kindische Streiche war ich zwar zu alt, aber ich konnte den Ajossi verpfeifen, was vielleicht dazu betragen würde, die beiden auseinander zu bringen: „Vorhin habe ich das Motorrad vom Ajossi am Bahnhof gesehen …"

„…"

Die Ajumma sagte nichts. Stattdessen fragte meine Großmutter: „Am Bahnhof?"

„Ja. Vor der Bierhalle von Jongnims Tante."

Die Ajumma zeigte keine besondere Reaktion und begann mit sehr regelmäßigen Bewegungen den Reis zu waschen. Nachdem sie damit fertig war, nahm sie einen Rettich und kratzte mit einem Löffel die Schale ab. Sie blieb stumm. Als Jesong, den sie auf dem Rücken trug, zappelte, weil seine Mutter zu lange in der Hocke blieb, klopfte sie mit ihren Händen zwei Mal leicht auf seinen Po und fuhr fort, den Rettich zu schälen. Nichts Besonderes schien geschehen zu sein.

Aber in ihrem Gesicht entdeckte ich nicht die Gleichgültigkeit über die verspätete Nachricht eines schon lange verlorenen Krieges. Stattdessen zeigte sich darin die beunruhigende Stille vor dem Sturm. Mir schien, dass ihre Zunge hinter den verschlossenen Lippen ihren Protest herausschrie. Menschen wie die Ajumma, die ihr Leiden nicht nach außen hin zeigen, häufen den Schmerz in ihrem Herzen an. Dieser Schmerz löst sich nicht auf, sondern lagert dort und wird mehr und mehr zusammengepresst. Irgendwann kommt er vielleicht mit einer gewaltigen Explosion zum Vorschein. Dass ihr Schmerz auf diese Weise in ihrem Inneren lagert, ist möglicherweise das wahre Geheimnis der Ajumma.

5. Sonntag ist Waschtag

Seitdem meine Tante mich gebeten hatte, Botengänge für sie zu übernehmen, ging ich regelmäßig bei ihrer Freundin Kyongja vorbei. Kyongja war nicht immer zu Hause und manchmal ließ ich auch einen Tag aus, ich musste also diesen Gang nicht täglich machen, dennoch war er mir lästig. Es war aber besser, meine Beine zu strapazieren, als Tante Yongoks Wut ertragen zu müssen. So erledigte ich meine Aufgabe weitgehend zuverlässig.

Als ich vor einigen Tagen wieder einen Brief abgeholt hatte und nach Hause kam, war niemand im Hof. Ich warf meinen Schulranzen auf die Veranda und ging hinters Haus, um nachzusehen, ob sich Großmutter im Gemüsegarten aufhielt. Das hölzerne Gartentor war verschlossen, das schneckenförmige Schloss hing an seinem Platz. Ich ging zurück in den Hof und sah, wie Tante Yongok, die in der Zwischenzeit eingetroffen war, ohne ihre Handtasche abzulegen in meinem Schulranzen wühlte.

Fassungslos rief ich: „Was machst du da?" Obwohl sie vor Schreck zusammenfuhr, ließ meine Tante den Brief, den sie in meinem Schulranzen gefunden hatte, nicht fallen. Stattdessen behauptete sie, als sie meinen wütenden Gesichtsausdruck sah, es sei gar nichts dabei, in meinen Sachen zu wühlen: „Was guckst du denn so? Ich nehme mir doch bloß meinen Brief!" Sie ging eilig ins Haus und während sie die Zimmertür hinter sich schloss, schnaubte sie: „Als ob das Kind wer weiß was für Geheimnisse hätte. Was für ein Aufstand, nur weil ich mir ihren Schulranzen angesehen habe!" Ich wusste, dass sie sich so unverschämt verhielt, weil sie darin die einzige Möglichkeit sah, ihre Autorität als Erwachsene aufrechtzuerhalten, nachdem ich sie bei etwas ertappt hatte, das auch in ihren Augen nicht richtig war. Dabei stellte sie jedoch auch mich, die ich immer zuverlässig meine Aufgabe erfüllt hatte, in meiner Autorität als Botin und Beraterin in Frage. Mein Stolz war verletzt.

Nicht einmal fünf Minuten waren vergangen, als dieser Wunde ein Pflaster aufgezwungen wurde. Ich saß auf der Veranda und hatte die Verletzung noch nicht ganz verarbeitet, als sich die Tür, die Tante Yongok vorher, während sie sich über das „Kind" ereiferte, hinter sich geschlossen hatte, wieder stürmisch öffnete, meine Tante herausstürzte und mich heftig umarmte.

Tante Yongok machte immer, was sie wollte. Die Menschen teilten sich für sie in nur zwei Gruppen, in diejenigen, die sie mochten, und die anderen, die ihren Wert verkannten. Nur zwei Dinge waren in ihrem Leben von Bedeutung, Liebe und Hass. Da ihre Gedanken sich in einem derart begrenzten Rahmen bewegten, war es meiner Tante unmöglich, sich in andere Menschen hineinzuversetzen. In dem kurzen Moment, den meine Tante mit ihren weichen Armen meinen Hals umschlang, wurde mir deutlich, dass ich weiterhin an der Liebesbeziehung dieser aufgebrachten jungen Frau teilhaben würde.

Nachdem sie ihre Arme etwas gelöst und auf meinem Rücken abgelegt hatte, sagte sie mit zitternder Stimme: „Jinhi! Er hat nächste Woche Urlaub! Er nimmt Urlaub und kommt mich besuchen!"

Dabei sah sie mir zwar in die Augen, aber sie sah nicht mich. Sie rieb ihre Stirn leicht an meiner, aber es war nicht meine Stirn, an der sie sich rieb. Blickte sie in die Augen von Hyongyol Lee, und war es seine Stirn, die sie berührte? Auch das war nicht der Fall. Meine Tante blickte hoffnungsvoll auf ihre eigene Jugend und rieb sich am Gefühl der Verliebtheit.

Die kommenden Tage war das Verhalten von Tante Yongok vollständig von dem Gedanken an dieses erste Rendezvous bestimmt. Sie wurde noch chaotischer, als sie es in ihrer launischen Art sowieso schon war, lief hysterisch immer wieder zu Kyongja, um sich Ratschläge für ihre Verabredung zu holen, kramte sämtliche Kleidungsstücke aus ihrem Schrank und lebte buchstäblich mit dem Spiegel auf ihren Knien.

Auch heute, wir haben gerade gefrühstückt, greift sie sofort nach der Waschschüssel, um ins Badehaus zu gehen, worauf Großmutter verärgert fragt: „Willst du etwa schon wieder baden? Heute ist Sonntag, es wird voll sein!"

„Deshalb will ich ja jetzt hingehen. Später gibt es keinen freien Platz mehr, wenn nach dem Abwasch die Frauen mit ihren Kindern kommen."

„Geh morgen baden, und bleib heute zu Hause, nachher kannst du Jinhi das Mittagessen machen."

„Gehst du weg?"

Großmutter erwidert nichts auf diese Frage. Es ist offensichtlich, dass Großmutter, die sich ein Kopftuch umgebunden hat und Strohhut und Hacke in den Händen hält, aufs Feld gehen will. Aber so wie es Tante

Yongoks Angewohnheit ist, gedankenlos nach offensichtlichen Dingen zu fragen, so gehört es zur Dickköpfigkeit meiner Großmutter, unter keinen Umständen zu antworten.

Als Großmutter durch das Haustor verschwunden ist, legt meine Tante die Seifenschale wieder in den Waschkübel. Es gibt einen ganz bestimmten Grund dafür, warum sie unbedingt heute ins Badehaus gehen muss. Ja. Morgen soll sie Hyongyol Lee treffen. Der große Tag, das erste Rendezvous, das sich Tante Yongok in ihrer Fantasie bereits in allen Farben ausgemalt hat, steht bevor.

Zufällig ist Onkel Yonghun gerade nicht zu Hause, sondern in Seoul. Die Studentenvertretung der Universität meines Onkels hat vor einigen Tagen eine Vollversammlung einberufen, in der es um den Schutz der Grundrechte ging. Mein Onkel hatte nach langer Zeit zu Hause das Bedürfnis nach Luftveränderung. Deshalb wollte er nach Seoul fahren, um sich nach dem neuesten Stand der Dinge zu erkundigen. Onkel Yonghun ist ein reizbarer, aber auch nachgiebiger Mensch, der zartfühlend sein kann und meiner Großmutter manchmal aus Liebesromanen vorliest. Am letzten Abend vor seiner Abreise, als der Esstisch abgeräumt war, sprach er lange mit Großmutter. Onkel Yonghun erklärte ihr, ungeachtet dessen, ob sie seinen Gedanken folgen konnte, warum das Grundrecht, nach dem ein Präsident nur zwei Amtszeiten haben kann, nicht geändert werden und Chunghee Park nicht weiter im Amt bleiben dürfe. Obwohl Großmutter sicher nicht alles verstand, hörte sie meinem Onkel aufmerksam zu und sagte lediglich, als er zu Ende gesprochen hatte: „Du wirst das tun, was du für richtig hältst. Gib auf dich acht", woraufhin er zwei Mal voller Ernst nickte, als habe er eine streng geheime Anweisung erhalten. Dieser ernsten Atmosphäre, die aus dem Gespräch zwischen meiner Großmutter und Onkel Yonghun entstand, setzte sich ein Luftwirbel entgegen, der einen Tanz der Verwirrung vollführte. Er ging von Tante Yongok aus, die sich insgeheim über die Reise meines Onkels sehr freute. Meiner Tante und ihrem geheimen Rendezvous konnte nichts Besseres geschehen, als den strengen Tugendwächter weggehen zu sehen. Als Onkel Yonghun mit seinem Koffer die enge Straße hinunterlief und sich bald entfernt hatte, schlug meine Tante ihre Hände zusammen und wälzte sich auf dem Boden vor Übermut. Es war ihr Glück, dass Großmutter sie nicht dabei erwischte, die mittags nur mit Mühe ein paar Löffel Reis, mit kaltem Wasser vermischt, hinunterbekommen hatte, weil ihr selbst der Anblick des Esstisches verlassen erschien, wo doch jetzt kein Mann mehr im Haus war.

Es sind fast zwei Stunden vergangen, als Tante Yongok aus dem Badehaus zurückkommt. Ihr Gesicht ist durch den heißen Wasserdampf erhitzt und gerötet, ihre Ellbogen, die sie mit dem Waschlappen geschrubbt hat, sind so rot, dass sich fast Schorf darauf bildet, trotzdem ist meine Tante nach dem Bad frisch wie eine so eben gewaschene und aus dem Wasser gefischte Pflaume. Sie nimmt das Handtuch aus der Waschschüssel, die sie auf dem Boden abgestellt hat und wringt es aus. Sie geht zur Wäscheleine, die im Hof hängt. Mit jedem Schritt spannt der Stoff ihres engen vietnamesischen Rocks an ihrem Gesäß, und der Saum verrutscht.

Meine Tante stellt sich auf einen Hocker und streckt ihre Arme aus, um das Handtuch aufzuhängen, dabei schiebt sich ihre Bluse vor ihrer Brust zusammen. Die Wäscheleine hängt zu hoch, sie erreicht sie nicht mit ihren Händen. Tante Yongok mault, dass Großmutter die Leine am Morgen beim Wäscheaufhängen so ungünstig angebracht hat, und will sie niedriger befestigen. Aber die Leine trägt nur mit Mühe das Gewicht der nassen Wäschestücke, die in dichter Folge nebeneinander hängen. Als Tante Yongok versucht, sie ein Stück herunterzuziehen, gerät alles ins Wanken. Meine Tante sucht mit den Armen rudernd nach ihrem Gleichgewicht, dabei zieht sie hektisch noch fester an der Leine, bis sie schließlich mit der gesamten Wäsche auf den Boden fällt. Die Wäsche schlägt mit einem dumpfen Geräusch auf und verteilt sich auf dem gesamten Hof.

Der vietnamesische Rock meiner Tante hat sich geöffnet und gibt den Blick auf ihre weißen Unterschenkel frei. Tante Yongok schiebt unter Schimpfen eilig den Stoff über ihre Beine. Es ist allein ihre Schuld, dass sie hingefallen ist, weil sie, wie meine Großmutter sagt, ein Hohlkopf ist, weder die Wäsche noch die Wäscheleine können etwas dafür. Sonntag ist nun mal Waschtag. Und weil Sonntag ist, sitzt auch der Untermieter von Janguns Familie, Herr Choi, auf der Veranda vor seinem Zimmer.

Herr Choi sitzt dort häufig am Wochenende. In seinem gestreiften Pyjama sitzt er da und raucht und sieht scheinbar unbeteiligt zum Brunnen oder lässt seinen Blick im Hof schweifen. Es sieht dann so aus, als würde er sich ausruhen, aber ich weiß, dass seine flinken Augen in Wirklichkeit den Bewegungen meiner Tante oder denen von Miss Lee folgen. Ich weiß nicht, ob er in seinem Zimmer alles hören kann, was sich im Hof abspielt, aber Herr Choi kommt immer dann heraus, wenn sich eine der beiden jungen Frauen am Brunnen befindet. Da er heute sogar einen Blick unter den Rock von Tante Yongok werfen konnte, ist es für Herrn Choi ein Glückstag.

Meine Tante hat bis jetzt nicht bemerkt, dass sie beobachtet wird und fährt zusammen, als sich Herr Choi, in schlappenden Hausschuhen näher kommend, erkundigt, ob sie sich auch nicht verletzt habe. Als er ihr dann auch noch leicht auf den Hintern klopft, scheinbar um Erde von ihrem Rock zu entfernen, faucht sie: „Was fällt Ihnen ein?" und sieht ihn dabei so scharf an, dass ihre Augen schmerzen müssen. Endlich hat sie mit Hilfe von Herrn Choi mühsam die Wäscheleine wieder an ihrem Platz befestigt. Gespielt verärgert geht sie mit steifen Schritten zur Veranda. Wie ein trotziges Kind schleudert sie ihre Schuhe von den Füßen, kommt ins Zimmer, wo ich über meinen Hausaufgaben sitze, und lässt ihren Ärger ausgerechnet an mir aus: „Wo du schon zu Hause bist, warum hast du mir nicht gesagt, dass dieser Kitanai da ist?" Tante Yongok tut nur so, als sei sie wütend. Herr Choi scheint ihr Spiel zu durchschauen und lacht unverschämt in unsere Richtung. Dann geht er langsam wieder zu seinem Platz auf der Veranda zurück.

Tante Yongok lässt sich mit Schwung vor dem niedrigen Schreibtisch nieder, flucht leise und zieht den Spiegel zu sich heran. Eine lange Weile sieht sie hinein, aber nicht aufmerksam auf eine bestimmte Stelle, als suche sie nach Spuren von Peperonipulver auf ihren Zähnen. Die Art, wie sie ihr Kinn hebt und ihr Gesicht zur Seite dreht, lässt eher darauf schließen, dass sie sich ausmalt, wie sie vorhin auf Herrn Choi gewirkt haben mag.

Meine Tante findet Herrn Choi heimtückisch und abstoßend und kann ihn überhaupt nicht ausstehen, deshalb nennt sie ihn Kitanai (meine Tante sagte, sie wolle das Wort „Widerling" jederzeit benutzen können, aber weil sie und Herr Choi im selben Haus wohnen, sei es ihr nicht immer möglich, das Wort laut auszusprechen, weshalb sie meine Großmutter nach einem japanischen Begriff gefragt hat, um sich ein Wort mit einer entsprechenden Bedeutung auszuleihen). Trotzdem schien es ihr nicht allzu sehr zu missfallen, als Frau bewundert zu werden, und selbst wenn es sich um diesen Kitanai handelt. Gegenüber anderen behauptet sie zwar, sie wünsche sich nichts sehnlicher, als dass Herr Choi auszöge, aber insgeheim war ihr der männliche Blick, den seine Anwesenheit auch bedeutet, nicht nur unangenehm.

Tante Yongok holt aus der Küche ein rohes Ei, das Großmutter bestimmt aufheben wollte, um es nachher für mich zu braten, aber jetzt schlägt sie es an der Kante der Veranda auf und gießt das Eigelb in eine Schale. Sie will sich eine Gesichtsmaske machen.

Wie viel Zeit wohl vergangen ist? Als ich mit den Hausaufgaben fertig bin und mich umsehe, liegt meine Tante schlafend auf der Veranda, das Eigelb auf ihrem Gesicht. Irgendwo in dieser Maske sind anscheinend Löcher, die einen Zugang zu ihren Atemwegen ermöglichen, denn aus der Mumifizierung wird gleichmäßiger Atem ausgestoßen.

Janguns Mutter ist vorhin ausgegangen, ihren Sohn vor sich her treibend, die Schneiderei „New Style" hat heute geschlossen. Die fleißige Ajumma aus der „Kwangjin-Taera" hat schon am Vormittag sämtliche Hausarbeiten verrichtet und ist, Jesong auf dem Rücken, zur Familie ihres Mannes gegangen. Der Ajossi, der, wenn es ums Amüsieren geht, von niemandem übertroffen wird, ist bereits am Samstag mit seinem Stammtisch nach Yosu, auf die Insel Odong gefahren. Von Herrn Choi ist auch kein Laut zu hören, wahrscheinlich spielt er Billard.

Im ganzen Haus herrscht Sonntag mittags eine durchdringende Stille. In dieser Stille hallt der monotone Singsang der Gassenkinder besonders laut wider: „Mein Mann, geh nach Vietnam, schick Geld nach Haus und stirb durch ein nicht geladenes Gewehr …"

Noch einmal ist der Refrain zu hören, bevor er sich mehr und mehr entfernt: „Stirb durch ein nicht geladenes Gewehr…"

6. Ahnungslose Tugendwächter

Nachdem die letzte Schulstunde beendet ist, greife ich eilig nach meiner Tasche und will durch die Klassenzimmertür verschwinden, als ich Bonghi meinen Namen rufen höre. Sie möchte, dass ich mit zu ihr nach Hause komme, aber ich weiß, warum sie ständig versucht, mich in ihre Clique hineinzuziehen und antworte schroff: „Heute kann ich nicht. Ich bin mit meiner Tante verabredet."

„Mit deiner Tante? Du meinst die Sister?"

Mir missfällt der Unterton, der mitschwingt, als Bonghi „Sister" sagt. Ihre Schwester Minhi war letztes Jahr eine von Tante Yongoks Englisch-Schülerinnen. Es war unerträglich mit ansehen zu müssen, wie sie auf völlig übertriebene Weise beim Aussprechen der Vokabeln ihre Zunge rollen ließ, aber zu Hause hatte sie anscheinend nichts Gutes über meine Tante erzählt.

„Wohin gehst du mit der Sister?", fragt Bonghi erneut, aber weil ich keine Lust habe, mich noch länger von ihr aufhalten zu lassen, setze ich ein undurchsichtiges Lächeln auf und gehe durch die Tür. Als Bonghi mir hinterherruft: „Dann morgen! Morgen musst du unbedingt mitkommen ...", beschleunige ich meine Schritte, um ihr zu zeigen, dass ich auch das nicht tun werde.

Bonghis Mädchenclique ist dafür berüchtigt, nur Ärger zu machen. Im Unterricht schlagen sie provokativ ein Bein über das andere und wippen mit den Stühlen, und Seonja, deren Familie einen Hühnerhof betreibt, haben sie gezwungen, jeder von ihnen täglich ein Ei abzuliefern, das sie dann vor den Augen der anderen Schüler aufschlagen und verspeisen. Sie machen immer Andeutungen, in ihren Schulranzen befände sich ein Messer, oder sie binden sich ein Taschentuch ums Handgelenk, als seien sie in einem Kampf verletzt worden. Das ist in meinen Augen alles sehr kindisch.

Mitschülerinnen wie Bonghi, die sich so viel Mühe geben, älter zu wirken als sie sind, gehe ich diskret aus dem Weg, denn nichts beweist mehr, dass sie noch Kinder sind. Ich dagegen versuche, einen möglichst kindlichen Eindruck zu vermitteln. Kindsein ist nicht nur häufig bequem, es kann auch in Notsituationen eine effektive Waffe sein. Nur Kinder wie

Bonghi versuchen, das Älterwerden zu beschleunigen, obwohl es ohne jedes eigene Zutun ganz von allein geschieht. Sie imitieren ohne Verstand das Verhalten der Erwachsenen, sobald etwas verboten ist.

Als ich an der Apotheke Daesong vorbeilaufe, werfe ich einen flüchtigen Blick auf die Uhr im Laden und beschleunige meinen Gang. Allein aufgrund der Tatsache, dass ich mich ein paar Minuten verspäte, wird meine Tante bereits vollkommen aufgelöst sein, dabei ist sie zweifellos weit davon entfernt, mit ihren eigentlichen Ausgehvorbereitungen zu beginnen, geschweige denn fertig zu sein.

Ich trete durch das Haustor und Tante Yongok steht, noch nicht einmal umgezogen, auf der Veranda und bürstet sich die Haare. Als sie mich sieht, keift sie: „Warum kommst du so spät?" Obwohl sie noch lange nicht fertig ist, scheinen wir nur meinetwegen spät dran zu sein.

Im Zimmer herrscht Chaos. Auf dem niedrigen Tisch, der sowohl mir als Schreibtisch als auch meiner Tante als Schminktisch dient, stehen unzählige halb offene Kosmetikfläschchen. Weil Tante Yongok versucht hat, den Kleiderschrank mit Gewalt zu schließen, obwohl noch die Ärmel der Kleidungsstücke herausragen, biegt sich die Tür. Die Schublade mit den Strümpfen ist ausgezogen und der Wandschrank steht weit geöffnet. Der Boden ist übersät mit Kleidungsstücken, so dass ich nicht mal einen Platz finde, um meinen Schulranzen abzustellen.

„Wenn Mutter fragt, was wir gemacht haben, was sagen wir dann? Dass wir mit Kyongja unterwegs waren?"

Ich bewahre meine schlecht vorbereitete Tante vor diesem Fauxpas und wende ein: „Ich dachte, Kyongja ist gestern zu ihrer Schwester gefahren. Ist sie denn schon zurück?"

„Ach ja, das stimmt. Dann sage ich also, dass wir spazieren gegangen sind."

Meine Tante geht ins Zimmer, wirft einen flüchtigen Blick auf die Wanduhr und macht eine Geste scheinbar größten Erschreckens. Dann öffnet sie hektisch ihre Handtasche, holt ihr Portemonnaie heraus und ruft: „Ah, da ist es ja!" Panisch wegen dieser Nichtigkeit streicht sie sich beruhigend über die Brust. Je näher die Stunde des Treffens heranrückt, desto weniger hat sich Tante Yongok unter Kontrolle, und wie immer macht sie dabei diejenigen, die ihr zusehen müssen, noch verrückter als sich selbst.

Sie trägt an diesem Tag ein weißes Kleid mit großen Punkten und dazu ein Haarband aus demselben Stoff. Jedes Mal wenn sie dieses Kleid trägt, regt sie sich darüber auf, dass Miss Lee zweimal den Anprobetermin verschoben hatte. Dabei war nicht Miss Lees Unzuverlässigkeit der Grund dafür, sondern meine ungeduldige Tante, die verlangt, ein Auftrag solle innerhalb einer Woche fertig sein, wenn Miss Lee sagt, sie brauche zehn Tage. Und wenn Miss Lee eine Woche Zeit benötigt, dann besteht meine Tante darauf, schon nach fünf Tagen zur Anprobe zu kommen.

Auch abgesehen von ihrer dreisten Überzeugung, alles habe schneller fertig zu sein, als es möglich ist, nur weil sie es will, sind die Ansprüche meiner Tante in Kleidungsfragen sehr kompliziert. Das Kleid mit den Punkten hatte sie nach einer Fotografie in einer Zeitschrift anfertigen lassen. Tante Yongok beschwerte sich bei Miss Lee darüber, dass das Kleid nicht gelungen sei. Es ärgert sie, dass dasselbe Kleid, das an dem Model in der Zeitschrift luxuriös schien, an ihrem Körper eine Veränderung erfährt und auf einmal provinziell wirkt. Der Grund für diese Provinzialität liegt meiner Meinung nach nicht in der mangelnden Handfertigkeit von Miss Lee, die ja auch nur Hilfskraft in einer ländlichen Schneiderei ist, sondern allein in der Statur meiner Tante, die die westliche Ausstrahlung des Models mit dem Künstlernamen Rubina nicht einmal nachahmen kann.

„Ist dieser Lippenstift in Ordnung? Ist er nicht zu hell?“

Die Lippen meiner Tante tragen modisches Mattrosa. Als Großmutter die Farbe zum ersten Mal sah, sagte sie: „Die jungen Frauen heute sehen aus wie Leichen mit ihren weißen Lippen“ und Janguns Mutter erwiderte sofort: „Ja, was nicht alles in Mode kommt. Finden Sie nicht, dass es beim flüchtigen Hinsehen aussieht, als seien die Lippen abgeschürft? Oder als wären die Frauen zurückgeblieben …“

Meine Tante, die keine Lidfalten hat, versucht diese durch eigens dafür gedachte Klebestreifen zu erzeugen. Heute hat sie die Streifen anscheinend erst vor kurzem abgezogen, denn ihre Lider sind noch gerötet. Sie hat Wimperntusche, einen Augenbrauenstift und schwarzen Lidstrich aufgetragen. Jeder kann sehen, dass sie sich mit Sorgfalt geschminkt hat.

Meine Tante sieht richtig hübsch aus. Sie ist zwar nicht elegant wie das Model in der Zeitschrift, aber das Kleid mit dem gepunkteten Muster und das Haarband verleihen ihr in der frühsommerlichen Sonne auf ihre eigene Art einen frischen Ausdruck. Außerdem lässt ihr junges Alter ihre weiße Haut und ihre großen dunklen Augen hell erstrahlen, während es einen wohlwollenden Schatten über ihren breiten Hintern und ihre gebeugten Schultern wirft.

Nachdem sich Tante Yongok die Schuhe angezogen hat, die draußen standen, betrachtet sie sich ein letztes Mal im Spiegel, der an einem Pfeiler der Veranda hängt. Mit einer sehr künstlichen Bewegung streicht sie sich durch die Haare, dreht sich zur Seite, hebt ein wenig die Schultern und legt ihren Kopf leicht in den Nacken. Als Zeichen dafür, dass sie mit ihrem Aussehen zufrieden ist, zupft sie meinen Kragen zurecht, der gar nicht schief sitzt.

Erst jetzt, wo sie mit ihrem Aussehen zufrieden ist und mich als Tugendwächterin dabei hat, scheint sie Mut zu schöpfen, sie wirkt kampfbereit. Sie will ihr Selbstbewusstsein mit einem Lächeln zum Ausdruck bringen, dabei spannen sich ihre rosafarbenen Lippen.

Tante Yongok hat sich lange den Kopf zerbrochen, wo ihr erstes Rendezvous stattfinden soll. Nach einigem Hin und Her hat sie sich für einen Ort entschieden, der ihr das restliche Leben lang als Inbegriff der Romantik in Erinnerung bleiben sollte: die Burg.

Die Burg hat eine lange Tradition. Sie ist zwar nicht gerade eine Touristenattraktion, aber die Aussicht, die man von hier aus hat, könnte sie zu einer machen. Weil die Burgmauern vollständig erhalten sind, findet alljährlich im Herbst am „Tag des Militärs und des Volkes“ eine Parade um die Burg herum statt, außerdem werden dort Literatur- und Malwettbewerbe veranstaltet und bei öffentlichen Ankündigungen dient sie als Versammlungsort. Der Teich und die gut gepflegten Waldwege sind vor allem bei frisch verliebten Paaren beliebt.

Die Kinder wachsen zwischen den Bäumen spielend auf, und an Feiertagen bietet sich die Burg als ein leicht zu erreichendes Ziel für Picknickausflüge an. Die Burg ist der einzige Ort in unserer Umgebung, der einem Park ähnelt. Wenn die Leute von der Burg sprechen, dann meinen sie damit die gesamte Anlage mit ihren verschiedenen Erholungsmöglichkeiten. Diesen Ort hat meine Tante als Treffpunkt für ihr erstes Rendezvous auserkoren.

Um auf das Burggelände zu gelangen, muss man am Busbahnhof vorbei.

Wie immer ist er schmutzig und laut. Eine Frau, die gerade aus einer öffentlichen Toilette herausgekommt, putzt mit gerunzelter Stirn die Sohlen ihrer Gummischuhe an den Treppenstufen ab, die zum Wartesaal führen. Im Gemischtwarenladen „Brüder" direkt neben der Polizei streiten sich die Besitzer Manbok und Hongbok, nach denen der Laden benannt ist und die für ihre Auseinandersetzungen bekannt sind, und hinter dem liegen gebliebenen Bus, dem alle Reifen fehlen, hocken Kinder zusammen, die Kaugummis und anderes verkaufen. Mein Blick bleibt an einem Soldaten hängen, der den Perlenvorhang vor der Tür der heruntergekommenen Gaststube neben dem Getreidewarenhandel „Reiche Ernte" beiseite schiebt und heraustritt. Beim Vorbeigehen betrachte ich ihn aus den Augenwinkeln, er wischt sich seine fettigen Lippen mit dem Handrücken ab, anscheinend hat er gerade Suppe gegessen. Zum Glück hat er mit Hyongyol Lee, den ich auf einem Foto gesehen habe, überhaupt keine Ähnlichkeit.

Hinter dem Soldaten tritt ein Mann durch den noch immer hin und her schwingenden Vorhang, den ich zweifellos kenne. Ich bohre meinen Finger tief in den Ellenbogen meiner Tante und flüstere: „Du, sieh doch, Kiung Hong …"

Als meine Tante den Mann erkennt, dreht sie ihren Kopf blitzschnell zur Seite, als habe sie etwas gesehen, das sie besser nicht hätte sehen sollen, und beschleunigt ihren Gang. Sie würde gern rennen, um so schnell wie möglich aus seinem Blickfeld zu verschwinden, aber weil das zu auffällig wäre und seine Aufmerksamkeit noch mehr in unsere Richtung lenken würde, achtet meine Tante beim Gehen so angespannt auf ihre Schritte, dass sie fast das Gleichgewicht verliert. Aber auch diese Mühe ist vergebens. Tante Yongok kann den scharfen Augen des Mannes nicht entrinnen. Seine tiefe Stimme ist bereits direkt hinter uns: „Wo gehst du hin, Yongok?"

„Was geht dich es an, wo ich hingehe?"

Dafür dass sie sich auf ihre Schritte konzentrieren muss, ist das Verhalten meiner Tante recht kühn. Während sie ihm widerwillig antwortet, sieht sie sich ängstlich um, als fürchte sie, jemand könnte ihr Gespräch bemerken. Sie geht noch immer zielstrebig in Richtung des Burggeländes, wo Hyongyol Lee auf sie wartet.

„Ich will wissen, wo du in dieser Aufmachung hingehst!"

Meine Tante gibt mit einem unverhohlenen Gesichtsausdruck zu verstehen, dass sie ihm eine große Ehre damit erwiesen hat, überhaupt zu antworten, und eilt erhobenen Hauptes weiter. Aber Kiung Hong holt den Vorsprung, den Tante Yongok mit drei, vier Schritten erreicht hat, mit einem Schritt wieder ein.

Kiung Hong ist ein Unruhestifter. Ich weiß zwar nicht, was er als Unruhestifter tut, aber immer wenn Erwachsene von ihm sprechen, wird er als solcher bezeichnet. Sein Vater ist Besitzer des Kinos Jungang, er ist jedoch kein legitimer Sohn, seine Mutter war nur eine Nebenfrau. Als kleines Kind war Kiung brav und sanftmütig, aber als seine Mutter während seiner Mittelschulzeit starb, geriet er an die falschen Leute und entschied sich aus tiefem Hass gegenüber seinem Vater für ein rebellisches Leben, das Leben eines Unruhestifters.

Ungefähr im zweiten Jahr der Mädchenoberschule ging meine Tante mit ihren Freundinnen auf ein Erdbeerfeld. Sie saßen auf einer Holzplattform im Kreis, plauderten, hauptsächlich über ihre Lehrer, und hatten viel Spaß. Als aber der Wind anfing, die Blätter der Pappeln rascheln zu lassen, wurden sie sentimental und fingen an zu singen. Verglichen mit ihren Freundinnen sang meine Tante einigermaßen anständig. Angeregt durch das Lob ihrer Freundinnen sang sie „Bawoo-Hügel“, „Santa Lucia“, und als sie noch mehr Bewunderung bekam, sang sie auch noch „Die Einsamkeit im Café“ von den Pearl Sisters und mit „Yesterday“ stellte sie ihr populärkulturelles Können zur Schau.

Tante Yongok, die an diesem Tag äußerst gut gelaunt war, verstauchte sich auf dem Heimweg einen Knöchel, als eines der Mädchen, Myongja, schrie: „Pass auf Yongok, vor dir, eine Schlange!“ Meine Tante enttäuschte die Erwartung ihrer Freundinnen nicht, sie kreischte, riss ihre Beine weit nach oben und fiel dabei geradewegs auf dem Feldweg hin.

Sie waren ziemlich weit gegangen und befanden sich jetzt mitten auf dem Feld. Meine Tante war ratlos. Da kam ein Mann, der bis dahin auf einer Anhöhe am anderen Ende des Feldes gestanden hatte, langsam auf die Gruppe der Mädchen zu. Als er sah, dass Tante Yongok verletzt war, stützte er sie beim Gehen. Nein, er hatte sie regelrecht unter seiner Achselhöhle festgeklemmt. Meine Tante, deren Kopf in der Schulter des Mannes vergraben war, schämte sich zwar für diese Situation, gleichzeitig kam sie sich jedoch auch wie eine Prinzessin vor, die durch einen plötzlich erscheinenden Ritter aus der Turmspitze einer Hexe gerettet wurde. Dieser Mann war Kiung Hong. Mit meiner Tante unter seiner Achselhöhle lief er voran, gefolgt von den drei anderen kichernden Oberschülerinnen. Für alle Beteiligten wurde diese Szene zu einem unvergesslichen Erlebnis. Insbesondere für Kiung Hong.

Als sie sich dem Dorf näherten, befreite Kiung Hong meine Tante aus seinem Griff und vertraute sie ihren Freundinnen an. Er wandte sich zu meiner Tante, die sich aufgrund ihrer Verlegenheit und gespielten Schüchternheit nicht einmal richtig bedanken konnte und ihm lediglich einen bedeutenden Blick zuwarf, und sagte: „Das warst doch du, die vorhin „Bawoo-Hügel“ gesungen hat, oder? Das war das Lieblingslied meiner Mutter.“

Meine Tante war von seinen Worten und seinem wilden und melancholischen Gesichtsausdruck verzaubert. Kiung und sie erschienen ihr wie Songil Shin und Engnan Om in dem Film „Die Jugend mit nackten Füßen“. Aber als sie bald darauf erfuhr, dass sie nicht von einem Ritter, sondern von einem Unruhestifter gerettet worden war, verbot sie ihren Freundinnen nicht nur, auch nur ein Wort über das Ereignis zu verlieren, sondern knirschte mit den Zähnen, sobald sie Kiung Hong erblickte, der immer dann, wenn die Sache halbwegs vergessen war, plötzlich aufkreuzte und sich ihr in den Weg stellte. Kiung Hong hatte meine Tante auf ewig in sein Herz geschlossen.

Meine Tante versucht zwar, möglichst streng auszusehen, aber die Nervosität steht ihr ins Gesicht geschrieben. Auch ich bin nicht wenig beunruhigt und befürchte, Kiung Hong könne uns in dieser kampflustigen Stimmung bis zur Burg folgen. Was würde passieren, wenn er dort den Mann sähe, der auf meine Tante wartet … Auch wenn er sich für einen mutigen Soldaten der Republik Koreas hält, jemanden wie Hyongyol Lee würde Kiung Hong windelweich prügeln.

Tante Yongok wendet sich mit einer weinerlichen Miene zu mir. Ihre grünen Lider sind verzerrt, ihre hell geschminkten Lippen durch ihre Nervosität noch etwas blasser. Ich finde es jämmerlich, dass meine Tante nicht einmal in der Lage ist, dieses Hindernis zu bewältigen, und werde umso mutiger. Genau in diesen Momenten kann das Kindsein äußerst nützlich sein. Ein Welpe weiß noch nicht, dass er sich vor dem Tiger fürchten muss, also schreie ich Kiung Hong frech an: „Lass sie gehen! Wir sind auf dem Weg zu meiner Preisverleihung!"

Ich hatte schon Angst, dass mir der immer finster dreinblickende Kiung Hong seine Faust entgegenhalten könnte. Aber er nimmt es nicht als Beleidigung auf, sondern ist auf gewisse Weise geschmeichelt, dass ich, die Zwölfjährige, so unverschämt zu ihm bin. Er lächelt mich sogar an, als fände er meine Kühnheit niedlich. Eigentlich war er auch sonst immer freundlich zu mir, wenn ich ihm zufällig auf der Straße begegnete, winkte er mir meistens heimlich zu. Weil meine Tante ihn immer ignorierte, verzog er zwar manchmal das Gesicht zu einer bedrohlichen Grimasse, um sie einzuschüchtern, aber mir gegenüber, ihrer Nichte, war er immer wohlwollend, so wie jetzt: „Du bekommst also einen Preis, Jinhi?"

In seinem Blick liegt eine Spur von Stolz. Brave Kinder haben häufig eine vermittelnde Wirkung auf Erwachsene. In diesem Moment werde ich zur gemeinsamen Nichte von Tante Yongok und Kiung Hong. Er sieht sogar richtig glücklich aus, während er auf mich herabsieht, weil er sich durch mein Verhalten mit meiner Tante verbunden fühlt und gemeinsam mit ihr stolz auf mich sein kann. Von diesem Glücksgefühl milde gestimmt, ist er nun bereit, uns ziehen zu lassen. Er wendet sich von uns ab und macht sich auf den Weg zurück zum Busbahnhof. Im Gehen ruft er meiner Tante noch hinterher: „Geh früh nach Hause!"

Meine Tante ist verblüfft und will etwas erwidern, aber unter Berücksichtigung der Umstände schließt sie ihren Mund und will jetzt so schnell wie möglich zur Burg. Sie treibt mich zur Eile an und zerrt an meinem Arm. Ich drehe mich noch einmal um und sehe, wie Kiung Hongs breite Schultern, die in einer für die Jahreszeit unpassenden Lederjacke stecken, in der mir vertrauten Bierhalle Arirang verschwinden.

„Warum begegne ich diesem Typen ausgerechnet heute? Das regt mich auf."

Tante Yongok sieht nervös auf ihre Armbanduhr. Sie befürchtet, ihre sorgfältig gepflegte Pünktlichkeit könnte nicht genug zum Ausdruck kommen. Normalerweise sagt sie zwar, Frauen müssten, um sich „rar" zu machen, ein paar Minuten zu spät zum Rendezvous erscheinen, kokett kichern und behaupten, dass sei koreanische Pünktlichkeit, aber da

Hyongyol Lee in seinen Briefen geschrieben hat, er möge natürliche Frauen, schien es ihr angebrachter, in gewohnter Weise pünktlich zu sein.

Im Innern von Kiung Hong ist nur meine Tante. Aber im Innern meiner Tante ist nur Hyongyol Lee. Von Kiung Hong aus verläuft eine Linie geradewegs zu meiner Tante, aber die Linie, die von meiner Tante ausgeht, endet bei Hyongyol Lee. Wie steht es mit der Linie, die bei Hyongyol Lee beginnt? Wird sie wie ein Pfeil auf meine Tante zeigen?

Alles hängt von dem heutigen Treffen ab. Falls die Linie von Hyongyol Lee in die Richtung meiner Tante verläuft, entsteht eine unter Spannung stehende Figur. Wenn sich die Spannung nicht entladen kann, wird sie durch den Druck zerrissen. Dann findet zwischen allen drei Punkten keine Annäherung statt. Ich bekam Interesse an diesem neuen Experiment, das ich von nun an beobachten konnte.

Einige Zeit später verlassen wir die Hauptstraße und biegen in einen schmalen Weg ein. Nachdem wir ungefähr fünf Minuten lang dem ansteigenden Weg gefolgt sind, gelangen wir an den kleinen Bach. Dahinter liegt die Burg. Als wir dem Weg hinauf folgen, hören wir einen Pfiff aus der Richtung des Burgtors. Ein Soldat lehnt an einer der dicken Säulen. Als meine Tante ihn sieht, reibt sie hastig noch einmal ihre Ober- und Unterlippe aneinander und fragt flüsternd: „Du, ist in meinem Gesicht alles in Ordnung?“, da kommt der Soldat schon mit Riesenschritten auf uns zu und sagt, energisch salutierend: „Korporal Hyong – Yol – Lee begrüßt seine Freundin!“

Tante Yongok lächelt verlegen bei dieser Begrüßung, aber gleichzeitig mustert sie Größe und Körperbau des Soldaten und die Symmetrie seines Gesichts. Auch Hyongyol Lee betrachtet meine Tante, ihr Lächeln, die Lippen, die dieses Lächeln hervorbringen und die Figur der Einundzwanzigjährigen in ihrem gepunkteten Kleid.

„Das ist meine Nichte Jinhi.“

„Du bist also Jinhi? Deine Tante hat mir in ihren Briefen viel Gutes von dir erzählt.“

Er ist freundlich und ich senke meinen Kopf zur Begrüßung.

So wie es Mode ist, Briefe durch Kinder überbringen zu lassen, ist es auch bei jungen Frauen Mode, sie zu ihren Verabredungen mitzunehmen. Kinder können nicht nur die Verlegenheit zwischen Männern und

Frauen mildern, sie sind auch praktisch, wenn Dinge gesagt werden sollen, die dem anderen nicht direkt mitgeteilt werden können. So lassen sich Komplimente formulieren, wie etwa: „Heute ist deine Tante wirklich hübsch, findest du nicht?“ oder „Sag deiner Tante, dass ich sie gern habe.“ Kinder verleihen dem Rendezvous einen öffentlichen Charakter, gleichzeitig stellt die Frau, die von einem Kind begleitet wird, ihre Sittsamkeit unter Beweis. Allerdings wird die Intimität der Verabredung durch die ahnungslosen Tugendwächter nicht maßgeblich beeinträchtigt.

Das alles ist nur solange notwendig, wie sich Mann und Frau noch nicht so gut kennen, der Grad der Intimität zwischen den beiden Erwachsenen also noch nicht die Stufe erreicht hat, auf der selbst ein ahnungsloses Kind eine Hindernis darstellt. Den Kindern ist klar, dass ihre Rolle als Tugendwächter nichts als Betrug ist, jeder weiß, dass es sinnlos ist, junge Leute bewachen zu wollen.

„Sie unterrichten also Englisch, Yongok?“

„Ja.“

„Sie müssen gut darin sein. Mein Englisch ist leider sehr schlecht.“

Hyongyol Lee und meine Tante wechseln auf diese Weise ein paar Worte und Blicke, laufen dann ein Stück den Weg hoch und setzen sich schließlich auf eine Bank unter den Bäumen. Hyongyol Lee scheint das Reden besser zu beherrschen als das Schreiben, er ist viel munterer und kühner, als seine kurzen und einfachen Briefe erwarten ließen: „Und wissen Sie, da sagt mein Vorgesetzter, selbst kaltes Wasser kennt ein Oben und ein Unten. Dass ein einfacher Soldat eine Freundin hat, und er selbst nicht, sei schon Grund genug, ihn unter Arrest zu stellen – ich solle ihm meine Freundin überlassen.“

„So ein unmöglicher Vorgesetzter! Und dann?“

„Wenn es um irgendeine andere Frau ginge, dann vielleicht. Aber wie könnte ich Sie jemand anderem überlassen? Also habe ich ihm, fest entschlossen, jede Strafe auf mich zu nehmen, geantwortet: Das geht nicht, Sir. Yongok ist meine Freundin, für sie gäbe ich mein Leben.“

Als ich sehe, wie meine Tante errötet und überhaupt nicht imstande ist, ihre Freude zu verbergen, bin ich relativ erleichtert, dass meine Aufgabe als Tugendwächterin so ein schnelles Ende findet.

Als wir den Weg wieder hinunterlaufen, der eigentlich gar nicht besonders steil ist, wird der Gang meiner Tante immer unsicherer. Hyongyol Lee setzt zwar mehrere Male an, sie zu stützen, scheint sich aber nicht zu trauen, seinen Arm auszustrecken. Tante Yongok macht einen ungelenken Schritt nach dem anderen und stößt Hilfeschreie aus, sobald sich unter ihren Füßen ein Grashalm bewegt. Sie dreht sich nach Hyongyol Lee um, als wolle sie sofort in seine Arme sinken, ihre runden Augen sind voller Angst und ihre Lippen leicht geöffnet. Da fasst sich Hyongyol Lee ein Herz und sagt: „Halten Sie sich an meinem Arm fest."

Erst nachdem sich dieses Schauspiel zwei Mal wiederholt hat, nimmt Tante Yongok zögernd das Angebot an. Sie verhält sich, als sei sie diesen Weg, der ihr seit ihrer Kindheit vertraut ist, noch nie zuvor gegangen, und als sehe sie nur widerwillig ein, dass es klüger ist, ihre mädchenhafte Scheu zu überwinden, anstatt hinzufallen. In der Befürchtung, ihr Verhalten könne missverstanden werden, stößt Tante Yongok einen Seufzer aus, um ihr Gegenüber davon zu überzeugen, dass sie keinerlei unreine Absichten hegt, und greift erst dann ganz leicht nach dem Ärmel der Uniform von Hyongyol Lee.

Der Soldat und die Frau mit den langen Haaren. Von hinten betrachtet bekommt dieser Anblick eine symbolische Bedeutung. So wie die Militäruniform für den Augenblick steht, verkörpern die langen Haare Jungfräulichkeit; ersteres steht für Unterordnung, während durch letztere jugendliche Freiheit weht. Wenn die Militäruniform in ihren Beschränkungen nach Ausgleich verlangt, muss ihr die Jungfräulichkeit zum Opfer fallen, und wenn die Jugend der langen Haare nach Freiheit strebt, wird der Militäruniform keine Gelegenheit gegeben, die Untreue zu verhindern.

An Hyongyol Lees und Tante Yongoks Rücken ist der Verrat bereits ablesbar.

Die Sonne muss schon ein ganzes Stück gesunken sein, Großmutter ist bereits dabei, am Brunnen Gerstengraupen für das Abendessen zu mahlen. Sie gießt Wasser und Gerstengraupen in die tiefe Mulde des steinernen Mörsers und zerreibt die Graupen mit einem faustgroßen Stein. Sie fragt: „Warum kommst du allein? Yongok sagte, sie sei bei dir."

„Wir waren zusammen in der Burg, aber ich bin allein zurück, weil Tante Yongok einen ehemaligen Schüler getroffen hat. Er wollte sie etwas fragen, deshalb ist sie mit zu ihm nach Hause gegangen."

Meine Stimme klingt gelassen. Großmutter flucht: „Jetzt ist sie völlig übergeschnappt. Sie hat ja nicht einmal sich selbst unter Kontrolle, da will sie auch noch anderen etwas beibringen? Warum hört sie nie auf mich! Mädchen, die sich abends herumtreiben, sind vorgegarte Gerichte. Bis spät in den Abend bleibt sie weg und morgens steht sie erst auf, wenn die Sonne hoch am Himmel steht, als wäre sie Sodongsong aus der Tang-Dynastie. Nichts hat sie im Kopf …"

Käme meine Tante früher aus dem Bett, dann wäre mir der Langschläfer Sodongsong, der vor tausend Jahren in China gelebt haben soll, nie begegnet. Meine Großmutter kennt zwar auch schlimmere Schimpfwörter, aber seit Tante Yongok die Oberschule beendet hat, verwendet sie diese Wörter nur noch selten. Zu mir sagt sie so etwas selbstverständlich nie.

Selbst als Großmutter mit den Vorbereitungen für das Abendessen fertig ist und die Suppe mit den Sojasprossen vom Herd nimmt, gibt es noch immer keine Spur von meiner Tante.

„Wo steckt sie nur die ganze Zeit?"

Die Tage sind zwar lang, aber es beginnt jetzt zu dämmern. Auch ich mache mir insgeheim Sorgen. Ich befürchte, ich könnte meine Rolle als Tugendwächterin zu schnell aufgegeben haben.

„Was hat deine Tante gesagt, zu wem sie geht? Wo wohnt dieser Schüler?"

„Keine Ahnung …"

„Sie ist wohl von allen guten Geistern verlassen! Wahrscheinlich hat sie sich irgendwo breit gemacht und über ihrem Geschwätz vergessen, dass die Sonne untergeht. Wenn sie einmal draußen ist, findet sie den Weg nach Hause nicht mehr."

Während sie schimpft, legt Großmutter die Löffel auf den runden, hölzernen Esstisch, da tritt endlich Tante Yongok durch das Haustor. Ihr Gang ist zittrig und die Geister, gute wie böse, scheinen sie tatsächlich verlassen zu haben.

Sie nimmt den Tadel, der aus Großmutters Mund sprudelt, kaum wahr und isst abwesend ihr Abendessen. Teilnahmslos sitzt sie am Tisch und starrt Löcher in die Luft. Als Großmutter in der Küche den Abwasch macht, nutzt Tante Yongok die Gelegenheit und zieht sich leise ihre Schuhe wieder an. Auf die Gefahr hin, vom Blitz getroffen zu werden, will sie zu Kyongja.

Nur wenig später kommt sie wieder, Kyongja ist noch nicht von ihrer Schwester zurück. Ich atme erleichtert auf, weil Großmutter gleich mit dem Abwasch fertig sein müsste. Tante Yongok ist enttäuscht, dass sie mit niemandem ihr heutiges Glück teilen kann.

Schließlich hält sie es nicht mehr aus und erzählt mir alles. Sobald Großmutter sich schlafen gelegt hat, nachdem sie mit einem tiefen Seufzer festgestellt hat, dass wieder keine Nachricht von Onkel Yonghun aus Seoul gekommen ist, setzt sich meine Tante zu mir und platzt mit dem bislang Zurückgehaltenen heraus: „Andauernd hat er gesagt, dass mein Gesicht ihm bekannt vorkommt. Dann ist es ihm eingefallen, ich sehe genauso aus wie sein Nachbarsmädchen, das in der fünften Klasse weggezogen ist. Seine erste Liebe. Seine Hand hat ganz schön gezittert, als er den Zucker in die Kaffeetasse gerührt hat. Viel Erfahrung mit Mädchen scheint er nicht zu haben. Als er nach einer Zigarette gegriffen hat, ist er mit seinem Ellbogen gegen die Kaffeetasse gestoßen. Ich habe ihm mein Taschentuch gegeben, damit er den verschütteten Kaffee wegwischen konnte. Da meinte er, er werde es für immer bewahren und hat es einfach eingesteckt.

Weil alle in seiner Familie so beschäftigt sind, war er als Kind sehr einsam. Du weißt doch aus Filmen, wie es in reichen Familien zugeht. Beim Sprechen hat er seinen Kopf zur Seite gedreht, und hast du gesehen, was für tolle Augen er hat?“

Während meine Tante sich kaum beruhigen kann, fallen mir die Augen zu und ich unterdrücke nur mühsam das Gähnen. Trotzdem redet Tante Yongok, an die Wand mit der Rautenmustertapete gelehnt, einfach weiter, als führe sie ein Selbstgespräch. An der Stelle, die sie für den Höhepunkt hält, zittern ihre Knie unter der Decke, sie ist wie berauscht von den heutigen Erlebnissen. Großmutter scheint im Schlaf etwas von der Aufregung zu spüren und dreht sich geräuschvoll auf die andere Seite. Erschreckt zieht meine Tante ihre Decke bis zum Mund und verharrt mit angehaltenem Atem in dieser übertriebenen Position, aber als Großmutter wieder zu schnarchen beginnt, wirft sie mir ein komplizenhaftes Lächeln zu. Tante Yongok ist verwirrt, weil es ihr wie ein Wunder vorkommt, dass ihr Leben auf einmal in hellen Glanz getaucht ist.

Als sollte dieser Glanz besonders hell erstrahlen, ertönt aus den Zimmern des Ehepaars aus der „Kwangjin-Taera“ ein Schrei, daraufhin entsteht ein Lärm, der nichts Gutes verheißt.

Tante Yongok legt sich hin und fängt bald darauf an, leise zu schnarchen. Sie hat sich vor dem Schlafengehen nicht einmal das Gesicht gewaschen, der Anblick der verwischten Wimperntusche und des verschmierten schwarzen Kajalstrichs ist trist und hässlich. Die Farbe scheint zu jucken, Tante Yongok reibt sich die Augen. Da verschwinden ihre Pupillen, die bis dahin noch ein Stück zu sehen waren, gänzlich unter der dünnen Haut ihrer Lider.

Ich stehe auf, ziehe an der Schnur, die von der Deckenlampe herunterhängt, um das Licht zu löschen und lege mich wieder unter die Decke. Aus dem Nachbarzimmer höre ich leises, unterdrücktes Schluchzen. Aus der Ferne hallt das Bellen eines Hundes, aber unser glücklicher Hund Happy schläft geräuschlos.

Die Stille reißt mich vollständig aus dem Schlaf.

7. Diebstahl

Endlich ist eine Nachricht gekommen.

Großmutter ist nervös, weil anstelle meines Onkels, der eigentlich nur ein paar Tage in Seoul verbringen wollte, und jetzt bereits seit über zehn Tagen fort ist, lediglich ein Brief eingetroffen ist. Großmutter reicht ihn meiner Tante und drängt sie, mit tiefen Sorgenfalten auf der Stirn, vorzulesen, was mein Onkel schreibt.

Zu unserer Erleichterung steht in dem Brief, dass es ihm gut geht. Er wohnt bei einem Freund und wird in einigen Tagen nach Hause kommen. Er schreibt nichts, worüber sich Großmutter Sorgen machen müsste. Dass Onkel Yonghuns Universität vorläufig geschlossen wurde, ist zwar keine gute Nachricht, aber da er deshalb bald heimkehrt, ist meine Großmutter sichtlich erleichtert.

Janguns Mutter steht heute ausnahmsweise bereits seit dem frühen Morgen am Brunnen, um den Todestag ihres Mannes vorzubereiten. Als sie sieht, wie Großmutter, Tante Yongok und ich auf der Veranda unruhig in dem Brief lesen, will sie natürlich wissen, was darin steht. Auf die Auskunft, dass mein Onkel noch in Seoul sei, fragt sie: „Hat er vielleicht heimlich eine Freundin dort?" Miss Lee, die in diesem Augenblick aus der Toilette kommt, wird ganz blass, als sie das hört.

Mein Onkel hockte gewöhnlich den ganzen Tag in seinem Zimmer und lernte für sein Juraexamen.

Ab und zu setzte er sich auf die Veranda und gönnte sich und seinem Kopf eine Pause. Mit einer Hand schützte er dann seine Augen vor der Sonne und verzog sein Gesicht, wie ein Mönch, der gerade aus der Einsiedelei in die profane Welt zurückgekehrt ist. So wie Miss Lee meinen Onkel dabei ansah, war sie leicht zu durchschauen.

Vielleicht hatte ich gar nicht das Geheimnis meiner Tante, sondern das von Miss Lee gepfändet. Sie ist daher gezwungen, mich zu mögen. Meine Vermutung wurde aus Miss Lees eigenem Mund bestätigt, sie hat mir ihr Geheimnis verraten, weil sie ein Bündnis zwischen uns schaffen wollte. Es war Miss Lees Absicht, durch mich Onkel Yonghun für sich zu gewinnen.

Nachdem sie sich mir anvertraut hatte, versuchte sie mich über meinen

Onkel auszufragen. Angefangen dabei, wofür er lernt, ob er gut vorankommt, was er am liebsten isst, bis hin zu der Frage, ob er in Seoul viele Freunde hat, gab es nichts, was sie nicht wissen wollte. Eines Tages überreichte sie mir ein Maßband und bat mich, den Brustumfang meines Onkels zu messen. Anscheinend wollte sie ihm einen Pullover stricken. Ein anderes Mal sollte ich für sie herausfinden, wer seine Lieblingsschauspielerin ist.

Obwohl ich mich selbstverständlich überhaupt nicht kooperativ zeigte, war Miss Lee von anhaltender Freundlichkeit. Ihre Strategie bestand darin, einstweilige Qualen auf sich zu nehmen, um schließlich das von ihr Ersehnte zu bekommen.

„Von wem ist denn der Brief?", fragt Miss Lee beiläufig, während sie den Schöpfkübel in den Brunnen taucht. Insgeheim hat sie das, was Janguns Mutter so dahergeredet hat, sehr beunruhigt. Weil sie ihren Blick auf uns richtet, entgeht ihr, dass sie das Wasser aus dem Kübel anstatt in die Waschschüssel auf den Boden gießt.

„Bring den Brief ins Zimmer", sagt Großmutter zu meiner Tante und geht zurück in die Küche, ohne Miss Lee zu antworten. Sie ist meiner Großmutter mit ihrer übertrieben entgegenkommenden Art und ihrem hinterhältigen Charakter nicht besonders sympathisch. Janguns Mutter folgt meiner Großmutter in die Küche und ich bleibe mit Miss Lee allein im Hof zurück. Sofort versucht sie wieder ein Gespräch anzufangen. Weil sie gerade von Großmutter vor den Kopf gestoßen wurde, ist sie nicht in der Verfassung, mich direkt nach meinem Onkel zu fragen, deshalb nimmt sie einen Umweg über meine Kleidung, die in der Schneiderei „New Style" genäht wurde: „Ach, du trägst ja das Kleid. Deine Großmutter fand ja damals die Ärmel zu weit, aber hatte ich nicht recht? So ist es viel bequemer, nicht wahr?"

Miss Lee, die es gelernt hat, anspruchsvollen Kunden nach dem Mund zu reden, sucht nach einer Gelegenheit, sich bei mir einzuschmeicheln: „Das sind aber schöne Schuhe. Die sehe ich zum ersten Mal an einem Kind. Hat sie die Ajumma Yowha mitgebracht?"

Die Ajumma Yowha ist eine fliegende Händlerin, die ein bis zwei Mal im Monat aus Seoul zu uns kommt, um Kleidung, Schuhe, Kosmetikartikel und Ähnliches zu verkaufen. Sie gehört zu den Zeugen Jehovas und man hätte sie Ajumma Jehova nennen müssen, aber der Einfachheit halber ist Yowha daraus geworden.

Weil die Ajumma Yowha Sachen bringt, die in der Provinz schwer erhältlich sind, versammeln sich die Frauen, wenn sie in unseren Ort kommt, bei Janguns Mutter und bestaunen vergnügt die Sachen, die die Ajumma ausbreitet, als öffne sie eine Zauberkiste. Auch meine Großmutter gehört zu den Stammgästen der Ajumma, obwohl sie nie etwas für sich selbst kauft. Da die Ajumma Yowha aber weiß, dass meine Großmutter mir gegenüber sehr großzügig ist, zeigt sie ihr die Dinge, die für mich geeignet sind, immer als Erstes. Wie Miss Lee vermutet hat, sind meine Schuhe vor kurzem aus dem Angebot der Ajumma erstanden worden.

Miss Lee wäscht sich die Hände und lässt sich dabei alle Zeit der Welt. Auch nachdem sie die Seifenlauge in der Schüssel zum zweiten Mal geräuschvoll weggeschüttet hat, denkt sie nicht daran, zu gehen, sondern lässt den Schöpfkübel ein weiteres Mal, platsch, in den Brunnen fallen. Dann wäscht sie sich so langsam wie möglich die Füße. Aber als sie schließlich, den Rock zwischen die Beine geklemmt, damit fertig ist, sich Wasser über die Füße zu schütten, und ich immer noch kein Wort über meinen Onkel verloren habe, hebt sie mit ihren Zehen die Gummischuhe auf, schüttelt aus ihnen abwechselnd links und rechts das Wasser und bewegt sich schließlich in die Richtung der Schneiderei. Dabei erzeugt der Wasserrest in ihren Gummischuhen bei jedem Schritt ein quietschendes Geräusch.

Erst jetzt laufe ich zum Brunnen, um mir endlich die Hände zu waschen. Als ich den Schöpfkübel in den Brunnen herablasse, hört das Quietschen auf und schon höre ich Miss Lees Stimme: „Übrigens, wann kommt dein Onkel aus Seoul zurück?“

Sie dehnt das „übrigens“ als sei ihr diese Frage gerade erst durch den Kopf gegangen.

„In ein paar Tagen“, antworte ich zögerlich.

„Ein paar Tage später als gedacht?“

„Ja.“

„Am wievielten kommt er denn?“

„Ich weiß nicht.“

„Warum weißt du das nicht? Steht denn nicht in seinem Brief, wann er kommt?“

Miss Lee wird ungeduldig und verliert ihre Zurückhaltung. Jetzt, wo sie mich zum Reden gebracht hat, ist ihre Neugier nicht mehr zu bändigen. Da tritt Großmutter aus der Küche und quietschend verschwindet Miss Lee wieder in Richtung Laden.

„Was wollte Miss Lee von dir?"

„Sie wollte wissen, wann Onkel Yonghun wieder da ist."

„Ja wie? Was geht denn Miss Lee an, wann er wiederkommt? Diese Mädchen heute fangen wirklich früh an zu stehlen!"

Meine Großmutter hat eine Menschenkenntnis, wie sie nur aus langer Lebenserfahrung entsteht. Mit dem Bild des Stehlens wollte sie sicher ausdrücken, dass Miss Lee für ihr Alter zu listig und hinterhältig ist, aber Miss Lees Interesse an meinem Onkel ähnelt in gewisser Hinsicht wirklich einem Diebstahl.

Miss Lee ist ehrgeizig, sie weiß, woran es ihr mangelt und wie sie ihre wenigen Fähigkeiten verpacken muss, um den größtmöglichen Effekt zu erzielen, der sie der Verwirklichung ihrer Träume näher bringt. Ursprünglich hatte sich Miss Lees Diebstahl nicht auf meinen Onkel, sondern auf Herrn Choi bezogen.

Miss Lee arbeitete noch nicht lange in der Damenschneiderei, da hatte sie schon den Ajossi aus dem Fotostudio „Munwha" dazu gebracht, an ihrer Stelle die Schneiderei aufzuschließen, wenn sie sich verspätete, von Jongu, der als Laufbursche im Ölladen gleich neben dem Getreideladen „Reiche Ernte" arbeitete, bekam sie umsonst Öl und der Kinokartenverkäufer Yongun schenkte ihr Eintrittskarten. Sie war so geschickt, dass sie selbst beim Ajossi aus der „Kwangjin-Taera" jederzeit Bügeleisen oder Maßband borgen und sich von der Kreide, die beim Schneidern von Herrenanzügen verwendet wird, bedienen konnte, wann immer sie wollte.

All das erreichte Miss Lee einzig und allein durch ihr mädchenhaftes Lachen und die Andeutung eines möglichen Rendezvous. Wenn es etwas gab, worin Tante Yongok nicht mit Miss Lee konkurrieren konnte, dann waren es Dreistigkeit und Koketterie. Es ging Miss Lee jedoch nicht nur darum, andere dazu zu bringen, für sie den Laden aufzuschließen oder ihr kleine materielle Gefälligkeiten zu erweisen. Das waren nur Übungen mit denen sie Fähigkeiten trainierte, die darauf warteten, eines Tages für Miss Lees wirkliches Ziel, den gesellschaftlichen Aufstieg, eingesetzt zu werden.

Als Objekt, an dem sich ihre Fähigkeiten entfalten sollten, hatte Miss Lee Herrn Choi auserkoren. Abgesehen von seinem unverschämten Charakter, war er eine Traumpartie für sie. Er sah verhältnismäßig gut aus und hatte durch das Tanzen eine gute Figur, aber vor allem war er Lehrer, also Intellektueller. Ehrlich gesagt war er Miss Lee, die behauptete, sie habe die Mittelschule absolviert, obwohl sie, in der allertiefsten Provinz aufgewachsen, nicht einmal die Grundschule bis zum Schluss besucht hatte, haushoch überlegen. Aber Miss Lee beschloss, Herrn Choi als Trittbrett für ihren gesellschaftlichen Aufstieg zu nutzen, und setzte bei jeder Gelegenheit das einzige Kapital ein, das ihr bei der Umsetzung dieses Ziels helfen konnte, ihre Koketterie.

Miss Lee trat, wenn Herr Choi auf der Veranda vor den Zimmern von Janguns Familie saß, wie zufällig an den Brunnen und vor seine Augen, die ohnehin nach etwas suchten, woran sie sich erfreuen konnten. Dann wackelte sie mit ihrem Hintern, zog, während sie die Wäsche wusch, ihren Rock bis zu den Oberschenkeln hoch und goss Wasser über ihre weißen Waden. Sie öffnete ihre Haare, die zu einem Pferdeschwanz zusammengebunden waren und schüttelte sie, schob ihr Kinn leicht nach vorn und schlug die Augen nieder wie eine frisch verheiratete Frau vor dem Schlafengehen. Anschließend band sie die Haare wieder zusammen, so dass ihr weißer Nacken entblößt wurde. Wenn Großmutter oder andere Hausbewohner sahen, wie Miss Lee sich aufführte, dachten sie vielleicht, sie mache Herrn Choi schöne Augen. Aber was ich sah, war kein Flirt. Miss Lee bot Herrn Choi so offensichtlich ihren Körper an, als führte sie ihn am Arm in ihr Schlafzimmer.

In den Weihnachtsferien letztes Jahr, zwei Monate bevor mein Onkel sein Studium unterbrach und nach Hause kam, hatte Herr Choi Schulaufsicht, aber weil er sich kränklich fühlte und zudem die Schule nicht beheizt und deshalb schrecklich kalt war, kam er gegen Mittag nach Hause. Janguns Mutter, die nicht wissen konnte, dass ihr Untermieter so früh zurückkommen würde, hatte alle Zimmer abgeschlossen und war ausgegangen. Herr Choi kramte in seinen Taschen nach dem Schlüssel, woraufhin er feststellen musste, dass er ihn in der Schule hatte liegen lassen. Da er wohl oder übel wieder zur Schule zurückfahren musste, nahm er sein Fahrrad, das er am Rande des Hofs abgestellt hatte, schob es zum Haustor und sah noch müder aus, als zuvor. Es war sehr kalt. Der Wind bließ ihm eisig ins Gesicht und er zog so weit wie möglich seinen Mantelkragen hoch. In diesem Moment hoffte Herr Choi wahrscheinlich inständig, auf dem Weg zur Schule Janguns Mutter zu begegnen.

Als er an der Damenschneiderei vorbeikam und sah, dass die Tür einen Spalt geöffnet war, dachte er, Janguns Mutter könnte vielleicht dort sein. Dies war sehr unwahrscheinlich, aber die Hoffnung veranlasste Herrn Choi, der sich danach sehnte, so schnell wie möglich im Warmen zu liegen, die Tür zu öffnen.

Dort erblickte er in dem Zimmer, das so angenehm warm war, wie er sich selbst eines gewünscht hätte, die schlafende Miss Lee in einer derart einladenden Pose, als träumte sie davon, jemand (und zwar Herr Choi) läge neben ihr. Herr Choi konnte nicht wissen, dass Miss Lee ihn, seitdem er aus der Schule zurückgekehrt war, durch einen Türspalt auf Schritt und Tritt beobachtet hatte und die Gelegenheit gekommen sah, ihn zu verführen.

Verwirrt stand er in der Tür. Da bewegte sich Miss Lee im Schlaf, so, dass ihr Rock noch ein Stückchen höher rutschte. Darunter kamen ihre nackten Beine zum Vorschein. Herrn Choi schoss das Blut ins Gesicht. Er riß die Schiebetür auf und eilte ins Freie, wo er, mit einer Hand auf das Lenkrad des Fahrrads gestützt, eine Weile stehen blieb, um sein wild schlagendes Herz wieder zu beruhigen. Dann stieg er hastig, wie ein Täter, der den Tatort verlassen will, auf sein Fahrrad, und durch das Fenster der Schneiderei konnte man sehen, wie er kräftig in die Pedale trat und davonfuhr.

Miss Lee, die natürlich nur vorgegeben hatte zu schlafen, richtete sich steif wie eine Schaufensterpuppe auf. Sie lief zur Tür und blickte, allein zurückgelassen, in die Richtung, in die Herr Choi verschwunden war. Während des Schauspiels hatte sich Miss Lee auf die Tür zur Straße hin konzentriert, weshalb sie mich nicht bemerkte. Ich stand an der Hintertür der Schneiderei und beobachtete das Geschehen.

Miss Lee drehte sich um und ging wieder ins Zimmer. Weil sie sehr enttäuscht aussah, traute ich mich nicht, die Schneiderei zu betreten und kehrte mit dem Tablett, auf dem sich ein Teller gekochte Süßkartoffeln befand, die ich laut Großmutter mit Miss Lee teilen sollte, auf Zehenspitzen wieder um. Die Süßkartoffeln sind Miss Lee bei dieser Gelegenheit entgangen.

Für einige Zeit schien es, als seien Miss Lees Ambitionen gescheitert, aber seitdem Onkel Yonghun nach Hause gekommen war, lebte ihre Koketterie in Anbetracht des neuen Gegenübers mit noch größerer Leidenschaft wieder auf. Weil mein Onkel, anders als Herr Choi, nicht so oft aus seinem Zimmer herauskam und auch nicht wie dieser daran interessiert war, andere Menschen zu beobachten, erwies sich Miss Lees Aufgabe als besonders schwierig. Der Kampfgeist, der in ihr erwachte, übertraf das Maß ihrer bisherigen Bemühungen bei weitem. Schließlich war mein Onkel der Sohn der Hauseigentümerin, gut aussehend und gebildet. Vor allem aber weil er Jura studierte, war Onkel Yonghun in Miss Lees Augen die Verkörperung des gesellschaftlichen Aufstiegs.

Sie versuchte nicht nur meine, sondern durch Schmeicheleien auch die Gunst von Tante Yongok zu gewinnen. So sagte sie meiner Tante, dass ihr aufgrund ihrer hellen Haut jede Farbe gut stehe, und dass sie ärmellose Sachen tragen solle, weil ihre Arme so schlank seien. Obwohl sich Miss Lee bemühte, besonders freundlich zu ihr zu sein, fand meine Tante sie stets zu vorlaut. Tante Yongok empfand besonders viel Verachtung für Menschen, die kein Englisch konnten, und genau in diesem Punkt hatte Miss Lee einmal eine nicht wieder auszugleichende Schwäche gezeigt. Jedes Mal, wenn sich meine Tante an die Sache erinnerte, regte sie sich so sehr auf, dass der Schleim in ihrer Nase dem inneren Druck nicht standhielt und einige Spritzer herauskamen. Miss Lee hatte meinen Onkel Mister Lee Jeon genannt, weil sie einen gebildeten Eindruck machen wollte. Schuld daran war eigentlich nicht Miss Lee, sondern die Besitzerin der Schneiderei.

Miss Lee müsste nämlich eigentlich statt Miss Lee Miss Jeong genannt werden. Schließlich lautete ihr Name Kumnae Jeong. Aber seit ihrem ersten Arbeitstag in der Schneiderei wurde sie von der Besitzerin einfach Miss Lee gerufen. Die Besitzerin wusste nicht, dass es sich bei Lee und Miss um zwei verschiedene Wörter handelt und dass Lee ein Nachname ist. Die Besitzerin hatte irgendwo jemanden Miss Lee sagen hören und dachte, es handele sich um eine allgemein übliche Anredeform für jüngere Frauen. Deshalb nannte sie auch alle jungen Männer Mister Lee, was sich bei Jongu vom Ölladen oder Yeonggun dem Kinokartenverkäufer bewährt hatte. Miss Lee eignete sich von ihrer Vorgesetzten außer dem Schneidern auch rasch deren Rhetorik und Allgemeinwissen an und kam zu dem Schluss, dass es gebildet sei, Männer mit Mister Lee anzureden. Aber Miss Lee war ihrer Vorgesetzten noch einen Schritt voraus. Als sie erfuhr, dass der Nachname meines Onkels Jeon ist, wendete sie sofort ihr Wissen an und brachte die Anrede Mister Lee Jeon hervor.

Ich habe nicht die Absicht, meiner Großmutter oder Tante Yongok von Miss Lees Geheimnis zu erzählen, zum einen, weil ich weiß, dass sie ihr begehrtes Objekt niemals bekommen wird, und zum anderen, weil ich zwischen ihrer Koketterie und den Grimassen meiner gleichaltrigen Tante keinen großen Unterschied entdecken kann. Beide verhalten sich lediglich entsprechend ihrer Lebensumstände, wobei sich meine Tante in einer etwas glücklicheren Situation befindet.

Gegen Abend fragt Tante Yongok meine Großmutter mit gedämpfter Stimme: „Gibt es keinen Reiskuchen?"

„Was für Reiskuchen?"

„Heute ist doch der Todestag von Janguns Vater, oder? Hat sie denn keinen Reiskuchen gemacht?"

„Wie vorlaut du bist, dabei würde Janguns Mutter nicht mal im Traum daran denken, dir welchen zu geben."

Als Großmutter das Zimmer verlässt, beschwert sich meine Tante bei mir: „Sie hat wirklich keinen gemacht. Wie kann man nur am Todestag seines Mannes den Reiskuchen weglassen?"

Sie scheint sich sehr auf den Reiskuchen gefreut zu haben.

„Ist das denn möglich, dass man nur Gemüse auf den Gedenktisch tut? Dabei spricht sie doch immerzu von ihrem Mann und wie hart das Leben ohne ihn ist."

„Vorhin, als Großmutter sie nach dem Reiskuchen fragte, sagte sie, sie hat schon ein schlechtes Gewissen, weil sie überhaupt Reis gekocht hat, wo doch heute ‚Kein-Reis-Tag' ist."

„Man höre sich diese Ausreden an! Warum sehen dann selbst die Gemüsebeilagen und der Reibekuchen so mickrig aus?"

„Sie will sich an die Haushaltsregeln halten."

„Dass ich nicht lache. Als ob niemand wüsste, wie es in Wahrheit aussieht. Sie soll sich bloß keine Hoffnungen auf Reiskuchen machen, wenn Vaters Todestag ist."

Großmutter, die in diesem Moment draußen vor dem Zimmer auf der Veranda steht, tadelt Tante Yongok, weil sie sich so kindisch aufführt: „Trauerst du immer noch dem Reiskuchen hinterher? Was sprichst du so laut? Es ist nicht gut, wenn die Stimme einer Frau über die Türschwelle dringt."

„Immer sagst du das gleiche, eine Frau soll dies, eine Frau soll das ..."

Obwohl sich meine Tante immer mehr aufregt, hält sich Großmutter nicht zurück und kritisiert auch noch ihre Körperhaltung: „Ich habe dir doch schon so oft gesagt, dass eine Frau nicht in der Tür sitzen soll."

„Schon gut. Ich weiß."

Tante Yongok zieht einen Schmollmund und setzt sich ins Zimmer. Nichts Erwachsenes ist ihr anzusehen, so dass man sich fragen muss, ob sie sich in ihrem zwanzigjährigen Leben überhaupt weiterentwickelt hat. Dass sie auf dieser kindlichen Stufe stehen geblieben ist, liegt vielleicht daran, dass ihre Kindheit ohne Qualen verlief. So betrachtet waren die Qualen meiner Herkunft der Nährboden meiner Reife. Dieser bildete gemeinsam mit dem Nährboden des Lesens, den ich auf dem Dachboden von Onkel Yonghun kultiviert habe, die Voraussetzung für meinen Scharfsinn dem Leben gegenüber.

8. Der Reiz des Verbotenen

Bevor Onkel Yonghun sein Studium unterbrach und nach Hause kam, stand sein Zimmer leer.

In seinem Zimmer verbargen sich hinter einer kleinen Tür ein paar Stufen, die zu einer Abstellkammer führten, wie es in vielen alten Häusern üblich war. Dort bewahrte mein Onkel in einem großen Durcheinander die unterschiedlichsten Dinge auf, etwa eine Mütze, die Teil seiner Oberschuluniform gewesen war, lose Schreibhefte, einen abgenutzten Schulranzen, alte Zeitschriften und Romane. Häufig holte ich mir diese Bücher heraus und las darin, im Zimmer meines Onkels auf dem Bauch liegend oder in der Kammer, die tief genug war, dass jemand wie ich darin hätte schlafen können, an die Wand gelehnt.

Das, was ich mit den Büchern tat, verdiente kaum die ehrenhafte Bezeichnung Lesen, es handelte sich mehr um ein verstohlenes Betrachten. In der Kammer stieß ich auf Zeugnisse jugendlicher Wissbegierde, die bisher von fremden Händen unberührt waren. Darunter befanden sich deutlich mehr Heldengeschichten und Trivialromane als sogenannte Klassiker. Ich freundete mich mit der Auswahl meines Onkels an und vermutete, dass er aus diesen Büchern seinen Mut und seine gleichzeitige Empfindsamkeit bezogen hatte.

Tante Yongok behauptete gern, Lesen sei eines ihrer Hobbys, aber viele Bücher besaß sie nicht gerade. Auf ihrem, mit einem weißen Tischtuch bedeckten Schreibtisch standen zwar Bücher wie „Auferstehung", „Die enge Pforte", „Rot und Schwarz", aber da ich die Angewohnheit hatte, mir die Unterseite der Bücher anderer Leute anzusehen, um zu prüfen, bis zu welcher Stelle die Seiten verschmutzt sind, und dadurch herauszufinden, wie fleißig der Besitzer das Buch gelesen hat, wusste ich, dass meine Tante nie über die ersten zwanzig Seiten hinauskam. Als meine Tante die Oberschule beendet hatte und sich damit auch von der Verpflichtung des Lesens befreit fühlte, überließ sie mir ihren Tisch samt den Büchern. Ich las die Klassiker, die nun mir gehörten, nicht weniger eifrig als die Heldenromane meines Onkels, aber da sie mich nicht so sehr bewegten, wie ihr Renommee es versprach, habe ich mich anscheinend schon immer der Ernsthaftigkeit des Lebens verweigert.

Unter den Büchern meiner Tante waren auch Magazine, die nicht selbstbewusst zwischen den anderen Büchern steckten, sondern von einem Tuch verdeckt unter dem Tisch lagen. Darunter waren zwar auch so langweilige Sachen wie „Der neue Bauer", aber da ich alles las, was mir zwischen die Finger kam, konnte ich die darin enthaltenen Fortsetzungsromane nicht auslassen.

Während dieser Zeit las ich die Romane, gleichgültig ob trivial oder klassisch, dann besonders aufmerksam, wenn ich auf Wörter stieß wie Oberschenkel (manchmal waren es auch Bezeichnungen, die ich nicht kannte, wie zum Beispiel Becken, in solchen Fällen musste ich das Lesen unterbrechen, um im Lexikon die Bedeutung nachzuschlagen), Busen oder Umarmung.

Damals las ich in einer Zeitung auch den Fortsetzungsroman, nach dessen Lektüre ich beschloss, dass er genau dem entsprach, was ich lesen wollte, nämlich Texte mit der Intention, intensive sexuelle Eindrücke zu vermitteln. Seitdem widmete ich meine Aufmerksamkeit vor allem diesen Fortsetzungsromanen und Heldengeschichten, die klebrigen Szenen voller koketter Schüchternheit las ich gewöhnlich zweimal. Zunehmend fand ich heraus, wie man Fortsetzungsromane lesen muss, und schließlich konnte ich an den Illustrationen abschätzen, ob der Inhalt meinen Wünschen entsprechen würde. Ich war von den genauen Konstruktionen des Autors überwältigt, der für Leser wie mich regelmäßig solche Szenen einbaute.

Ich arbeitete mich immer weiter in der Kammer meines Onkels vor, so fand ich eine Bücherreihe mit dem Titel „Gesammelte klassische Humoresken", die zunächst sehr umfangreich schien. Aber die Seiten waren nur spärlich bedruckt, so dass ich leichter als in anderen Büchern ganze Passagen überspringen konnte. Im dritten Band, „Alte und neue Humoresken", las ich, wie einem Mann von einem Hund die Lippen abgebissen wurden, so dass er jäh seiner pinkelnden Schwiegertochter einen Fetzen Haut vom Hintern riss und ihn auf seinen Mund klebte. Seitdem litt er bittere Qualen.

Weil ich damals regelmäßig, wenn ich aus der Schule kam, im Zimmer meines Onkels verschwand, begann Großmutter, mich mit besorgten Blicken zu verfolgen. Sie glaubte, der Zeitpunkt sei gekommen, dass mich die Sehnsucht nach Eltern eingeholt habe. Von da an überhäufte mich meine Großmutter mit Geschenken. Einmal bekam ich gleich drei getrocknete Tintenfische auf einmal, die gewöhnlich nur zu festlichen Anlässen gekauft wurden, dann schenkte sie mir ein wertvolles Federmäppchen mit Magnetverschluss, und schließlich, es verschlug mir die Sprache, überreichte sie mir eine Puppe aus Gummi, mit blonden Haaren und einem Kleid.

Die Augen der Puppe saßen tief in den Augenhöhlen und hatten bewegliche Lider mit schwarzen Wimpern. Sie schlossen sich, wenn man die Puppe hinlegte, und öffneten sich wieder, wenn man sie aufrichtete. Nicht ich geriet bei dem Anblick der Puppe ganz aus dem Häuschen vor Begeisterung, sondern meine Tante. „Schau doch!", rief sie außer sich, „Sie trägt sogar eine Unterhose! Die Schuhe kann man ihr auch ausziehen, und sieh doch, wie sie die Augen aufschlägt! Ist sie nicht hübsch, Jinhi?"

Meine Tante griff sofort nach dem Nähkästchen und fabrizierte stümperhaft eine Miniatur-Bettdecke, und Großmutter nähte, während sie am Abend dem Radiodrama lauschte, der abendländischen Puppe einen koreanischen Trachtenrock. Währenddessen lag ich neben ihr auf dem Boden, blätterte in Zeitschriften und half ab und zu beim Einfädeln des Garns. Von Beginn an schienen mir sanfte Mütterlichkeitsgefühle zu fehlen, denn obwohl sich Tante Yongok und Großmutter alle Mühe gaben, dachte ich gar nicht daran, die Puppe beim Schlafen in die Arme zu nehmen oder liebevoll nach ihr zu schauen. Nicht einmal über die Haare wollte ich ihr streichen, ich zog ihr nur einmal die Unterhose aus, um zu sehen, wie die Beine an den Bauchteil angebracht waren.

Da ich mich trotz dieser Ablenkungsversuche auch weiterhin in der Abstellkammer meines Onkels aufhielt, beschloss Großmutter, zu anderen Mitteln zu greifen. Sie veranlasste Tante Yongok mich wie nebenbei zu fragen, was ich dort tat: „Jinhi, was machst du eigentlich da drin, dass man überhaupt nichts mehr von dir hört? Hast du Geheimnisse? Mir kannst du doch alles erzählen, oder?"

„Ich lese bloß."

„Du liest?"

Daraufhin trug Großmutter Tante Yongok auf, Märchenbücher zu kaufen. Meine Tante brachte mir die Bücher mit den Worten, sie seien interessant, würden mein Herz beruhigen und brave und hübsche Gedanken in mir wecken. In den Büchern waren die Hauptfiguren größtenteils Prinzessinnen. Diese westlichen Märchen, in denen die Prinzessinnen nichts anderes zu tun haben, als ihre großen Augen niederzuschlagen und leichten Schrittes den Saum ihres Kleides über den Boden schleifen zu lassen, aufgrund ihrer Schönheit mit einem Zauberspruch belegt werden, überall Mitleid erregen, um schließlich einem Prinzen zu begegnen, ihn zu heiraten und glücklich zu sein, diese Geschichten las ich mit nicht zu unterdrückender Langeweile.

Absichtlich ließ ich Schneewittchen aufgeschlagen auf dem Schreibtisch liegen und schlich wieder in Onkel Yonghuns Zimmer. Ich drang dort noch weiter in der Kammer vor und stieß auf ein Buch mit einem unbeschrifteten, vergilbten und groben, juteähnlichen Umschlag. Als ich die erste Seite aufschlug, war dort der Titel des Buches zu lesen: Verbrenn die Schamhaare!

Ich musste dreimal im Lexikon nachschlagen. Bei „Schamhaare" wurde ich auf „Schambehaarung" verwiesen. Dort lautete die Erklärung: „In dem äußeren Bereich der Genitalien, d.h. in der Schamgegend des Menschen wachsendes Haar", was ich nicht verstand. Also schaute ich unter „Genitalien" nach, und las: „Organ, das der geschlechtlichen Fortpflanzung dient, Koitusorgan." Ich bekam Kopfschmerzen und war kurz davor aufzugeben, als ich ein Wort bemerkte, das ich kannte: „Geschlechtteil". Erst da verstand ich die Bedeutung. Mit der intellektuellen Genugtuung, gleich drei Wörter auf einmal gelernt zu haben, fuhr ich fort zu lesen.

Eine Frau ist im Begriff, einen unschuldigen Boxer zu verführen. Sie hat Geld vom gegnerischen Manager bekommen, damit sie den Boxer ruiniert. Es kommt zu einem Kuss. Die Frau wird ungeduldig, weil der Boxer nur ungeschickt seine Lippen an ihren reibt, sie will ihn darüber aufklären, dass man beim Küssen die Zunge in den Mund des anderen schieben muss, aber da sie sich naiv geben soll, stöhnt sie nur wiederholte Male auf. In derselben Nacht kommen ihre weiblichen Waffen zum vollen Einsatz, sie stöhnt so lange, dass der Boxer bis zum Morgen keine Ruhe findet. Am folgenden Tag kann er sich nicht auf den Beinen halten, stattdessen klammert er sich an seinen Gegner, fällt k.o. zu Boden und steht nicht wieder auf.

Der Manager des armen Boxers ist ein gefürchteter Schläger. Er findet die Frau, die seinen Schützling hereingelegt hat, entführt sie und bedroht sie mit einem Messer, um den Namen ihres Auftraggebers herauszubekommen. Weil die Frau zunächst nicht reden will, reißt er ihr die Kleider vom Leib. Als ihre Unterhose zu Boden fällt und ihre Schamhaare entblößt werden, setzt er sie mit seinem Feuerzeug in Flammen. Mit demselben Feuerzeug zündet er sich anschließend eine Zigarette an. Wie vorherzusehen war, schreit die Frau und gesteht alles, als ihre Schamhaare brennen, dann heißt es: „Ende der ersten Folge".

Nach diesem Buch verfolgte mich einige Tage lang das Bild der brennenden Schamhaare. Bisher hatte ich im Badehaus nicht auf die nackten Frauen geachtet, aber seitdem musste ich dort immer an den Roman denken. Ich hatte oft ein schlechtes Gewissen gegenüber den fremden Schamhaaren, die in meinen sadistischen Tagträumereien auftraten und brannten, nur weil sie mir zufällig im Badehaus aufgefallen waren. Dieses schlechte Gewissen erreichte seinen Höhepunkt, als ich schließlich ganz bestimmten, mit mir in Beziehung stehenden Schamhaaren begegnete, denen ich in meiner Fantasie einen tollkühnen Feuertod bereitete.

Diese Schamhaare gehörten zu einer Frau, die einmal meine Klassenlehrerin gewesen war. Ihr Jähzorn versetzte die Kinder, gerade mal Zweitklässler, in permanente Angstzustände. Immer trug sie ein Lineal aus Bambus bei sich und schlug damit den Schülern auf die Handrücken, was sie als ‚Aufmunterung' verstand. Einen Schüler ließ sie, nur weil er träumend aus dem Fenster gesehen hatte, während sie affektiert Harmonium spielte, zwei Stück Kreide kauen und schlucken. Unzählige Male am Tag sagte sie: „Wenn ihr so weitermacht, setze ich einen Test an." Oder: „Ich lasse eure Eltern kommen." Oder: „Das macht dreißig Runden um den Schulhof." Und noch häufiger schrie sie: „Ihr seid alles Diebe!", „Bastarde!", „Dreckige Hunde!"

Auch bei Bestrafungen genügte es ihr nicht, die Kinder zu schlagen, während sie mit ausgestreckten Armen vor ihr knieten, darum ließ sie uns, so wie man einem Hund einen Knochen ins Maul steckt, unsere schmutzigen Schuhe zwischen die Zähne nehmen. Die Schüler vom Land, deren Gummischuhe voller Erde waren, verzogen weinend ihr Gesicht, aber auch die, die gerade auf der Toilette den kotbeschmutzten Stellen ausgewichen waren und in unbequemer Haltung gepinkelt hatten, erbleichten. Unsere Lehrerin musste einfach jedem, der sie sah, anormal erscheinen.

Manchmal bevorzugte sie einen Schüler, um dann plötzlich nur ihn wegen lauter Kleinigkeiten mit Beschimpfungen zu überhäufen, so dass die Kinder gar nicht mehr wussten, wie sie sich verhalten sollten und lediglich ängstlich mit angehaltenem Atem ihren irren Darbietungen folgten.

Die Frau, die ich im Badehaus sah, flößte mir jedoch keine Angst ein. Ohne das Klassenzimmer als autoritätsverleihende Kulisse und ohne das bedrohliche Lineal war sie kümmerlich wie eine Hexe, der man den Besen weggenommen hatte. Nackt war sie nur ein armseliger Fleischbrocken. Als sie ihren fetten Körper im Wasserbecken absetzte und ganz steif dalag, sah sie aus wie ein Wurm in einer gekochten Kastanie. Ihre Brüste, die bei jeder Armbewegung wackelten, wenn sie sich aus einer kleinen Schüssel Wasser über den Körper goss, erregten sogar mein Mitleid. Sie fuhr sich mit dem Waschlappen über ihre Unterschenkel, in dem gleichen Stakkato, in dem sie mit dem Lineal auf die Handrücken der Schüler einschlug. Dabei waren die Linien ihrer Bewegungen im Vergleich zu denen anderer Frauen viel kürzer, weil ihre Beine so kurz waren.

Am Anfang wollte ich sie nur mit Verachtung strafen, aber bald bot sich mir ein Anblick, der mehr als das provozierte. Sie hatte den roten Waschlappen in ihre Leistengegend geführt und plötzlich die Beine auseinandergespreizt. Zwischen ihnen zog die üppige Schambehaarung, die genau richtig schien, um zu brennen, meinen Blick auf sich. Eine kraftvolle Maschinerie sadistischer Fantasien setzte sich in Gang. Ohne Erbarmen steckte ich diese Schamhaare in Brand.

Sofort bekam ich ein schrecklich schlechtes Gewissen. Ich hatte meine Einbildungskraft für den verbotenen Bereich der Sexualität missbraucht, war meinen Pflichten als Schülerin nicht nachgekommen und hatte meiner Lehrerin Gewalt angetan. Ich hatte Unzufriedenheit darüber empfunden, dass Lehrer seit der japanischen Besatzungszeit der Anordnung zu folgen hatten, streng mit ihren Schülern zu sein, und mich dadurch der Beamtenbeleidigung schuldig gemacht. Da ich also dem allgemeinen Leitbild des Gehorsams zuwidergehandelt hatte, konnte ich mich nicht ohne weiteres von meinem schlechten Gewissen befreien. Aber während ich mich mit dieser Strafe herumplagte, kam mir plötzlich der Gedanke, dass ich noch nicht geprüft hatte, ob die Anklage gegen mich überhaupt berechtigt war. Ich hatte ziemlich viele Kriminalromane gelesen und fand es ungerecht, dass ich kein ordentliches Verfahren bekommen sollte, wie es mir zugestanden hätte.

In meinem Kopf setzte der Verteidiger zu seinem Plädoyer an: Verehrter Herr Vorsitzender, die Angeklagte plagt das schlechte Gewissen. Weshalb ist das so? Die Angeklagte konnte ihre Lehrerin, die anormal und gewalttätig ist, nicht als Lehrerin respektieren. Sie kam zu dem Schluss, dass sie aufgrund ihres unpädagogischen Verhaltens nicht nur außerstande war, die Schüler auf den rechten Weg zu führen, sondern darüber hinaus auch deren Bild einer vorbildhaften Lehrerin sabotierte. Deshalb hat die Angeklagte, als sich ihr eine Gelegenheit dazu bot, diese Lehrerin im Namen der Gerechtigkeit bestraft. Ist die wohl überlegte Vernunft der Angeklagten ein Verbrechen? Des Weiteren ist der Angeklagten vorgeworfen worden, dass sie sexuelle Fantasien beim Betrachten der Schamhaare gehabt habe. Hätte die Angeklagte solche natürlichen Fantasien unterdrücken müssen? Läuft dies nicht Gottes Fügung zuwider? Falls es sich um eine Straftat handelt, bin ich der Ansicht, dass Gott, der alles geschaffen hat, als erster vor Gericht gestellt werden muss. Verehrter Herr Vorsitzender, ich rufe Gott auf die Zeugenbank.

Mein imaginärer Richter fällte folgendes Urteil: Gäbe es nicht das Tabu, dann wäre auch nicht die Straftat des Tabubruchs entstanden. Daraus ließe sich folgern, dass die Angeklagte zu einem schlechten Gewissen genötigt wurde. Aber ich sehe hier keine Notwendigkeit, sie für unschuldig zu erklären. In Wirklichkeit hat die Angeklagte gar kein schlechtes Gewissen, sondern vollzieht nur ihre Pflicht, ein schlechtes Gewissen zu haben.

Der Richter hatte Recht. Wenn ich es mir genau überlegte, fühlte ich mich, anstatt ein schlechtes Gewissen zu haben, lediglich unbehaglich angesichts des Kindern auferlegten Tabus der Sexualität.

Eine Zeit lang verfolgte mich die Tatsache, dass Männer einen Penis haben. Am männlichen Körper gab es eine Stelle, für die Frauen kein offenes Interesse zeigen durften, und das Wissen, dass sich diese Stelle hinter der Hose verbarg, bereitete mir große Schwierigkeiten. Was mich quälte, war nicht die sexuelle Bedeutung des männlichen Geschlechtsteils, sondern allein die Tatsache, dass es sich hinter der Hose versteckte. Mir war das Wissen um die Präsenz (nicht die Existenz) dieser Stelle permanent bewusst. Ich achtete darauf, dass mein unachtsamer Blick nicht das Verbot, das meine Vernunft verhängt hatte, missachtete und unversehens zum männlichen Geschlechtsteil wanderte. Deshalb versuchte ich immer in eine andere Richtung zu sehen, was mir ebenfalls auf unerträgliche Weise bewusst war.

Nicht nur bei den Männern in meiner Umgebung oder bei den jungen Angestellten in den Geschäften, sondern auch beim Anblick unseres Schuldirektors, einem Foto des Präsidenten und sogar dem gerahmten Antlitz des heiligen Jesus Christus, konnte ich den Gedanken nicht unterdrücken: „Der hat bestimmt auch einen." Ich musste einen Weg finden, Männern zu begegnen, ohne an ihren Penis zu denken. Aus Angst, die anderen würden mich missverstehen, konnte ich meinen Blick nicht einmal auf die Gürtelschnalle eines Mannes richten.

„Herr Lehrer! Ihr Südtor ist offen."

Wenn meine unreifen Klassenkameraden auf diese Weise unserem Klassenlehrer einen Streich spielten, konnte ich nicht wie die anderen einfach natürlich auf den Hosenknopf unseres Lehrers blicken, sondern hatte die größte Mühe, mich von dem Gedanken an die Präsenz seines Penis zu befreien.

Sexualität war nicht das Problem. Ich litt Qualen wegen des Tabus. Nur weil ich das Tabu der Sexualität durch mein Interesse am Leben und meinem Beobachtungsvermögen sehr früh erkannt hatte, musste ich leiden.

Aber ich konnte nicht immer nur diese Qualen auf mich nehmen, ohne etwas dagegen zu tun. Ich begann nach einer Methode zu suchen, um diese Qualen zu beseitigen. Da man Qualen insgeheim auch genießen kann, lösen sich die Menschen häufig nur schwer von ihnen. Ich war der Ansicht, dass lediglich der Entschluss, sich befreien zu wollen, schwer fällt, die Qualen selbst lassen sich überwinden, wenn man erst einmal dazu entschlossen ist.

Ich ekelte mich damals schnell, besonders vor Ungeziefer. Um die Toilette herum lagen die Maden wie verstreute weiße Reiskörner herum, Läuse fielen den Kindern vom Hinterkopf auf ihre Rücken wie Gerstenkörner, bei schlechtem Wetter krochen im Haus Käfer aus dem Boden hervor, grünes Ungeziefer klebte an Kohlblättern oder Quittenbäumen, und sich windend fortbewegende, alle Glieder einzeln ausstreckende Raupen bedeckten vollständig die Holzbank unter den Kieferbäumen – es ist tragisch, wenn sich ein auf dem Land lebendes Kind vor Ungeziefer ekelt.

Eines Tages entdeckte ich im Hof hockend ein kleines Tier, das mit unzähligen Haaren versehen war.

Dichte schwarze Streifen bedeckten seinen hellgrauen Körper, auf jeder Seite der insgesamt ungefähr zwanzig Glieder hatte es zwei Füße. Als ich sah, wie es mit seinen achtzig sich selbstständig bewegenden Füßen vorwärts kroch, wurde mir schlecht. Im nächsten Moment jedoch empfand ich heftigen Trotz, ich durfte mich von dem Ekel vor diesem Ungeziefer nicht geschlagen geben. Ich beschloss auszuhalten, was immer auch geschehen möge und zu warten, bis das Tier auf meinen Fußrücken gekrochen war.

Als es mit seinen unzähligen Haaren endlich meinen Fuß erreicht hatte, bekam ich an den Armen Gänsehaut dick wie grobes Salz, und mein Bauch war so angespannt, dass mir der Atem im Hals stecken blieb. Das Tier kroch auf meinen Fußrücken. Aber ich hielt es aus.

Ich verspürte ein gewisses Erfolgsgefühl, weil sich die Absicht des Ungeziefers nicht erfüllt hatte und ich mich gegen den Ekel, den es mir bereiten wollte, mit aller Kraft gewehrt hatte. Ich spuckte den Speichel aus, der sich in meinem Mund angesammelt hatte, und richtete mich langsam auf, um das Tier, das ich aus einem Gegenstand des Ekels zu einem Gegenstand der Verachtung degradiert hatte, abzuschütteln. Aber im nächsten Augenblick stockte mir wiederum der Atem. Stehend sah ich, dass mindestens fünfzig solcher grauen behaarten Tiere, mit Tausenden von Füßen, um mich herum krochen.

Meine Feindseligkeit erwachte wieder. Ich verzog weder das Gesicht, noch wich ich mit dem Blick aus, vielmehr riss ich meine Augen weit auf und zwang mich, genau hinzusehen.

Manche lagen übereinander, was sechsmal so starken Ekel in mir hervorrief wie der Anblick eines einzelnen Tiers. Mir war übrigens unklar, was die übereinander liegenden Tiere machten, denn sie bewegten sich nicht, als wären sie tot. In diesem Zustand kippten sie zur Seite und rollten sich Gefahr witternd zusammen, dabei bewegten sie ihre vielen Füße alle auf einmal. Ich konnte mich zwar noch nicht dazu durchringen, sie zu zertreten, aber indem ich sie beobachtete, befreite ich mich vom Ekel.

Von diesem Sieg über den Ekel ermutigt, beschloss ich, diese Methode auch anzuwenden, um das Tabu der Sexualität zu überwinden. Zunächst heftete ich, wenn ich an Männern vorbeikam, meinen Blick absichtlich auf ihren Hosenschlitz. Im gleichen Maße, wie ich dem Ungeziefer nicht ausgewichen war und es stattdessen mit weit geöffneten Augen beobachtet hatte, wollte ich mich, anstatt die Tatsache zu verdrängen, dass alle Männer einen Penis haben, durch seine willentliche Vergegenwärtigung von dem Gedanken daran freimachen.

Am Morgen des ersten Übungstages lief mir zunächst Herr Lee über den Weg. Ich starrte absichtlich geradewegs auf die Stelle. Es war in Ordnung. Ich wurde nicht rot. Als Nächstes stieß ich am Brunnen, als ich mir das Gesicht wusch, auf Herrn Choi. Auch dieses mal war es nicht unangenehm. Auch Jesongs Vater und Mijas Vater, also der Ajossi aus dem Fotostudio „Munwha" riefen keine sexuellen Fantasien in mir hervor. Auf dem Weg zur Schule begegnete ich dem Besitzer der Daesong-Apotheke, dem des Lebensmittelladens Seoul, Jongu aus dem Getreideladen, dem Besitzer des Buchladens Sorim, dem Alten aus dem Tabakladen, dem Aushilfsfahrer der Transportfirma Daegon und noch einigen anderen Männern, aber obwohl ich mir ins Bewusstsein rief, dass sie einen Penis haben, fühlte ich nichts Besonderes.

Kurze Zeit später ging ich gedankenlos an Männern vorbei, und es wurde mir erst viel später bewusst, dass mir ihr Penis gleichgültig war. Das geschah immer häufiger, und irgendwann bemerkte ich nicht einmal mehr, dass ich nicht daran gedacht hatte. Sich nicht zum Hinsehen zwingen zu müssen, bedeutete auch, sich nicht zum Nichthinsehen zu zwingen. Ich hatte die Übung erfolgreich gemeistert. Daraufhin glaubte ich, dem Wesen der Sexualität zur Genüge auf den Grund gegangen zu sein.

Mit einem Wort, Sexualität war uninteressant für mich geworden und ich zog den Schluss, dass sie ein Missverständnis des Lebens sein musste und nur bei Verbot attraktiv war, genau so wie das Bemühen der Kinder aus Bonghis Gruppe, sich besonders erwachsen zu geben, ihre Kindlichkeit verriet. In der Zeit, als ich die Sexualität verstanden hatte, wurde ich von Mitschülerinnen zu einer Bett-Party eingeladen.

Ein Bett kannten wir nur aus Filmen, aber um ihrem Spiel einen Namen zu geben, verwendeten die Kinder das Bild eines Bettes. Es war selbstverständlich ein Treffen nur unter Mädchen und nur für Eingeweihte. Weil es sich um ein intimes und verbotenes Spiel handelte, waren die Bedingungen, eingeweiht zu werden, streng. Mut und Widerstandsfähigkeit waren erforderlich, um das verbotene Spiel spielen zu können, ausreichende Aufmerksamkeit und Intelligenz, um es vor Erwachsenen geheim zu halten.

Die an einer Bett-Party teilnehmenden Schülerinnen bildeten zunächst zwei Gruppen. Eine Gruppe hielt Wache, die anderen schlüpften der Reihe nach zu zweit unter eine Decke und zogen sich die Hosen aus. Selbst ich, die sonst nichts so schnell aus der Ruhe brachte, war bis zu diesem Moment ziemlich angespannt. Aber die Mädchen taten nichts anderes, als sich kurz ein Taschentuch zwischen die Beine zu halten, danach zogen sie sich an und kamen wieder unter der Decke hervor.

Außer der Aufregung über den Tabubruch war nichts weiter dabei. Dass die Partnerinnen permanent wechselten, hätte schon etwas hermachen können, aber wenn man bedachte, dass es sich lediglich um eine schwache Imitation der Selbstbefriedigung handelte, dann waren diese Bett-Partys ziemlich langweilig. Da der Unterschied zwischen Männern und Frauen keine Rolle spielte, waren sie sogar weniger anzüglich als die Doktorspiele im Sandkasten. Ich bedauerte die Infantilität dieser Mädchen.

Es war klar, warum sie mich in ihr Spiel einbeziehen wollten. Aus dem gleichen Grund, aus dem ich Teil von Bonghis Mädchengruppe werden sollte, versuchten sie mich, die vorbildhafte Schülerin, in die Sache zu verwickeln und dadurch das Ansehen ihrer Party zu heben. Ich sollte ihnen als Einwickelpapier für ihr nicht gänzlich verscheuchtes schlechtes Gewissen dienen. Diese Verpackung würde auch in den Augen der Erwachsenen, die es nicht gerne sehen, wenn sich Kinder in Gruppen herumtreiben, vorteilhaft sein. Es ging sozusagen um eine Imagesteigerung.

Ein Mädchen drückte mir ein Taschentuch in die Hand. Als ich ihr jedoch in die Augen blickte, sah ich darin etwas, das ich bis dahin noch nicht erkannt hatte. In der Gruppe der Eingeweihten waren nicht etwa Intelligenz oder Vertrauen das Entscheidende, sondern der Grad der Bereitschaft, das Geheimnis zu wahren.

In diesem Moment schoss eine der gut durchdachten Lügen, die stets in meiner Kehle geladen waren, aus meinem Mund. Ich erzählte, dass Bonghi mich heute den ganzen Tag verfolgt habe und jetzt auf dem Weg hierher sei, um mich zu suchen. Dabei klang ich so überzeugend, dass selbst Bonghi mir geglaubt hätte, wäre sie dabei gewesen. Die Kinder erkannten die Situation. Gewalt und Unmoral stützen und kontrollieren sich gegenseitig. Die Partei, die hier den Verfall der Moral genoss, wollte der gewaltvollen Partei Bonghis keine Schwachstelle preisgeben und daher ließen sie mich gehen.

Die letzte Phase meiner verstohlenen Forschungen führte ich beim Friseur durch. Manchmal nahm mich Tante Yongok mit zu „Unser Friseursalon". Dort wurde die rot glühende Brennschere aus dem Ofen abgeholt und das nasse Tuch, mit dem sie auf die richtige Temperatur abgekühlt werden sollte, zischte. Dann hielt die Friseurin ein Papierstück unter die Haare meiner Tante und rollte das Haarende mit der Schere hoch. Dabei entstand das selbe Geräusch wie beim Schneiden von Bonbons beim Bonbonverkäufer vor der Schule. Mit dem Geruch des verbrannten Papiers in der Nase vergrub ich meinen Kopf in die ‚nur für Erwachsene' bestimmten Seiten der Sunday Seoul, bis meine Tante fertig war.

Diese speziellen Seiten befanden sich genau vor dem Bildteil, der ganz hinten angehängt war, deshalb blätterte ich die Zeitschrift immer von hinten durch. In jeder Folge war dort eine nackte junge Frau zu sehen, deren Brüste und Hintern eine gleichmäßige S-Linie bildeten. Sie brachte mir bei, wie lüstern und unverschämt das Begehren nach verbotener Sexualität war, und wie lauwarm und langweilig dagegen die öffentlich erlaubte Liebe. Mir schien, dass diese Bilder das menschliche Begehren und seine Tragödie viel realistischer abbildeten als der seriöse Fortsetzungsroman „Die Sechziger Jahre", der im selben Heft veröffentlicht wurde. Mit Hilfe dieser Bilder entwickelte ich noch größeren Zynismus gegenüber der Sexualität. Jetzt gab es endgültig nichts Neues mehr darüber zu erfahren.

Ich weiß nicht, seit wann ich keine Bücher und Zeitschriften mehr las, die ich doch vorher wie verrückt verschlungen hatte. Ab und zu lag ich zwar noch in der Kammer meines Onkels, weil ich die Enge und die Abgeschlossenheit mochte, aber ich hatte keine Lust mehr, in den Büchern zu stöbern. Großmutters Sorgen wurden langsam kleiner und verschwanden schließlich ganz, als wenig später Onkel Yonghun sein Studium unterbrach, nach Hause kam und sein Zimmer wieder in Anspruch nahm.

Von da an setzte ich mich, wenn ich aus der Schule kam, auf die Veranda und machte Hausaufgaben oder beobachtete die Erwachsenen.

Wenn es etwas gab, das sich durch diese Reise in die Welt der Bücher verändert hatte, dann war es der Umstand, dass ich seitdem auf Sexualität herabsah. Aber ich weiß nicht, ob man das als mein Geheimnis bezeichnen kann, denn jedem, der nach den Schattenseiten des Lebens sucht, wird dies ebenso schnell verständlich werden.

9. Fortgehen ohne Hoffnung

„Oh, dieser Gestank!“

Janguns Mutter stellt den Frühstückstisch auf die Veranda und verzieht das Gesicht. Wenn der Himmel bedeckt ist, wie heute, weht ein besonders abstoßender Gestank aus der Waschmittelfabrik im Nachbarort herüber.

„Wie unerträglich muss es erst für die Leute sein, die direkt neben der Fabrik wohnen!“, sagt Großmutter, die mit Essen aus der Küche kommt, und runzelt die Stirn.

Janguns Mutter, krank vor Neid, weil die Leute im Nachbarort von einem Tag auf den anderen zu Geld gekommen sind, als sie ihr trockenes Ackerland für einen guten Preis an die Waschmittelfabrik verkauft haben, erwidert: „Erst neulich hat mir die Besitzerin aus dem Wirtshaus Manmi erzählt, den Leuten würde übel wie schwangeren Frauen, sobald sie nach dem Löffel greifen. Trotzdem können sie sich nicht beschweren, sie haben schließlich eine ganze Menge Geld für ihren Acker bekommen. Das bisschen Land wirft doch sowieso nicht mehr ab als ein paar Scheffel Reis, also was bringt es, wenn sich die ganze Familie damit abmüht? Da können sie doch besser ein Geschäft eröffnen.“

„Von Waschmittel kann man sich nicht ernähren. Landwirtschaft ist immer noch das Sinnvollste.“

„Das ist doch längst Vergangenheit. ‚Landwirtschaft kommt gleich nach Staatsdienst‘ – wer glaubt denn schon noch an so was. Das trifft doch heute nicht mehr zu. Wir leben in einer völlig anderen Welt, kein Wunder, dass die Leute immer nur über Seoul reden. Das ganze Geld steckt in der Hauptstadt, und will man wenigstens ein paar Krümel abbekommen, muss man eben in einem Loch wohnen, Hauptsache, das Loch ist in Seoul. Da können sie tausend Jahre lang ihren Acker bebauen, reich werden sie davon bestimmt nicht.“

Obwohl Janguns Mutter sehr geschickt in Geldangelegenheiten ist, gelang es ihr nie, wirklich wohlhabend zu werden, weshalb sie verständlicher Weise ihr fehlendes Glück bejammert. Aber wenn man sieht, wie sich Großmutter über ihre Worte ärgert, dann ist klar, dass es Janguns Mutter nicht nur an Glück, sondern vor allem an Taktgefühl mangelt.

Großmutter hatte früher selbst Angestellte für ihr Land, aber letztes Jahr musste sie es verpachten, weil sie mit der Aufsicht überfordert war. Die Arbeit der Pächter gefällt ihr nicht und die letzte Ernte ist magerer ausgefallen als unter ihrer eigenen Aufsicht, daher ist ihr das Gerede von Janguns Mutter unerträglich. Aber Großmutter erwidert nichts. Wie soll man auch dieses Maul stopfen, aus dem sich die Worte herausdrängen wie Wäsche aus einem Schrank zu Frühlingsbeginn. Janguns Mutter würde sich von nichts auf der Welt einschüchtern lassen. Mit diesen Gedanken trägt Großmutter schweigend den Esstisch ins Haus zurück.

„Wollen Sie bei dieser Hitze drinnen essen?", fragt Janguns Mutter, enttäuscht, dass ihr Publikum verschwindet, wo sie gerade erst richtig in Fahrt gekommen ist.

„Wie soll man bei dem Gestank hier draußen essen?"

Großmutter lässt ihren Ärger an der Fabrik aus. Aber sobald sie das Zimmer betritt, gibt ihr meine Tante, die noch im Schlafanzug unter der Bettdecke am Radio herumdreht, neuen Anlass für Unmut. Mit Schwung schiebt Tante Yongok die Decke beiseite, setzt sich an den Esstisch und jammert: „Schon wieder Bohnenpastensuppe? Kann man denn nicht mal was anderes essen außer Reis?"

„Idiotin."

Tante Yongok schmollt wie ein kleines Kind: „Immer meckerst du nur an mir herum. Manchmal könnte man meinen, Jinhi ist deine Tochter und nicht ich."

Ich dachte, Großmutter würde sie noch einmal eine „Idiotin" nennen oder ihr sagen, sie solle den Mund halten, um ihrem leeren Geschwätz ein Ende zu machen, aber wider Erwarten murmelt sie nur vor sich hin: „Es heißt, für die eigenen Kinder tue man alles, aber manchmal könnte ich sie erwürgen ..."

Großmutter würde ein so albernes und völlig unangemessenes Verhalten normalerweise nicht dulden, aber weil es sich um ihre Tochter handelt, scheint sie ab und zu in der Lage zu sein, darüber hinwegzusehen. Wenn ich mir klarmache, dass Großmutter zunächst die Mutter meiner Tante und erst dann meine Großmutter ist, werde ich eifersüchtig und fühle mich verraten. Tante Yongok verhält sich immer so unmöglich, dass man einfach mit ihr schimpfen muss. Im Gegensatz zu ihr bin ich genau so, wie es meiner Großmutter gefällt. Mit mir lässt sich auch vernünftig reden, was bei meiner Tante ausgeschlossen ist. In jeder Hinsicht bin ich Großmutters Wesen näher. Das gibt mir das Gefühl, ich sei Großmutters legitime Erbin und meine Tante stattdessen ein illegitimes Kind. Der Gedanke rechtfertigt meine Existenz, und ich kann mich meiner Tante gegenüber überlegen fühlen. Einerseits versuche ich mich von ihr und ihren Albernheiten fernzuhalten, andererseits wünsche ich mir insgeheim, Tante Yongok möge weiterhin das alberne illegitime Kind bleiben und mir keine Hindernisse in den Weg legen, während ich die Liebe meiner Großmutter gewinne.

Deshalb empfinde ich es als Verrat, wenn sie sich in einer Situation wie dieser meiner Tante gegenüber nachsichtig zeigt. Ich zweifle dann, ob meine Existenzberechtigung wirklich in der Liebe meiner Großmutter begründet ist, oder ob sie sich lediglich verantwortlich und verpflichtet fühlt.

Es gibt eine Sympathie, die auf wohlwollender Zuneigung beruht, weil die betreffende Person hübsch und gut ist. Und es gibt eine Sympathie, die auf missbilligender Zuneigung beruht, wenn einem die andere Person eigentlich lästig ist, es sich aber um ein bedingungsloses Verhältnis handelt. Sympathie beginnt stets mit der wohlwollenden Zuneigung, wenn sich aber die missbilligende nicht dazu gesellt, ist die Liebe nicht von Dauer. Missbilligende Zuneigung ist nämlich ein viel großzügigeres Gefühl als wohlwollende. Darüber hinaus gibt es für die Liebe der wohlwollenden Zuneigung einen Grund, und wenn dieser wegfällt, dann erlischt auch die Zuneigung, wohingegen die missbilligende Zuneigung ein viel beständigeres Gefühl ist, weil sie ohne äußeren Anlass nur durch alltägliches Zusammensein entsteht. Nur wenn die missbilligende Zuneigung zur wohlwollenden hinzukommt und dadurch beide Seiten des Gefühls vorhanden sind, kann Liebe vollkommen sein.

In der Liebe meiner Großmutter gilt die wohlwollende Zuneigung mir, während die missbilligende Zuneigung selbstverständlich Tante Yongok gilt. Weil meine Tante unmöglich Großmutters wohlwollende Zuneigung gewinnen kann, habe eigentlich nur ich Aussicht auf ihre vollkommene Liebe. Aber ich kann mir nicht einmal vorstellen, etwas zu tun, was meiner Großmutter missfallen könnte, um auch ihre missbilligende Zuneigung zu gewinnen. Ich habe nicht das nötige Selbstvertrauen. Vielleicht ist missbilligende Zuneigung ein tieferes Gefühl, das sich viel schwerer wecken lässt als wohlwollende.

Manchmal stelle ich mir folgende Szenerie vor: Während des Regenfestes muss der in einer Höhle lebenden Riesenschlange eine Jungfrau geopfert werden, wobei nur Tante Yongok und ich in Frage kommen. Wen von uns beiden würde meine Großmutter opfern?

Ich bin immer davon überzeugt, dass ihre Wahl auf mich fallen würde. Ich stelle mir diese Frage wieder und wieder, obwohl ich die Antwort kenne.

Aber ich lasse mich nicht im trüben Wasser des Verrats und der Eifersucht treiben. Am Verhalten der Ajumma aus der „Kwangjin-Taera" konnte ich schon früh sehen, dass es eine hartnäckige Liebe zum bestehenden Leben gibt. Also wasche ich mich in klarem Wasser rein und lege mir Flügel an: Zunächst führe ich mir vor Augen, dass nicht jeden Tag Jungfrauenopfer von Riesenschlangen gefordert werden. Anstatt entscheiden zu müssen, welche in die Höhle des Todes geschickt wird, hat man es doch mit den alltäglichen Problemen zu tun, wie etwa der Frage, welche von den Jungfrauen hübscher ist als die andere. Müsste meine Großmutter wirklich zwischen Tante Yongok und mir wählen, sie würde sich für meine Tante entscheiden. Aber es kommt doch nie zu einer so außergewöhnlichen und schicksalhaften Situation, in der eine Person zugunsten einer anderen verraten wird, und wenn doch, dann handelt es sich um puren Zufall.

Deshalb gibt es keinen Grund, mir diese Situation ständig vor Augen zu halten. Es reicht für gewöhnlich, wenn ich im Alltag mit dem Gefühl der Überlegenheit lebe. In der alltäglichen Realität kommt doch der eigentlich rechtmäßigen Erbin die öffentlich anerkannte Liebe zu. Es ist sehr unwahrscheinlich, dass sich Großmutter einmal zwischen mir und meiner Tante entscheiden muss. Daran halte ich mich fest.

Die illegitime Tochter, der zunächst durch mich, der rechtmäßigen Erbin, der Weg zur Thronfolge verwehrt ist, greift mit ihren Stäbchen nach den eingelegten Muscheln und fragt: „Kommt Yonghun heute zurück?"

„Das hat er gesagt, also wird er es wohl auch."

Meine Tante ist nicht sehr darüber erfreut, dass mein Onkel wiederkommt. Wenn er ihre Brieffreundschaft mit Hyongyol Lee entdeckt, wird er es ihr nicht so ohne weiteres durchgehen lassen.

Als ich aufstehe und meinen Schulranzen nehme, fragt Großmutter wie immer: „Nach der Schule bekommst du bestimmt Hunger. Soll ich dir etwas Geld mitgeben, damit du dir etwas für den Heimweg kaufen kannst?"

„Nicht nötig, Großmutter."

Großmutters Frage und meine Antwort drücken auf gesprochene Weise aus, was in der schriftsprachlichen Ausdrucksform von Fernsehdramen etwa lautet: „Ich mache mich auf den Weg zur Schule." „Ja, pass auf dich auf." Leute, für die sich die Schriftsprache unnatürlich anfühlt, kommunizieren auf diese Weise. Meine Tante, die diese alltägliche Regel nicht versteht, nimmt Großmutter beim Wort: „Wenn du Geld hast, gib mir doch etwas, ich brauche auch welches."

„Wenn ich zu viel Geld hätte, würde ich es lieber Happy geben", erwidert Großmutter, aber als sie das Geschirr abräumt, fragt sie: „Wozu brauchst du das Geld?" Dabei versucht sie, gleichgültig zu klingen, damit sich Tante Yongok keine großen Hoffnungen macht. Meine Tante mit unserem Hund zu vergleichen, ist sehr passend; so wie sie sich aufführt, gibt es keinen wesentlichen Unterschied zu Happy, wenn er sich beim Anblick von Essen an den Rockzipfel meiner Großmutter heftet und mit dem Schwanz wedeln muss, weil er seine Gefühle nicht verbergen kann.

In dem Moment, in dem ich auf den Hof trete, macht sich auch Jangun fertig, um zur Schule zu gehen. Er zieht seine Turnschuhe an, indem er die Schuhspitzen in den Boden drückt. Dann nimmt er von seiner Mutter das Mittagessen entgegen.

„Gehst du auch los, Jinhi? Dann könnt ihr ja zusammen gehen."

Die Stimme von Janguns Mutter kommt mir gleich verdächtig vor, da rückt sie auch schon mit ihrer Absicht heraus: „Hier sind zwei Dosen mit Essen. Die eine ist für Herrn Lee, die kannst du tragen, Jinhi."

Ich tue so, als hätte ich nicht gehört, was sie sagt, beschleunige meine Schritte und gehe an Mutter und Sohn vorbei, da will mir Jangun schon hinterhereilen. Beim Öffnen des Haustors werfe ich einen flüchtigen Blick hinter mich, wo Jangun von seiner Mutter zurückgehalten wird, damit er sich die Schnürsenkel seiner Turnschuhe neu bindet. Die beiden machen einen harmonischen Eindruck, was mich ärgert.

„In der Schule wird der Reis überprüft, nicht wahr?[2] Ich habe etwas Gerstenkörner untergemischt, du musst also gut kauen."

„Ja, Mutti."

Ich mag zwar den Tonfall von Janguns Mutter nicht, die überhaupt nicht warmherzig ist und nur ihrem Sohn gegenüber so tut, als sei sie die herzlichste Person auf der Welt, aber wie Jangun das Wort „Mutti" ausspricht, kann ich heute noch weniger ertragen.

Es gibt zwei verschiedene Wege, um zur Schule zu gehen. Bequemer ist die neu angelegte Hauptstraße, die über eine Brücke führt und auf der ich immer viele andere Kinder treffe. Der Uferweg führt bergauf und ist uneben, aber ich kann dort in Ruhe meinen Gedanken nachhängen. Heute schlagen meine Füße den Weg zum Fluss ein. Aus der Quittenbaumhecke ragen üppige Blätter heraus, deren dreizackige Form an die Hände des Vero aus dem Manga „Das Ungeheuer" erinnern, das Insook vor einigen Tagen weggenommen wurde, weil sie beim heimlichen Lesen im Unterricht erwischt wurde. Die Kinder benutzen die Quittenblätter zum Wahrsagen. Mit geschlossenen Augen wird das Blatt über den Kopf nach hinten geworfen, landet das Blatt mit der Oberseite nach unten, hat man an diesem Tag Pech, landet es mit der Oberseite nach oben, hat man dementsprechend Glück. Wenn das Blatt Pech voraussagt, wird den Kindern auf einmal mulmig, weil sie das Einmaleins nicht gelernt oder die Hausaufgaben nicht gemacht haben. Diejenigen, deren Blätter auf die richtige Seite gefallen sind, fühlen sich auf einmal wie berauscht und vom Glück beschenkt. Auch wenn an dem Tag lauter schlechte Ereignisse aufeinander folgen, denken sie: „Es hätte schlimmer kommen können." Sie wissen zwar, dass es reiner Zufall ist, auf welcher Seite das Blatt auf dem Boden landet. Aber auch wenn es nicht wahr ist, suchen sie trotzdem nach Zeichen für die Zukunft, ähnlich wie Janguns Mutter, die versucht, ihr Schicksal aus den Karten zu lesen.

Ich bleibe stehen und reiße ein Quittenblatt ab. Aber mir ist nicht nach Wahrsagen zumute. Stattdessen wird mir bewusst, dass ich es nur schweren Herzens bis hierher geschafft habe. Was ist los? Ich untersuche meinen Missmut. Die Distanz zu meinem Gefühl bestimmt meinen Körper derart, dass sich eine emotionale Reaktion immer erst eine Weile versetzt einstellt. Deshalb muss ich zurückblicken, um herauszufinden, warum ich so bedrückt bin.

Mit dem Blatt in der Hand bleibe ich eine Weile bewegungslos stehen. Ich taste mein Gedächtnis nach den Ursachen für meine schlechte Laune ab.

Während ich die inzwischen abgekühlte Asche durchsuche, stoße ich auf einen Funken. Dieser tief vergrabene Funke atmet, zu Luft gekommen, tief ein und fängt wieder Feuer.

„Das war es also?"

Da ich ganz ohne eigenes Verschulden einen tiefen Schmerz zu überwinden habe, werde ich noch gereizter und wütender. Es ist ungerecht, dass ich wegen einer Beziehung zwischen meinen Eltern, die vor meiner Geburt stattgefunden hat, eine solche Last tragen muss. Die ganze Zeit lag der Gedanke an meine Mutter und meinen Vater wie ein Stein auf meiner Seele.

Im vergangenen Frühling kam eine Verrückte in unsere Ortschaft. Sie trug zwar mehrere Röcke übereinander, aber weil sie alle zerfetzt waren, wurden bei jedem Schritt ihre vor Schmutz triefenden Beine sichtbar, und unter ihrer abgewetzten Jacke, deren Farbe unkenntlich geworden war, wackelten ihre Brüste schwerfällig auf und ab. Sie lief mit einem Stock herum, berührte damit die Leute, und wich, wenn jemand sie anfuhr: „Du Verrückte, glaubst du etwa, das ist hier ein Spielplatz? Hau ab!", erschrocken zurück.

Großmutter und ich hatten Körbe und Gummibänder gekauft, wir waren auf dem Weg nach Hause, als ich in einiger Entfernung die Verrückte sah, die herausfordernd Ausschau nach einem Opfer hielt. Obwohl sie überall weggescheucht wurde, grinste sie unaufhörlich. Sie ließ ihren Kopf hin und her baumeln und machte einen zutiefst stumpfsinnigen Eindruck.

Plötzlich geschah etwas Seltsames. Sie blieb stehen und sah mich an. Dann kam sie voller Freude auf mich zugerannt. Der schwachsinnige Ausdruck, den sie gerade noch in ihrem Gesicht trug, war verschwunden, sie wirkte gerührt, als habe sie eine im Krieg verlorene Tochter wiedergefunden.

Ihre Augen fixierten meine Hände. Darin hielt ich Dampfbrötchen, die gerade frisch aus dem heißen Eisentopf gekommen waren. Die Brötchen waren in dünnes Papier eingewickelt, das durch den heißen Dampf am Teig klebte, so dass jeder die Form der Brötchen erkennen konnte. Die Verrückte hatte sich so plötzlich verändert, weil sie etwas Begehrenswertes entdeckt hatte, aber Großmutter und ich waren schockiert, als sie auf uns zukam.

Großmutter gab der Verrückten, die direkt vor mir stand und mich angrinste, keines der Brötchen und vertrieb sie hartherzig. Die Verrückte rannte, ihren Stock auf dem Boden nach sich schleifend, davon. Lag es an dieser Belästigung, dass sich meine Augen mit Tränen füllten? Ich wusste nicht, was sie bedeuten.

Großmutter hatte mir gegenüber noch nie offen Zärtlichkeit gezeigt, wahrscheinlich aus Sorge, sie könnte mich verzärteln. Ich wurde so erzogen, dass ich sentimentale Worte eher als lächerlich denn als rührend empfand. Großmutter hat mich insgeheim gelehrt, die eigenen Gefühle im Gleichgewicht zu halten, damit Schwächen nicht von anderen ausgenutzt werden können, daher ließ ich mich auf Rührseligkeiten nicht ein oder spürte sie nicht. Wenn ich sah, wie in Kriegsfilmen der Gefangene an einen Pfahl gefesselt darauf wartete, erschossen zu werden, wurde ich zwar unruhig, aber gleichzeitig dachte ich, dass es, abgesehen von den lebensbedrohlichen Umständen, auch ganz angenehm für den Gefangenen sein muss, durch die nach hinten gebundenen Hände seinen krummen Rücken richtig durchstrecken zu können.

Dass mir trotz ihrer Erziehung Tränen in die Augen stiegen, als ich die Verrückte sah, erschreckte Großmutter sehr. Sie wusste, dass diese Tränen mit meiner Mutter zu tun hatten und sie konnte daher nicht anders, als mir von ihr zu erzählen.

Die Krankheit meiner Mutter hat nicht dazu geführt, dass sie sich in Gegenwart fremder Menschen unanständig verhielt. Da sie im Gegenteil nicht auffallen wollte, hat sie Menschen gemieden und sich zurückgezogen, aber weil ihre Depressionen manchmal ganz geheilt zu sein schienen, hat bei ihrer Heirat niemand bezweifelt, dass sie mit diesem vertrauenswürdigen jungen Mann ein glückliches Leben führen würde. Nach der Hochzeit wohnten sie in Seoul, und während der junge Mann, der inzwischen Vater geworden war, geschäftlich viel in der Fremde herumreiste, blieb meine Mutter mit ihrer Krankheit, die mal schlechter und mal besser wurde, allein, magerte ab, und eines Tages scheiterte nur knapp ein Selbstmordversuch, weil die Vermieterin aufgrund meines heftigen Geschreis die Zimmertür öffnete. Daraufhin kam mein Vater nach ein paar Tagen nach

Hause und prügelte meine Mutter halb tot. Als mein Vater wieder unterwegs war, band sie mich an einen Pfeiler der Veranda und ging weg. Großmutter erfuhr davon und kam sofort nach Seoul, und als meine Mutter bereits nach fünf Tagen völlig verwahrlost von einem Polizisten in Dduksom, weit entfernt vom Bezirk Hyochang, wo wir wohnten, gefunden wurde, brachte Großmutter sie in ein Sanatorium. So lautete die Geschichte.

Seitdem dachte ich nicht mehr an meine Mutter. Ich war auch nicht mehr neugierig. Es machte mich zu traurig und ich wollte verhindern, dass mich diese Trauer verletzlich macht. Ich wollte nicht, dass ich mit meiner Mutter oder mit mir selbst Mitleid hatte. Eine Wunde, die bei jeder Berührung schmerzt, bedeutet, das Leben nicht mehr unter Kontrolle zu haben. Ich wollte nicht der Furcht ausgesetzt sein, dass andere Menschen aus einer Laune heraus diese Wunde berühren könnten.

In den Schulbüchern ist immer in mindestens einem Kapitel von der Liebe zur Mutter die Rede, um die Ehrfurcht vor den Eltern zu stärken. Immer wenn in Kinderliedern und Märchen die Mutter als schönes, mit Sehnsucht bedachtes Wesen gepriesen wird, führe ich mir das Bild der Verrückten vor Augen, die mit ihren schmutzigen, unter den Rockfetzen sichtbaren nackten Beine über den Markt läuft. Es ist viel schwieriger, Sehnsucht oder Liebe zu überwinden, als schlechtes Gewissen oder Angst.

Über meinen Vater weiß ich noch weniger als über meine Mutter. Aus Gesprächen der Erwachsenen am Brunnen konnte ich flüchtig heraushören, dass er wieder geheiratet hat und auch, dass er Großmutter Geld schickte. Einmal ist er gekommen, um mich zu sehen, und gleich wieder weggegangen. Aus der Entfernung soll er mich betrachtet haben, aber weil ich ein Gespräch zwischen Janguns Mutter, die sich gern irgendwelche Geschichten ausdenkt, und der Ajumma aus der „Kwangjin-Taera" belauschte, die immer allem beistimmt, glaubte ich nicht alles, was ich hörte. Eines stand jedoch fest: ich habe einen Vater, und anders als meine Mutter ist er am Leben.

Schon allein aufgrund der Tatsache, dass er am Leben ist, muss der Gedanke an ihn dringender überwunden werden, als der an meine Mutter. Sie ist tot und der Gedanke an sie geht mit einer verzweifelten Sehnsucht einher. Die Sehnsucht nach meinem Vater ist jedoch von Hoffnung begleitet und daher viel schwieriger zu bewältigen. Gestern haben wir im

Musikunterricht das Lied „Auf dem Blumenbeet“ gesungen. Wir sollten beim Singen besonders auf den Text achten:

> Auf dem Blumenbeet, das mein Vater und ich angelegt haben,
> stehen die Portulakröschen und der Pfirsichbaum in voller Blüte.
> Mein Vater sagt, ich soll wie eine Blume leben,
> ich soll auf die Blumen sehen und wie eine von ihnen leben.

Beim Singen dieses Liedes habe ich zum ersten Mal das Wort Vater ausgesprochen. Das Kind in dem Lied betrachtet die Blumen und denkt an seinen Vater, aber ich denke dabei nur an das Wort Vater, das ich nur beim Singen dieses Liedes in den Mund nehmen kann.

Freitags nach der fünften Stunde finden die besonderen Aktivitäten statt. Als ich heute die Aula betrete, in der der Tanzunterricht stattfindet, sitzen bereits eine Menge Schüler in den Stuhlreihen für das Publikum. Der normale Tanzunterricht fällt heute aus, weil in ein paar Tagen ein Wettbewerb stattfindet. Heute treffen sich nur die Schüler, die daran teilnehmen, und probieren hinter der Bühne ihre Kostüme an. Unter den neidischen Blicken der Schüler im Zuschauerraum gehe auch ich hinter die Bühne. Das Thema des diesjährigen Tanzwettbewerbs lautet: „Lernen aus der Vergangenheit“, daher proben wir „Die Geschichte des Hungbu“. Ich spiele den Hungbu.

Die Probe beginnt mit dem zweiten Akt, in dem Hungbu von der Frau seines Bruders Nolbu fortgescheucht wird. Wenn sich der Vorhang öffnet, werde ich von Nolbus Frau mit der Reiskelle geschlagen und torkele rückwärts auf die Bühne. In der Mitte der Bühne breche ich zusammen und krümme mich vor Schmerz. (Hier schreit Herr Choi meistens, ich solle meine Schultern stärker einsetzen: „Größere Bewegungen, größer!“, dabei schüttelt er demonstrativ seine Schultern). Jetzt tritt Hwayong Shin auf, die Hungbus Frau spielt, aber plötzlich hält Herr Choi die Musik an. Die hohen schluchzenden Töne der Bambusflöte, die Hungbus Traurigkeit ausdrücken sollen, brechen ab, und stattdessen ist Herrn Chois verärgerte Stimme zu hören: „Hwayong, was ist das für ein Kostüm?“

Die Augen der Schüler, die unterhalb der Bühne zusehen, richten sich allesamt auf das Kleid von Hwayong. Das Hanbok, das sie trägt, ist so prächtig, dass es aussieht, als würde sie gleich abheben. Das geht natürlich nicht. Ihre Kleidung müsste schäbig sein, wie es sich für die Frau von Hungbu gehört. Ihr Mann, den sie über alles verehrt, d.h. ich, trägt auch ein Hanbok, an das Stofffetzen angenäht sind, damit ein heruntergekommener Eindruck entsteht. Zuerst hatte ich den Nähkünsten von Tante Yongok vertraut, die immer damit prahlt, sie könne gut nähen, aber weil alles ganz schnell wieder auseinanderfiel, musste Großmutter gestern bis spät in die Nacht hinein das Hanbok noch einmal neu nähen.

Hwayong will zwar die Hauptrolle spielen, aber keine zerlumpte Kleidung anziehen … jeder kann ihre Gedanken lesen. Als Arzttochter versucht sie ständig, ihren Wohlstand zur Schau zu stellen. Weil sie sich weigert, Männerkleidung zu tragen, will sie immer die weibliche Hauptrolle. Die meisten entsprechenden Figuren sind gut, zerbrechlich und gehorsam, während Hwayong genau das Gegenteil davon ist, so dass es ihr schwer fällt, diese Rollen zu verinnerlichen, aber weil Herr Choi nicht auf die materielle Unterstützung ihrer Mutter verzichten kann, ist bei Tanzwettbewerben seine erste Sorge stets, eine Figur für sie zu finden, die nach einer weiblichen Hauptrolle aussieht.

Herr Choi ändert seinen Ton und sagt mit mildem Nachdruck: „Zieh dir morgen etwas anderes an oder näh etwas ans Kleid. Möglichst viel“, aber so trotzig wie Hwayong die Lippen aufeinander presst und schweigt, wird sie weder morgen noch am Tag des Wettbewerbs auf ihr prachtvolles Gazehanbok verzichten. Im Zuschauerraum tuscheln die überwältigten und neidischen Schüler.

Die Musik läuft wieder und die Probe geht weiter. Während Hungbu und seine Frau mit hoch gezogenen Schultern im Hintergrund stehen, treten der Reihe nach ihre Kinder auf und führen in der Mitte der Bühne jeweils einen Solotanz auf. Sie flehen ihre Eltern um Essen an, um Reiskuchen, darum, sie zu verheiraten usw. Ich soll beide Arme weit nach rechts drehen und meine linke Hüfte umschlingen, danach die Arme nach links drehen und die andere Hüfte umfassen, um meine väterliche Bekümmernis zum Ausdruck zu bringen. In diesem Moment muss ich die Tränen runterschlucken. Meine väterliche Unfähigkeit, den Kindern das zu geben, was sie brauchen, ist mir zuwider. Nein, ich kann so einen Vater nicht ertragen.

Als ich aus dem Takt komme, schreit Herr Choi: „Jinhi! Du kannst doch nicht an dieser Stelle einen Fehler machen. Du darfst nicht vergessen, dass du die Hauptperson bist. Die Jury schaut vor allem auf dich."

Direkt neben mir steht meine Frau, die Arzttochter, und lacht hämisch. In anderen Fällen ließe ich mir so etwas nicht gefallen. Um es ihr irgendwann später heimzuzahlen, mache ich einen Vermerk in mein inneres Notizbuch. Aber selbst dabei bin ich teilnahmslos. Ich wünschte nur, die Probe wäre endlich vorbei und ich könnte allein sein.

Ich warte, bis alle gegangen sind, und verlasse langsam den Raum. Ich laufe auf dem Kiesweg um den Schulhof herum zum Schultor. Von der Schaukel aus glaube ich jemanden meinen Namen rufen zu hören, aber ich laufe einfach weiter. Unter dem großen Baum vor dem Schultor stehen Schüler um den Bonbonverkäufer herum. Ich beschleunige meinen Gang, weil ich befürchte, eines der dort stehenden Kinder könnte mich sehen. Momentan wünsche ich mir, von niemandem auf dieser Welt erkannt zu werden.

Aber an der Straßenecke vor der Kreisverwaltung, wo der Weg auf die Hauptstraße trifft, sehe ich auf der gegenüberliegenden Straßenseite die Ajumma aus der „Kwangjin-Taera". Gerade an solchen Tagen begegne ich vielen bekannten Gesichtern. Hätte ich heute Morgen das Quittenblatt geworfen, wäre es bestimmt mit der Oberseite nach unten gelandet.

Die Ajumma steht da, auf ihrem Rücken den in eine Decke gewickelten Jesong, in ihren Händen hält sie die Windeltasche.

Vor der Kreisverwaltung ist die Haltestelle für den Fernverkehr. Es gibt zwar kein Schild, aber weil die Busse, die vom Busbahnhof losfahren, zwangsläufig an dieser Ecke vorbeikommen, warten die Leute für gewöhnlich hier und steigen zu. Die Windeltasche sieht sehr schwer aus, ich ahne, dass die Ajumma weit wegfahren will.

Wenn sie am Brunnen Gemüse putzt oder die Windeln wäscht, bemerkt man es nicht so, aber heute an dieser Bushaltestelle sieht sie sehr provinziell aus. Die Tragedecke unterstreicht die Armseligkeit ihrer Kleidung. Sie stützt mit ihren Händen Jesongs Hintern auf ihrem Rücken, an ihre Bluse hat sie zwei Sicherheitsnadeln geheftet, sie trägt wie immer Gummischuhe. So wie sie die Absätze ihrer Schuhe in den Boden bohrt, besteht kein Zweifel, dass sie auf den Bus wartet.

Schließlich nähert sich der Bus in einer riesigen Staubwolke und hält direkt vor der Ajumma. Ich kann sie nicht mehr sehen, nur ihre Fußknöchel sind noch zwischen den Reifen zu erahnen. Als wolle er einem nahenden Sturm entrinnen, hält der Bus nur kurz und fährt ruckartig wieder ab. Erst als er schon weit weg ist, legt sich die Schmutzwolke wieder. Da bemerke ich, dass die Ajumma noch immer da steht, im Staub.

Sie blickt in die Richtung, in die der Bus verschwunden ist. Sie verharrt in dieser Stellung, die Hände sind nach hinten gestreckt, um das Tragetuch zu stützen, nur ihren Kopf zur Seite gedreht. Sie steht so still, dass ihr Anblick an eine Fotografie erinnert, auf der die Schatten ihres Inneren sichtbar werden. Die Ajumma hat kein Ziel, zu dem sie fahren will. Sie wollte nur weg.

Selbst wenn man die Möglichkeit hat, einem harten Leben zu entkommen, gibt es keine Garantie dafür, dass ein besseres folgt. Aber Menschen gehen fort, nicht, weil sie etwas Besseres erwartet, sondern um dem vorhandenen Leben zu entkommen. Obwohl es keine Gewissheit für eine Besserung gibt, gehen sie leichten Herzens, weil sie das alte Leben scheinbar hinter sich lassen. Mit dem Gedanken an dieses Fortgehen sieht die Ajumma noch lange dem weggefahrenen Bus nach.

Die Ajumma richtet ihren Kopf wieder nach vorn und beugt sich vor, um die Position des Babys auf ihrem Rücken zu richten, als Zeichen dafür, dass die Realität sie wieder eingeholt hat. Mit dieser Geste setzt sie einen Schlussstrich unter ihren unerfüllten Traum. Als sie schweren Schrittes in Richtung der Brücke geht, ist sie wieder die Ajumma aus der „Kwangjin-Taera", wie ich sie kenne. Auf ihrem Rücken zieht Jesong seiner Mutter an den Haaren und spielt mit ihnen. Einerseits gibt das Kind ihr Kraft, dieses harte Leben weiterzuführen, andererseits fesselt gerade Jesong sie daran. Ihr Kopf bewegt sich in die eine oder die andere Richtung, je nachdem wo Jesong sie an den Haaren zieht, ihr Gesicht ist ausdruckslos. Großmutter hatte Recht, als sie vom Schicksal der Frauen als leeres Gefäß sprach, die Weisheit alter Leute bestätigt sich immer wieder. Hinter der Brücke, über die die Ajumma verschwunden ist, biege ich im rechten Winkel in den Uferweg ein, den ich heute Morgen genommen hatte. Mir geht nicht aus dem Kopf, wie die Ajumma ihr Gesicht zur Seite dreht und dem Bus nachsieht. Als der Bus vor ihr hielt, hatte die Ajumma wahrscheinlich das brennende Verlangen einzusteigen. Mit einem Schritt in den Bus hätte sie sich vielleicht von ihrem jetzigen Leben befreien können. Das Bild der mit sich ringenden Ajumma ist tief in mein Herz eingedrungen. Ist auch mir mein Leben so unerträglich, dass ich ihm entkommen möchte? Und wenn es so wäre, wie sähe dieses andere Leben aus, das ich mir wünschte? Wäre es ein Leben, in dem mich der Gedanke an meine Mutter nicht traurig machen und das Aussprechen des Wortes Vater keine Überwindung kosten würde? Bei diesen Gedanken werde ich noch betrübter. Ich weiß, dass das Bild meiner Eltern mich mein ganzes Leben lang verfolgen wird. In diesem Sinne existiert so etwas wie ein anderes Leben für mich nicht.

Wenn sich die Sonne senkt, erscheint die Landschaft entlang des Dammwegs wie eine aus einem Buch entsprungene Heimatdarstellung. Die roten Wolken ziehen über die Bauernhäuser und Quittenbaumhecken hinweg, und ich sehne mich nach einer vertrauten Person. Unter der Hecke haben spielende Kinder ein Tuch ausgebreitet. Als ich den violetten Rock von Minja entdecke, wende ich hastig mein Gesicht ab und gehe in schnellen Schritten an den Kindern vorbei. Zu spät, Minjas Rufen erwischt mich am Hinterkopf und bleibt darin stecken: „Jinhi! Lass uns zusammen gehen!"

Auch Sonsuk und ihre jüngere Schwester Chasuk folgen Minja und kommen auf mich zugerannt. Es ist mir zwar lästig, weil sie pausenlos auf mich einreden werden, aber weil die drei in meiner Nähe wohnen, bleibt mir nichts anderes übrig, als mit ihnen gemeinsam weiterzugehen.

Kurz darauf sehen wir einen Mann auf einem Pferdekarren der untergehenden Sonne entgegenfahren.

Obwohl es einen leeren Karren zieht, bewegt sich das Pferd nur unter Mühen vorwärts, der Speichel läuft ihm aus dem Maul. So langsam, wie es sich bewegt und dabei die Beine nachzieht, scheint es Müdigkeit vorzutäuschen. Der ungeduldige Fahrer strafft die Zügel noch mehr. Das Pferd beleidigt seinen Besitzer, indem es im Wechsel der Vorder- und Hinterbeine breite Pferdeäpfel auf den Weg fallen lässt. Es ist ein stiller Kampf zwischen Pferd und Besitzer, wobei die Verwegenheit des Pferdes größer zu sein scheint.

Der Mann hat einen vollen Bart, wir kennen ihn gut. Es ist der Vater der geistig behinderten Sundok, die am Ende des Damms wohnt. Die

Erwachsenen sagen, Sundoks Mutter habe während der Schwangerschaft heimlich irgendwelche Pillen genommen, um das Kind abzutreiben, weil der Vater des Kindes nicht ihr Mann ist. Deshalb sei Sundok so geworden.

Ihr Vater macht jedes Mal einen furchterregenden Eindruck. Besonders sein langer, nach allen Seiten wild wuchernder Bart verleiht ihm einen unbarmherzigen Ausdruck, er ähnelt dem Heeresführer Jangbi aus der „Geschichte der Drei Reiche", so wie er im chinesischen Lokal „Zentralhalle" abgebildet ist. Wenn ihn Kinder in der Ferne mit seinem Pferd sehen, dann klatschen sie in die Hände und singen „Sundoks Mutter hat Pillen geschluckt, Sundoks Vater ist ein Dummkopf", aber wenn er sich mit seinem grimmigen Gesicht zu ihnen herumdreht, rennen sie so schnell sie können weg.

Kinder schließen sich gern in Gruppen zusammen, sie lieben das Gefühl der gemeinsamen Macht, wenn sie jemanden mit demütigenden Reimen quälen können. Ich habe nie an diesen Streichen teilgenommen, die für Kinder typische nichtige Hinterlist interessiert mich nicht. Das Gruppengefühl machte mir keine Freude, auch, weil ich mehr über Sundoks Vater weiß als die anderen.

Eines Tages sah ich, als ich den Uferweg entlang lief, wie er im Bach sein Pferd wusch. Nicht nur das Pferd, sondern auch sein Besitzer nahm ein Bad, Sundoks Vater war splitternackt. Die Entfernung zwischen mir und ihm war nicht sehr groß. In der Mitte seines Körpers trug er einen zweiten schwarzen Bart. In einer solchen Situation, wenn ein Kind heimlich eine verbotene Szene beobachtet, muss es entdeckt werden. Tatsächlich hob Sundoks Vater seinen Kopf und sah mich.

Ich setzte eine unschuldige Miene auf, um ihn glauben zu lassen, ich sei ein naives Kind, das zufällig einen nackten männlichen Körper entdeckt hat, ein wenig erschreckt über dieses Ding, das es zum ersten Mal sieht, aber noch zu klein, um zu verstehen, worum es sich dabei handelt. Sundoks Vater wendete sich von mir ab und goss mit ruhigen Bewegungen Wasser über sein Pferd, meine Absicht war geglückt. Der schwarze Bart inmitten des Körpers von Sundoks Vater reagierte auf jede Armbewegung; wenn der Arm sich nach links bewegte, zeigte der Bart mit leichter Verzögerung nach rechts, wenn der Arm nach rechts ging, dann zeigte der Bart nach links.

Seit diesem Ereignis war ich der Ansicht, dass Sundoks Vater und ich ein Geheimnis teilten, das uns miteinander verband. Mir kam sogar der Gedanke, dass er mir etwas schuldete, weil ich nicht weitererzählte, was ich gesehen hatte.

Aber anscheinend hatte ich meine Naivität zu überzeugend dargestellt, denn als er mich jetzt sieht, ändert sich nichts an seinem wie immer grimmigen und zugleich teilnahmslosen Gesichtsausdruck.

Minja und Sonsuk schleichen sich an den Karren heran und legen vorsichtig ihre Bücherbündel darauf. Sie lachen verstohlen und laufen dem Wagen hinterher. Auch Chasuk ist durch das Beispiel ihrer Schwester ermutigt und macht es ihnen nach. Weil der Mann es nicht bemerkt, setzen sie sich sogar auf den Karren. Dort lassen sie die Beine baumeln und springen, wenn sie befürchten, Sundoks Vater könnte sich umdrehen, schnell wieder ab, wie streunende Katzen. Nach einer Weile wiederholen sie das Ganze. Nur ich trage meinen Schulranzen selbst und laufe schwerfällig, die Augen auf meine Füße geheftet, hinterher.

Plötzlich höre ich es poltern: „Ihr frechen Gören!", und darauf die Schritte der hastig davonlaufenden Mädchen. Als ich den Kopf hebe, löst sich mein Körper plötzlich vom Boden. Sundoks Vater hat mich an den Haaren gepackt. Seine Hände sind sehr kräftig. Er hält mich mit einer Hand an meinen beiden Zöpfen und schüttelt mich wild herum, samt Schulranzen in der Hand hänge ich mit baumelnden Beinen in der Luft. Mir wird schwarz vor Augen, der Schmerz ist so stark, als würde mir die Kopfhaut abgezogen. Ich nehme nur noch den fettigen Schweißgeruch seines bärtigen Gesichts wahr, während er schnaufend auf mich herabblickt.

Beim Wegrennen klatschen die Mädchen, um ihrer Flucht noch mehr Dramatik zu geben, in die Hände und singen lauthals den berüchtigten Reim: „Sundoks Mutter hat Pillen geschluckt, Sundoks Vater ist ein Dummkopf."

Als er das hört, lässt Sundoks Vater die Zügel fallen, die er in der anderen Hand gehalten hatte, und schleudert voller Wut seine Faust in die Richtung der Mädchen, und obwohl die Faust ins Leere trifft, entsteht dabei ein furchterregendes Geräusch. Aus seinem Mund spritzen schmutzige Schimpfwörter und Speichel, der auf meinem Gesicht landet. Als mich Sundoks Vater endlich loslässt, bleibt ein Büschel dünner Haare in seiner derben Hand kleben, das nicht zur Stärke seiner Hände passt. Es fällt kraftlos zu Boden.

Ich nehme mir vor, auf keinen Fall zu weinen. Und kein Wort darüber zu verlieren.

Um meine zitternden Lippen zu beruhigen, presse ich sie fest zusammen, was den Anschein erwecken könnte, ich weinte, aber bei genauerer Betrachtung sähe man, dass meine Wangen angespannt, kalt und trocken sind. Ich stelle meinen Schulranzen ab und rücke den Kragen meiner Bluse zurecht. Der Reißverschluss meines Rocks, der eigentlich auf der linken Seite sitzen sollte, ist nach hinten gerutscht. Ich drehe ihn richtig herum und klopfe den Dreck ab. Dann öffne ich meinen Schulranzen und ordne den Inhalt. Die Federmappe ist aufgegangen und Bleistift, Radiergummi und Taschenmesser fliegen zwischen Büchern und Schulheften durcheinander. Ich hocke mich hin, bringe meinen Schulranzen in Ordnung und schüttele den Staub von den Turnschuhen. Nur an meinen Haaren ist nichts zu machen. Ich versuche sie mit meinen Händen zu kämmen, aber die Zöpfe, die mir Großmutter heute Morgen geflochten hat, haben sich fast vollständig aufgelöst. Ich hätte nicht an Großmutter denken sollen. Von den angestauten Tränen löst sich eine und bildet, ohne dass ich es verhindern kann, eine Wasserspur auf meiner Wange. Damit nicht noch eine Träne den Weg nach draußen findet, lege ich meinen Kopf in den Nacken. Ich laufe weiter.

Der Damm besteht aus großen Steinen und ist schräg angelegt wie ein Hügel. Manchmal verlasse ich absichtlich den Weg und laufe, mit ausgebreiteten Armen, um das Gleichgewicht zu halten, auf dem Hang. Jetzt ist dort eine Ziege angebunden. Auch sie steht auf dem schrägen Damm. Die Ziege streckt ihren Kopf weit vor und gibt einen lang anhaltendes klagendes Meckern von sich. Ich bleibe stehen und betrachte sie. Sie streckt ihren Kopf in meine Richtung und guckt mich mit mitleiderregenden Augen an. Ich wünschte, es würde schnell jemand kommen, um sie abzubinden und mitzunehmen.

In diesem Moment erscheint der Schatten eines Menschen auf dem Damm, als hätte er nur auf einen solchen Gedanken von mir gewartet. Es ist ein junger Mann. Er schaut aus einigen Schritten Entfernung auf die Ziege hinunter. Er ist groß. Er sieht die Ziege nur an, ohne sie abzubinden, es scheint sich nicht um ihren Besitzer zu handeln.

Weil es ihm Leid tut, dass er die Ziege nicht losbinden kann, setzt sich der Mann neben sie auf einen Stein. Aus seiner Hosentasche holt er eine Mundharmonika und spielt. Die Ziege scheint von der Musik gerührt zu sein, sie weint nicht mehr und hört ruhig zu. Die Töne der Mundharmonika, die Silhouetten der Ziege und des Mannes vor der untergehenden Sonne brennen sich in meinem Herzen ein. Es scheint ganz leer gewesen zu sein. Erst durch die Mundharmonika und die Ziege fühlt es sich voll an. Genauer formuliert, zu voll.

Als ich durch das Haustor trete und Großmutter, die gerade dabei ist, Wasser zu schöpfen, mich sieht, hält sie in ihrer Bewegung inne. Mit offenem Mund starrt sie mich an. Schließlich fragt sie: „Warum sind deine Haare so durcheinander?“

Ich schweige trotzig. Großmutter senkt ihren Blick, als Zeichen dafür, nicht weiter nachforschen zu wollen, da sagt Miss Lee, die neben Großmutter ihre Wäsche wäscht, sichtlich aufgeregt: „Du solltest dir die Haare bürsten, wo doch dein Onkel zurück ist …“

„Onkel Yonghun ist da?“

„Er ist vorhin zum Deich gegangen, um Luft zu schnappen“, antwortet Großmutter. Erst jetzt rieche ich den Duft von gebratenem Fleisch, der aus der Küche dringt. Jetzt weiß ich auch, warum Miss Lee so aufgeregt ist. Als ich den Kamm hole, löst Großmutter meine Haare, nimmt das eine Ende des Gummibandes zwischen die Zähne und flicht mir neue Zöpfe. Dann sagt sie in einem Ton, der sich nicht besonders von ihrer sonstigen Stimme unterscheidet: „Wenn wir damit fertig sind, geh deine Tante suchen. Ich habe ihr ausdrücklich gesagt, sie soll zu Hause bleiben und auf ihren Bruder warten, aber als ich vom Feld zurückkam, war sie wieder verschwunden.“

Wahrscheinlich ist sie bei Kyongja. Wegen der Tanzproben konnte ich zwei Tage nicht bei ihr vorbeisehen, deshalb ist meine ungeduldige Tante vermutlich selbst zu ihr gegangen.

Als ich durch das Haustor trete, höre ich, als hätte sie darauf gewartet, Tante Yongoks Stimme aus Kyongjas Zimmer nahe dem Eingang. Seitdem

Hyongyol Lee zu Besuch war, schreiben sie sich häufiger. Aber ich glaube nicht, dass die Briefe so viel hergeben, dass sie meiner Tante und Kyongja den ganzen Tag Gesprächsstoff liefern. Da es sich jedoch um einen Mann handelt, in den meine Tante verliebt ist, ist es durchaus möglich, dass sie nicht müde wird, von ihm zu sprechen. Erstaunlich ist jedoch, dass Kyongja, obwohl es sich um die Geschichte ihrer Freundin handelt, ein Interesse zeigt, als ginge es um ihre eigene.

Durch Kyongja hat meine Tante Hyongyol Lee kennengelernt. Kyongjas Freund, der auch an dieser schicksalhaften Beziehung beteiligt ist, schreibt momentan so selten, dass sie sehr darunter leidet. Meine Tante entschuldigt ihr unendliches Geschwätz damit, dass man Kyongja deshalb umso mehr aufmunternde Geschichten erzählen muss, und sieht darin einen Beweis ihrer Freundschaft.

Als sie hört, dass Onkel Yonghun wieder da ist, erhebt sie sich allmählich: „Ist er schon zu Hause? Dann bin ich erledigt."

„Warum hast du solche Angst vor deinem Bruder? Ich wünsche mir nichts sehnlicher als selbst einen zu haben. Und deiner ist doch auch noch so ein ruhiger gelehrter Typ", sagte Kyongja und steht mit Tante Yongok auf, um sie zur Tür zu begleiten.

„Du hast ja keine Ahnung, wie dieser Gelehrte ist, wenn er wütend wird."

Meine Tante fasst sich an die linke Hüfte und schließt die Haken ihres Rockes, die sie gelöst hatte, um in Ruhe schwatzen zu können. Sie tut das auch oft zu Hause, weil sie ihre Röcke immer eine Nummer zu klein kauft, obwohl sie dadurch kneifen und ihren Bauch noch mehr hervorquellen lassen. Tante Yongok geht zur Tür, bleibt aber plötzlich stehen und dreht sich um. Sie verharrt mitten im Raum und spannt ihren Hintern an. Bedeutungsvoll guckt sie Kyongja an und fragt: „Siehst du etwas?"

„Wo?"

Kyongja betrachtet eine Weile den Hintern meiner Tante und schüttelt den Kopf: „Nein, alles in Ordnung." Meine Tante hat anscheinend ihre Periode. Sie passt nie auf und hinterlässt häufig Flecken auf der Schlafmatte, wenn sie morgens aufsteht, und auf ihrem Rock. Großmutter hätte sie jetzt bestimmt als hirnverbranntes Stück beschimpft.

Aber als wir durch das Haustor hinausgehen, fragt sie mit einer für eine

Tante angemessenen erwachsenen Stimme: „Fühlst du dich nicht wohl? Du bist ja ganz gelb im Gesicht."

In meinem Kopf fliegen die Gedanken an das Schicksal der legitimen Erbin, das Bild meiner Mutter, das Wort Vater, Hungbu, das Fortgehen, ein anderes Leben, das für mich nicht existiert, Sundoks Vater und die Silhouette vor dem Sonnenuntergang durcheinander.

„Was ist denn? Du sagst ja gar nichts."

Ich will den Kopf schütteln, um anzudeuten, dass alles in Ordnung ist, aber weil ich fürchte, es könnte traurig wirken, lasse ich es. Ich wünsche mir nur, dass mich heute niemand mehr freundlich anspricht.

Mein Onkel wäscht sich am Brunnen die Hände und lächelt, als er mich sieht: „Ich bin wieder da."

Indem er etwas sagt, das offensichtlich ist, äußert er seine Freude über unser Wiedersehen.

Mein Blick fällt auf die gerade aus dem Zimmer meines Onkels tretende Person. Es ist der Mann mit der Mundharmonika.

Ich sehe, wie er langsam auf mich zukommt. Das Bild, das ich am Damm gesehen habe, ist in meinem Kopf so lebendig, dass ich mir einbilde, hinter ihm müsste die Schnur zu sehen sein, an der die Ziege befestigt ist. Vielleicht schlägt deshalb mein Herz.

Heute geschieht zu viel.

---

[2] Ein von der Regierung angesetzter Tag, an dem an den Schulen geprüft wurde, ob der Reis nach den vorgeschriebenen Sparmaßnahmen mit Getreide oder Hülsenfrüchten „verlängert" wurde. Entspricht dem „Kein-Reis-Tag".

10. Zufälle namens Schicksal

Mein Onkel stellt uns Sok Heo, den Sohn seiner Vermieterin, vor. Die beiden studieren an derselben Universität und sind eng miteinander befreundet. Da die Universität vorübergehend geschlossen wurde, hat Onkel Yonghun seinen Freund eingeladen, das Landleben kennen zu lernen.

„Du bist also der Sohn von Yonghuns Vermieterin", sagt Großmutter höflich, um zum Ausdruck zu bringen, dass sie sich über die enge Freundschaft der beiden freut.

„So kann man es ausdrücken", erwidert Sok lauwarm, die Bezeichnung „Sohn der Vermieterin" scheint ihm nicht so recht zu gefallen, aber meiner Großmutter gefällt seine Antwort ebenfalls nicht. Ihrer Vorstellung nach hat man, wenn eine ältere Person eine Frage stellt, zunächst mit einem „ja" zu antworten. Soks Verhalten lässt auf eine schlechte Erziehung schließen, was wohl daran liegt, dass seine Mutter nur Zimmer vermietet, denkt Großmutter. Dabei scheint ihr Janguns Mutter einzufallen, die ja das Gleiche tut. Deshalb fragt sie auch: „Und du lebst nur mit deiner Mutter zusammen?"

Während Sok und mein Onkel zu zweit an einem Tisch sitzen und essen, und wir Frauen an einem anderen, ist meine Tante erstaunlich wortkarg. Normalerweise würde sie sich eifrig ins Gespräch einmischen oder am Essen herumnörgeln, aber heute bewegt sie nur schweigsam ihren Löffel auf und ab. Heimlich beobachte ich sie, um herauszufinden, ob sie auf Sok einen guten Eindruck machen will oder ob sie aus Gleichgültigkeit so schweigsam ist.

Meine Tante hat kaum Ohren für das, was Sok sagt. Vermutlich will sie verhindern, meinem Onkel zu sehr aufzufallen, und so verliert sie sich während des Essens in Gedanken an Hyongyol Lee.

Sok scheint sich dagegen durchaus für meine Tante zu interessieren. Sie ist zwar keine Schönheit, aber ihr Gesicht erweckt einen reinen und unverdorbenen Eindruck. Auch wenn keine Spur von Intelligenz darin zu erkennen ist, könnte man ein Foto von ihr, ihrer hellen Haut und den langen Haaren, ohne sich schämen zu müssen, als Lesezeichen in ein Buch stecken oder in einem Medaillon an einer Kette tragen, um es ab und zu sehnsuchtsvoll anzusehen. Bei der ersten Begegnung ist Tante Yongok stets in der Lage, ein romantisches Gefühl in ihrem Gegenüber zu erwecken, und so war meiner Tante ihr Aussehen noch nie von Nachteil.

Für mich stellt ihr Aussehen jedoch kein Problem dar. Sollte ich mit Tante Yongok um Soks Zuneigung konkurrieren müssen (was bereits in dem Moment entschieden war, als ich der Silhouette der Ziege und der Mundharmonika begegnete), ist sie mir nur vom Alter her überlegen. Ich besitze jedoch genügend intellektuelle Fähigkeiten, um diesen Altersunterschied auszugleichen, wie mir immer wieder in offiziellen Dokumenten durch objektiv urteilende Fachleute bestätigt wird: „Jinhi hat ein schnelles Auffassungs- und ein herausragendes Urteilsvermögen. Mit scharfsichtigem Blick beobachtet sie ihre Mitschüler, deren volles Vertrauen sie genießt. Ihr Verhalten zeugt von großer intellektueller Reife."

So hieß es letztes Jahr in meinem Zeugnis. Mit elf Jahren war ich also bereits „intellektuell".

In dieser Nacht wird auf der Veranda vor den Zimmern von Janguns Familie getrunken. Janguns Mutter hat den ganzen Tag damit verbracht, einen ihrer Schuldner zu bedrängen und so schließlich die Zinsen der letzten drei Monate eingetrieben, weshalb sie jetzt verkündet, sie wolle einen ausgeben. Aber sie reicht lediglich einen Krug Maggoli herum und zu essen gibt es auch nur Kimchi in Fischbrühe und Peperonischoten.

Janguns Mutter hätte sich gar nicht so spendierfreudig geben müssen, schließlich verbringen die Nachbarn auch ohne einen bestimmten Anlass manchmal einen Abend zusammen. Es gehört zu den größten Freuden von Janguns Mutter, mit ihren Untermietern, den Lehrern, auf der Veranda zusammenzusitzen und zu trinken. Eigentlich kann man nicht von beiden Untermietern sprechen, denn auch wenn es Herrn Lee nicht immer gelingt, Janguns Mutter abzuwimmeln und er sich mit abweisendem Gesicht dazu setzt, bleibt die Runde meistens auf die Vermieterin und den anderen Untermieter beschränkt. Zwischen ihnen besteht zwar ein sachliches Verhältnis, aber mit fortschreitendem Alkoholkonsum duzen sie sich vertraulich wie Schwester und Bruder.

Da Herr Choi als Junggeselle allein in der Fremde lebt, spricht eigentlich nichts dagegen, dass er seine Vermieterin, die ihm täglich Mahlzeiten auftischt und seine Wäsche wäscht, vertraulich als „Schwester" anspricht, zumal außer Janguns Mutter vermutlich keine andere Frau nett zu ihm ist. Wenn auf dem Flur des Schulgebäudes jemand von hinten dicht an einen heranrückt und man seinen Atem im Nacken spüren kann, handelt es sich garantiert um Herrn Choi. Auch wenn er beim Tanzunterricht die Haltung der Mädchen korrigiert, berührt er ihre Brüste mit seinem Ellenbogen. Es ist also kein Wunder, dass er von seinen Kolleginnen und Schülerinnen, selbst von denen aus seiner Tanzklasse, gemieden wird, wo es geht.

Auch heute sitzen nur Janguns Mutter und Herr Choi zusammen. Wäre nicht das vertraute Geräusch eines Motorrads zu hören, gingen sie vermutlich bald auseinander. Der Motor verstummt und der Ajossi aus der „Kwangjin-Taera" schiebt das Fahrzeug geräuschvoll durch das Haustor. Als er Janguns Mutter und Herrn Choi auf der Veranda entdeckt, höre ich, wie er sie begrüßt: „Ach, Sie sind noch wach?" Dann scheint er in der Dunkelheit gegen irgendetwas zu laufen, krachend fällt etwas zu Boden und zerbricht.

Deutlich ist nun die Stimme von Janguns Mutter zu hören: „Wie kann man sich nur so betrinken, wenn man Motorrad fährt? Jeden Tag vergnügen Sie sich irgendwo, was ist mit dem Laden? Wann verdienen Sie Geld?"

„Machen Sie sich nicht lustig über den Menschen Kwangjin Park!", erwidert der Ajossi, wobei sich seine Stimme am Satzende bedrohlich hebt. Wie immer grölt er, während er zum Laden läuft: „... immerhin trinke ich nichts Billiges, sondern nur Bier, also reden Sie nicht schlecht von mir."

Dann bleibt er stehen, dreht sich zur Veranda um und sagt: „Soll Kwangjin Park mal einen ausgeben?" und schreit laut in Richtung seines Zimmers: „He, geh Bier kaufen!"

Bald darauf werden Herr Lee, mein Onkel und auch Sok nach draußen gerufen: „Herr Lee! Was machen Sie da drinnen? Wenn Sie immer nur in Ihrem Zimmer stecken, halten die Leute sie noch für einen Spion, ha ha."

„Yonghun! Du bist doch heute zurückgekommen, warum ist es so still bei dir? Junge Leute sollen trinken und gesellig sein, bei dieser Hitze darf man nicht im Zimmer sitzen und lernen. Komm nach draußen."

Der Ajossi zieht brüllend von Zimmer zu Zimmer, so dass ihn die Angesprochenen nicht ignorieren können und gezwungen sind, ihre Zimmer zu verlassen und herauszukommen.

Auf der Veranda entsteht ein Stimmengewirr, aus dem ich heraushören kann, wie Sok sich vorstellt. Ich hatte bis dahin auf meiner Schlafmatte gelegen und mich hin und her gewälzt, nun stehe ich auf, schiebe das Moskitogitter beiseite und trete aus dem Zimmer. Ich kann nicht schlafen, auch wegen der Hitze, aber vor allem, weil ich aufgewühlt bin.

Die Stimme des Ajossi aus der Kwangin-Taera wird immer lauter. Er hat die Angewohnheit, sich in Anwesenheit mehrerer Menschen als politisch engagierte Person darzustellen. Vermutlich veranlasst ihn die Anwesenheit von jemandem aus Seoul wie Sok dazu, das Gespräch noch stärker in diese Richtung zu lenken. Weil alle im Haus wissen, dass der Ajossi in dieser Runde nicht aus „politischer Überzeugung" diskutieren will, sondern aus Wichtigtuerei, gehen die Hausbewohner nicht ernsthaft darauf ein. Herr Choi hat überhaupt kein Interesse an Politik, Herr Lee gibt außerhalb des Unterrichts nur ein, zwei Worte von sich und mein Onkel, der an den Hausbewohnern nicht im Geringsten interessiert ist, hat keine Lust, sich mit ihnen zu unterhalten. Er sitzt nur gezwungenermaßen dabei und verzieht sein Gesicht. So bleiben nur zwei Leute übrig, die sich an der politischen Diskussion mit dem Ajossi beteiligen, Janguns Mutter, die in allem ein Wörtchen mitreden und sich in den Vordergrund drängen will, und Sok, der sich bemüht, dem Respekt der Hausbewohner ihm gegenüber, dem Freund Yonghuns aus Seoul, gerecht zu werden.

Janguns Mutter hat, im Gegensatz zum Ajossi, eine feste politische Überzeugung. Aufgrund ihrer pragmatischen Lebenseinstellung, der Mensch müsse mit dem Strom schwimmen, oder besser gesagt, aufgrund ihres eigennützigen Interesses, Militärwitwenrente zu bekommen, kommt für sie nur Chunghee Park als Präsident in Frage. Sie gerät jedoch zunehmend ins Abseits der Diskussion, weil sie immer nur subjektive Kommentare ohne fundierte Grundlage von sich gibt, wie etwa: „Wem haben wir zu verdanken, dass wir es so weit gebracht haben?" oder „Wahrhaftige Koreaner sind nun mal klein, aber weit und breit gibt es keine größere Persönlichkeit als ihn." Die Diskussion beschränkt sich schließlich auf den Ajossi aus der „Kwangjin-Taera" und Sok, der sich rasch in die Rolle eingefunden hat, als intellektueller, selbstbewusster Student aufzutreten und die Dorfleute mit immer provokativeren Behauptungen zu schockieren.

„Dann hast du also auch Tränengas oder wie das heißt abbekommen?"

„An unserer Uni waren die Demonstrationen am heftigsten. Tränengas ist wirklich scharf. Man kann die Augen überhaupt nicht mehr öffnen."

„Dreckskerle! Die sollen bewaffnete Guerillas einfangen und zusammenschlagen, aber doch nicht Universitäten schließen, die sich für Demokratie einsetzen!"

„Die Republikanische Partei wird einen Antrag auf Verfassungsänderung stellen und eine Volksabstimmung einleiten."

„Die Neue Demokratische Partei wird das nicht tatenlos mit ansehen. Hast du es nicht bei den Wahlen vor zwei Jahren gesehen? Die Opposition war sehr darum bemüht, die Wahl für ungültig zu erklären. Übrigens war ich damals auch ganz vorne mit dabei. Damals habe ich gelernt, dass man am meisten Kraft aus der Unterstützung des Volks schöpft."

„Sie meinen die allgemeinen Wahlen? Wäre damals nicht die Ostberlin-Affäre gewesen, hätte man es vielleicht bis zum Ende durchziehen können, es ist ein Jammer. Die Studenten hatten es wegen der Schließung der Universität schwer, sich zusammenzuschließen.

„Dann hast du also damals auch an den Demonstrationen teilgenommen?"

„Bitte?"

Sok zögert einen Augenblick.

„Ich meine, ob du Juni 1967 mitdemonstriert hast."

„Nein, damals war ich noch Oberschüler. Aber bei uns haben viele Studenten gewohnt, deshalb habe ich alles mitbekommen."

„Dann weißt du also auch, was es mit dieser Tonghyokdang-Affäre auf sich hat? Erzähl doch mal was darüber. Ich bin zwar politisch aktiv, aber hier in der Provinz kriegt man ja keine ordentlichen Informationen."

„Mit einem Wort, alles ist erstunken und erlogen. Sie nehmen die Affäre als Ausrede dafür, Studenten als Soldaten zu rekrutieren, um ihr Mitbestimmungsrecht zu beschneiden. Ist das zu fassen, in einem demokratischen Land?"

Der Ajossi gebärdet sich, als sei er ein alter Politiker, der alle möglichen Bedrängnisse der Regierung am eigenen Körper erlebt hat, und davon angestachelt ereifert sich Sok auf immer gröbere Weise, so dass sich das Gesicht meines Onkel anspannt und er sich nervös nach allen Seiten hin umsieht. Herr Lee, der bisher völlig desinteressiert dabei gesessen und kein einziges Wort gesagt hat, öffnet plötzlich den Mund: „Jetzt hörst du aber auf!"

„Wie bitte?"

„Jung zu sein, ist eine gute Sache. Aber Aufhetzerei kann ich nicht dulden."

Alle sind von Herrn Lees Worten überrascht. Es ist schon außergewöhnlich genug, dass er sich überhaupt ins Gespräch einmischt, noch erstaunlicher ist, dass aus seinem Mund eine Gegenmeinung kommt. Diejenigen, die der Diskussion nur zugehört haben, schrecken auf, und die Redenden fühlen sich vor den Kopf gestoßen, so dass die hitzige Diskussion plötzlich abkühlt und sich stattdessen peinlich berührtes Schweigen ausbreitet. Janguns Mutter sagt schließlich in die Stille hinein: „Jetzt riecht es aber ganz schön stark nach Öl."

Gelangweilt, weil die vier Flaschen Bier, die der Ajossi holen ließ, geleert sind und es keine Gelegenheit mehr gibt, ihr Halbwissen kundzutun, gibt Janguns Mutter das Zeichen zum Aufbruch. Alle erheben sich ohne zu zögern und verschwinden in ihren Zimmern. Dieses Treffen wäre besser schon früher beendet worden.

„Schläfst du noch nicht?", fragt Sok, als er mich am Ende der Veranda sitzen sieht. Er ist nach seinem feurigen Plädoyer gegen die Regierung etwas heiser: „Was ist das eigentlich für ein Geruch?"

Als ich ihm sage, dass er aus der Waschmittelfabrik im Nachbarort kommt, rümpft Sok die Nase: „Auf dem Land ist es auch nicht mehr, wie es mal war. Liegt wohl an der Modernisierung."

Sok scheint das vorangegangene Gespräch noch nicht überwunden zu haben, aber mein Onkel glaubt, er sei enttäuscht, weil sich das Landleben weniger idyllisch gestaltet, als erwartet, und erwidert halb entschuldigend: „Trotzdem ist auf dem Land noch vieles erhalten geblieben. Wenn du erst einmal den Markt siehst, wirst du es sehen."

„Den Markt?"

Sok zeigt Interesse. Mein Onkel sagt, ich würde ihm eine viel sachkundigere Marktführung geben können als er selbst und empfiehlt ihm, bei der nächsten Gelegenheit mit mir auf den Markt zu gehen.

„Jinhi, wann ist wieder Markttag?"

Alle fünf Tage werden bei uns die Stände aufgebaut, ich rechne nach und stelle fest, dass es genau morgen wieder so weit ist: „Morgen."

„Das trifft sich gut. Dann könnt ihr ja morgen den Markt besichtigen."

Wieder im Zimmer unter meiner Bettdecke kann ich lange nicht einschlafen. So wie es allen Frauen geht, in der Nacht vor ihrem ersten Rendezvous.

11. Ödipus oder das Schicksal der Masturbation

Wir betreten wie selbstverständlich gemeinsam den Marktplatz.

Sok betrachtet neugierig das Treiben zwischen den langen Reihen der Marktstände.

Einmal, als ich früh am Morgen auf dem Weg zur Schule dort vorbeikam, schlugen Männer die Pfähle der Stände in den Boden, Frauen hängten Kochtöpfe auf und machten Feuer. Überall wurde abgeladen oder ausgepackt, es war ein Anblick, dessen lautes Durcheinander einen tiefen Eindruck auf mich machte und mein Herz schneller schlagen ließ.

Einige Tage später entdeckte ich ein völlig anderes Bild. Dort, wo sich sonst das Markttreiben abspielte, standen nur die kahlen Pfähle, überall lag Müll. Besonders beunruhigend war die Stille, sie vermittelte nicht den Eindruck von Ruhe, sondern von Erschöpfung.

Eine kümmerliche Wäscheleine, die zwischen den schäbigen Häusern gespannt war, zog meinen Blick auf sich. Wohnte jemand auf dem Marktplatz? Als ich neugierig näher heranging, sah ich, dass an der Leine Frauenunterwäsche befestigt war, die bei uns entweder im Zimmer oder im hinteren Hof aufgehängt wird. Da wusste ich, dass dort die Huren wohnten, wie sie von den Erwachsenen genannt wurden. Ich hatte mal gehört, dass die offen draußen hängende Unterwäsche ein Erkennungszeichen ist, und auf einmal erschien mir die Wäsche sehr schmutzig, obwohl sie frisch gewaschen war.

Heute aber gibt es keine Spur von dem schalen Geschmack des leeren Platzes oder von der nachmittäglichen Stille, in der die Prostituierten schlafen. Der Marktplatz ist voller Leben. Wir schieben uns durch die Händler und das Publikum. Ich bringe Sok zu den Medizinhändlern, die wie üblich eine Oper aufführen.

Die Medizinhändler suchen sich zunächst eine geräumige Stelle, schlagen Pfähle in den Boden und ziehen dazwischen mit Kreide Linien, um den Zuschauerraum zu markieren. Befindet man sich erst einmal innerhalb der Linien und schaut, auf den Boden gehockt, der Aufführung zu, ist es nicht so leicht, wieder herauszukommen. Nicht weil man von den weiter hinten stehenden Zuschauern beschimpft würde, wenn man versuchte, sich herauszudrängeln, sondern einfach weil man nicht anders kann, als das Stück bis zur letzten Szene zu verfolgen, in der Erwartung, dass sich Held und Heldin wiederfinden und glücklich werden. Die Erwartung wird in der Regel erfüllt, was die Zuschauer immer wieder aufs Neue überwältigt.

Obwohl mit der Aufführung Käufer angelockt werden sollen, besteht die Hälfte des Publikums aus Kindern, die jedoch nicht von den Medizinhändlern vertrieben oder schlecht behandelt werden. Natürlich geht es vor allem darum, Arzneimittel zu verkaufen, aber die Medizinhändler sind auch stolz auf ihre Oper und an Markttagen immer allerbester Laune.

Der Raum innerhalb der Linien ist bereits voller Zuschauer. Sok und ich stellen uns dazu und verfolgen das Geschehen auf der Bühne im Stehen. Vor uns befinden sich bereits einige Erwachsene, so dass ich nicht alles sehen kann, aber weil ich den Inhalt kenne, macht es nichts. Wenn Sok der Ansicht ist, dass eine wichtige Szene gespielt wird, die ich nicht verpassen sollte, fasst er mich netterweise an den Hüften und hebt mich hoch über die Köpfe der anderen.

Auf der Bühne hält ein junger adliger Mann, dessen aufgemalte Augenbrauen an der Nasenwurzel zusammenstoßen, ein Mädchen mit ähnlichen Augenbrauen in seinen Armen und flüstert ihr Liebesworte zu. Weil die Oper nur von Frauen gespielt wird, sind die Augenbrauen von großer Bedeutung, um die Geschlechter unterscheiden zu können. Wie in einem Liebesmanga, in dem alle Jungen wie Mädchen aussehen, sind die Darsteller mit den dicken Augenbrauen Männer und die mit den fein gezogenen Augenbrauen Frauen. Dem jungen Mann und dem Mädchen steht ein Abschied bevor. Er muss in die weite Welt hinaus und dort alle möglichen Prüfungen überstehen, die Kampfkunst erlernen und den Feind überwältigen.

Nach einem tränenreichen Abschied verfolgt der junge Mann in der Ferne seine Ziele und verliebt sich dabei in ein paar andere Mädchen, deren Aussehen sich in Bezug auf die Augenbrauen überhaupt nicht von dem der Hauptdarstellerin unterscheidet. Irgendwann wird der junge Mann plötzlich König. Hier kommt es zum Höhepunkt. Im Hintergrund der Bühne öffnet sich eine Tür, und gemeinsam kommen sämtliche Mädchen hereinspaziert, die der junge Mann geliebt hat. Sie singen eine Freudenhymne. Zum Schluss tritt auch die Hauptdarstellerin durch die Tür. Der junge Mann eilt zu ihr, fasst sie an den Händen und singt, worauf sie von den anderen Mädchen und den Generälen des Mannes umringt werden. Im Chor bejubeln sie den Sieg der Liebe. Daraufhin springen die Medizinhändler auf die Bühne und erläutern die Wirkung verschiedener Arzneimittel.

„Weißt du, wen der Held darstellt, Jinhi?“, fragt Sok und antwortet selbst: „Wahrscheinlich soll es Wangon sein.“

„Wirklich?“

„Wangon hat nach der Gründung von Koryo aus Sorge, dass sich die alt eingesessenen Fürsten auf dem Land gegen ihn auflehnen könnten, einfach deren Töchter geheiratet und sie zu seinen Schwiegervätern gemacht. Auf diese Weise soll er mindestens neunundzwanzig Nebenfrauen gehabt haben, das Stück stellt diese Heiratsstrategie als Liebesgeschichte dar. Wenn man an die Macht kommt, ist man stets mit allen Mitteln bemüht, die Alleinherrschaft zu erringen und sie zu legitimieren. Besonders wenn man durch Gewalt an die Macht gelangt ist. Verstehst du, was ich meine?“

Wenn er über schwierige und komplizierte Dinge redet, vergisst Sok nicht, eine zynische Miene aufzusetzen, die seinen Worten Nachdruck verleiht. Je länger ich mich mit ihm unterhalte, desto mehr weiß ich, dass er und ich derselben Sorte Mensch angehören.

So wie sich Jungs beim Kriegsspiel in zwei Lager teilen, wird im Geschichtsunterricht nur zwischen zwei Sorten Mensch unterschieden, den heldenhaften und den schlechten. Jangun gehört zu den Schülern, die diese Lehrmethode am eifrigsten aufnehmen. Egal, ob es sich um mittelalterliche Kreuzritter, Soldaten der Vereinten Nationen oder die Alliierten handelt, Jangun unterscheidet, wenn er die Namen der Truppen hört, nur zwischen „wir“ und „den Fremden“. Wer ihm als gutartig erscheint, gehört zu „uns“, und wer ihm als bösartig erscheint, ist „fremd“. „Wir“ steht nicht für Korea, sondern für Gerechtigkeit, „die Fremden“ nicht für feindliche Soldaten, sondern für Ungerechtigkeit. Daher bezeichnet Jangun, obwohl er kein Amerikaner ist, amerikanische Soldaten immer als „wir“, und wenn er vom Sieg der Vereinigten Staaten spricht, sagt er: „Wir haben gewonnen.“

Herr Lee hat Jangun einmal darauf hingewiesen, dass während der japanischen Besatzungszeit Japan zu „uns“ gehörte und die amerikanischen

Soldaten „fremd" waren, dass also seine Unterscheidung nicht immer zutreffend ist. Jangun wäre während der japanischen Besatzungszeit in ziemliche Verwirrung geraten, schließlich gehörte bis zum 14. August 1945 Japan und seit der Nacht darauf, dem 15. August, der Feind, die Vereinigten Staaten, zu „uns". Und wie durcheinander wäre Jangun gewesen, als drei Jahre darauf unser wirkliches Land, die Republik Korea, seine Regierung aufstellte.

Folgt man der Zweiteilung der Welt, wie sie in der Schule gelehrt wird, gehört Wangon zweifellos der guten Seite an. Weil ich durchschaue, wie die Schulbücher ihn darstellen wollen, finde ich in Sozialkundetests auf die Frage: „Welche der folgenden Beschreibungen Wangons trifft zu?" stets die richtige Antwort. Aber da ich mich vor allem für die Kehrseiten der Tatsachen interessiere, zweifele ich ab und zu an den Beweggründen Wangons, der angeblich Volk und Land aufgrund seiner historischen Berufung gerettet hat. Nebenbei erwähnt sei, dass, den Prinzipien der Nationalerziehung zufolge, die wir täglich in der morgendlichen Vollversammlung auf dem Schulhof aufsagen müssen, auch ich mit dieser „historischen Berufung", zum Wohl des Volkes beizutragen, auf die Welt gekommen bin.

Wir laufen an dem Malzbonbonverkäufer vorbei, der ein Tablett mit der Bonbonmasse an einem Stoffband vor sich her trägt, und gehen zu dem Stand mit den pyramidenförmig aufgetürmten Dampfbrötchen. Sok spendiert mir eins. Die Verkäuferin wickelt das Brötchen in gelbliches Papier mit blauen Streifen, das sofort an dem weißen, weichen Brötchen festklebt. Als ich das Brötchen entgegennehme, fällt mir die Verrückte ein. Ich schaue mich nervös um.

Unglückliche Zufälle gibt es immer. Mein Blick fällt auf einen Mann namens Yomsang. Seine Kleidung ist zwar viel sauberer als die der Verrückten von damals, aber das macht keinen großen Unterschied, weil sie beide gleichermaßen verrückt sind. Eigentlich handelt es sich nicht um einen Zufall. Yomsang taucht immer an Markttagen auf und läuft ununterbrochen vor sich hin murmelnd ziellos über den Platz. Wahrscheinlich ist es eine allen Verrückten gemeinsame Eigenschaft, wie verrückt herumzulaufen.

Während Yomsang vor sich hin murmelt, streckt er energisch seinen rechten Arm aus und zieht ihn wieder an sich heran. Wenn er seinen Arm nach vorne schnellen lässt, spreizt er die Finger zu einem Fächer, und wenn er seinen Arm zurückzieht, schließt er sie wieder zu einer Faust. Das wirkt aufrührerisch, dabei scheint er wichtige Parolen vor sich herzusagen. Durch ihre Neugier ermutigt, wagten sich einmal Kinder dicht an Yomsang heran und versuchten herauszufinden, um was für Parolen es sich handelt.

Sie hörten jedoch nur Zischlaute, „tsche" und „tschu", und vermuteten deshalb, Yomsang sei stumm. Immer neue Vermutungen über Yomsangs Identität wurden angestellt, und jedes Gerücht wurde bald durch ein anderes ersetzt.

Einmal fand jemand die überzeugende Erklärung, Yomsang sei ein intelligenter Student gewesen, der ehrgeizig für das Juraexamen gelernt habe, aber weil sein Kopf zu intelligent gewesen sei, wurde er verrückt. Dass ein intelligenter Kopf sich verrücken könne, wenn er zu sehr in Bewegung gebracht wird, gehört zum allgemeinen Wissen derjenigen, die mangels Intelligenz nie in die Gefahr kommen, verrückt zu werden. Es wurde auch recht überzeugend behauptet, dass sich Yomsangs Name aus dem Nachnamen Yom und der japanischen Anredeform sang zusammensetze, und dass Yomsang der älteste Sohn der Familie Yom sei, die 30 Ri von der alten Schule entfernt wohnt. Aber während Yomsang, dessen Füße in zwei nicht zusammengehörenden Schuhe stecken, jetzt an uns vorbeigeht und wie ein Mönch im Regen vor sich hin murmelt, den rechten Arm vor- und zurückstreckend, ist er in meinen Augen einfach nur ein Verrückter.

Wie zufällig sagt Sok, als er Yomsang sieht: „Es ist besser, wenn ein Mann verrückt ist. Wenn eine Frau so herumliefe …" Ich durchschaue sofort, wie Sok auf diesen Gedanken kommt. Er weiß über meine Mutter Bescheid. Mein Onkel scheint ihm von ihrem Tod erzählt zu haben. Beim Anblick Yomsangs hat er in seinem Gedächtnisverzeichnis unter dem Stichwort „Verrückter" nachgeschlagen und dort den Eintrag gefunden: „Psychisch Gestörter. Weibliche Form: Verrückte. Die ältere Schwester Yonghuns war eine Verrückte. Auffälliges Verhalten: Bindet die eigene Tochter an einen Pfahl, läuft weg, wird in eine Nervenklinik eingeliefert und begeht Selbstmord." Deshalb fragt sich Sok jetzt, wie es wäre, wenn eine Frau, oder genauer, Jinhis Mutter, so aussähe …

Nachdem ich Soks Gedankengang Schritt für Schritt nachvollzogen habe, weiß ich nicht, wie ich meinen Gesichtsausdruck kontrollieren soll. Auf meinem Gesicht spiegelt sich die Unentschiedenheit von jemandem, der den passenden Ausdruck noch nicht gefunden hat.

Sok merkt, dass er durchschaut worden ist. Er versucht seine Verlegenheit darüber, versehentlich an den wunden Punkt eines anderen Menschen gerührt zu haben, durch übertriebene Fröhlichkeit zu verbergen: „Was gibt es denn dort drüben? Lass uns mal hingehen, das sieht lustig aus.“ Dabei legt er sogar herzlich seinen Arm um meine Schulter. Ich möchte ihm aber zu verstehen geben, dass ich gänzlich über diesen Dingen stehe und er nicht auszuweichen braucht. Deshalb sage ich zu ihm: „Es macht nichts. Du darfst ruhig erwähnen, dass meine Mutter verrückt war.“

Sok glaubt zunächst, dass ich nicht weiß, was ich sage, und nur die Redeweise der Erwachsenen nachahme. Nachdem er mich eine Weile angesehen hat, erkennt er, dass dies nicht der Fall ist. Meine Reife überwältigt ihn: „Du bist ein großartiges Mädchen.“

„Ich meine, ich weiß nicht, warum das meine Schwäche sein soll, es ist doch nicht meine Schuld.“

„Schwäche?“

„Allein dass du dich bemühst, mir so etwas nicht zu sagen, scheint doch aus Rücksicht auf eine Schwäche von mir zu geschehen. Ich will das nicht. Es macht mir gar nichts aus, dass andere in meiner Anwesenheit über meine Mutter reden.“

Soks Erstaunen wird immer größer, worüber ich sehr zufrieden bin.

Wir verlassen dicht nebeneinander laufend den Marktplatz. Am Eingang sitzt ein alter Mann, dessen weiße Haare oben auf seinem Kopf zu einem Knoten zusammengesteckt sind. Er verkauft Körbe, Siebe und ähnliche Dinge aus Bambus, die er vor sich ausgebreitet hat. Ein paar Kinder haben den alten Mann einmal von der Burg herunterkommen sehen, seitdem heißt er der Großvater von der Burg. Ich erzähle Sok von dem Spitznamen.

„Gibt es hier eine Burg?“

„Ja. Dort wohnen komische Leute. Außer dem Großvater von der Burg leben dort Obdachlose, die wir die Burgfamilie nennen. Sie wohnen in Häusern mit Löchern in den Dächern. Es sollen Partisanen sein, oder Schamanen, ich weiß es nicht.“

Sok möchte die Burg besichtigen. Wir machen uns auf den Weg dorthin, zu dem Ort, an dem auch meine Tante ihr erstes Rendezvous hatte.

Seit einiger Zeit spähe ich, wenn ich die Burganlage betrete, immer zuerst zu den Büschen hinüber, die links direkt vor der Burgmauer stehen. Dort in den Büschen habe ich, als ich letztes Jahr mit Schulkameradinnen zum Spielen hergekommen war, zum ersten Mal einen Exhibitionisten gesehen. Zuerst sind mir nur die Armbewegungen des Mannes aufgefallen. Wie eine Mutter, die die Milchflasche ihres Babys hin und her schüttelt, um das Milchpulver mit dem Wasser zu vermischen, bewegte der Mann seinen Arm hin und her. Auch als er mich näher kommen sah, hörte er nicht damit auf, sondern drehte sich stattdessen ganz zu mir. Dabei gab er sich viel Mühe, mich seine Bewegungen deutlich sehen zu lassen. Erst als ich seinen Unterleib sehen konnte, erschien mir sein Verhalten verdächtig. Das, was der Mann direkt vor mir in seiner Hand hielt, erinnerte mich an einen geschmeidigen Teig. Dieser wurde aus einem schwärzlichen runden Rahmen permanent aus- und wieder eingezogen, und das erinnerte mich an die kunstfertigen Handbewegungen des Fladenkuchenverkäufers, der am Bahnhof seinen Stand hat.

Bevor die anderen Mädchen kreischend wegrannten, hatte ich nicht daran gedacht, dass ich diesen Ort verlassen sollte. Die anderen rannten instinktiv, sie wussten nicht genau, was die Armbewegungen des Mannes bedeuteten. Auch ich, die immer stolz darauf war, aufgeklärt zu sein, weil ich so viel las, folgte in dieser Notsituation einer Eingebung, denn grau ist alle Theorie.

Durch die Reaktion der Mädchen erregt, lachte der Mann ein dreckiges Lachen. Da rannte auch ich den anderen hinterher. Als ich mich im Laufen umsah (weil ich in allen Dingen erst zufrieden bin, wenn ich weiß, wie sie ausgehen, würde ich nie wegrennen, ohne mich noch einmal umzusehen), folgte uns der Mann einige Schritte, wobei er den Teig immer noch in seiner Hand hielt und versuchte, seine herunterrutschende Hose festzuhalten. Erst als ich ihn näher kommen sah, bekam ich wirklich Angst, aber ich blickte weiter in seine Richtung und beobachtete ihn in seinem perversen Begehren. Schließlich gab der Mann seine Verfolgung auf und blieb stehen, er hörte jedoch nicht auf, seinen Arm zu bewegen, als handele es sich um eine Luftpumpe.

Es war das erste Mal, dass ich einen masturbierenden Mann sah, aber seitdem ich wusste, worum es sich handelte, fielen mir häufiger solche Männer auf. Sie standen versteckt innerhalb des Burggeländes und auch in der Nähe des Ufers. Besonders an heißen Frühlingstagen, wenn die Luft flimmerte und die Sonne die Haut wärmte, vermehrten sie sich besonders stark. Es gab welche, wie den jungen Mann, der in unserer Ortschaft als der Dorfidiot gilt, die auf einem Felsen lagen wie zum Trocknen ausgebreitetes Leder und ohne jede Armbewegung ihren Teig einfach der Sonne überließen.

Die Männer wirkten matt, in ihren Bewegungen lag weniger Lust, als vielmehr die Verpflichtung, diese mühsame Arbeit erledigen zu müssen. Als ich das sah, bemitleidete ich sie um ihr lästiges Schicksal.

Wir laufen zu den Gebüschen auf der linken Seite und biegen in den Wanderweg ein. Als wir an jener Stelle vorbeikommen, habe ich das Bedürfnis, Sok davon zu erzählen. Bisher habe ich mit niemandem darüber gesprochen. Erzählte ich Erwachsenen davon, würden sie glauben, dass ich ein übermäßiges Interesse an Sexualität habe, und sich von mir als braver und vorbildhafter Musterschülerin betrogen fühlen. Das könnte ich ertragen. Aber abgesehen von dieser Beleidigung, würden sie auch noch ihren einzigen Vorteil gegenüber der jüngeren Generation ausspielen, mit dem sie versuchen, ihren Alterskomplex zu überwinden: das Wissen um die Vergangenheit, in der die Jüngeren noch nicht gelebt haben. Und so würden sie unweigerlich zu der Schlussfolgerung kommen, dass die Kinder heute so ganz anders sind als früher. Ein solches Missverständnis kann ich nicht dulden. Aber Sok wird mich verstehen.

„Im Frühling gibt es hier viele merkwürdige Männer“, setze ich an und erzähle Sok von den masturbierenden Männern, die ich heimlich beobachtet hatte. Sok reagiert verlegen, aber als ich ihm mein Mitleid mit dem männlichen Schicksal erkläre, ist er sehr überrascht von meinen tiefen Einsichten in das Leben und pflichtet meiner Schlussfolgerung bei. Auch er verflucht den männlichen Sexualtrieb.

Sok erzählt mir von dem schicksalhaften Leid, das einem Mann widerfährt, sobald ihm klar wird, dass es an seinem Körper eine nicht rational steuerbare Stelle gibt. Man verfluche zwar dieses Schicksal, sagt Sok, aber es sei auch nicht leicht, sich zur Kastration zu entschließen, wie Ödipus, der sich die Augen ausgestochen hat, um sich dadurch von der Sünde der

Inzucht rein zu waschen. Jeder Mann habe im Bewusstsein um diese Sünde auch das Verlangen nach Kastration. Als ich noch einmal mein Mitleid darüber zum Ausdruck bringe, dass Männer ihre Jugend mit dem Kampf gegen den Instinkt vergeuden müssen, lobt er einerseits meine Einsicht und sagt andererseits verbittert, Frauen müssten sich mehr anstrengen, das Leid der Männer zu verstehen. Ihr tragisches Schicksal werde durch die Ignoranz der Frauen noch vergrößert, und schließlich verrät mir Sok, dass das „erste Mal" für Männer nichts mit Liebe zu tun habe. Dabei gibt er mir zu verstehen, dass dies auch auf ihn zutrifft.

Es war wohl doch ein ziemlich ernstes Gespräch. Sok holt eine Zigarette aus seiner Tasche und während er raucht, zeichnet sich auf seinem Gesicht jener zynische Ausdruck ab, der auch schon zu sehen war, als Sok am Beispiel Wangons die wahre Beschaffenheit der Macht erläuterte. Sein Verhalten verschmilzt in meinem Inneren immer mehr mit der Erinnerung an die Mundharmonika und die Ziege. Ich würde seinen Worten nicht so aufmerksam lauschen, wenn er sich aufgespielt und gesagt hätte: „Einem Kind dürfte ich so was ja eigentlich nicht erzählen", nachdem er bereits alles erzählt hat. (Das größte Selbstlob kommt ja von denen, die sagen: „Ich will nicht angeben", und die richtige Schadenfreude zeigen die, die behaupten, sie wollten auf keinen Fall den Eindruck erwecken, sie freuten sich über das Leid anderer.) Aber Sok begeht nicht den Fehler, mich wie ein Kind zu behandeln.

Mehr noch, er hat etwas Schüchternes und Ernsthaftes an sich, wie ein Bruder, der einer älteren Schwester das Geheimnis seiner ersten Liebe verrät. Wenn Männer Frauen ein Geheimnis anvertrauen, empfinden diese wahrscheinlich in der Regel mütterliche Gefühle. Auch ich kann da keine Ausnahme bilden. Diese Mütterlichkeit, die ich für die Puppe meiner Großmutter nicht aufbringen konnte, empfinde ich nun für einen zehn Jahre älteren Mann. Ich habe das Gefühl, durch Sok viele Stufen der Entwicklung auf einmal zu nehmen. Mir ist zwar noch nie die Liebe begegnet, aber sollte ich je lieben, dann wird es sich um ein ähnlich reifes Gefühl handeln, da bin ich mir sicher.

Während wir von der Burg herunterkommen, schauen wir einträchtig der untergehenden Sonne entgegen, an dem Tag, an dem wir uns ineinander verliebt haben.

Aber die Leinwand der Wirklichkeit ist zu spröde, als dass sich die Freude der Liebe ungestört hineinmalen ließe. Als wir durch das Haustor treten, wird meine Liebe von der Realität in Form von Herrn Choi weggefegt, der mich, noch ganz benommen von meinen Gefühl zu Sok, schimpfend begrüßt: „Wo hast du gesteckt, Jinhi Kang? Ist dir eigentlich klar, dass übermorgen der Wettbewerb stattfindet? Wie kannst du als Hauptfigur die Probe schwänzen?"

Herr Choi regt sich um so mehr auf, da ich gemeinsam mit Sok den Hof betrete. Sok verkörpert, weil er aus Seoul kommt, jung, selbstbewusst und intellektuell ist, alles was Herr Choi selbst gern wäre.

Janguns Mutter ergreift die Gelegenheit sich einzumischen: „Mädchen sind einfach verantwortungslos. Herr Choi macht sich solche Arbeit mit den Vorbereitungen für den Wettbewerb und das ist der Dank dafür. Einfach die Probe zu schwänzen, was für eine Unverschämtheit."

Großmutter, die Herrn Choi gewöhnlich nicht beachtet, weil er derart charakterlos ist, dass selbst meine Tante ihn als Kitanai beschimpft, erlebt zum ersten Mal, wie dieser sich als Lehrer aufspielt, und das ausgerechnet mir gegenüber. Als auch noch Janguns Mutter ihren Kommentar abgibt, platzt ihr der Kragen: „Sie wissen doch genau, dass Jinhi sich normalerweise einwandfrei verhält und dem Studenten aus Seoul gegenüber lediglich höflich sein wollte. Sie sieht ihren Fehler ein, also beruhigen Sie sich, Herr Choi. Entschuldige dich bei ihm, Jinhi, und komm her, damit wir essen können. Beeil dich."

Da Großmutter sich auf meine Seite stellt, lässt sich Herr Choi über Sok aus: „Ist es etwa wichtiger, einen Fremden hier herumzuführen? Glauben Sie etwa, der Tanzwettbewerb ist ein Kinderspiel? Das Ansehen der Schule hängt von dieser Veranstaltung ab!"

Anscheinend versucht Herr Choi, seine Position, die während der gestrigen Diskussion gelitten hatte, wieder zu verbessern, er klingt immer noch aggressiv.

Onkel Yonghun hat bis jetzt unbeteiligt am Brunnen gestanden und sich das Gesicht gewaschen, aber weil der Marktbesuch sein Vorschlag war und weil er die Feindseligkeit in Herrn Chois Worten spürt, kann er nicht länger schweigend zuhören. Herr Choi sollte sich sowieso der Kritik eines älteren Menschen fügen, aber dass er Großmutter auch noch angreift, ist ein Unding! Mein Onkel empfindet wie immer vor allem Verachtung für den Lehrer. Geräuschvoll schüttet er das Wasser in der Schüssel weg, nimmt das Handtuch von seinen Schultern und sagt mit leiser Stimme: „Halten Sie Ihre Gefühle aus den Angelegenheiten von Kindern heraus, Sie sind doch ein erwachsener Mensch."

Diese Worte kränken mich mehr als alles zuvor Gesagte.

Soks herzliches Verhalten beim Abendessen kann meinen verletzten Stolz wieder einigermaßen versöhnen. Da ich ja seinetwegen leiden musste, signalisiert er mir seine Verbundenheit und verspricht, auf jeden Fall zum Tanzwettbewerb zu kommen.

Onkel Yonghun fragt: „Hast du dich amüsiert?" „Ja, Jinhi war eine hervorragende Führerin." An der Art, wie er mich dabei ansieht, wird deutlich, dass wir von nun an auf besondere Weise miteinander verbunden sind.

„Ward ihr auch in der Burg, Jinhi?", fragt meine Tante und nimmt ihren Löffel vom Tisch.

„Ja."

„Seid ihr bis zur Quelle gelaufen?"

„Gibt es dort eine Quelle?", fragt Sok.

„Aber ja. Das Wasser schmeckt sehr gut, und man hat einen herrlichen Ausblick von dort aus. Jinhi, du hast ihn ja gar nicht richtig herumgeführt. Waren Sie denn bei dem achteckigen Pavillon?"

Weil wir zu beschäftigt damit waren, uns ernsthaft zu unterhalten und uns unserer gegenseitigen Sympathie zu vergewissern, hatten wir weder an der Aussicht, noch an der Quelle oder dem achteckigen Pavillon besonderes Interesse. In Gedanken an unseren Nachmittag höre ich jedoch Sok wie von fern sagen: „Dann müssen Sie mich noch einmal herumführen."

Um herauszufinden, ob er es ernst meint, hebe ich meinen Kopf und sehe ihn an. Meine Tante erwidert nur ein ausweichendes „Jaaa" und blickt verstohlen zu Onkel Yonghun. Da sie keine Freude zeigen darf, es aber auch unhöflich wäre, dem Freund ihres Bruder einen Wunsch abzuschlagen, senkt Tante Yongok einfach nur ihren Kopf. Dabei gleiten ihre Haare auf beiden Seiten am Hals entlang, und entblößen ihren Nacken. In diesem Moment wird mir klar, dass meine Tante sehr mit Hyongyol Lee beschäftigt ist.

Nach dem Abwasch kommt Großmutter mit einem Arm voller Wäsche ins Zimmer. Sie sei erst jetzt dazu gekommen, die Leine abzuhängen, weil Herr Choi vorhin so viel Aufregung verursacht hat. Großmutter meint, es sähe nach Regen aus und reibt sich die Schultern. Während sie die Wäsche zusammenfaltet, klopfe ich ihr auf den Rücken. Sie sagt zwar immer wieder: „Das reicht, das reicht", aber wenn ich ihr glaube und wie eine Marathonläuferin mit dem Ziel vor Augen einen kräftigen Endspurt einlegen will, heißt es: „Genau da, da ist es. Das tut gut", so dass ich unweigerlich weitermassieren muss, obwohl ich gerade die Hände sinken lassen wollte. Auf diese Weise ist die Massage, die immer wieder den Anschein hat, gleich am Ende angelangt zu sein, endlos.

Als Großmutter eingeschlafen ist, schreibt meine Tante einen Brief. Zur Zeit schreibt sie fast täglich an Hyongyol Lee. Sie fragt mich nach der Schreibweise einiger Wörter, was sie schon lange nicht mehr getan hat: „Wenn man fragen will, ob es gut läuft, schreibt man läuft mit ä oder e?"

„Und wenn man fragen will, wie geht's, schreibt man das mit s oder z am Ende?

Ich errate, dass meine Tante „Wie läuft's?" schreiben will. Weil sie befürchtet, ich könnte aus den wenigen Wörtern, nach deren Rechtschreibung sie fragt, den Inhalt des Briefes erraten, versucht sie auf ihre Weise, den Inhalt zu verbergen, obwohl in der Frage „Wie läuft's?" keinerlei Bedeutung steckt und sie sich eigentlich nicht so viel Mühe machen müsste. Es bringt meiner Tante nichts, wenn sie versucht einfallsreich zu sein.

Es macht mich wahnsinnig, wenn sie mich mehrmals nach demselben Wort fragt. Um dem vorzubeugen, erkläre ich ihr die grammatische Regel. Aber wenn ich ihr erklären will, dass „läuft" mit „ä" geschrieben wird, weil es von „laufen" kommt, und „wie geht's" eine Abkürzung von „wie geht es" ist, dann sagt sie nur, „ja, ja", und fragt, wenn ich mit meinen Ausführungen fertig bin: „Also, wie schreibt man es nun? Mit ‚ä' oder ‚e'?"

Weil sie nicht selber nachdenken will, überlässt sie diese Aufgabe anderen, aber wenn sich dabei auch nur der geringste Fehler einschleicht, schiebt sie jegliche Verantwortung von sich weg und behauptet, man habe sich in ihre Angelegenheiten eingemischt.

Auch jetzt nehme ich mir fest vor, nicht zu antworten, wenn sie wieder nach demselben Wort fragt: „Schreibt man ‚fährt' mit ‚ä' oder ‚e'?"

„Das habe ich dir doch vorhin erklärt! Mit ‚ä'."

„Warum regst du dich auf? Wann hast du mir das erklärt? Vorhin ging es doch um ‚läuft's' und jetzt um ‚fährt'."

„Das ist doch das Gleiche!"

Meine Tante gibt es auf, mir zu widersprechen, und richtet ihren Blick wieder auf das Briefpapier. Sie sagt: „Pfff, Koreanisch ist viel komplizierter als Englisch. Mit Englisch habe ich keine Schwierigkeiten." Könnte Sok meine Tante jetzt sehen, er würde sie auf keinen Fall mögen.

Im Halbschlaf höre ich das Geräusch des Motorrads. Ich denke, dass der Ajossi aus der „Kwangjin-Taera" wohl nach Hause kommt, da höre ich ihn schon singen, als wollte er mir antworten: „Immerhin ist der Mensch Kwangjin Park ..." Kurz darauf entsteht ein lautes Poltern. Einige Zeit später ist in der wieder eingekehrten Stille sehr leise das unterdrückte Schluchzen einer Frau zu hören.

Ich kann bei den Geräuschen nicht unterscheiden, ob es sich um Traum oder Wirklichkeit handelt. Ich höre noch andere Geräusche, jemand rennt auf dem Hof herum, ich weiß nicht, wer es sein könnte. Ich träume, dass Wangon mit seiner Truppe unsere Burg stürmt, aus der Ferne höre ich Schreie und das Geklapper von Pferdehufen. In diesem Moment wache ich auf. Es regnet. Die kurzen, trommelnden Geräusche der Tropfen, wenn sie auf die Erde schlagen, das Geräusch des Regens, wenn er auf das Dach klatscht und die Regenrinne entlang fließt – auf unterschiedliche Weise fällt der Regen überall gleichmäßig herab.

12. „Meine Nenna ist gestorben und begraben“

Wenn es morgens regnet, so wie heute, wird es so dunkel im Zimmer, dass wir das Licht anschalten müssen. Anders als in der Nacht entsteht dadurch eine behagliche Stimmung. Während ich meinen Schulranzen packe, blicke ich ab und zu auf den Hof, auf den der Regen niederfällt – an solchen Tagen wünsche ich mir, ich müsste nicht zur Schule, sondern könnte es mir an einer warmen Stelle des Fußbodens gemütlich machen und geröstete Bohnen essen. Ich erinnere mich, wie Großmutter einmal im Februar feststellte, es sei ein Tag für geröstete Bohnen. Sie machte uns welche und ich pickte mir nur die angebrannten heraus, die besonders süß sind.

Als ich mit dem Schirm in der Hand das Haus verlassen will, dringt Jesongs Weinen durch den Regen zu mir. Das Schluchzen der Frau in meinem Traum fällt mir wieder ein. Ich bleibe am Haustor stehen und lausche in Richtung der „Kwangjin-Taera“.

In diesem Moment öffnet sich neben dem Hofeingang die Toilettentür. Ich drehe mich um und sehe Sok heraustreten. Er bleibt vor der Toilette stehen, kneift die Augen zusammen und misst die Entfernung bis zum Zimmer, die er im Regen zurücklegen muss. Als er schließlich losrennt, sehe ich, dass sein weißes Unterhemd etwas aus der Hose herauslugt. Das lässt ihn wie einen alten, vernachlässigten Witwer aussehen. Großmutter betont immer, dass es besonders wichtig ist, auf die Kleidung zu achten, wenn man morgens das Zimmer oder die Toilette verlässt. Nur so könne man es im Leben zu etwas bringen. Dennoch bleibt Soks Bild in meinem Innern unversehrt. Wer die Schattenseiten des Lebens kennt, ist allem gegenüber sehr misstrauisch, aber auch sehr nachsichtig.

Herr Choi, der die Toilette meist mit noch halb offener Hose verlässt, und sie mit der einen Hand zumacht, während er mit der anderen Hand die Tür öffnet, kommt gerade von der Veranda herunter. Um nicht mit ansehen zu müssen, wie Sok und er steif aneinander vorbeilaufen, eile ich aus dem Haus. Weil ich nicht mit Herrn Choi zusammen zur Schule gehen will, beschleunige ich meine Schritte.

Als ich am Kino Jungang vorbei gehe und die Brücke überquere, springt mir ein Plakat mit den fett gedruckten Wörtern „Produktionssteigerung, Export, Aufbau“ vor der Kreisverwaltung ins Auge. Die Eingangstür des

Daedong-Krankenhauses in der Hauptstraße öffnet sich, und ein Mädchen mit Schultasche tritt heraus. Es ist Hwayong. Ich begegne ihr häufig auf dem Schulweg, aber wir ignorieren uns. In wenigen Stunden sind wir zwar dazu verurteilt, Hungbu und seine Frau, ein harmonisches Ehepaar, zu spielen, aber es ist ausgeschlossen, dass wir Freundinnen werden, da eine von uns trotz Elternlosigkeit eine vorbildliche Schülerin ist, während es die andere nur ihren einflussreichen Eltern zu verdanken hat, dass sie trotz ihrer schlechten Noten von den Lehrern auf Händen getragen wird.

Als sie mich erkennt, zieht Hwayong verächtlich eine Augenbraue hoch. Gleich darauf senkt sie ihren Blick, ich ahne, dass sie mich beim Vorbeigehen anrempeln will, um so ihre gesellschaftliche Überlegenheit zum Ausdruck zu bringen. Aber ich warte den Moment ab, bis sie dicht neben mir ist, und weiche dann abrupt zur Seite aus. Ich lasse ihr keine Chance, mich zu berühren. Von dieser Wendung der Situation überrascht, stößt Hwayong mit hochgezogenen Schultern ins Leere und verliert einen Moment lang das Gleichgewicht. Sie mag sich vielleicht gesellschaftlich auf einer höheren Stufe befinden, aber in Bezug auf Spontanität und Bösartigkeit kann sie mir nicht das Wasser reichen.

Einer unserer Lehrer fährt klingelnd auf seinem Fahrrad vorbei. Ich bringe meinen Respekt zum Ausdruck, indem ich ihn höflich grüße. Der Lehrer grüßt, leicht mit dem Kopf nickend, zurück. Hwayong, die mich noch immer mit arrogantem Gesichtsausdruck anstarrt, wirft er flüchtig einen missbilligenden Blick zu.

Am Nachmittag hat es aufgehört zu regnen und durch das Fenster sieht der Schulhof sehr sauber aus. Ungeduldig warte ich darauf, dass der Unterricht zu Ende geht, in meinen Gedanken bin ich unentwegt mit dem gestrigen Tag beschäftigt. Als es endlich soweit ist und ich die Schule verlasse, streift mich sogar der Gedanke, Sok könne zu Hause auf mich warten.

Sok ist nicht da, stattdessen erwartet mich in unserem Zimmer Tante Yongok. Ihr muss etwas Unfassbares geschehen sein, sie zieht mich zu sich auf den Boden und sagt: „Stell dir vor, Miss Lee …“

„Was ist mit ihr?“

„Sie ist so unverschämt!“

Es ist natürlich nichts wirklich Außergewöhnliches passiert. Tante

Yongok möchte Hyongyol Lee besuchen, deshalb braucht sie etwas Neues zum Anziehen. Weil ihr Miss Lee zu frech ist, wäre sie lieber in eine andere Schneiderei gegangen, aber sie hat keine Wahl, da sie Großmutter dazu bringen will, das Kleid zu bezahlen. Also ist sie nach dem Mittagessen in die Schneiderei „New Style" gegangen. Als Miss Lee damit fertig war, für das Kleid Maß zu nehmen und der Tag der Anprobe feststand, hat sie es gewagt zu fragen: „Wie kann es sich ihr Bruder eigentlich zur Zeit erlauben, so wenig zu lernen?"

Meine Tante war völlig verblüfft und gerade noch in der Lage zurückzufragen: „Was soll das heißen?"

„Ich meine nur, ich habe den Eindruck, dass er überhaupt nichts tut, da kann man sich doch schon mal Sorgen machen."

Während sie davon erzählt, kocht in Tante Yongok ihre ganze Wut auf Miss Lee wieder hoch. Zur Beruhigung schluckt sie einmal, um sich dann erneut zu ereifern: „Als wäre sie es, die Yonghun das Studium finanziert!" Vermutlich hat Miss Lee in ihrer Enttäuschung darüber, dass mein Onkel nach seiner Rückkehr immer noch kein Interesse an ihr zeigt, versucht, zum Gegenangriff überzugehen. Damit ist sie jedoch über das Ziel hinaus geschossen. Ich bekomme einen Anflug von Mitleid. Es versteht sich von selbst, dass eine Frau, der gerade die Liebe begegnet ist, Verständnis für eine andere Frau aufbringt, deren Liebe nicht erwidert wird.

Meine Tante überlegt: „Soll ich Mutter davon erzählen?"

„Was willst du ihr sagen?"

„Wenn sie erfährt, dass es Miss Lee auf den Platz ihrer Schwiegertochter abgesehen hat, wird Mutter sie sofort hinauswerfen."

Ich weise Tante Yongok darauf hin, dass dies nicht die Aufgabe von Großmutter, sondern der Besitzerin vom „New Style" wäre, und dass es aussähe, als wolle sie sich in deren Geschäfte einmischen, wenn sie verlangte, dass Miss Lee gekündigt wird.

„Dann werfen wir die ganze Schneiderei hinaus."

Wieder muss ich meine Tante über die Sachlage aufklären: Warum sollte Großmutter gerade die Mieterin hinauswerfen, die immer am zuverlässigsten die Miete bezahlt? Und wie könnte Großmutter sie hinauswerfen, wo sie doch in gleich zwei ihrer Sparvereine eingetreten ist, deren Erträge als Mitgift für Tante Yongok gedacht sind?

„Immer verbündest du dich mit Mutter, du bist so altklug. Jetzt sprichst du sogar schon wie eine alte Frau. Das ist nicht gut für ein Kind."

Nachdem sie mit der Härte der Realität konfrontiert wurde, geht meine Tante, die immer redet ohne nachzudenken, dazu über, auf mir herumzuhacken, um mich dafür zu bestrafen, so vieles zu wissen, was sie nicht weiß. Plötzlich sagt sie mit entschlossener Stimme: „So geht es nicht weiter", und wendet sich von mir ab.

„Was geht so nicht weiter?"

„Wir wollten dich ja eigentlich heute Abend mit ins Kino nehmen ... Aber von nun an werde ich dich von Erwachsenentreffen fern halten, du wirst ja nur immer vorlauter ..."

Ich bin die Launen meiner Tante gewöhnt. Aber weil ich vermute, dass der Kinobesuch mit Sok zusammenhängt, spannen sich meine Nerven an. Ich brauche nicht lange zu warten, da öffnet Tante Yongok schon den Mund und versorgt mich mit den nötigen Informationen: „Wir nehmen dich besser nicht mit.Yonghun, Sok und ich werden zu dritt gehen. Du willst bestimmt wissen, welchen Film wir uns ansehen? Yojin mit Jonghi Yun. Kyongshim war schon drin. Jonghi Yun spielt eine Prinzessin der Yojin, und Yonggyun Shin ist einer aus Shilla oder Koryo, auf jeden Fall gehört er zu uns. Er wird von einem Pfeil getroffen und muss fliehen. Dabei gerät er bei der Suche nach einem Versteck zufällig in Jonghi Yuns Zimmer. Sie sieht den Feind hereinkommen und greift, wie es sich für sie als Tochter eines Yojins gehört, nach dem Obstmesser, das neben ihrem Bett liegt. Kyongshim und die anderen haben an dieser Stelle laut aufgeschrien. Alle dachten, Jonghi Yun will ihn mit dem Messer töten, aber stattdessen sticht sie in einen roten Apfel, der auf einem Teller liegt und streckt ihn Yonggyun Shin entgegen. Was glaubst du, was er damit macht? Er lacht und beißt hinein. Dann lacht auch Jonghi Yun und sagt: ‚Sie Schlingel!', und sie verlieben sich ineinander. Ist das nicht umwerfend?"

In freudiger Erwartung des Kinobesuchs verbringt meine Tante den Tag summend vor dem Radio, bis wir schließlich zu Abend zu essen. Wieder setzen wir uns, als Sok und Onkel Yonghun nach Hause kommen, an zwei Tische, Männer und Frauen getrennt. Großmutters Ärger über Herrn Choi scheint noch nicht ganz verflogen, sie fragt mich, wie die Probe heute gewesen sei. Natürlich muss auch Tante Yongok ihren Kommentar dazu geben: „Jinhi, wenn du morgen beim Wettbewerb einen Fehler machst, darfst du auf keinen Fall verlegen sein. Weißt du, was du machen musst? Du lächelst und sagst: ‚Bitte sehen Sie es als Koketterie an.' Verstehst du?"

‚Bitte sehen Sie es als Koketterie an.' Diese mäßig originelle Wendung scheint gerade in Mode zu sein, meine Tante sagt das ziemlich häufig. Aber mir gefällt es nicht, schon allein weil das Wort ‚Koketterie' in meinen Ohren unterwürfig klingt. Es gibt nichts Beschämenderes, als die Weigerung eines Gegenübers, auf diese ‚Koketterie' einzugehen. ‚Kokett' sind nur dijenigen, die nicht aus eigener Kraft agieren, sondern lediglich auf die Initiative anderer reagieren. Das ist weit von meiner Lebensweise entfernt.

Großmutter wendet sich auch heute Abend unserem Gast zu: „Du hast dich heute sicherlich gelangweilt. Es muss dir ja hier wie im Gefängnis vorkommen, wo sich Yonghun nicht vom Fleck gerührt hat." Sok erwidert, dass es ihm nichts ausgemacht habe und er gern seinen Tag damit verbringt, in Ruhe zu lesen (da er seinen Antworten auf ihre Fragen noch immer kein höfliches „Ja" voranstellt, wirft Großmutter ihm einen kurzen, skeptischen Seitenblick zu), und Onkel Yonghun sagt: „Wir wollen ohnehin nach dem Essen ins Kino gehen."

„Ja, macht das."

Großmutter enttäuscht meine Erwartung nicht und sieht mich an (Großmutter sieht mich immer direkt an, wenn etwas Gutes ansteht und es ihre Absicht ist, mich daran teilhaben zu lassen). Dann sagt sie zu meinem Onkel: „Wenn es etwas Nettes ist, könntet ihr Jinhi doch mitnehmen."

„Jinhi kann nicht mitkommen. Das ist kein Film für Kinder."

Großmutter straft Tante Yongok mit Missbilligung: „Gehst du etwa auch mit?"

„Ich habe den Film ausgesucht."

Meine Tante versucht zu unterstreichen, wie notwendig ihre Begleitung ist, da sie schließlich alles organisiert hat. Großmutter fällt ein gerechtes Urteil: „Warum sollte Jinhi einen Film, den du sehen kannst, nicht auch sehen können? Nimm sie mit. Jinhi, geh mit. Was für eine rücksichtslose Tante. Als ob nicht alle Menschen auf dieselbe Weise zur Welt kämen. Da will sie das Kind allein zurücklassen …"

„Das ist es nicht, Mutter."

„Ich will nichts mehr hören!"

Damit beendet Großmutter das Thema. Ich esse so leise wie möglich weiter, um Tante Yongok nicht unnötig durch meine Freude, mit Sok ins Kino gehen zu dürfen, zu provozieren.

Den Informationen zufolge, die meine Tante eingeholt hat, läuft heute der Film mit Jonghi Yun im Jungang und in dem kürzlich neu eröffneten Sihung ein ausländischer Film mit dem merkwürdigen Titel „Dora, Dora, Dora". Onkel Yonghun und Sok haben anscheinend bereits von dem Film gehört, denn sie klären uns darüber auf, dass „Dora" ein japanisches Kennwort für den Angriff auf Pearl Harbor war, und als deutlich wird, dass sie dazu tendieren, diesen Film zu sehen, ist meine Tante besorgt, die Szene, in der Jonghi Yun Yonggyun Shin als Schlingel bezeichnet, könnte ihr entgehen. Deshalb sagt sie zu Onkel Yonghun: „Du warst noch nie im Sihung, oder? Es steht mitten auf einem Feld, unsere Schuhe werden hinterher voller Schlamm sein ... Außerdem ist der Film für Jinhi vielleicht zu schwierig. Wenn sie einschläft, wer trägt sie heim?" So eifrig Tante Yongok auch versucht, die Mehrheit für ihren Favoriten zu gewinnen, es gelingt ihr nicht. Als die Wahl schließlich auf „Dora, Dora, Dora" fällt, seufzt sie tief. Sie scheint sich jedoch über die Aussicht, einen langweiligen Film sehen zu müssen, damit hinwegzutrösten, dass sie überhaupt eine Gelegenheit bekommt, auszugehen.

Wie Tante Yongok prophezeit hat, ist die Straße vor dem Sihung, zumal heute nach dem Regen, besonders matschig. Am Kino angelangt, putzen wir eine ganze Weile unsere Schuhe auf den Strohmatten ab, die vor der Kasse liegen.

Im Kinosaal werden links und rechts von der Leinwand Schilder mit der Aufschrift „Hut abnehmen" und „Bekämpft Spionage" angestrahlt, ansonsten ist nichts zu erkennen. Im Dunkeln denke ich angestrengt über unsere Sitzordnung nach. Onkel Yonghun und Sok werden auf jeden Fall nebeneinander sitzen, und meine Tante und ich ebenfalls. Was aber ist mit dem Grenzbereich? Die Reihenfolge, wie ich sie mir wünsche, sieht so aus: Onkel Yonghun – Sok – ich – Tante Yongok. Die umgekehrte Reihenfolge ist auch akzeptabel: Tante Yongok – ich – Sok – Onkel Yonghun. Ich muss verhindern, dass es zu der Abfolge: Tante Yongok –

ich – Onkel Yonghun – Sok, oder: Sok – Onkel Yonghun – ich – Tante Yongok kommt, und somit mein Onkel neben mir sitzt. Während ich mich durch den dunklen Kinosaal taste, halte ich mich dicht hinter Sok.

Ein Dorfkino ist zwar nur in seltenen Fällen ganz ausverkauft, aber heute sind wir fast die einzigen. Tante Yongok nimmt dies als Anlass, sich erneut über die Wahl des Films zu beklagen: „Das ist doch der Beweis dafür, dass der Film schrecklich langweilig sein muss!" Während Onkel Yonghun im Dunkeln vorangeht und meine Tante demonstrativ ihre Unzufriedenheit zum Ausdruck bringt, indem sie ein bisschen hinter uns zurückbleibt, kommt eine der Sitzverteilungen zustande, wie ich sie mir gewünscht habe.

Der Schutz der Dunkelheit umhüllt die Kinoleinwand. Ich habe das Gefühl, diese Dunkelheit nur mit Sok zu betreten. Ich kann hören, wie Sok neben mir atmet, und stelle mir einen Moment lang genüsslich vor, ganz allein mit ihm im Kino zu sein.

Nicht ich schlafe während der Vorführung ein, sondern meine Tante. Da ich nicht erkennen kann, wer die Hauptfiguren sind und auf der Leinwand nur Flugzeuge hin und her fliegen, werde auch ich immer müder, zumal ich den ganzen Tag für die Aufführung morgen geprobt habe. Aber Sok und Onkel Yonghun halten fleißig ihre Augen auf die Leinwand gerichtet. Es wäre mir sehr peinlich, wenn ich, die Gesprächspartnerin und vielleicht auch Freundin Soks, einschliefe. Ich kneife mir in den Oberschenkel, um den Schlaf zu vertreiben, dabei fällt mir noch eine von Großmutters Wahrheiten ein: selbst der stärkste Mensch kann seine Augen nicht aufhalten, wenn er müde ist. Während ich das denke, schlafe ich ein.

Etwas Weiches berührt meine Wange, ich öffne die Augen und erblicke Soks lächelndes Gesicht direkt vor meiner Nase. Ich komme nicht einmal dazu, mich darüber zu freuen, dass es gerade Soks Hand war, die meine Wange berührt hat, weil mir im selben Augenblick klar wird, dass der Film zu Ende ist, und aus Verlegenheit darüber, eingeschlafen zu sein, reiße ich meine Augen weit auf. Zum Glück schläft Tante Yongok immer noch.

Ich versuche sie zu wecken. Langsam öffnet sie ihre Augen. Sie tut so, als habe sie gar nicht geschlafen: „Warum schüttelst du mich denn so? Ich habe doch nur kurz meine Augen geschlossen, der Film ist doch zu Ende." Aber ihre Stimme ist ganz rau.

Draußen wartet die angenehme frühsommerliche Nachtluft auf uns. Weil wir uns etwas abgelegen, jenseits der Waschmittelfabrik befinden, stinkt es hier nicht. Aus dem nahegelegenen Wald weht erfrischender Wind herüber. Sok atmet tief ein.

„Findet ihr nicht, dass es nach Blumen duftet?"

„Wenn man weiter in diese Richtung läuft, kommt man zu einer Obstplantage. Der Duft kommt von dort", antworte ich.

Sok möchte die Obstplantage besichtigen, er kenne so etwas nur vom Hörensagen. Mein wohl erzogener Onkel erhebt Einwände, auch weil er aufgrund seines unflexiblen Charakters spontane Unternehmungen scheut: „Mutter wartet auf uns ... Es ist schon spät ..." Im Gegensatz zu ihm bekommt Tante Yongok, anders als bei dem Vorschlag, den Film „Dora, Dora, Dora" zu sehen, leuchtende Augen, als seien sie mit dem Quellwasser des Berges Kumgang rein gewaschen. Sie bittet Onkel Yonghun: „Bleiben wir doch noch draußen. Mutter schläft bestimmt schon und die Luft ist so herrlich heute." Ich sage nichts und sehe Onkel Yonghun nur an. Als er merkt, dass er als Einziger zögert, gibt er nach, sagt: „Na gut", und läuft als Erster in Richtung Plantage. Zufrieden darüber, dass sie ihren Willen durchgesetzt hat, drückt Tante Yongok fest meine Hand, schüttelt sie und streckt Onkel Yonghun hinter seinem Rücken die Zunge raus. Dabei verliert sie, wie so häufig, das Gleichgewicht. Sie rutscht auf dem matschigen Weg aus und stolpert, weil sie, wie Großmutter sagt, „nicht richtig laufen kann". Hätte Sok nicht schnell reagiert und sie aufgefangen, hätte sich meine Tante auf dem matschigen Feld wiedergefunden.

„Passen Sie auf, Yongok!"

Als ich sehe, wie Sok einen Arm meiner Tante festhält und sie sich leicht an seine Brust lehnt, packt mich die Eifersucht. Sok hält Tante Yongoks Arm etwas zu lange. Sie will nicht undankbar erscheinen, deshalb traut sie sich nicht, ihren Arm zu befreien (was ich mir wünschen würde, aber sie scheint auch keine wirkliche Veranlassung dazu zu sehen). Stumm steht sie Sok gegenüber. Ihre Blicke treffen sich. Und das auch noch bei nächtlichem Mondschein. Muss ich, die doch erst gestern die Freuden der Liebe kennen gelernt hat, so schnell auch die Qualen der Eifersucht erfahren? Die beiden machen einen unerträglich harmonischen Eindruck.

Genau in diesem Moment schüttet mein Onkel kaltes Wasser über die Idylle: „Sag mal, rutschst du auch in der Toilette aus? Es ist wirklich ein Wunder, dass du noch nicht in deine eigene Scheiße gefallen bist!"

Anstelle meiner Tante reagiert Sok. Etwas gekränkt stellt er sich auf ihre Seite: „Gehst du nicht zu weit?"

„Findest du?"

Onkel Yonghun räumt sofort ein: „Für mich ist Yongok ein Kind geblieben. Als ich nach Seoul zog, ging sie erst in die Grundschule. In meiner Vorstellung ist Yongok noch immer das kleine Mädchen von damals. Manchmal erscheint sie mir jünger als Jinhi."

Als mein Name fällt, blickt Sok in meine Richtung. Obwohl ich mich durch Soks Parteinahme für Tante Yongok betrogen fühle und eifersüchtig bin, besänftigt sein Blick diese Gefühle wieder ein wenig. Liebe ist unkritisch. Freundliche Gesten werden als Annäherungsversuche gewertet, und hinter harmlosen Blicken scheint sich die Absicht zu verbergen, in der Brust des Anderen ein immerwährendes Zeichen einzuprägen. Obwohl Sok mich nur kurz angesehen hat, schlägt mein Herz, als habe er mir mit seinem Blick zu verstehen gegeben, dass er von nun an nur noch mich anschauen werde. Anscheinend bin ich wirklich verliebt.

Je mehr wir uns der Obstplantage nähern, desto intensiver wird der Blumenduft. Es sind Apfelblüten.

Onkel Yonghun und Sok laufen voran, meine Tante und ich hinterher. Der dunkle Waldweg ist von Stille umgeben, vom Duft der Apfelblüten, den Geräuschen der Insekten im Gras und den Sternen am Himmel.

Unter dem Eindruck der Stille traut sich Tante Yongok nicht, laut zu sprechen. Sie beugt sich zu mir herunter und flüstert mir etwas zu, aber ich höre sie kaum. Ab und zu sagt Onkel Yonghun etwas zu Sok über Pearl Harbor und den Imperialismus, aber auch meinen Onkel bemerke ich kaum. Ich nehme nur Sok wahr, den nächtlichen Waldweg und den Duft der Apfelblüten. Aus dem Wald zu unseren beiden Seiten strömt die dunkelgrüne kalte, klare Luft wie Nebel. Federleicht breitet sich der Duft der Apfelblüten aus und färbt diese winzigen Nebelpartikel ein, die Soks Rücken weich und duftend umgeben. Als ein ganz von diesem Duft umgebenes Wesen läuft er in die Nacht hinein. Ich betrachte ihn von hinten, mein Herz schnürt sich zusammen und schmerzt, als würde es getreten.

An einer etwas steileren Stelle dreht sich Sok nach Tante Yongok und mir um. Er wirft uns einen Blick zu, bei dem unklar ist, wem er gilt, meiner Tante oder mir, er lächelt uns zu, und ich weiß nicht, wen er meint.

Als er sich umdreht, halten meine Augen die Zeit an. Mit einem Klick fixieren sie das Bild. Dann wird es in Entwicklungslösung getaucht, wieder herausgeholt, vergrößert, in einen viereckigen Rahmen gesteckt und so dringt es in mein Herz ein.

Als Versprechen, dieses Foto für immer im Herzen zu bewahren, lege ich beide Hände übereinander auf meine Brust. Dafür muss ich zuerst mühsam meine Hand aus dem Griff meiner Tante befreien.

Onkel Yonghun pfeift. Es ist die Melodie von „Bawoo-Hügel". Tante Yongok singt leise dazu.

Als das Lied zu Ende ist, dreht sich Sok wieder zu uns um: „Sie singen sehr schön, Yongok."

Ich bin ein wenig besorgt, Soks Intelligenz könnte an Gleichgewicht verlieren, mich, die Königin der Vernunft, beiseite legen und sich von meiner Tante, die nichts weiter als ein visueller Reiz ist, verführen lassen.

Sok fährt fort, indem er halb sich, halb Tante Yongok lobt: „Ich kann zwar Gitarre spielen, aber singen kann ich nicht. Ich habe kein gutes Gehör."

„Sie können Gitarre spielen?"

„Ach, nur so Sachen wie ‚Romance' und ‚Recuerdos de la Alhambra' …", antwortet Sok mit verlegener Bescheidenheit, über die sich meine Großmutter gefreut hätte. Einerseits wird Sok, weil er Gitarre spielen kann, allmählich auch in den Augen meiner Tante interessant, andererseits muss sie an ihren Freund denken, und weil sie irgendwie der Meinung ist, Sok dürfe Hyongyol Lee nicht überlegen sein, wird sie übermütig und nimmt die Mundharmonika, das Instrument, das Hyongyol Lee spielen kann, als Prüfstein: „Können Sie auch Mundharmonika spielen?"

Sofort beleben sich vor meinen Augen die Silhouetten der Ziege und des Mannes mit der Mundharmonika. Aber Soks Antwort ist merkwürdig: „Nein. Mundharmonika kann ich nicht spielen. Ich hatte nie die Gelegenheit, es zu lernen."

Ich verstehe die Antwort so, dass Sok nicht gut genug ist, um „Romance“ und „Recuerdos de la Alhambra“ zu spielen. Aber meine Tante glaubt, Sok könne überhaupt keine Mundharmonika spielen, und ist erleichtert. Sie macht ein Gesicht, als wolle sie sagen: „Na bitte“, und „Das war knapp.“ Mit den Augen deutet sie mir an: „Du weißt ja, mein Freund kann Mundharmonika spielen.“

„Machen wir dort eine Pause. Und Yongok soll uns etwas vorsingen“, schlägt Sok vor und zeigt auf einen umgefallenen Baumstamm und einen glatten Felsvorsprung. Onkel Yonghun schaut gewohnheitsmäßig auf die Uhr, und obwohl es zu dunkel ist, um etwas darauf zu erkennen, sagt er: „Na gut“, und setzt sich zerstreut hin. Wir setzen uns um ihn herum. Wenn man im Dunkeln so dicht beieinander sitzt, entsteht schnell das unbestimmte Gefühl, einem heimlichen Treffen beizuwohnen. Als sei ihr derselbe Gedanke durch den Kopf gegangen, sagt Tante Yongok: „So im Dunkeln kommt es mir vor, als träfen sich Romeo und Julia.“

Und in sentimentaler Stimmung fügt sie, wie zu sich selbst, hinzu: „Wie wär's, wenn wir uns gegenseitig von der ersten Liebe erzählen?“

Onkel Yonghun will sie für diesen Vorschlag zurechtweisen, aber Sok deutet mit einem gleichfalls sentimentalen Ton in der Stimme an, dass er uns wirklich davon erzählen wird: „Als ich in die zweite Stufe der Oberschule ging …“

Wir hören ihm zu, ich mit halb eifersüchtiger Aufmerksamkeit, Tante Yongok mit der für sie üblichen Neugier für Liebesgeschichten, und mein Onkel interessiert daran, etwas über die Vergangenheit seines Freundes zu erfahren.

In der zweiten Stufe der Oberschule lernte Sok in einem Klassikcafé, das er bereits als Oberschüler regelmäßig besuchte, ein Mädchen kennen. Das Mädchen ging in derselben Gegend auf eine Mädchenoberschule, aber weil es keine Uniform trug, konnte Sok das nicht gleich wissen. Sie tauschten einige Briefe aus und fanden heraus, dass sie sich beide für Musik und Literatur interessierten. Sie mochten beide besonders die italienische Kanzonette (er ist sich nicht ganz sicher, ob es wirklich eine italienische ist) „Fenestra che lucive“. Sok und das Mädchen trafen sich im Café und lauschten gemeinsam ihren Wunschliedern, lasen sich gegenseitig selbst verfasste Gedichte vor und verliebten sich dabei ineinander.

Als der Herbst schon fast vorbei war, kam das Mädchen nicht mehr so häufig in das Café, und selbst wenn es dort war, schaute es nur mit blassem Gesicht melancholisch aus dem Fenster. Eines Tages kam statt seiner die ältere Schwester des Mädchens und erzählte Sok im Auftrag ihrer Schwester, das Mädchen sei krank und müsse zur Erholung wegfahren. Dann überreichte sie ihm einen Gedichtband von Rilke und ging. Als Sok die erste Seite aufschlug, stand dort in feiner Handschrift: „An meine erste Liebe Sok". Sok rannte der Schwester des Mädchens sofort hinterher, aber sie war bereits verschwunden. Mit den Fäusten schlug er gegen die Wand des Cafés. Auf dem Umschlag des Gedichtbandes, den er immer noch aufbewahrt, ist ein blasser Blutfleck zurückgeblieben, von der Wunde an seiner Hand. Er hat nie wieder etwas von dem Mädchen gehört, und so sind die Jahre vergangen.

Tante Yongok ist kurz davor zu weinen, so traurig findet sie die Geschichte. Auf Soks Erzählung folgt ein langes Schweigen. Schließlich fragt meine Tante mit belegter Stimme: „Dieses Lied, wie singt man das? Ich meine ‚Fenestra che lucive'."

„Vorsingen kann ich es nicht, ich bin ja so unmusikalisch … Ich kann euch aber den Text sagen. Der lautet so: „Das sonst helle Zimmer hinter dem Fenster war voller Dunkelheit. Seit meine Liebe Nenna erkrankte. Ihre Schwester kam weinend zu mir und sagte, meine Nenna sei gestorben und begraben. Nenna weinte jeden Tag allein, nun schläft sie friedlich in ihrem erstarrten Körper."

Tante Yongok ist so mitgenommen von Soks trauriger Geschichte und dem traurigen Lied, dass sie kein Wort mehr herausbringt. Ich aber breche einen Zweig vom Apfelbaum, der bis zu meinen Hüften herabhängt, und denke: Schon wieder eine Erinnerung an die erste Liebe? Alle Männer erzählen von ihrer ersten Liebe, wenn sie die Aufmerksamkeit einer Frau erregen wollen. Soks Erzählung unterscheidet sich nicht im geringsten von Hyongyol Lees Geschichte über sein Nachbarsmädchen, das ausgesehen haben soll wie Tante Yongok. Wie kann meine Tante trotzdem so gerührt sein, als höre sie so etwas zum ersten Mal? Solche Geschichten sind schließlich auch zu Genüge in Filmen und Fernsehserien zu finden oder in den Büchern, die in Onkel Yonghuns Abstellkammer herumliegen.

Wäre Soks Geschichte weniger traurig oder weniger schön gewesen, hätte sie mich mehr bewegt, ich hätte gerührt oder eifersüchtig sein können. Aber in eine so schöne Geschichte kann ich mich nicht hineinfühlen. Genauso wie ein Haus erst zum Haus wird, wenn die Toilettentür zu sehen ist oder Wäsche davor hängt und es dagegen nur ein Gebäude zu sein scheint, wenn alles sauber und adrett aussieht.

Aber es ist wohl etwas Wahres daran, Liebe bedeutet Nachsichtigkeit. Ich war weder enttäuscht, als ich Sok aus der Toilette kommen sah, noch habe ich eine schlechtere Meinung von ihm, nachdem ich die durchschnittliche Geschichte seiner ersten Liebe gehört habe.

Mittlerweile scheint sich Tante Yongok von ihrer Rührung erholt zu haben, mit fröhlicher Stimme wendet sie sich an Onkel Yonghun und fragt: „Hattest du auch eine erste Liebe?"

Seit einer Weile bereits ist mein Onkel merkwürdig still. Er sieht, wie soll ich sagen, niedergeschlagen aus. Als er auf die Frage nach seiner ersten Liebe nicht reagiert, sagt Tante Yongok unbekümmert zu Sok: „Mein Bruder hat seltsamerweise kein Interesse an Frauen. Mutter sagt, er sei wie eine menschliche Buddhastatue."

„Wirklich? Dass jemand, der so gut aussieht, sich nicht für Frauen interessiert, ist nicht zu verstehen. Vielleicht hattest du eine allzu schmerzvolle erste Liebe?"

Erfreut darüber, dass er Tante Yongok mit seiner Geschichte beeindrucken konnte, erzählt Sok, er habe einen Freund, dessen erste Liebe so schmerzvoll war, dass er Frauen zu hassen begann. Meine Tante ist erneut überwältigt, sie stützt ihr Kinn auf ihren Handrücken und hört wie gebannt zu. Als Sok fortfährt zu erzählen, dass dieser Freund nach der Trennung von seiner ersten Liebe Pillen genommen habe und wie verrückt in der Gegend herumgeirrt sei, unterbricht ihn Onkel Yonghun abrupt: „Hör auf!"

Weil er sehr leise spricht, klingt seine Stimme düster.

Sok und Tante Yongok und auch ich sehen ihn erschrocken an, da erhebt sich Onkel Yonghun hastig und fordert uns auf, nach Hause zu gehen. Sok, der sein bisheriges Schweigen für ein stilles Einverständnis gehalten hatte, ist beleidigt und anscheinend auch wütend über Onkel Yonghuns heftige Reaktion. Weil sich mein Onkel so verschließt, steht Sok nun da, als würde er dummes Zeug reden. Um sich für den Verrat zu rächen und gleichzeitig den Abend mit einem beschwichtigenden Witz zu beenden, fragt er: „Was ist los? Du scheinst ja wirklich noch an deinem ersten Liebeskummer zu leiden."

Aber Onkel Yonghun scheint auch diese Bemerkung nicht besonders lustig zu finden: „Liebeskummer?"

Mit seiner Faust schlägt er plötzlich auf den Stamm eines Apfelbaums ein und sagt wie zu sich selbst: „Ich habe sie mit meinen eigenen Händen verbrannt, da spürt man keinen Kummer …"

Er bricht ab, schluckt mühevoll und ruft nur noch: „Gehen wir!" in die Dunkelheit. Sok und meine Tante stehen verwirrt auf und klopfen sich die Erde vom Hintern. Aber ich habe Onkel Yonghun verstanden. Wenn er sie mit seinen eigenen Händen verbrannt hat … War seine erste Liebe etwa seine Schwester? Meine Mutter? Ich betrachte den Rücken meines wortlos weiterlaufenden Onkels. Eine eigenartige Traurigkeit geht von ihm aus, wie von einem verwundeten Tier. Während ich ihn so ansehe, denke ich, dass von den Geschichten über die erste Liebe die meines Onkels die beste ist.

Trauer. Ja. Was in mein Inneres hereinbricht, ist zweifellos Trauer. Aber ruhig teile ich mein Selbst auf. Ich teile mich in zwei Ichs. Das eine Ich empfindet Trauer, und das andere beobachtet es. Das Überwindungstraining beginnt. Das beobachtende Ich durchbohrt das traurige Ich lange mit seinen Blicken. Wer immer wieder kaltes Wasser über sich gießt, vergisst nach einiger Zeit, dass es kalt ist. Man empfindet es nicht mehr als kalt, selbst wenn man es eimerweise über sich schüttet. Trauer empfinden und sie durchdringend betrachten.

Als wir fast zu Hause sind, hat sich mein Inneres bereits wieder beruhigt. Von den Geschichten der ersten Liebe gefällt mir die meines Onkels wirklich am besten.

13. Wie man sich an den süßen Geschmack der Trauer gewöhnt

Alle in der Schule sind bereits am frühen Morgen in heller Aufregung. Da heute der regionale Tanzwettbewerb stattfindet, trifft eine Jury ein, die sich aus fremden, extra aus der Provinzhauptstadt angereisten Gästen zusammensetzt. In der Morgenversammlung verkündet der Schuldirektor, welche Ehre es für uns sei, dass diese wichtige Veranstaltung bei uns stattfindet. Der Wettbewerb wird in der Aula ausgetragen, nur die Teilnehmer, die Jury und die Ehrengäste werden hereingelassen. In der Pause halten die Schüler, die Klassendienst haben, vor der Aula Wache, um neugierige Mitschüler zu verjagen, die durch die Musik aus der Aula, das Geflüster der Gäste und die Geschäftigkeit der Wettbewerbsteilnehmer, die in prunkvollen Tanzkostümen ein- und ausgehen, in großer Unruhe sind. Manche riskieren, erwischt zu werden, und schleichen zu den Seitenflügeln der Aula, um durch das Schlüsselloch zu spähen. Wenn sich die Tür, an die sie ihr Auge geheftet haben, öffnet, rennen sie blitzschnell weg und schauen aus einiger Entfernung bedauernd zurück.

Jedes Mal, wenn ich aus der Aula komme, zeigen die Schüler verstohlen mit ihren Fingern auf mich und flüstern: „Da ist Hungbu. Jinhi Kang aus der fünften Klasse." Ich bin seit der ersten Klasse im Tanzkurs, daher verstehe ich es, gelassen und ohne mit der Wimper zu zucken an ihnen vorbeizulaufen. Aber heute ist es anders. Ich nehme die neidischen Blicke der Schüler nicht einmal wahr. Noch heute Morgen hat Sok versprochen zu kommen, aber der Wettbewerb hat längst begonnen und er ist noch nicht hier.

Weil er den Weg nicht kennt, hat sich meine Tante angeboten, ihn zu begleiten. Womöglich haben sie einen Abstecher zur Burg gemacht, wie es Sok vor einigen Tagen vorgeschlagen hat, und verspäten sich deshalb. Schweren Schrittes kehre ich in die Aula zurück, nachdem ich ein letztes Mal vor das Schultor getreten bin, um nach Sok Ausschau zu halten.

Am Eingang des Umkleideraums hinter der Bühne zieht mich Minja zu sich und flüstert mir ins Ohr: „Hwayong trägt wieder ihr Kostüm von gestern. Sie hat es nicht umgenäht."

Ich hatte das zwar bereits vermutet, aber jetzt reicht es mir mit Hwayongs Eitelkeit. Ich laufe in den Umkleideraum, über Kleiderbündel und Requisiten hinweg. In der Mitte des Raumes sitzt Hwayong neben einer in Alufolie eingewickelten Pappsäge und einem aus zwei Körben zusammengesetzten Kürbis und lacht ausgelassen mit ihren Anhängerinnen. Hwayongs Hanbok würde überall auffallen – der Rock ist dunkelrosa, die Ärmel haben an den Rändern einen hellblauen Besatz, und die Schleife ist in Form eines Schmetterlings gebunden. Obwohl sie als Hungbus Frau der Überlieferung nach so arm zu sein hat, dass ihr Hintern trocken und rissig ist, weil sie schon so lange nichts mehr auszuscheiden hatte, trägt sie in ihrem hochgesteckten Haar eine mit Perlen bestückte Haarnadel, ebenfalls in Schmetterlingsform.

Ich schaue zu Herrn Choi. Mit steifer Miene hantiert er kraftlos an den Requisiten herum, die Hoffnung auf einen Preis hat er beim Anblick von Hwayong in ihrem Elfenkleid aufgegeben. Sein Gesicht lässt nicht mehr im Geringsten die Kühnheit erahnen, mit der er den Frauen in den Blusenausschnitt schielt, von der Autorität eines Lehrers ganz zu schweigen.

Hwayong ist stellvertretende Schülersprecherin. Die Position des Schülersprechers nimmt immer ein Junge ein, daher ist der höchste Posten, den ein Mädchen innerhalb der Schule einnehmen kann, der seiner Stellvertreterin.

Beide werden von der Schülervertretung, die aus den Klassensprechern und stellvertretenden Klassensprechern einzelner Klassen besteht, in einer geheimen Wahl gewählt. Hwayong hatte ihre Mitschüler ins Krankenhaus ihres Vaters eingeladen und dort großzügig bewirtet, dennoch unterlag sie im ersten Durchgang. Während der letzten Parlamentswahlen hatte Großmutter gesagt: „Und wenn es sich nur um ein Paar Gummischuhe handelt, die Leute werden sich vor dem Himmel fürchten, und den Kandidaten wählen, von dem sie die Schuhe bekommen haben. Auch wenn sie eigentlich einen anderen wählen wollen." Aber anders als Großmutter haben Schüler einen ausgeprägten Gerechtigkeitssinn, außerdem werden ihnen die vier Grundprinzipien einer demokratischen Wahl beigebracht und daher wissen sie, wie man sich durch geheime Wahlen vor Schikanen schützt. Die Schüler stimmten gerecht ab.

Besonders verwirrt waren die Lehrer, die sich weniger für die Wahl des Schülersprechers als für die der stellvertretenden Schülersprecherin interessierten und diese bereits ausführlich diskutierten.

Hwayongs Vater hatte der Schule nicht nur eine beträchtliche Summe für Stipendien versprochen, sondern auch bereits den Lehrern „Grüße" ausrichten lassen. Einmal wurde ich ins Lehrerzimmer gerufen und hörte, wie der erste Lehrer sagte: „Wenn die Wahl der stellvertretenden Schülersprecherin vorbei ist, können wir uns wieder den Bauch vollschlagen", woraufhin mein Klassenlehrer erwiderte: „Freuen Sie sich nicht zu früh. Was machen wir, wenn eine andere Schülerin gewählt wird?" Der erste Lehrer antwortete: „Es darf keine andere gewählt werden. Wenn Sie auch in der Kugil-Halle essen wollen, dann müssen Sie kooperieren. Geben Sie auf die Schüler acht." Als Hwayong in der Wahl durchfiel, wurde eine Lehrerversammlung einberufen.

Die Lehrerversammlung beschloss, Hwayong Shin zur stellvertretenden Schülersprecherin zu ernennen. Das Mädchen, das eigentlich für diesen Posten gewählt worden war, bekam die Position der „stellvertretenden stellvertretenden Schülersprecherin". Unser Klassenlehrer erklärte uns, dass Hwayong nach außen hin die stellvertretende Schülersprecherin sein solle, bei wichtigen Angelegenheiten werde jedoch die stellvertretende stellvertretende Schülersprecherin die Arbeit übernehmen. Weder den Schülern noch dem Mädchen, das diese seit Schulgründung noch nie dagewesene Position einnehmen sollte, leuchtete dies ein.

Auch wenn einige Schüler hinter seinem Rücken über unseren Klassenlehrer schimpften, so mussten sie doch seine Erklärung akzeptieren. Die Schüler hatten zum ersten Mal erfahren, dass es nicht so leicht ist, die Realität zu verändern – diese Realität, in der Großmutter in der Großmutter denjenigen wählt, der ihr Gummischuhe schenkt, weil sie fürchtet, der Himmel könne sie sonst für ihre Undankbarkeit bestrafen –, auch wenn sie noch so fleißig die Prinzipien demokratischer Wahlen lernen und praktizieren. In Prüfungen würden sie zwar weiterhin die Fragen richtig beantworten, aber sie sahen ein, dass sie die eigentlich richtigen Antworten woanders suchen mussten. Die Schüler der Schülervertretung glaubten, die Welt durchschaut zu haben, und sie hielten es für erwachsen, dieses Wissen nach außen hin zu zeigen. Sie wendeten die Methode, die sie nicht in Schulbüchern, sondern von unserem Klassenlehrer höchstpersönlich gelernt hatten, auf ihre Mitschüler an. Schüler, die beim Klassensprecher in Ungnade gefallen waren, wurden seitdem mit der Begründung gemeldet, sie hätten in der freien Lernstunde am häufigsten geschwätzt, obwohl sie eigentlich die ganze Zeit geschlafen hatten.

Einer der Schülervertreter hielt bis zuletzt an dem Glauben fest, der Entschluss unserer Lehrer sei ungerecht. Er fügte durch seinen Gerechtigkeitssinn und seinen Mut dem Stolz unseres Klassenlehrers ein paar Kratzer zu und wurde mit der Begründung, er habe einen „schiefen Charakter" und wolle sich „auflehnen" von allen Lehrern schikaniert, was den anderen Schülern wiederum als gutes Beispiel dafür diente, dass es einem besser bekommt, sich über die Bedingungen der Realität im Klaren zu sein. Immerhin wurde der Schüler nur bis zu dem Tag von den Lehrern schlecht behandelt, an dem sein Vater in die Schule kam. In solchen Fällen wird pädagogischer Glaube und Eifer durch materielle Mittel bewegt, und genau durch diese entschied sich der Zeitpunkt der Begnadigung. Schüler ohne einen Vater mit fester pädagogischer Überzeugung wären dazu verurteilt gewesen, bis zum Schluss als „Problemfall" aussortiert und als „unanpassungsfähig" verworfen zu werden.

Hwayong spielte sich nach ihrer Ernennung zur stellvertretenden Schulsprecherin noch mehr auf. Sie wusste, dass die beste Methode, die Gegner in die Knie zu zwingen, darin bestand, ihre Macht, die sie in die Position der stellvertretenden Schülersprecherin gebracht hatte, deutlich und anhaltend zu präsentieren. Dadurch versuchte sie auch, die Schmach, in der Wahl nicht die Unterstützung der Schüler bekommen zu haben, zu überwinden.

Als eine Art Belohnung räumte sie ihren Anhängerinnen einige Privilegien ein, soweit ihr das als stellvertretende Schülersprecherin einer Grundschule möglich war. Es handelte sich dabei nur um Kleinigkeiten, aber immerhin mussten die von ihr begünstigten Schüler in der Putzstunde nur die Aufsicht übernehmen, durften in der Klassenbesprechung den Klassenraum verlassen und in der Pause die Verteilung der Pausenbrötchen übernehmen, so dass sie über das übrig gebliebene Essen verfügen konnten. Und schon allein der Umstand, dass sie sich anders als die Mehrheit verhalten durften, wies auf Hwayongs außerordentliche Macht hin.

Seitdem ist Hwayong stets von einer Traube von Anhängerinnen umringt, und auch jetzt sitzen sie zu Hwayongs Füßen, während sie in ihrem prächtigen Gazehanbok ihre Überlegenheit zur Schau stellt.

Ich laufe geradewegs auf Hwayong zu. Ihr weiter Gazerock ist wie eine Schleppe um sie herum ausgebreitet. Mit einem Fuß trete ich auf den Saum des prächtigen Rocks. Hwayong springt vor Schreck und Wut auf und will ausrufen: „Du wagst es!“ Aber weil sie sich so plötzlich und kraftvoll erhebt hat, gibt ihr Rock, auf dem noch immer mein Fuß steht, mit einem reißenden Geräusch nach. Hwayong sieht erschrocken an sich hinunter. Ich trete auch mit dem anderen Fuß auf den Rock und reiße ihn mit beiden Händen in Stücke. Wie unter Schock steht Hwayong da, aber ich kümmere mich nicht um sie, sondern zerfetze aus Leibeskräften ihren prachtvollen Gazehanbok.

Da ertönt aus dem Schulmikrofon der Aufruf: „Als Nächstes sehen wir Die Geschichte des Hungbu, vorgeführt von Jinhi Kang und neun weiteren Tänzerinnen und Tänzern der Songso-Grundschule.“

In der ersten Szene hält sich das Ehepaar Hungbu an den Händen und betritt tanzend die Bühne. Als ich durch das Mikrofon den aufkommenden Tumult im wartenden Publikum höre, greife ich ohne zu überlegen nach Hwayongs Hand, die noch immer völlig fassungslos über die erste wirkliche Katastrophe ihres Lebens ist, und ziehe sie auf die Bühne.

Zärtlich lachend führt Hungbu seine Frau vor die Strohhütte. Er stellt sich hinter sie und zeigt tanzend seine Freude. Er streckt seinen Kopf einmal über ihre linke und einmal über ihre rechte Schulter hervor. Auch seine Frau dreht ihren Kopf hin und her und bewegt die Schultern, um dem Blick ihres Mannes zu begegnen. Wenn sich unsere Blicke treffen, sehe ich Hwayongs weinerliches Gesicht. Unter dem starken Make-up ist es so verzerrt, dass es scheint, als lache sie noch freudiger als ich. Während Hwayong mit diesem zugleich weinenden und lachenden Gesicht ihre Arme ausstreckt, ihre Schultern zur Musik bewegt und sich anschließend im Kreis dreht, legt der zerfetzte Gazerock deutlich ihre Oberschenkel frei. Dass Hwayong heute eine weiße Unterhose mit blauen Blümchen trägt, kann zwar nur ich erkennen, aber jeder im Saal weiß, worum es sich bei dem weißen Stoff handelt, der bei jeder ihrer Bewegungen sichtbar wird.

Die Jury und die Ehrengäste trauen zunächst ihren Augen nicht. Wie ist es möglich, dass eine Darstellerin bei einer so wichtigen Veranstaltung in einem zerrissenen Kostum auftritt, unter dem die Unterhose zum Vorschein kommt? Nach der ersten Verwirrung erinnern sie sich jedoch, dass gerade Die Geschichte des Hungbu aufgeführt wird. Ihre Entrüstung wandelt sich in Begeisterung.

Denn jetzt sehen sie, dass Hungbus Frau so arm, aber auch so hingebungsvoll ist, dass sie sämtliche Stofffetzen, mit denen sie ihr Kleid flicken könnte, ihrem Mann und ihren Kindern überlassen hat. Die Jury lässt sich von der Idee des Choreographen überzeugen, von dem hübschen Mädchen aber, das trotz dieser schamvollen Inszenierung die Rolle der Ehefrau übernommen hat und so fleißig tanzt, sind sie hingerissen.

Im weiteren Verlauf mehren sich die erstaunten Ausrufe der Jury. Die hübsche Ehefrau hat nämlich angefangen zu weinen. Besonders als Hungbu verprügelt wird, schluchzt die Ehefrau laut auf. Während sie zusammen mit ihrem Mann die Arme hebt und sich im Kreis dreht, laufen ihr ununterbrochen die Tränen über die Wangen. Bei jeder Umdrehung gibt der zerrissene Gazerock den Blick auf ihre weiße Unterhose und ihre Oberschenkel frei, eine vollendete Darbietung ihrer Trauer. Noch bevor das Stück zu Ende ist, erschallt bereits der Applaus der Ehrengäste und der Jury.

Ich warte das Ende des Wettbewerbs nicht ab und verlasse die Aula so schnell ich kann. Später höre ich von Jangun, dass wir den ersten Preis gewonnen haben. Er erzählt auch, dass Hungbus Frau den Preis entgegengenommen hat, weil ich nirgends zu finden war, und dass sie tosenden Beifall bekam. Aus dem Publikum habe jemand gerufen, sie solle noch einmal in ihrem Kostüm auf die Bühne kommen, aber das sei nicht mehr möglich gewesen, denn sie habe es gleich nach ihrem Auftritt endgültig in Stücke gerissen.

Für mich ist der Tanzwettbewerb jedoch bereits Vergangenheit. Meine Gedanken kreisen nur um Sok, um sein Versprechen, das er nicht eingehalten hat. Ich kämpfe um Selbstüberwindung, damit mich sein Betrug und meine Trauer nicht verletzen können. Mehr als zehn Mal stelle ich mir vor, wie Sok und Tante Yongok Hand in Hand zur Quelle in der Burganlage laufen. Wenn man sich durch solche Vorstellungen bereits selbst Verletzungen zufügt, fühlen sich die wirklichen kleiner an.

Als Sok und Tante Yongok durch das Haustor treten, bin ich in der Tat weder überrascht noch traurig. Dieses Bild habe ich mir als Teil meines Überwindungstrainings so oft vor Augen geführt, dass es mir jetzt in der Realität wie selbstverständlich erscheint. Ich hatte mir sogar vorgestellt, die beiden kämen Arm in Arm, so dass mich ihr Anblick fast erleichtern könnte, da sie mit einem Abstand von mindestens fünfzig Zentimetern zwischen sich hereinkommen.

„Herzlichen Glückwunsch, ihr habt den ersten Platz bekommen!"

Tante Yongok beglückwünscht mich ungestüm.

Sie sagt, Onkel Yonghun habe sie gebeten, Sok heute zum Kulturzentrum zu begleiten. Dort sollte etwas zu sehen sein, das für Soks Geschichtsstudium und sein generelles Interesse an traditioneller Kultur interessant sein könnte (inwiefern wisse sie auch nicht). Der Leiter des Kulturzentrums hatte schon lange darauf gehofft, sich einmal mit einem Studenten wie Sok unterhalten zu können und so gab er ihnen viel mehr Informationen, als nötig gewesen wäre, und erging sich auch noch in endlosen Ausführungen über seinen Sohn. Dieser sei ungefähr im gleichen Alter wie Sok und arbeite im Verwaltungsamt, er habe den Kaktus-Klub gegründet, einen Jugendverein, der die regionale Entwicklung vorantreiben wolle, usw. Der Leiter des Kulturzentrums habe einfach nicht aufgehört zu reden, und so seien sie schließlich zu spät zum Tanzwettbewerb gekommen. Sie haben es gerade noch zur Preisverleihung geschafft.

Meine Tante fragt, warum das Mädchen aus dem Daedong-Krankenhaus so geheult habe. Sie habe sich so trotzig aufgeführt, dass der Kitanai vollkommen ratlos gewesen sei, wie er sie beruhigen solle. Er habe einem wirklich Leid tun können. Sok und sie seien direkt an ihnen vorbeigelaufen und hätten so getan, als sähen sie Herrn Choi nicht, damit er nicht in Verlegenheit käme. Ich vermute jedoch, dass Herr Choi nur nach außen hin so verzweifelt schien, insgeheim war er es bestimmt ganz und gar nicht.

Ich habe Recht. Herr Choi kommt spät in der Nacht nach Hause und ruft mich nach draußen: „Jinhi, schläfst du schon? Komm doch mal her."

Ich gehe auf die Veranda und verbeuge mich.

„Dein Lehrer hat ein wenig getrunken, weil er so gut gelaunt ist."

Herr Choi umarmt mich. Eine scharfe Alkoholfahne weht mir entgegen. In diesem Geruch sind noch die Reste eines Schamgefühls enthalten, weil er als Erwachsener so feige gewesen ist. Aber morgen, wenn er nüchtern ist und auf der Toilette war, werden auch diese Reste beseitigt sein.

Nachdem Herr Choi in seinem Zimmer verschwunden ist, setze ich mich auf die Veranda. Aus dem Zimmer meines Onkels dringen Stimmen, er und Sok schlafen anscheinend noch nicht. Es sind viele Sterne am Himmel. Sie sind mit einem Blick, ohne den Kopf in den Nacken legen zu müssen, über dem Hof und den niedrigen Dächern der Ladenräume zu sehen. Stünde jemand mitten auf dem Hof und betrachtete den Himmel, er bekäme sicher das Gefühl, vollständig von Sternen umgeben zu sein.

Es ist heute so klar, dass es scheint, als hingen die Sterne nur locker am Himmel und könnten irgendwann mitten auf den Hof herabfallen. Unter diesen zahlreichen Sternen erkenne ich mit Bestimmtheit nur den Großen Bären. Er steht direkt über mir. Obwohl ich weiß, dass es sieben Sterne sind und es unwahrscheinlich ist, dass welche herunterfallen, wenn ich nicht hinsehe, zähle ich immer wieder nach. Eins, zwei, drei, vier, fünf, sechs, sieben … Habe ich mir beim Zählen etwas gewünscht? In diesem Moment öffnet sich die Tür von Onkel Yonghuns Zimmer und Sok kommt heraus.

Eigentlich ist es nicht verwunderlich, dass er mich auf der Veranda antrifft, schließlich habe ich den halben Tag hier verbracht. Da kann es schon mal vorkommen, dass Sok mir begegnet, wenn er auf die Toilette gehen oder einen Schluck Wasser trinken will. Aber mir scheint, die Schicksalsgöttin wirft mir ein Lächeln zu, in dem Moment, in dem Sok aus dem Zimmer tritt. Wenn man verliebt ist, möchte man ständig das Schicksal oder das Glück beschwören.

Sok entdeckt mich auf der Veranda: „Du bist ja noch wach." Er setzt sich neben mich und legt seine hübschen Hände auf seine Oberschenkel. Er hat lange Finger, vielleicht weil er so groß ist. Ich stelle mir vor, wie er mit diesen Fingern Gitarrensaiten zupft, und finde diese Vorstellung sehr romantisch.

Sok sagt einen Moment lang nichts, vielleicht weil er die Sterne betrachtet. Die Zweige des Khakibaums, der in einer Ecke des Hofes steht, bewegen sich im Dunkeln leicht hin und her. Auch Sok dreht seinen Kopf zum Baum. Die Geste wirkt verlassen, ich weiß nicht warum, aber auf einmal wird mir ganz ängstlich zumute.

So verlassen und ängstlich sitzen wir eine Weile wortlos nebeneinander und blicken in den nächtlichen Himmel. Ob die Zeit weiterläuft oder stehen geblieben ist, weiß ich nicht.

Auf einmal sagt Sok mit leiser Stimme: „Jinhi." Langsam drehe ich mich zu ihm um, da legt er plötzlich, zu plötzlich, seinen Arm um mich. Sein Arm ist schwer. In Wirklichkeit ist er es nicht. Er kommt mir nur so schwer vor, weil alle meine Nerven auf meine Schultern konzentriert sind, so dass mein ganzer Körper mit seiner ganzen Kraft diesen einen Arm zu stützen scheint. Mit seinem schweren Arm um meine Schultern schaut Sok weiterhin in den Nachthimmel und sagt wie im Traum: „Die letzten paar Tage waren sehr schön, aber nun müssen wir beide uns bereits wieder voneinander verabschieden."

Zuerst kann ich nicht richtig verstehen, was er sagt. Wie eine Kuh, die das Gras einer ganzen Wiese auf einmal verdauen will, schlucke ich seine Stimme im Ganzen hinunter. Und wie die Kuh ein wenig später das Geschluckte wiederkäut, lasse ich mir Soks Worte noch einmal durch den Kopf gehen. Erst da verstehe ich ihre Bedeutung. Dass wir uns trennen müssen.

„Wann reist du ab?"

„Morgen."

Soks kurze Antwort versetzt mir einen Stich. Er geht also fort?

Der Trennungsschmerz und das Gegengift stellen sich fast gleichzeitig ein. Das geht so automatisch wie die Speichelabsonderung beim Essen. Als mir bewusst wird, worum es geht, spaltet sich mein Inneres wieder in zwei Teile, um die Trennung wegzuschmelzen.

Meine Gefühle für Sok sind so stark geworden, dass es nicht so leicht ist, mich in ein betrachtetes und ein betrachtendes Ich zu teilen. Aber es gelingt mir schließlich doch. Das von meinem wirklichen Ich losgelöste Ich spricht zu Sok. Mit fröhlicher Stimme, als gebe es keine Enttäuschung: „Wie hat es dir hier gefallen? Es hat dich beeindruckt, oder?"

Das Gewicht von Soks Arm auf meinen Schultern lässt ein wenig nach. Sok hat sich im Sitzen etwas weiter zu mir hin gedreht. Jetzt kann ich ihm direkt in die Augen sehen. Er blickt unverwandt zurück und sagt mit seinen weichen Lippen: „Ja. Besonders dich werde ich nicht vergessen können."

Ich stelle mir vor, wie er mich nach diesen Worten eng an sich zieht. Wie glücklich wäre ich darüber. Gleichzeitig frage ich mich, wie ich mich verhalten soll, wenn Tante Yongok oder Onkel Yonghun plötzlich herauskommen. Sollte ich Soks Arm abschütteln, um meine Verlegenheit darüber, in einer intimen Situation erwischt worden zu sein, zu verbergen? Das wäre zu kindisch. Aber in der Umarmung verharren und sagen: „Das macht nichts, schließlich lieben wir uns", das brächte ich auch nicht über mich …

Aber ich brauche mir darüber keine Gedanken zu machen. Sok zieht mich nicht an sich heran. Dafür löst er den Arm von meiner Schulter und klopft mir ein paar Mal leicht auf den Rücken. Er richtet sich auf, sagt: „Wir sehen uns dann morgen früh" und will wieder ins Zimmer gehen. Nein, er kommt wieder zurück und zieht sich die Schuhe an. Anscheinend hat er noch etwas auf der Toilette zu erledigen. Onkel Yonghun hat wohl in seinem Zimmer gehört, wie sich Sok die Schuhe anzieht, und ruft deutlich vernehmbar: „Sok, nimm doch die Taschenlampe mit." Ich hatte völlig vergessen, dass alles, was auf der Veranda vor sich geht, vor den Menschen im Haus nicht verborgen bleibt.

Meine Tante liegt auf dem Boden und kritzelt wieder einen Brief. Ohne ihren Blick vom Briefpapier zu lösen sagt sie, als ich ins Zimmer komme, in einem völlig normalen Tonfall: „Er bleibt ja nicht gerade lange." Ihre Bemerkung bestätigt, dass das ganze Gespräch zwischen mir und Sok im Haus zu hören war, und dass es darüber hinaus für niemanden etwas Geheimnisvolles zu enthalten scheint. Nur mir war nicht klar, dass ich einen öffentlichen Auftritt hatte.

Onkel Yonghun hat sich sogar schon umgezogen, um Sok zum Busbahnhof zu begleiten, aber Sok lehnt das strikt ab. Mein Onkel sagt, die Abfahrtszeit könnte sich geändert haben, auf dem Land komme das samstags häufiger vor, und er sei erst beruhigt, wenn er mit eigenen Augen gesehen habe, wie Sok in den Bus einsteigt. Sok besteht weiterhin darauf, alleine zu gehen, im Notfall werde er eben bis zur Provinzhauptstadt fahren und dort umsteigen. Onkel Yonghun gibt schließlich auf, aber als er mich sieht, fällt ihm etwas ein: „Jinhis Schule liegt hinter dem Busbahnhof, ihr könnt doch nach dem Frühstück zusammen losgehen."

Ich nicke wortlos.

Als Zeichen seines Einverständnisses lächelt Sok mir zu. Die Tatsache, dass ich dieses Lächeln bald nicht mehr sehen werde, füllt mich mit Leere.

Um mehr Zeit am Bahnhof zu haben, mache ich mich frühzeitig auf den Weg. Als Sok vor mir steht, seine Tasche um die Schulter gehängt, wünsche ich mir, ihm nach Seoul oder sonstwohin folgen zu können. Das war bereits bei unserer ersten Begegnung so. Als die Ajumma aus der Kwangin-Taera wieder aus der Staubwolke zum Vorschein kam, die der wegfahrende Bus hinterlassen hatte, spürte ich auch dieses unbehagliche Gefühl der Sehnsucht und Trauer. In dem Moment war Sok mit der Ziege vor dem Sonnenuntergang aufgetaucht. Aber so unvermittelt er damals erschienen ist, so unvermittelt will er jetzt fort.

Während Sok und ich Seite an Seite zum Bahnhof laufen, begegnen wir vor der Bäckerei Mannadang einer Lederjacke, die uns den Weg verstellt.

„Gehst du zur Schule?"

Kiung Hong steht mit einem breiten Lächeln vor mir. Innerlich murmele ich, dass er ganz schön früh ausgestanden ist für einen Unruhestifter, da wirft er Sok einen nicht gerade wohlwollenden Blick zu. So wie er ihn mit vorgeschobenem Kinn von oben bis unten mustert, sieht er wirklich wie jemand aus, der Ärger machen will. Auch als ich ihm erkläre, dass Sok ein Freund meines Onkels aus Seoul ist, behält er seine drohende Miene bei, wie ein Gorilla, der kraftprotzend sein Maul aufreißt und dabei seine verfaulten Zähne zur Schau stellt.

„Na dann."

Er will weitergehen, dreht sich aber noch einmal um und wirft uns einen stechenden Blick hinterher, als habe er bis zuletzt ein Rätsel nicht lösen können.

Nachdem Kiung Hong verschwunden ist, ist es jetzt Sok, der die Augenbrauen hochzieht und missmutig fragt: „Was war das denn für ein mieser Typ?"

Ich erzähle ihm nur das Nötigste. Dass Kiung Hongs Vater das größte Kino in unserem Ort gehört und dass Kiung Hong irgendwie zum Unruhestifter geworden ist. Ich bin zwar neugierig, was Sok für ein Gesicht machen würde, wenn er wüsste, dass Kiung Hong meine Tante als Retterin seines Seelenheils verehrt, aber ich muss bis zum Schluss auf faire Weise mit Tante Yongok konkurrieren, und weil ich mir meines Sieges sicher bin, ist es sowieso nicht notwendig, sie bloßzustellen. Was hatte Sok noch zu ihr gesagt, als sie ihn zusammen mit Onkel Yonghun bis zur Gasse begleitete, um sich zu verabschieden? „Vielen Dank für ihre Gastfreundlichkeit." Das ist Kilometer entfernt von dem Versprechen, er werde mich nicht vergessen. Das eine ist eine Floskel und das andere eindeutig ein Zeichen ernsthafter Gefühle.

Früh am Morgen ist es am Bahnhof noch ganz ruhig.

Erst jetzt wird mir richtig bewusst, dass Sok fortgeht, und ich spüre ein schmerzhaftes Ziehen um die Nasenspitze herum. In der Hoffnung auf eine schöne Abschiedsszene, die lange in Soks Erinnerung bleibt, wende ich mich erwartungsvoll zu ihm. Er steht vor der öffentlichen Toilette, genau dort, wo vor einigen Tagen die Frau ihre Schuhe abgewischt hat. Es stinkt und Sok will so schnell wie möglich in den Wartesaal flüchten. Er stellt seine Tasche auf einer Bank ab und sieht auf mich herunter.

„Ich werde dir schreiben."

Meine Kehle ist wie zugeschnürt. Ich nicke nur wortlos und senke rasch meinen Blick. Eine Weile starre ich auf den Kaugummi, der unter einer meiner Schuhsohlen klebt. Schließlich sagt Sok: „Dann geh mal los, sonst kommst du noch zu spät zur Schule." Mit erstickter Stimme bringe ich gerade noch ein: „Tschüss" hervor. So gelassen wie möglich laufe ich los, in der sehnsüchtigen Hoffnung, er werde noch einmal meinen Namen rufen. Mir ist, als müsste mein Herz zerspringen. Weil ich vermute, dass er mir hinterhersieht, versuche ich möglichst zielstrebig zu gehen, aber meine Füße bleiben andauernd in der Luft hängen.

Nachdem ich den Wartesaal hinter mir gelassen habe, renne ich los. Ich muss rennen, um mich zu beruhigen, wenn ich schon nicht schreien kann.

In der Schule zerreißen sich die anderen die Mäuler über Hwayongs gestrigen Auftritt, ich komme nicht dazu, die Trennung von Sok in Ruhe zu verarbeiten (oder zu genießen). Immerhin ist heute Samstag. Wenn der heutige Nachmittag und der morgige Tag vergangen sein werden, werden die Schüler ein neues Thema gefunden haben.

Im Unterricht dringt die Stimme des Lehrers nicht zu mir durch. In Gedanken, lasse ich zweimal meinen Bleistift fallen, dabei bricht die Mine ab. Beim Spitzen schneide ich mir leicht in den Finger. Es blutet zwar nicht, aber die Haut brennt. Sok sitzt vermutlich inzwischen im Bus.

Ich stecke den verletzten Finger in den Mund und kritzele mit der anderen Hand herum, was nicht meinem gewöhnlichen Unterrichtsverhalten entspricht und meinem Lehrer auffallen muss. Er will etwas sagen. Aber als ich die Leere in meinem Inneren nicht mehr aushalten kann und schließlich mit dem Kopf auf den Tisch sinke, glaubt Herr Lee, dass der gestrige Tanzwettbewerb in vielerlei Hinsicht anstrengend für mich war. Daraufhin kann ich ungestört, in mich zusammengesunken, den bitteren Trennungsschmerz auskosten.

Nach der Schule weise ich alle Mitschüler ab, die mit mir zusammen nach Hause laufen wollen, und gehe allein den Dammweg entlang. Der Damm, auf dem ich Sok das erste Mal begegnet bin. Ich fühle mich so hilflos, weil mir kein passendes Überwindungstraining einfällt, mit dem ich die Trennung besiegen könnte. In dieser Trauer steckt seltsamerweise auch ein süßer Beigeschmack, so dass ich sie nicht unbedingt nur überwinden will. Aber wenn ich diese Trauer nicht besiege, dann verliert mein Leben das Gleichgewicht, das ich bisher mühsam aufgebaut habe. Unglücklich setze ich meinen wackligen Gang fort.

Unsere Gasse ist zu sehen. Meine Schritte verlangsamen sich. Die Erinnerung an die letzten vier Tage, als ich gleich nach der Schule eilig in diese Gasse eingebogen bin mit dem Gefühl, dass Sok auf mich wartet, macht mich noch unglücklicher. Tante Yongok hat sich einmal ein Tagebuch gekauft, in dem auf jeder Seite ganz unten die „Weisheit des Tages“ abgedruckt war. Dort hatte ich gelesen: „Sich an einem unglücklichen Tag an vergangene glückliche Tage zu erinnern, bedeutet doppelte Qual.“ Diese Worte fallen mir jetzt ein und versetzen meinem Herz einen weiteren Stich. Kraftlos öffne ich das Haustor und denke, dass ich heute der traurigste Mensch des Universums bin.

Als ich den Hof betrete, sitzt Sok auf der Veranda.

Zuerst bin ich erschrocken, dann glaube ich, dass es sich um eine Sinnestäuschung handelt. Erstaunlicherweise bin ich enttäuscht, dass ich richtig gesehen habe.

Diese Enttäuschung verwirrt mich noch mehr. Das ist doch nicht möglich, noch wenige Sekunden zuvor habe ich mich vor Sehnsucht nach Sok verzehrt. Ich schaue tief in mich hinein, aber so sehr ich auch mein Inneres durchforsche, ich bleibe unzufrieden über das unerwartete Wiedersehen. Ich hatte gehofft, das Bild der Trennung durch die Trauer, die ich gerade noch so intensiv erlebt hatte, vervollständigen zu können.

Alle Energie fließt aus mir heraus, als hätte ich bis jetzt fleißig die Rolle der Padji geübt und müsste plötzlich die Rolle der Kongji spielen. Das Gefühl der Padji, in das ich so vertieft war, wird zu einem Nichts, und damit werde ich auch unempfänglich für das Gefühl der Kongji. Die Trauer der Trennung wird bedeutungslos, und jetzt erkenne ich zum ersten Mal, dass auch Liebe welkt.

Noch befremdet über den Rollentausch, versteift sich mein Gesichtsausdruck. Zum Glück beweist das betrachtete Ich Flexibilität, es eilt voran und versteckt die Enttäuschung des betrachtenden Ich.

„Der Bus vom Vormittag war kaputt. Am Nachmittag fahren zwei weitere."

Sok hebt seinen Arm und schaut auf die Uhr.

„Es ist fast so weit."

Da kommt mein Onkel aus der Küche. In seinen Händen hält er den Esstisch, was gar nicht zu ihm passt.

„Bei Dorfbussen ist das halt so. Deswegen wollte ich dich begleiten, aber du wolltest ja nicht auf mich hören."

Onkel Yonghun stellt den Tisch auf der Veranda ab und sagt zu mir: „Etwas Besseres konnte ich nicht finden, Mutter ist nicht da. Wo treibt sich Yongok nur herum?"

„Mach dir keine Umstände. Ich kann doch am Bahnhof ein paar Nudeln essen."

Sok ist verlegen. Onkel Yonghun besteht darauf, ihn nachher zum Bahnhof zu begleiten, und nimmt seinen Löffel in die Hand. Das Essen sieht dürftig aus, anscheinend hat mein Onkel im Küchenschrank nur die Beilagen gefunden. Ich könnte außer den Frühstücksresten noch ein, zwei weitere Beilagen holen. Aber es ist merkwürdig. Ich bleibe einfach stehen.

Nachdem sie das dürftige Essen gegessen haben, verschwinden Sok und mein Onkel durch das Haustor. Ich bleibe allein auf der Veranda sitzend zurück.

„Mach's gut, Jinhi. Diesmal gehe ich wirklich."

Als Sok sich lachend ein weiteres Mal von mir verabschiedet, schmerzt zwar mein Herz, als sei eine schon fast vergessene Wunde zu nah ans Feuer gekommen, aber es ist nicht der starke Schmerz der Trennung von heute Morgen. Meine Trauer ist recht gelassen.

Aber Liebe ist ein kompliziertes Gefühl. Als Sok endgültig fort ist, stößt aus meiner Brust ein langer Seufzer hervor. Wieder graut es mir vor der zu überwindenden Sehnsucht.

Ich lege meine Hand auf die Stelle, wo Sok beim Essen gesessen hat. Die Wärme ist noch da. Ich denke, dass er für immer weggegangen ist und nur die Wärme seines Hintern auf der Veranda zurückbleibt, und wieder ist mir der Gedanke unerträglich. Ich gehe ins Zimmer und verharre dort eine Weile seufzend.

14. Wer begibt sich schon auf Abenteuer mit jemandem fürs Leben

Bereits seit über einem Monat ist Sok fort und ich habe noch immer keine Nachricht von ihm. Eine Zeit lang hat sich in meinem Kopf die Szene im Wartesaal unzählige Male wiederholt, hat Sok unzählige Male „Ich werde dir schreiben" gesagt. Inzwischen ist die Erinnerung daran verblasst wie eine alte Fotografie, so dass ich mir nicht mehr sicher bin, ob es wirklich passiert ist. Sok wird sich vermutlich nicht mehr an das Versprechen erinnern, das er mir auf dieser Fotografie gegeben hat.

Trotzdem warte ich weiterhin auf einen Brief.

Währenddessen hat sich bei uns einiges verändert. Eine Frau und ein Mann, Onkel Yonghun und Miss Lee, sind fortgegangen. Natürlich sind die beiden nicht gemeinsam gegangen. Der eine wurde unter Tränen verabschiedet, die andere war erst nach ihrem Verschwinden Ursache für Tränen. Mein Onkel trat seinen Militärdienst an und Miss Lee machte sich eines Nachts, kurz nachdem die Sommerferien begonnen hatten, mit gestohlenem Geld davon. Ich war zur Burg gegangen, um Pflanzenproben für die Hausaufgaben zu sammeln, die ich über die Ferien aufbekommen hatte. Als ich zurückkam, konnte ich schon aus der Ferne sehen, dass in der Schneiderei „New Style" etwas passiert sein musste. Wegen der Menschenmenge, die sich davor versammelt hatte, dachte ich zuerst, es handele sich um eine Schlägerei, aber die Leute waren zu ruhig. Einige hatten lediglich die Hände auf dem Rücken gefaltet, andere liefen auf und ab. Als ich näher kam, sah ich, wie die Besitzerin der Schneiderei im Staub kniete und klagend mit ihren Handflächen auf den Boden schlug: „Mein Geld, mein hart erarbeitetes Geld! Diese Diebin! Mein Geld …"

Ohne jemanden fragen zu müssen, wusste ich sofort, dass Miss Lee das Geld ihrer Chefin gestohlen hatte und weggelaufen war. Als ich unseren Hof betrat, standen alle Bewohner um den Brunnen herum und tuschelten miteinander.

Deutlich konnte ich die Stimme von Janguns Mutter heraushören: „Das war ihr doch anzusehen. Ich habe schon geahnt, dass so etwas passieren würde, als die Besitzerin ihr den ganzen Laden anvertraut hat. Wie konnte sie denn überhaupt so gutgläubig sein, wo sie nicht einen Tropfen Blut miteinander teilen? Sie hat überhaupt keine Menschenkenntnis, dabei leitet sie schon seit über zehn Jahren die Sparvereine!"

„Miss Lee hat doch das Geld der Sparvereine verwaltet. Ob sie das auch alles mitgenommen hat?", fragte die Ajumma aus der „Kwangjin-Taera" und konnte noch immer nicht glauben, was geschehen war.

„Die ganze Schneiderei ist ausgeplündert, nicht einen Won hat sie dagelassen. Ich hörte vorhin Schreie aus der Schneiderei und dachte schon, dass etwas Schreckliches passiert ist, ein neuer Angriff von Ilsong Kim oder so, ich hatte sofort Angst um Jangun in der Schule, wirklich!"

„Die junge Frau wollte es doch zu etwas bringen, was ist nur in sie gefahren …?"

„Nur der eigene Profit. Kann es andere Motive geben? Eben deshalb ist sie eine Diebin! Übrigens, haben Sie denn nichts bemerkt, wo Sie doch gleich nebenan wohnen? War Ihnen gestern Abend nichts verdächtig, als Miss Lee den Laden abgeschlossen hat?"

„Ich habe nicht darauf geachtet. Sie kam nur kurz vorbei und sagte, sie ginge nach Hause."

„Wie können Sie nichts bemerkt haben? Irgendetwas muss doch auffällig gewesen sein. Oder hat sie Sie gebeten, nichts zu verraten?"

„Bitte?"

Janguns Mutter, deren scharfe Zunge unbedacht Beschuldigungen ausstieß, brachte die arglose Ajumma in größte Verlegenheit. Großmutter kam ihr zu Hilfe: „Miss Lee ist doch nicht schon als Diebin zur Welt gekommen, sie ist jung und hat nichts gelernt. Es stand ihr doch nicht ins Gesicht geschrieben, dass sie etwas stehlen würde, wie hätte Jesongs Mutter sie denn durchschauen sollen, selbst wenn sie sich nahe standen?"

Da eilte der Ajossi aus dem Fotostudio „Munwha" mit Neuigkeiten in den Hof: „Das ist unerhört!"

Gleichzeitig drehten sich die Frauen am Brunnen zu ihm um.

„Im Getreideladen ‚Reiche Ernte' ist auch was passiert!"

„Erzählen Sie, was ist los?", fragte Janguns Mutter ungeduldig.

„Ja, was wohl? Jonggu ist abgehauen. Mit der Kasse. Er hat die Schränke durchwühlt und sämtliche Ringe und Seidenbänder mitgenommen, selbst das Silberbesteck, er wohnte ja mit im Haus und hatte freien Zugang zu allem!"

Alle standen eine Weile sprachlos da. Schließlich sagte Janguns Mutter: „Wenn Jonggu auch Sachen aus dem Haus gestohlen hat, dann war er es nicht allein", worauf der Ajossi vom Fotostudio hinzufügte: „Die Leute sind sich schon einig, dass Miss Lee Jonggu dazu angestiftet hat." Die neue Nachricht versetzte die Umstehenden in noch größere Aufregung.

„Heißt das, die beiden sind ein Paar?"

„Eigentlich war nur Jonggu hinter ihr her, sie war nicht so sehr an ihm interessiert. Aber sie hat ja allen Männern schöne Augen gemacht. Wo sie doch immer so wählerisch getan hat, schließlich hat sie also doch nur Jonggu abgekriegt?"

„Was wissen wir schon über die Liebesbeziehungen junger Menschen? Sie sind bestimmt weggelaufen, weil sie sich lieben."

„Bestimmt nicht. Miss Lee wird einen wie Jonggu bald fallen lassen. Nachdem sie ihn ausgenommen hat."

„Warum sollten sie gemeinsam fliehen, wenn sie nicht zusammen leben wollen? Es ist doch gar nicht so einfach, alles hinter sich zu lassen."

„Glauben Sie etwa wirklich, dass das hier etwas mit Liebe zu tun hat? Da geht es doch nur um Geld! Geld!"

Bei diesen Worten formte Janguns Mutter aus Daumen und Zeigefinger einen Kreis und bewegte sie hin und her.[3] Großmutter stieß einen tiefen Seufzer aus, vermutlich war sie besorgt, dass der Diebstahl vernichtende Folgen für die Sparvereine haben könnte. Aber sie verlor kein Wort darüber, sondern hockte sich mit dem Waschbrett hin und fing langsam an, eine Bluse meiner Tante zu schrubben.

Als habe sie damit das Zeichen dafür gegeben, sich wieder dem Alltagsgeschäft zuzuwenden, zog auch die Ajumma aus der „Kwangjin-Taera" am Schöpfeimer. Nur Janguns Mutter, ganz in ihrem Element, war anzusehen, welchen Spaß es ihr machte, über Jonggu und Miss Lee herzuziehen. Aber auch sie tauchte schließlich enttäuscht ihre Hände wieder in die Waschschüssel. Noch einmal versuchte sie, das Gespräch fortzusetzen, und fragte: „Wohin ist sie wohl mit dem Geld verschwunden?", aber als niemand darauf reagierte, blieb ihr nichts anderes übrig, als zu ihrem Sparverein zu gehen und dort die Neuigkeit zu verbreiten. Hastig wusch sie sich schließlich das Gesicht.

Ich setzte mich auf den hinteren Teil der Veranda und dachte über das

Silberbesteck nach. Der Ajossi vom Fotostudio hatte gesagt: „Selbst das Silberbesteck!“

Gestern erst hatte mich Miss Lee gebeten, ihr einen Löffel zu leihen. Seitdem mein Onkel zum Militär gegangen war, machte Miss Lee einen auffällig niedergeschlagenen Eindruck. Ihr Ehrgeiz war vergeblich gewesen, zudem hackte Janguns Mutter ständig auf ihr herum und erschwerte ihr zusätzlich das Leben. Anscheinend glaubte sie auch nicht mehr an die Macht ihrer Koketterie. Es sah aus, als habe alle Kraft sie verlassen. Einige Male hatte ich beobachtet, wie sie beim Wäschewaschen gedankenverloren ihre Hände sinken ließ und einen Seufzer gen Himmel schickte. Jedes Mal, wenn ich sie so sah, bekam ich Mitleid mit ihr, ich hatte ja ähnlichen Liebeskummer. In einem solchen Moment fragte sie mich nach dem Löffel und ich wollte ihr die Bitte freundlicherweise sofort erfüllen, was nicht meinem üblichen distanzierten Verhalten entsprach.

Ich saß gerade an meinen Kunsthausaufgaben, legte Palette und Pinsel nieder, um aufzustehen und einen Löffel zu holen. Miss Lee beteuerte, es tue ihr Leid, mich aufzuscheuchen, sie gehe selbst in die Küche. Auch als Miss Lee wieder aus der Küche kam, mir mit einem Löffel leicht zuwinkte und rief: „Ich nehme den hier mit“, ahnte ich nicht, dass es sich um einen Silberlöffel handelte.

Beim Abendessen dann murmelte Großmutter vor sich hin: „Merkwürdig. Yonghuns Löffel ist nirgends zu finden. Ich könnte schwören, ich hätte ihn in die Küchenschublade getan … Oder habe ich ihn vielleicht in den Schrank im Vorraum gelegt, nachdem Yonghun gegangen ist?

Erst in diesem Moment wurde mir klar, dass es der Silberlöffel gewesen war, den Miss Lee mitgenommen hatte, aber ich erwiderte: „Ich habe gestern etwas in dem Schrank gesucht, da waren viele Silberlöffel.“

„Ja, nicht? Wahrscheinlich habe ich ihn dort hineingetan und weiß es nur nicht mehr. Wenn man alt wird, kann man eigentlich nur noch auf den Tod warten. Mit meinem Verstand geht es drunter und drüber.“

Warum hat wohl Miss Lee den Löffel mitgenommen? Weil es sich um einen Silberlöffel handelte? Oder wusste sie, dass nur Onkel Yonghun diesen einen bestimmten Löffel benutzte? Miss Lee konnte das ohne weiteres bemerkt haben, sie war ja oft dabei, wenn Großmutter am Brunnen den Abwasch machte. Wollte Miss Lee den Löffel, der im Mund meines

Onkels ein- und ausgegangen war und seinen Speichel aufgenommen hatte, mitnehmen, um die wertvolle Erinnerung an meinen Onkel zu bewahren?

Irgendwie machte das keinen Sinn, wo sie mit Jonggu geflüchtet war. Also war doch eher anzunehmen, dass sie es aus reiner Habgier getan hatte. Aber auch an dieser Version stimmte etwas nicht. Janguns Mutter schloss ihre Zimmer immer ab, wenn sie wegging, aber unsere standen meistens offen. Wir waren nicht sehr wohlhabend, aber wenn man etwas stehlen wollte, gab es mehr bei uns zu holen als einen Silberlöffel.

Außerdem ging mir nicht aus dem Kopf, was die Ajumma aus der „Kwangjin-Taera" vorher gesagt hatte.

Die Ajumma hatte gefragt, warum die beiden zusammen flüchten sollten, wenn sie nicht zusammen leben wollten, und dass nicht jeder flieht, auch wenn es vielleicht das Beste wäre. In diesen Worten steckte die Resignation der Ajumma, die einst den Bus wegfahren ließ und in einer Staubwolke zurückblieb. Ich vermutete jedoch das genaue Gegenteil von dem, was die Ajumma gesagt hatte. Miss Lee war bestimmt nicht mit Jonggu geflüchtet, um mit ihm zusammen zu leben, sondern aus purer Abenteuerlust. Sie wollte aus den Schranken der Realität ausbrechen.

Auf Jonggu traf das vielleicht nicht zu, aber Miss Lee sah in ihm bestimmt nicht mehr als den Partner für ein kurzes Abenteuer. Jonggu gehörte unter den Männern, die Miss Lee leicht hätte haben können, zu den unscheinbarsten. Trotzdem konnte ich nachvollziehen, warum Miss Lee ausgerechnet ihn ausgesucht hatte. Jonggu war lediglich ein kleines Zwischenspiel. Wer würde sich schon mit einem fürs Leben auf Abenteuer begeben?

Man könnte meinen, meine Überlegungen stimmten mit denen von Janguns Mutter überein, aber es gab einen gewaltigen Unterschied, denn Janguns Mutter übte sich nur, gemein wie sie war, in übler Nachrede, während ich eine Erkenntnis hatte, die meiner zynischen Haltung dem Leben gegenüber entsprang.

Bis zuletzt sagte ich zu Großmutter nichts über den Silberlöffel. Da ich annahm, dass Miss Lee ihn als Erinnerung an ihren gescheiterten Ehrgeiz mitgenommen hatte, war mein Schweigen ein letztes Zeichen meiner freundschaftlichen Verpflichtung, das Geheimnis für mich zu behalten.

Auf diese Weise beglich ich sozusagen meine Schulden für die nicht überbrachten Süßkartoffeln.

Zu Großmutters Glück lösten sich die Sparvereine, die die Besitzerin des „New Style“ verwaltete, nicht auf. Einige Zeit lang führte sie die Schneiderei allein, dann stellte sie eine neue Hilfskraft ein. Die Sache mit Miss Lee war ihr eine Lehre, sie nahm eine junge Frau aus der weiteren Verwandtschaft.

Einige Zeit später war die Erinnerung an Miss Lee nicht mehr, als ein kurzer Schatten an einem heißen Sommertag, in unser Haus war wieder Ruhe eingekehrt.

---

[3] Koreanische Geste für Geld.

15. Mückenstiche unter den Fußsohlen

Nach Miss Lees Flucht verläuft der Sommer ruhig, ohne weitere außergewöhnliche Vorfälle. Für mich ist es nicht nur ruhig, sondern geradezu langweilig. Deprimiert und einsam schleiche ich allein zur Burg hoch. Für Tante Yongok dagegen ist die Zeit unvergesslich. Neue Erfahrungen wie der erste Kuss und eine Schönheitsoperation schmücken glanzvoll ihren Sommer.

Mit der Zeit ist die Beziehung meiner Tante zu Hyongyol Lee immer leidenschaftlicher geworden, sie schreiben sich nicht mehr nur, sondern treffen sich sogar recht häufig. Da Hyongyol Lee an die Militärstation gebunden ist, macht sich meistens meine Tante auf den Weg zu ihm. Zu erwähnen ist auch, dass Tante Yongok Hyongyol Lees Briefe inzwischen zu Hause empfangen darf. Onkel Yonghun hatte uns noch nicht lange verlassen, als Großmutter es meiner Tante schließlich nach vielen Überredungsversuchen erlaubte. Dabei trug Hyongyol Lees Mutter am meisten dazu bei, sie umzustimmen. Das soll nicht heißen, dass sich seine Mutter persönlich dazu geäußert hat, dessen bedurfte es nicht. Großmutter hatte nichts weiter gesagt als: „Dieser Lee ist also Soldat? Seine Mutter hat sicherlich auch viele Tränen vergossen, als er eingezogen wurde", aber Tante Yongok fasste dies als Erlaubnis auf, Hyongyol Lee zu treffen, sie schlang ihre Arme um Großmutters Hals und jubelte wie ein Kind im Hörspiel:, „Hurra, meine Mutter ist die Beste!"

Meine Tante lag nicht falsch damit, Großmutters Worte als Einverständnis zu deuten. Wenn Großmutter ihr etwas erlaubte, tat sie das nie eindeutig mit einem lachendem Gesicht, sie sagte auch nie solche Sachen wie: „Von nun an darfst du es also so machen. Bist du zufrieden? Das freut dich sicherlich sehr, stimmt's?" Sie drückte ihre Zustimmung stets auf distanzierte Weise aus, in Form eines Wegsehens oder in knappen Äußerungen wie: „Mach, was du willst", oder „Verbieten werde ich es dir nicht." Die indirekte Erlaubnis meiner Großmutter wurde in einem langen Brief an Hyongyol Lee weitergeleitet, der mit dem Satz begann: „Meine Mutter hat uns endlich ihren Segen gegeben."

Daraufhin durchlebte Tante Yongok eine festliche Zeit. Unentwegt summte sie vor sich hin, war stets bester Laune und Großmutter und mir gegenüber besonders zuvorkommend. Selbst Happy behandelte sie freundlich. Seitdem unser Hund einmal ihre neuen Schuhe angeknabbert hatte, bekam er nur Tritte von ihr, aber in dieser Zeit des Glücks fütterte sie ihn sogar mit Keksen. Tante Yongok behauptete, Happy bringe ihr besonders viel Glück, weil sie ihm seinen Namen gegeben hatte, und in der Tat, als sie sich mit einem: „Nicht wahr, Happy?“ zu ihm herunterbeugte, konnte der Hund zwar nicht antworten, weil er einen Keks im Maul hatte, aber er stimmte zu, indem er mit dem Schwanz wedelte.

Diese festliche Stimmung hielt bis zu dem Wochenende an, an dem meine Tante Hyongyol Lee erneut besuchte. In ihrem Kostüm, Miss Lees letztem Werk, schien sie sich federleicht zu fühlen, jetzt wo sie nach einer Zeit der Trauer und Not ihren Freund stolz vor aller Augen besuchen konnte. Tante Yongok, die ohnehin einem Luftballon ähnelte, außen rund und innen hohl, verschwand durch das Haustor, als werde sie von einer unsichtbaren Kraft durch die Luft getragen.

Bis dahin hatte sie viel Aufhebens um ihre äußere Erscheinung veranstaltet, wobei Großmutter sie keines Blickes würdigte. Sie hätte sagen können, dass sie stolz auf das Rendezvous ihrer Tochter sei oder dass sie es erbärmlich finde, aber Großmutter konzentrierte sich ganz auf ihre Hausarbeit, wusch die Wäsche und wischte die Veranda.

Tante Yongok versuchte, ihre Aufmerksamkeit auf sich zu lenken, sie fragte, ob ihr neuer Rock nicht zu lang sei oder ob sie dick darin aussähe, aber Großmutter ignorierte sie, als handele es sich um einen Dorfhund, der aus der Ferne bellt. Sobald meine Tante aber verschwunden war, konnte ich sehen, wie Großmutter ihre Lippen aufeinander presste und sich nur mühsam das Lachen verkniff. Ihre Tochter war zwar ungestüm und unreif, aber das schien sie nicht allzu sehr zu stören.

An diesem Tag wurde Tante Yongok von Hyongyol Lee geküsst.

Erst am späten Abend kam sie zurück. Sie sah erschöpft aus. Alles an ihr war verdächtig, wie in Trance bewegte sie ihre Glieder, wusch sich zerstreut das Gesicht und starrte dabei mit ausdrucksleeren Augen vor sich hin. Ich ging davon aus, dass sie sofort anfangen werde, einen Brief zu schreiben (meine Tante meinte, an Besuchstagen habe sie Hyongyol Lee besonders viel zu schreiben), aber zu meiner Überraschung holte sie kein Briefpapier heraus, sondern legte sich direkt unter ihre Decke und zog sie, trotz der hochsommerlichen Temperaturen, weit über beide Ohren.

Unter der Decke schien sie über etwas nachzudenken, lange Seufzer drangen darunter hervor. Dann fing Tante Yongok an zu kichern, schlug die Decke zurück und setzte sich aufrecht hin, um im nächsten Augenblick wieder die Decke über den Kopf zu ziehen, mit ihren Beinen auf die Schlafmatte zu trommeln und immer wieder: „Was mache ich nur?“ zu wiederholen.

Hyongyol Lee und meine Tante waren zu einem Vergnügungspark in der Nähe des Stützpunkts gegangen. Tante Yongok wollte sich am liebsten hinsetzen, um sich vertraulich mit Hyongyol Lee zu unterhalten, aber er führte sie mit Bestimmtheit in Richtung Wald. Sie spazierten eine Weile auf dem Waldweg entlang und kamen zu einer ruhigeren Abzweigung. Tante Yongok taten die Füße weh und sie sah sich nach einer Bank um, aber weil sie keine finden konnte, beschloss sie, dem Vorschlag Hyongyol Lees zu folgen und sich auf einem Stein auszuruhen. Hyongyol Lee lief in den Wald, fand unter dem Schatten eines Baums, der so groß war, dass er ihn gerade noch umfassen konnte, einen passenden Stein und winkte Tante Yongok zu sich. Als sie zu ihm trat, drückte er sie plötzlich heftig gegen den Baum und führte seine Lippen an ihr Gesicht.

An dieser Stelle brach meine Tante ihre Erzählung ab und legte beide Hände auf ihre Wangen. Das sollte spontane Schüchternheit ausdrücken, als ob sie die Szene im Wald so deutlich vor Augen hatte, dass ihr erneut das Blut ins Gesicht schoss. Aber dass sie ausgerechnet vor mir eine Geste wiederholte, die in dem Film „Das Leben einer Frau“ dreimal an Unhi Choi zu sehen war, deutete darauf hin, dass Tante Yongok ihre Bewegung ausführlich einstudiert hatte.

Um mich dafür erkenntlich zu zeigen, dass sie mich in das Geheimnis ihres ersten Kusses eingeweiht hatte, bot ich mich Tante Yongok als Ratgeberin, Wörterbuch und Schönheitsberaterin an, und gab ihr Informationen darüber weiter, wie sich eine Frau beim ersten Kuss zu verhalten habe, ohne ihren Stolz zu verlieren, dabei gleichzeitig den nächsten Kuss zu provozieren und weiterhin von dem Mann geliebt zu werden. Ich hatte das irgendwann in einer der Frauenzeitschriften gelesen, die in der Schneiderei „New Style“ herumliegen.

Demnach bietet sich für den ersten Kuss am besten ein ruhiger Ort wie ein Park oder ein Spielplatz an. Nach dem Kuss soll sich die Frau hinter einem Baum verstecken oder ihren Kopf an die Schulter des Mannes lehnen, um ihr Befremden zu verbergen. Wenn es die geographische Lage erlaubt, kann die Frau auch sofort wegrennen, so als halte sie nach dem ersten Kuss vor lauter Schüchternheit die Nähe des Mannes nicht mehr aus. An belebten Orten könne dies jedoch problematisch sein.

Die Zeitschrift warnt davor, nach dem Kuss den Blick zu heben. Die Frau darf sich auf keinen Fall anmerken lassen, dass es ihr gefallen hat, statt dessen solle sie einen leichten Seufzer von sich geben oder sich auf die Lippen beißen, als bereue sie das Geschehene. Dadurch gebe sie dem Mann das Erfolgsgefühl, in den Besitz der Lippen einer keuschen Jungfrau gekommen zu sein.

Weiterhin kann in Erwägung gezogen werden, sich während einer Geste der Schüchternheit die Lippen anzufeuchten, um dadurch einen weiteren Kuss herbeizuführen. Frauen, die sich das nicht trauen, sollen sich an fest stehenden Gegenständen wie einer Schaukel abstützen (deshalb ist ein Park gut geeignet) und mit angelehntem Kopf gen Himmel schauen. Es fehlte auch nicht die kluge Warnung, darauf zu achten, das Gleichgewicht fest in den Beinen zu haben.

Tante Yongok war entsetzt, dass ihr diese nützlichen Informationen nicht vorher zur Verfügung standen, und bedauerte sehr, ohne ausreichende Vorbereitungen eine so große Tat begangen zu haben. Aber sie hatte sich bald vergewissert, dass ihre Reaktion nicht weit von dem in der Zeitschrift vorgegebenen Handlungsrahmen abgewichen war, und so war sie wieder einmal von ihrem angeborenen weiblichen Instinkt und Scharfsinn überwältigt.

„Genau so habe ich es gemacht! Ich habe mich hinter einem Baum versteckt, er kam mir nach und dann …"

Bei diesen Worten errötete Tante Yongok wirklich.

In der folgenden Woche entschloss sich meine Tante zu einer Augenoperation. Schon vorher war dies ihr größter Wunsch, aber weil sie keine Chance sah, Großmutters Erlaubnis zu bekommen, und vor allem weil sie schreckliche Angst vor einer solchen Operation hatte, redete sie nur darüber, fand aber nicht den Mut, es wirklich zu tun. Seitdem sie aber so verliebt war, steigerte sich ihre Unzufriedenheit über ihr Aussehen, und sie beschwerte sich gereizt beim Schminken, ihr Eyeliner verwische ständig, weil sie keine Lidfalten habe, und sie beschuldigte meine Großmutter, während ihrer Schwangerschaft nicht genug Liebe für ihre Tochter empfunden zu haben, so dass mein Onkel welche bekommen habe und sie selbst nicht. Solche Worte konnten nichts Gutes verheißen. Eines Tages flüsterte sie mir zu: „Kommst du morgen mit?"

„Wohin?"

Mit halb angstvoller, halb aufgeregter Miene erzählte sie: „Ich will ins Krankenhaus, um mir die Augenlider operieren zu lassen. Du darfst es Mutter noch nicht verraten, verstanden?"

Am nächsten Tag fuhren Tante Yongok und ich am frühen Morgen mit dem Bus in die Provinzhauptstadt. In unserem Ort gab es zwar auch ein Krankenhaus, aber meine Tante wollte vermeiden, Bekannten zu begegnen. Weil ich Ferien hatte, begleitete ich sie ohne weiteres, aber während der Operation musste ich langweiliges Warten überstehen. Dabei wurde dieses Mal nur ihr linkes Auge operiert, das rechte sollte erst an die Reihe kommen, wenn am anderen Auge die Fäden gezogen würden.

Als wir nach Hause kamen, war es bereits spät, aber noch nicht dunkel. Großmutter, die draußen auf der Veranda saß und auf uns wartete, fiel fast in Ohnmacht, als sie meine Tante sah. Tante Yongok trug einen Verband um das linke Auge. Abwechselnd versuchten meine Tante und ich Großmutter zu beruhigen und ihr zu erklären, dass Tante Yongok nicht verletzt sei. Da ging Großmutters Schrecken in Wut über. Ihrem Mund entsprangen Schimpfwörter wie Speichel, die meisten hatte ich lange nicht mehr gehört.

Was in dieser Nacht passierte, bedarf keiner näheren Erläuterung. Tante Yongok wurde zwar nicht gerade mit einem Stock verprügelt, aber man könnte sagen, sie kam nur knapp mit dem Leben davon.

Großmutter hatte zwar gesagt, sie selbst könne jetzt auch nicht mehr unter Leute treten, wo sich ihre Tochter in einem solchen Zustand befände, aber am nächsten Tag ging sie dennoch zum Peperonifeld hinter der Waschmittelfabrik. Sobald sie das Haus verlassen hatte, rief mich Tante Yongok, gut gelaunt, ohne ein Anzeichen ihrer Peinigung, zu sich und trug mir auf, Kyongja zu holen, da sie selbst wegen des Verbands das Haus nicht verlassen könne.

Kyongja kam und den Rest des Tages war das Zimmer voll Gekicher. Tante Yongok zufolge hatte Kyongja beschlossen, ihren Trennungsschmerz als eine „Erinnerung im Herzen zu tragen". Kyongja könne jetzt sogar einigermaßen verstehen, warum jemand kurz vor seiner Entlassung aus dem Militärdienst untreu werde. Zunächst habe sie zwar alle Soldaten gehasst, aber das sei nun vorüber.

Kyongja hatte Tante Yongok einige Male begleitet, als sie Hyongyol Lee besuchte. Meine Tante hatte sie mit der Begründung mitgenommen, dass es zur Aufarbeitung ihres Schmerzes auch sinnvoll sei, den Weg zum Stützpunkt noch einmal zu gehen. (Tante Yongok macht alles lieber zu zweit als allein. Einmal ließ sie sich sogar das gleiche Kleid wie Kyongja schneidern.) Nachdem meine Tante Hyongyol Lee ihre Freundin vorgestellt hatte, machte dieser so viele lustige Scherze, um Kyongja aufzuheitern und zeigte sich derart feinfühlig, dass Tante Yongok ihn zum „warmherzigsten und vertrauenswürdigsten Mann auf der ganzen Welt" erklärte. Und seitdem sie ihn nicht mehr nur aus Erzählungen kannte, war Hyongyol Lee auch für Kyongja mehr als nur der Freund ihrer Freundin.

Tante Yongok und Kyongja lasen nicht nur die Briefe von Hyongyol Lee gemeinsam, sondern teilten selbst die uninteressantesten Erinnerungen an ihn. Irgendwann zeigten sie identische Reaktionen auf den Inhalt seiner Briefe. Anscheinend wird der süße Geschmack der Liebe intensiver, je mehr man sich über den Betreffenden unterhält. Wenn ich sah, wie meine Tante pausenlos von Hyongyol Lee erzählte und Kyongja sich immer mehr mit der Hauptdarstellerin dieser Geschichten identifizierte, meinte ich nach einiger Zeit sogar, Hauptfrau und Nebenfrau in ihnen zu sehen, die, in gutem Verhältnis miteinander, ein und demselben Ehemann dienten. Als Tante Yongok ein paar Tage nach der Schönheitsoperation sagte, Kyongja gehe Hyongyol Lee an ihrer Stelle besuchen, entstand vor meinen Augen das Bild einer Frau, die der Nebenfrau einen Korb mit Verpflegung für ihren auf dem Feld arbeitenden Ehemann auf den Rücken bindet.

„Er hält doch das Militärleben nur aus, weil ich ihn besuchen komme. Was soll ich tun, ich will ihn doch nicht enttäuschen. Mit dem Verband kann ich ja nicht hin … Wenn er Kyongja an meiner Stelle sieht, wird er sich so freuen, als wäre ich selbst gekommen."

Meine Tante schien zu allem bereit zu sein, nur um es Hyongyol Lee recht zu machen.

Ich wusste, dass Hyongyol Lee meiner Tante seit dem ersten Kuss Tag für Tag leidenschaftlich seine Liebe beteuerte. Tante Yongok erzählte Kyongja davon mit erfreuter Besorgnis, und in einer besonders wichtigen Frage führten die beiden, Hyongyols Brief zwischen sich, heftige Debatten. Von der Veranda aus hörte ich, dass es größtenteils um „Körperkontakt" ging. In dieser Frage vertrat die Nebenfrau eine viel fortschrittlichere Auffassung als die Hauptfrau: „Ich werde jedenfalls nicht die Schüchterne spielen."

„Bis wohin willst du es zulassen?"

„Warum soll ich das jetzt schon festlegen? Das wird man dann sehen."

„Und wenn der Mann Geschlechtsverkehr verlangt?"

„Was macht es aus, wenn man ihn sowieso heiraten wird?"

„Na, du bist ja ganz schön mutig. Trotzdem gibt es doch so etwas wie die Hochzeitsnacht."

„Beim ersten Mal soll es wirklich wehtun. Meine Schwester hat mir erzählt, dass …"

„Psst!"

Dann flüsterten die beiden eine Weile miteinander, und als ich ins Zimmer trat, um ihnen mitzuteilen, dass Großmutter nach Hause gekommen war, schreckten sie auf und riefen: „Du kannst doch nicht einfach so lautlos hereinkommen!" Sie behandelten mich, die die Sexualität nicht nur überwunden, sondern in Zynismus verpackt und weggeworfen hatte, wie eine neugierige Anfängerin.

Jedenfalls ging Kyongja die folgende Woche allein zu Hyongyol Lee.

Er sei sehr traurig gewesen, dass Tante Yongok nicht kommen konnte, so dass Kyongja die ganze Besuchszeit über damit verbracht habe, ihn davon abzuhalten, sofort selbst zu ihr zu eilen. Als ich Kyongjas Bericht hörte, hoffte ich inständig, es sei die Wahrheit.

Ich hoffte das für meine Tante, aber auch aus Angst, dass sie zu meiner Konkurrentin werden würde, wenn sie sich von Hyongyol Lee trennen müsste. Es war nicht schwer zu erahnen, dass sich Tante Yongok für Sok interessiert hätte, wäre sie nicht in Hyongyol Lee verliebt. Ja. Noch immer sehne ich mich nach Sok.

Auch gestern ging ich zur Obstplantage, in der ich mit Sok spazieren gegangen war. Die Apfelblüten waren verwelkt, die Zweige trugen junge Früchte. Unter der heißen Augustsonne lief ich lange den Plantagenweg entlang.

Es war mitten am Tag und die Sonne brannte herab, so dass kein Menschenschatten zu sehen war. Das laute Zirpen der Zikaden betonte noch die Stille und jedes Mal, wenn der Wind durch die Pappeln fuhr, zeigten alle Blätter gleichzeitig ihre glänzenden Unterseiten. Das Geräusch der sich aneinander reibenden Blätter klang wie eine Beschwörung, um die Zeit zum Stehen zu bringen. Am blauen Himmel zogen zwei Wolkenbänder langsam dahin, zu denen ich ab und zu aufsah, während ich mit einem Strohhut auf dem Kopf wie eines der Kinder auf den Umschlägen der Ferienübungshefte aussah. Ich lief immer weiter.

Ab und zu fuhr ein Lastwagen auf dem engen Weg an mir vorbei und wirbelte ein wenig Staub auf. Ich wich zur Seite aus und wartete unter dem Schatten der Apfelbäume, bis sich die Staubwolke wieder gelegt hatte, dann lief ich weiter. Unwillkürlich blickte ich mich in die Richtung um, in die der Lastwagen verschwunden war.

Es war, als könnte ich mich selbst von außen betrachten. Ich war einsam, und für dieses Einsamkeitsgefühl brauchte ich jemanden, nach dem ich mich sehnen konnte. Das war natürlich Sok, mit der Mundharmonika in der Hand und der Silhouette der Ziege im Hintergrund.

Meine Sehnsucht hat vielleicht Ähnlichkeit mit dem Mückenstich meiner Großmutter.

Im Sommer wimmelt es hier nur so von Mücken. Nachts schalten wir die Lampe am Verandapfeiler an, woraufhin sich die Tiere um das Licht versammeln, dass einem die Ohren wehtun von dem Geräusch, mit dem sie gegen die Glühbirne prallen. Großmutter stellt dann eine Schüssel mit Wasser darunter und innerhalb kürzester Zeit schwimmen unzählige Insekten darin.

Wegen der Mücken konnten wir uns lange Zeit nicht auf die Veranda setzen, wir verbrachten die heißen Sommerabende auf der Bank im Hof. Wenn wir eine Wassermelone aufschnitten, setzten sich Janguns Mutter und Herr Choi zu uns, der kleine Jangun war zu allen Jahreszeiten ein braves Kind und schlief ein, vom Moskitonetz geschützt, noch bevor es dunkel wurde.

Die Mücken folgten uns zur Bank. Großmutter versuchte, sie zu vertreiben und schlug mit ihrem Fächer, auf dem Hi Muns lächelndes Gesicht zu sehen war, um sich, aber die blutrünstigen Tiere waren hartnäckig. So wurde Großmutter, auf der Bank sitzend, in den Fuß gestochen. Seitdem kratzte sie jede Nacht an dem Stich herum. Mit schmerzverzogenem Gesicht klagte sie, diesmal sei es besonders schlimm, weil es sie unter der Fußsohle erwischt hatte. Mit ihrem Fingernagel stach sie die Stelle kreuzförmig ein und bestrich sie mit Speichel, was aber nichts brachte. Daher rang sie jede Nacht mit ihrem Fuß, bis sie einschlief.

Merkwürdigerweise juckte der Fuß tagsüber überhaupt nicht. Großmutter hatte immer viel zu tun, weil sie auf dem Acker arbeiten und das Reisfeld beaufsichtigen musste. Während der Arbeit bereitete ihr der Mückenstich überhaupt keine Beschwerden. Erst wenn sie sich am Abend nach der Hausarbeit die Hände und die Füße gewaschen hatte und sich auf der Bank niederließ, um auszuruhen, fing die Stelle an, zu jucken.

Ich konnte beobachten, wie Großmutter nach einem anstrengenden Tag den Feierabend immer damit eröffnete, sich die Strümpfe auszuziehen, mit einem Gesichtsausdruck, als wolle sie gleich ein lustiges Spiel beginnen. Wie Großmutter auf der Bank saß und ihre Füße betrachtete, ähnelte ihr Gesichtsausdruck dem meines Onkels, wenn er sich den ganzen Tag in seinem Zimmer aufgehalten hatte und kurz heraustrat, um unter der Veranda nach Happy Ausschau zu halten.

Sich an einer juckenden Stelle zu kratzen, kann auch ein Genuss sein. Vielleicht schaute sich Großmutter deshalb täglich die juckende Stelle an. Jucken bedeutet zwar Leiden, aber wie sollte man in den Genuss des Kratzens kommen, wenn es kein Jucken gäbe? So wie Großmutter das Jucken suchte, rufe ich wahrscheinlich mit Absicht meine Sehnsucht hervor.

Die Erinnerung an Orte ist besonders hartnäckig. Ich brauche nur in der Burganlage links zu den Gebüschen zu blicken, und sofort werden in mir wieder die Erinnerungen an den Spaziergang mit Sok wach, die Farbe und der Abstand zwischen den Streifen auf Soks Hemd, der leichte

Zigarettengeruch in seinem Atem, die fürsorgliche Geste, mit der er eine Nadel von meiner Schulter entfernt.

Die Erinnerung an Orte hält nicht nur hartnäckig an, sondern wirkt auch ausschließend. Dieser Ort darf keine anderen Bilder mehr aufnehmen, in der Burganlage kaue ich nur noch an der Erinnerung an Sok herum, frühere Erlebnisse, wie etwa die Begegnung mit den masturbierenden Männern, fallen mir überhaupt nicht mehr ein. Ich überlege flüchtig, ob es mit der Liebe auch so geht. Wenn ich an diesem Ort eine neue Liebe fände, könnte ich mich vielleicht irgendwann auch an Sok nicht mehr erinnern.

Ganz gleich, wie hartnäckig eine Liebe sein mag, nach ihrem Zusammenbruch wird sie durch eine andere Liebe, die an ihre Stelle tritt, vollständig ersetzt. Das ist eine ausschließende Eigenschaft des Ortes in der Liebe. Deshalb ist eine andere, eine neue Liebe jederzeit möglich.

Wenn sich eine scheinbar schicksalhafte Liebe als gewöhnliches Ereignis entpuppt, entwickeln die Leute verständlicherweise eine zynische Haltung. Heißt das dann etwa, dass sie sich danach nie wieder verlieben? Ganz und gar nicht. Weil sie keine Angst mehr vor der Liebe haben, lassen sie sich ohne weiteres erneut auf sie ein und können sich, ohne sie festhalten zu wollen, auf diese neue Liebe konzentrieren. Sie haben einen Sinn für Distanz entwickelt, aus der sie nun ihr Leben betrachten können. Liebe wird durch Zynismus entfacht und durch Betrug, der Ursache des Zynismus, vollendet.

Im Allgemeinen verhält es sich genauso. Zynische Menschen sind im Leben zuverlässiger. Je mehr sich die Menschen an das Leben klammern, desto unzufriedener werden sie damit, was sie unzuverlässig macht. Das erkannte ich am Beispiel des Herrn Kwangjin Park.

16. Ohne Abstammung und ohne Muttermilch

Vielleicht liegt es am Wetter. Die Waschmittelfabrik verbreitet zur Zeit einen üblen Gestank. An diesigen Tagen ist es besonders schlimm, inzwischen empfinde ich schon den Ölgeruch selbst als diesig. Ich stelle mir vor, wie sich der Geruch geräuschlos und unsichtbar ausbreitet, und unsere ganze Ortschaft einhüllt, wie Giftgas. Der Geruch trägt etwas Verhängnisvolles in sich.

„Das Verbrechen findet in der Nacht statt."

Mehr als zehn Mal las ich diesen Satz in einem Kriminalroman. Warum war das so? Weil die Nacht alles im Verborgenen lässt? Oder weil sie einem Mut einflößt? Auch wenn alles um einen herum in Dunkelheit verschwindet, ist man immer noch mit der eigenen Existenz konfrontiert. Vielleicht ermutigt die Erfahrung des Alleinseins zu egoistischem Handeln. Hatte die Ajumma aus der „Kwangjin-Taera" deshalb beschlossen, in der Nacht fortzugehen?

Gestern Abend fiel mir auf, dass Jesongs Weinen in der letzten Zeit häufiger zu hören war. Aber bis zu dem Zeitpunkt, als der Ajossi nach Hause kam und mit seinem Fuß gegen die Zimmertür trat, ahnten die Hausbewohner nicht, dass die Ajumma weggegangen sein könnte. „Wo ist dieses Weibsstück?", brüllte der Ajossi, und das Baby fing an zu weinen. Es war eine wahrhaft tragische Familienszene. In den Zimmern gingen die Lichter an, die Spannung war im ganzen Haus zu spüren.

Als Erste trat Janguns Mutter auf den Hof, sie hatte eine Bluse über ihr Nachthemd aus Kreppstoff gezogen. Anschließend kamen Großmutter und ich aus unseren Zimmern. Meine Tante blieb im Haus und beobachtete das Geschehen von dort aus.

„Was ist das für ein Lärm?" fragte Janguns Mutter.

„Das möchte ich auch wissen", antwortete ihr meine Großmutter.

Sie liefen in die Richtung, aus der Jesongs Weinen zu hören war. Dort schienen sie sich eine Weile mit dem Ajossi zu unterhalten, seine Stimme war aus den beschwichtigenden Stimmen von Janguns Mutter und meiner Großmutter dröhnend herauszuhören: „Ist das Weib jetzt völlig durchgedreht, oder was?" Der tobende Ajossi machte Anstalten, das ganze Haus zum Einstürzen zu bringen, und die beiden Frauen hatten Mühe, ihn zu beruhigen. Als sie wenig später zu uns zurückkamen, lag Jesong in Großmutters Armen und weinte noch immer.

„Was ist denn los? Wo ist die Ajumma hingegangen?", fragte Tante Yongok durch die halb geöffnete Tür.

Mit fest verschlossenen Lippen stieg Großmutter auf die Veranda.

„So etwas hätte ich ihr nicht zugetraut. Und auch noch das Kind zurückgelassen ..."

Selbst Janguns Mutter fiel nicht mehr dazu ein und ging in ihr Zimmer. Der Vorfall unterschied sich deutlich von Miss Lees Flucht. So gern Janguns Mutter auch über andere herzog, selbst sie konnte über jemanden wie die Ajumma aus der „Kwangjin-Taera", die so ein gutes Herz hatte, kein böses Wort verlieren. Die schlechte Tat einer schlechten Person bietet willkommenen Gesprächsstoff, die eines guten Menschen ist jedoch eine Tragödie.

Großmutter trug Jesong hinter das Moskitonetz, legte ihn auf ihre Schlafmatte und holte für sich selbst eine andere aus dem Schrank. Unterdessen tätschelte Tante Yongok beruhigend die Brust des weinenden Säuglings. Obwohl der kraftlose Jesong seinen Kopf nur zur Seite gedreht hatte, weil er vom langen Weinen erschöpft war, glaubte meine Tante verzückt, er habe sich ihretwegen beruhigt. Wie immer gingen ihr die Gedanken unüberlegt über die Lippen, und so provozierte sie wieder einmal Großmutters Ärger: „Jesong ist ja richtig süß. Ich wünschte, wir könnten ihn aufziehen."

„Du taktloses Stück."

Aber Großmutters Entgegnung war halbherzig.

Jesong lag zwischen Großmutter und Tante Yongok und schlief bald ein. Großmutter drückte einmal seine kleine Hand, drehte sich auf die andere Seite und seufzte tief. Ihre Hoffnung war nicht besonders groß, dennoch sagte sie wie zu sich selbst: „Morgen früh muss sie aber zurückkommen ..." Dann seufzte sie erneut. Da sie damit fortfuhr bis ich einschlief, weiß ich nicht, wie lange ihr Seufzen noch anhielt. Aber am frühen Morgen wurde ich wieder davon wach.

Großmutter richtete sich mit Mühe auf, der Tagesanbruch schien ihr gar nicht willkommen, und ging nach draußen. Als sie mit Reisbrei für Jesong zurückkam, erwachte auch Tante Yongok. „Ich mache das", sagte sie und nahm Großmutter das Schüsselchen aus den Händen. Ich schaute kurz zu ihr rüber, sie schien Spaß an der Sache zu haben.

Nach ein paar Happen fing Jesong an zu weinen. Er weinte, aß und weinte dann wieder. Da er überhaupt etwas aß, schien er sehr hungrig zu sein. Mit vollem Mund schluchzte er, aß aber weiter von dem Brei. Als wüsste das Baby schon, was es heißt, gereizt zu sein, verzog es sein gerötetes Gesicht.

„Was ist mit ihm, Mutter? Warum weint er beim Essen?"

Für Tante Yongok war Babysitten etwas Neues, Jesongs Verhalten schien sie richtig zu begeistern.

„Wahrscheinlich ahnt er, dass seine Mutter weggegangen ist. Deshalb ist er traurig."

Ohne auf die kinderpsychologische Auslegung meiner Tante zu reagieren, zog Großmutter Jesong ruhig die Hose aus und öffnete seine Windel. Ein stechender Geruch stieg auf, in der weißen Windel breitete sich zusammengedrückter, gelblicher Kot aus. Meine Tante erschrak, setzte sich hastig ein Stück zurück und drehte ihren Kopf weit nach hinten. Mit ausgestrecktem Arm reichte sie mir den Löffel für den Brei.

„Jinhi, geh mal zur ‚Kwangjin-Taera' und bring mir ein paar Windeln", sagte Großmutter und fügte wieder einen Seufzer an das Ende des Satzes. Als ich mit einem Haufen sauberer, ordentlich gefalteter Windeln zurückkam, sagte Großmutter: „Sie hat es wohl seit langem geplant. So sorgfältig, wie alles bereit liegt ..." Dann fragte sie mich nach dem Ajossi.

„Ich glaube, er schläft. Er lag mit dem Rücken zu mir."

„Der Mensch Kwangjin Park steht ja nun gut da."

Zum ersten Mal seit dem vorangegangenen Abend erhob Großmutter ihre Stimme, sank aber sofort wieder in sich zusammen und sagte: „Ich bringe ihm wohl wenigstens etwas zu essen." Großmutter stand auf und lief in die Küche. Etwas später hörte ich draußen Janguns Mutter keifen: „Ignorieren sollte man ihn, damit er endlich mal lernt, wie unersetzlich eine Ehefrau ist. Warum bringen Sie ihm jetzt schon etwas zu essen? Er hätte viel früher seine Lektion bekommen sollen, so weit konnte es doch nur kommen, weil seine Frau immer alles geschluckt hat."

„Ist es denn etwa richtig, das Kind zurückzulassen und sich nachts davonzustehlen?"

„Naja, da haben Sie auch wieder Recht. Eine solche Kaltblütigkeit hätte ich dieser Frau allerdings nicht zugetraut. Also, ich habe bis heute kein einziges Mal auch nur an die Möglichkeit gedacht, Jangun allein zu lassen. Selbst wenn mir jemand tausend Goldstücke gäbe, das könnte ich nicht."

Großmutter war auf der Seite der Ajumma, wollte aber um der Gerechtigkeit willen den Ajossi ein wenig entlasten. Janguns Mutter genoss jedoch das Schimpfen und ließ sich munter über das Ehepaar aus: „Ja, ja. Ich kenne keine Frau, die glücklich wurde, nachdem sie ihre Kinder verlassen hat, um ein besseres Leben zu führen. Eine Frau lebt schließlich durch ihre Kinder und nicht durch ihren Mann."

„Selbst wenn der Mann sie jede Nacht verprügelt?"

„Bitte?"

„Wenn sich Ihr Mann am Tag mit anderen Frauen herumtreiben würde, nachts handgreiflich würde und nicht einen Groschen nach Hause brächte, würden Sie immer noch durch ihren Sohn leben?"

Tante Yongok hatte das Gespräch im Zimmer belauscht und kicherte jetzt, als habe sie nur darauf gewartet, dass Großmutter Janguns Mutter zurechtweist.

Beim Frühstück schluckte Großmutter den Reis runter, als wären es Sandkörner. Wenn die Ajumma nicht zurückkäme, würde das viel Kopfzerbrechen für sie bedeuten. Jesong war die Hauptsorge. Ein paar Tage könnten die Frauen im Haus für ihn sorgen, aber ewig würde das nicht gehen.

„Wir behalten Jesong einige Tage bei uns, bis seine Mutter zurückkommt", sagte Großmutter verdrossen, stand auf und stellte den Esstisch beiseite.

„Ich muss aufs Feld, und du, Yongok, bleibst gefällig hier und passt auf Jesong auf. Und wechsele ihm oft die Windel."

„Ja, Mama." So brav antworten wie das jüngste Kind – Diese Redewendung muss in einer Situation wie dieser entstanden sein. Bei dem Wort „Windel" jedoch, blickte Tante Yongok verstohlen in meine Richtung. Ich ahnte, dass die Aufgabe des Windelnwechselns mir zufallen würde, worüber ich nicht gerade begeistert war, aber was sollte ich tun. Es war schließlich auch ein Zeichen meiner Freundschaft zur Ajumma, auf Jesong aufzupassen.

Tief im Innern klatschte ich der Ajumma Beifall. Ich erinnerte mich noch gut daran, wie sie in der Staubwolke gestanden hatte, nachdem der Bus weggefahren war. Damals hatte sie es nicht fertig gebracht, zu gehen. Aber letzte Nacht hat sie sich überwunden. Von nun an brauchte ich morgens, wenn ich aus der Toilette kam, nicht mehr zur „Kwangjin-Taera“ zu blicken und an das unterdrückte Weinen einer Frau zu denken, das ich in der Nacht gehört hatte. Das war ein Grund zur Freude.

Der Ajossi war da ganz anderer Meinung. Nicht einmal im Traum hatte er einen solchen Verrat erwartet. Zunächst war er fassungslos, dass sich eine so unwichtige Kreatur wie seine Frau getraut hatte, sich gegen ihren gottgleichen Ehemann aufzulehnen. Im nächsten Moment ging er zu einem enormen Wutanfall über, so dass er seiner Frau wirklich das Genick gebrochen hätte, wie er drohte, wäre sie bereits nach zwei Tagen wieder zurückgekommen.

Anscheinend stimmte, was Großmutter zu sagen pflegte: Auf die ersten drei Tage kommt es an. Am vierten Tag war der Ajossi sichtlich niedergeschlagen und raffte sich auf, um seine Frau zu suchen.

In dem Ort, in dem die Eltern der Ajumma wohnten, gab es nur zwei Telefone. Der Ajossi rief beim Dorfvorsteher an, der dann die Schwiegermutter des Ajossi ans Telefon rief. Von ihr bekam der Ajossi nur die barsche Antwort zu hören, die Ajumma sei nicht bei ihnen. Der Ajossi war außer sich über das Verhalten seiner Schwiegermutter, seine Hand, die den Telefonhörer hielt, zitterte. Gerade wollte er einen wütenden Wortschwall loslassen, als ihm bewusst wurde, dass er nichts zu erwidern hatte. Kraftlos legte er auf.

Mit hängenden Schultern ging er zu Großmutter. Er erzählte ihr von dem Telefonat und sagte, er wolle zu seinen Schwiegereltern fahren. Jesong war auf Großmutters Rücken festgebunden. Der Ajossi starrte seinen Sohn an und stieß einen so tiefen Seufzer aus, dass das ganze Hause davon hätte in sich zusammensinken können. Vielleicht weil er sich vier Tage lang nicht rasiert hatte, oder weil er bereits den vierten Tag an der Schnapsflasche hing, der Ajossi war ganz blass und seine Wangen waren eingefallen, so dass er exakt dem Bild eines verlassenen, reuigen Ehemannes entsprach, der sich auf die Suche nach seiner Frau macht. Er gab jetzt, im Vergleich zu dem Angeber, der „Ich, Kwangjin Park“ schreit und der Welt seinen Arm entgegenfuchtelt, einen viel menschlicheren Anblick ab.

Genau fünf Tage lang passte ich auf Jesong auf, bis Großmutter nachmittags gegen vier oder fünf nach Hause kam. Es war nicht schwer für eine Zwölfjährige, für ein Baby zu sorgen. Viele Kinder, die sogar jünger waren als ich, kochten selber und kümmerten sich um ihre kleinen Geschwister, während ihre Eltern auf dem Feld arbeiteten. In unserem Ort gab es so ein Mädchen namens Jomnae.

Auch beim Spielen hatte Jomnae das Baby mit Baumwollwindeln auf ihrem Rücken festgebunden. Trotz des Babys war sie gut im Himmel-und-Hölle-Spielen. Wenn sie geschickt ihr Steinchen warf und dann in das in den Boden gezogene Kästchen sprang, schnappte das Baby nach Luft und hielt den Atem an, um sich auf das Bevorstehende vorzubereiten, wie die Insassen in der hintersten Reihe eines Busses, der über einen holprigen Weg fährt. Das brachte die anderen Kinder immer zum Lachen.

Jomnae war auch sehr gut im Prügeln, nie gab sie als Erste auf, selbst wenn ihr dabei ein Büschel Haare ausgerupft wurde. Einmal sah ich sie auf dem Nachhauseweg, sie war anscheinend beim Versteckspielen mit Suchen an der Reihe, denn sie hatte ihr Gesicht einem Telegrafenmast zugewendet, während ein anderes Mädchen hinter ihr stand und sie beschimpfte. Ihrem aufgeregtem Verhalten nach zu schließen, stritten sich die beiden heftig. Jomnae war wohl im Vorteil, das andere Mädchen fühlte sich provoziert und wollte Jomnae auf den Rücken schlagen, traf aber nur das Baby. Weil es das Baby war, das den Schlag abbekam, konnte Jomnae nicht wissen, warum es weinte. Sie schimpfte unbekümmert weiter, das Baby bekam einen weiteren Schlag ab und weinte noch mehr. Jomnae gewann schließlich den Streit und das andere Mädchen musste suchen. Jomnae rannte eilig davon, um sich zwischen den Strohbündeln zu verstecken, und während sie rannte, hüpfte der Kopf des Babys immer etwas verzögert auf und ab, um schließlich einen Takt später als Jomnae hinter den Strohbündeln zu verschwinden und daraufhin wie eine tote Maus unten zu bleiben.

Nicht dass ich etwa wie Jomnae mit Jesong auf meinem Rücken in der Gegend herumspaziert wäre oder wild Verstecken gespielt hätte. Selbst wenn ich das getan hätte, wäre nicht mir, sondern Tante Yongok kurzer Prozess gemacht worden. Großmutter hatte Jesong schließlich ihr in Obhut gegeben.

Da Tante Yongok wegen ihrer Augen ohnehin nicht ausgehen konnte, hätte sie sich ruhig mehr um Jesong kümmern können. Aber sie zeigte nur dann Initiative, wenn sich das Kind niedlich gebärdete (und vor allem wenn Großmutter anwesend war). Dann liebkoste sie ihn. Aber wenn Jesong weinte, unruhig war oder in die Windeln machte und wirklich Hilfe benötigte, dann beschwerte sich Tante Yongok und übergab das Baby mir. An dem Tag, als sich der Ajossi auf die Suche nach seiner Frau machte, sollten meiner Tante die Fäden über dem linken Auge gezogen und das andere Auge operiert werden, daher hatte ich sie bereits seit dem frühen Morgen nicht zu Gesicht bekommen.

An dem helllichten, sommerlichen Tag herrschte in dem leeren Haus eine furchterregende Stille.

Weil ich die Ruhe nicht aushalten konnte, ging ich auf den Hof, aber auch vor den Zimmern von Janguns Familie und dem Ladenbereich herrschte nur Stille. Die Zimmer von Janguns Familie waren verschlossen, Janguns Mutter hatte wahrscheinlich wieder ihren Sohn zu einem ihrer Sparvereine geschleppt und aß dort gebratene Fischküchlein oder eingelegte Muscheln.

Die Zimmer von Janguns Familie standen auch an anderen Tagen oft leer, die Stille im Haus kam also nicht von ihrer Abwesenheit. Es lag daran, dass die Ajumma aus der „Kwangjin-Taera" nicht mehr da war, die sonst immer zwischen Laden und Brunnen fleißig hin- und hergegangen und zu jedem freundlich gewesen war, dem sie auf ihrem Weg begegnete. Als ich unter die Veranda schaute, war auch Happy nicht da. Der glückliche Happy trieb sich tagsüber herum, in Gassen und unter Brücken, er kam nur nach Hause, um zu fressen, und nachts schlief er, selbst wenn die Welt auf dem Kopf stand.

Unser Haus lag weit hinten in der Gasse, daher hörte man drinnen nicht viel von den Autogeräuschen auf der Hauptstraße. Es war zu still. Großmutter hatte einmal gesagt, dass, selbst wenn jemand im Haus umgebracht würde, draußen niemand etwas davon mitbekäme. Als mir diese Worte einfielen, fand ich, ich sollte besser das Haustor abschließen, und zog mir auf der Verandastufe die Sandalen an. Die von der Sonne erhitzten Sandalen brannten an meinen Füßen.

Als ich das hölzerne Haustor schloss, quietschte es viel lauter als sonst.

Das lag an der Stille. Weil der Riegel weit oben angebracht war, musste ich mich auf die Zehenspitzen stellen, um an ihn heranzureichen.

Jesong war auf der Veranda eingeschlafen. Wegen der Hitze sammelten sich Schweißperlen auf seiner Stirn, nicht der leichteste Windhauch kühlte sie. Als sich auch noch rote Hitzebläschen bildeten, holte ich den Holzfächer mit Hi Muns lachendem Gesicht darauf und fächelte Jesong sanft etwas Luft zu. Hi Muns Gesicht am Ende meiner Hand verneigte sich und blickte wieder auf. Ich wurde immer müder.

Ich hätte mich gern im Zimmer schlafen gelegt, aber ich fürchtete, Jesong könnte auf dem Weg hinein aufwachen, daher lehnte ich mich bloß leicht an den Verandapfeiler. Ich sah zum Himmel hinauf.

Quer über mir verliefen ein paar elektrische Leitungen, keine einzige Wolke war zu sehen. Jesongs Windeln, die Großmutter am Morgen gewaschen und aufgehängt hatte, hingen wie erstarrt an der Wäscheleine. Von irgendwoher war das Summen einer Fliege zu hören. Mit diesem verschwommenen Geräusch am Rande meiner Ohren schlief ich ein.

Jesongs heftiges Weinen riss mich aus dem Schlaf, aber als ich die Augen aufschlug, wurde das Weinen des Babys vom Donnern des Gewitters und Trommeln des Regens übertönt. Der Hof, der vorhin noch sonnendurchflutet und voller Stille war, lag jetzt finster da, und begleitet von heftigem Regen kam das Gewitter näher.

Ich lief sofort auf den Hof und holte Jesongs Windeln und die restliche Wäsche. Trotz meiner im Sportunterricht gerühmten Fertigkeit im Rennen und meinen raschen Bewegungen war ich klitschnass, als ich atemlos mit der Wäsche auf die Veranda zurückkam. Aber ich hatte nicht mal Zeit, mir die Haare zu trocknen. Jesong weinte ununterbrochen.

Zuerst sah ich in seiner Windel nach. Das Baby hatte sich bis auf die Oberschenkel nass gemacht. Wie Großmutter tätschelte ich ihn und wechselte die Windel. Aber auch danach hörte Jesong nicht auf zu weinen. Mit geschlossenen Augen streckte er seine Arme aus und sah dabei sehr entschlossen aus. Ob er vielleicht Hunger hatte? Ich eilte in die Küche und suchte nach dem Topf mit dem Reisbrei. Jesong schlug währenddessen um sich und hörte nicht auf zu weinen. Ich kam so schnell wie eine Mutter mit dem Brei zurück, um das Baby nicht zu lange weinen zu lassen. Ich machte die Mundbewegungen meiner Großmutter nach, gab beruhigende Töne von mir und führte etwas Brei an Jesongs Gesicht. Geräuschvoll saugte Jesong an dem Löffel. Erst jetzt legte sich meine Unruhe, ich nahm ein Handtuch, das am Verandapfeiler hing, und rieb mir damit die nassen Haare ab.

Es regnete heftig auf den düsteren Hof. Jesongs Gesicht sah nach dem Windelwechsel recht friedlich aus, mit gesenkten Augenlidern aß er den Brei. Ich war erleichtert, dass ich an alles gedacht hatte, daran, die Wäsche abzunehmen und sofort in die Küche zu eilen, als das Baby um sich schlug. Während ich auf den Regen im Hof blickte, empfand ich sogar für eine kurze Zeit Freude über die Stille und den Frieden im leeren Haus, in dem ich mit Jesong allein war.

Aber aus irgendeinem Grund fing das Kind wieder an zu weinen. Als wollte er mir zeigen, dass er keinen Hunger mehr habe, streckte er die Zunge heraus, ballte die kleinen Fäuste und weinte. In seiner Windel konnte ich nichts entdecken und Jesong wies den Löffel ab. Ich hatte keine Ahnung, was er wollte.

Der Regen, der mir gerade noch friedlich erschien, peitschte jetzt um meine Ohren und auch der Donner kam mir wieder lauter vor. Ich fing an zu schwitzen. Ich wusste nicht, was zu tun war, und sah das Baby nur an.

Mir kam der vage Gedanke, dass ich das Baby auf den Arm nehmen sollte. Ich richtete Jesong auf und hob ihn hoch. Im nächsten Moment erschrak ich. Jesong griff mit seiner winzigen Hand nach der Brust unter meiner Bluse und legte seinen Mund dort an. Die instinktive Geste, mit der er sich an meine Brust klammerte, war verzweifelt, seine Lippen waren wie warme Saugnäpfe. Er wollte nicht das kalte Gefühl des metallenen Löffels, sondern die warmen und weichen Brustwarzen seiner Mutter. Er war unruhig, weil er genau diese Brustwarzen haben wollte. Deshalb schlug er um sich und weinte, bis sein Gesicht rot anlief.

Ich führte meinen Zeigefinger an Jesongs Mund. Als mein Finger seine Lippen berührten, hielt ihn Jesong für das, was er sich so gewünscht hatte, und suchte hastig nach der Brustwarze. Ich steckte meinen Finger in seinen Mund, woraufhin er anfing, kräftig daran zu saugen, als wolle er meinen ganzen Arm in sich aufnehmen. Jesong merkte bald, dass es keine Brustwarze war, und mit einer heftigen Geste, in der sich das Gefühl des Betrogenseins und der Verzweiflung äußerte, fing er wieder an zu weinen.

Es war seltsam. Im gleichen Moment stieg vor meinen Augen das Bild eines kleinen Kindes auf, das an einen Pfeiler gebunden ist und weint. Vor seinen Augen geht seine Mutter weg. Deshalb weint das Kind. Nein, vielleicht weint es nicht. Würde es weinen, dann käme seine Mutter vielleicht zurück, sie würde es wieder losbinden, es in die Arme nehmen und noch heftiger weinen als das Kind. Ein weinendes Kind würde sie wahrscheinlich nicht zurücklassen. Aber damals war ich drei oder vier Jahre alt. Ich konnte mich nicht daran erinnern, ob ich geweint hatte oder nicht.

Das Baby weinte und der Regen fiel nicht weniger laut auf den Hof, aber ich dachte nur an das an den Pfeiler gebundene Kind, das seiner Mutter nachsieht. Ich kniff meine Augen zusammen, um festzustellen, ob das Kind weinte oder nicht. Ich fand es bis zuletzt nicht heraus. Aber eines war deutlich an den Augen des Kindes abzulesen. Die Angst vor dem, was aus ihm wird, wenn die Mutter fortgeht und es allein zurückbleibt. Wegen dieser Angst war das Gesicht des Kindes ganz verzerrt, aber es konnte sich nicht einmal für oder gegen das Weinen entscheiden.

Ich schaute auf Jesong hinunter, der in meinen Armen wieder weinend um sich schlug. Er brüllte mit einer Inbrunst, als habe er noch lange nicht genug. Das erschien mir zu trotzig. Er wirkte irgendwie habgierig und launisch.

Sein ganzes Gesicht war jetzt so rot wie die Hitzebläschen, die sich vorher darauf gebildet hatten. Ich versetzte ihm eine Ohrfeige.

Jesong fuhr zusammen, als habe er sich verbrannt, und weinte mit aller Kraft. Ich gab ihm eine weitere Ohrfeige. Durch die Spuren meiner Ohrfeigen war Jesongs Gesicht noch röter. Ich legte ihn auf die Veranda und ließ ihn weinen. Eine Weile lang weinte er heftig, dann ermattet und heiser. Allmählich weinte er mit Pausen und etwas später war er anscheinend so erschöpft, dass er einschlief. Auch im Schlaf zuckte er noch manchmal und schluchzte.

Der Regen hatte aufgehört. Ich ließ den Wasserkübel in den Brunnen fallen, zog Wasser herauf, goss es in die Waschschüssel und wusch mir das Gesicht. Ich war am ganzen Körper nass geschwitzt.

Auch Jesong war ganz nass vor Schweiß. Mit einem kalten Handtuch wischte ich Jesong Gesicht und Körper ab. Auf seinen zarten Wangen war noch der Abdruck meiner Hand zu sehen, aber ich hatte kein schlechtes

Gewissen. Wie vor dem Regen fächelte ich Jesong mit Hi Muns lachendem Gesicht Luft zu. Aber in meinem Inneren war das sanfte Gefühl verschwunden. Zum Glück.

Bereits nach zwei Tagen kam der Ajossi mit der Ajumma zurück. Anders als in dem Moment, als er mit hängenden Schultern loszog, um sie zu suchen, war er jetzt triumphierend. Im Gegensatz zu ihm hielt die Ajumma ihren Kopf gesenkt, als hinge ein schweres Gewicht an ihrer Stirn. Sie trat zögerlich durch das Haustor und machte einen mitleiderregenden Eindruck. Nach wie vor trug sie ihre Gummischuhe, ihre abgetragene Bluse und ihren weiten Rock, in der Hand hielt sie ein Bündel, das selbst ein kleiner Dieb nicht hätte stehlen wollen.

Als die Ajumma den auf der Veranda liegenden Jesong erblickte, rief sie seinen Namen, rannte zu ihm, umarmte ihn heftig und brach in Tränen aus. Großmutter drehte ihr Gesicht zur Seite, sie konnte es nicht mit ansehen, und das eine Auge meiner Tante, das nicht verbundene, füllte sich mit Wasser. Auch der Ajossi schaute bei diesem Anblick betreten, und Janguns Mutter schnalzte bedauernd mit der Zunge. Nur ich blickte nüchtern und direkt auf das Geschehen.

Die Ajumma weinte sich die Seele aus dem Leib. Sie weinte zum einen aus Freude darüber, ihren kostbaren Sohn wiederzusehen, aber noch mehr aus Schmerz über ihre eigene Situation.

Im vergangenen Frühling, als die alte Frau aus der Sägemühle starb, weinte von den zwei Söhnen und drei Töchtern die jüngste Tochter am heftigsten. Sie war die ärmste unter den Geschwistern und hatte ein hartes Leben. Die jüngste Tochter gebärdete sich wie wild vor dem Foto der Verstorbenen, weil sie über den Tod ihrer Mutter trauerte, aber noch mehr, weil sie endlich eine Gelegenheit gefunden hatte, in der Öffentlichkeit ungehemmt ihren Schmerz zum Ausdruck zu bringen.

Sobald das Weinen einmal abebbte, fiel ihr ein anderer schmerzlicher Umstand ihrer Situation ein, so dass sie erneut laut aufschluchzte. Die Männer im Hof sagten zueinander, dass sie sich von den Geschwistern wohl am meisten um die Eltern gesorgt habe. Die Frauen in der Küche kannten entweder die Lage der jüngsten Tochter aus eigener Erfahrung, so dass sie sich mit ihrem Verhalten identifizieren konnten, oder sie verfügten über ein besseres Beobachtungsvermögen in Bezug auf die Kehrseiten des Lebens, jedenfalls wussten sie, dass der Schmerz der Tochter nicht ausschließlich auf die Erinnerung an die geliebte Mutter zurückzuführen war. Während sie den Tisch deckten, sagten sie: „Die jüngste Tochter scheint es wohl immer noch nicht so leicht zu haben." Während die Ajumma aus der „Kwangjin-Taera" vor sich hin schluchzte, fiel mir das Schluchzen dieser jüngsten Tochter vor dem Bild ihrer verstorbenen Mutter ein.

Nachdem wir Jesong wieder in die Hände der Ajumma zurückgegeben hatten, aß unsere Familie am Abend auf der hinteren Veranda wieder zu dritt. Im Sommer aßen wir oft dort. Im hinteren Hof hing immer noch der Sandsack meines Onkels am Khakibaum, an dem sich allmählich grüne Khakis öffneten, und man brauchte nur zu sehen, wie sich die Blätter des Baums im Wind bewegten, sofort fühlte man sich erfrischt. Selbst an vollkommen windstillen Tagen regten die gelb aufgeblühten Nachtkerzen den Appetit an, so dass der in Kürbisblätter gewickelte Reis oder die Bohnenpastensuppe viel besser schmeckten.

Tante Yongok schien insgeheim enttäuscht zu sein, dass sich die Ajumma so leicht hatte zurückbringen lassen: „Wie konnte sie nur sofort wieder mit ihm gehen? Kein Wunder, dass sie ständig verprügelt wird, bei dem mangelnden Stolz."

„Einmal verheiratet, ist die Frau das Gespenst der Familie. Wo sollte sie auch hingehen …?

Großmutter beendete den Satz mit kraftloser Stimme und seufzte. Sie schien Mitleid mit der Ajumma zu haben, der nichts anderes übrig geblieben war, als zurückzukommen. Als sie „Gespenst der Familie" sagte, schob meine Tante ihre Lippen vor und entgegnete: „Sie kann sich doch scheiden lassen."

„Unsinn. Zu meiner Zeit haben wir geheiratet, ohne das Gesicht des Bräutigams auch nur einmal vorher gesehen zu haben, und wir haben trotzdem problemlos zusammengelebt."

„Wie konnte man man nur einen Mann heiraten, ohne zu wissen, wie er aussieht?"

„Man sagte sich einfach, das ist der Mann, den der Himmel für mich ausgesucht hat, und lebte danach. Zuneigung entsteht während des Zusammenlebens. Ob man sich vorher nun gesehen hat oder nicht, in beiden Fällen kommen zwei Fremde zusammen."

„Aber wie konnte man bloß die erste Nacht miteinander verbringen, ohne sich vorher zu kennen? Wenn man im Schlafzimmer entdeckt hat, dass das Gesicht des Bräutigam mit Narben übersäht ist, schlief man dann trotzdem mit ihm? Wie kann man mit einem Mann schlafen, den man nicht attraktiv findet? So betrachtet waren die Frauen von früher anscheinend richtig sexsüchtig."

„Verrückte! Und das sagt sie zu ihrer eigenen Mutter!"

Großmutter sah aus, als bereute sie, überhaupt auf das Gerede meiner Tante eingegangen zu sein.

„Ist doch wahr. Mit einem Mann zu schlafen, den man zum ersten Mal sieht und überhaupt nicht mag? Das ist doch nicht nachvollziehbar."

„Hörst du jetzt auf? Und das vor Jinhi."

„Was ist mit Jinhi? Sie ist ja wohl viel ..."

„Sei still!"

Meine Tante trank rasch ihre Reisbrühe, setzte sich ein Stück vom Esstisch weg und beendete den angefangenen Satz, obwohl sie von Großmutter unterbrochen worden war: „Sie weiß darüber mehr als ich. Du ahnst gar nicht, wie frühreif sie ist."

Besonders in Situationen wie dieser aß ich seelenruhig weiter und warf nur ab und zu einen Blick auf die Nachtkerzen.

Am zweiten Tag erschien die Ajumma wieder am Brunnen. Nichts hatte sich verändert. Wie immer ging sie ihrer Arbeit inner- und außerhalb des Hauses nach und zwang sich ein Lächeln ab, wenn man ihr begegnete. Es war auffallend, wie sehr sie versuchte, noch entgegenkommender zu sein als zuvor, als wollte sie damit ihre unehrenhafte Flucht wieder gutmachen. Ihr Leben hatte sich kein bisschen verbessert. Vor dem Hintergrund ihrer eigenen moralischen Haltung hatte es sich sogar verschlechtert. Das Verhalten des Ajossi änderte sich nicht, er wurde nur noch lauter. Ich fragte mich, warum die Ajumma überhaupt zurückgekommen war.

War es wegen der Unruhe, die sie empfunden hatte? Menschen wie die Ajumma sind in der Lage, Probleme zu besiegen, die sie gut kennen. Aber in Bezug auf neue, ungewisse Dinge sind sie ohne Selbstvertrauen. Das ist die entscheidende Schwäche von Menschen wie der Ajumma, die zwar einen starken Lebenswillen haben, aber nicht imstande sind, ihr eigenes Leben zu verstehen.

Großmutters Erzählung zufolge konnte die Ajumma auch bei ihren Eltern keine Ruhe finden, weil sie sich dort fremd fühlte. Das lag an der Unruhe, die alle Menschen spüren, wenn sie ein neues Leben beginnen, aber die Ajumma sah darin ein Zeichen dafür, dass dies nicht ihr Zuhause sei, und bereute ihre Flucht, weil sie sich für eine Frau hielt, die außerhalb ihres Zuhauses nicht leben kann.

„Am ersten Tag fühlte ich mich so leicht und frei. Aber nach der ersten Nacht machte ich mir Sorgen um den Laden und wie es zu Hause aussehen mag … Und Jesong …"

Die Ajumma konnte nicht weiterreden, ihr Hals war wie zugeschnürt, und sie strich nur einmal mit der Hand über den Kopf ihres schlafenden Kindes.

„Es war seltsam. Obwohl ich im Haus meiner Eltern, in dem ich aufgewachsen war, einfach nur daliegen konnte und nicht zu arbeiten brauchte, gab es keine Stelle an meinem Körper, die nicht schmerzte. Ich war schrecklich nervös."

„Man sagt ja auch, dass das Haus, in dem man aufgewachsen ist, nicht das eigene ist."

„Ich hatte meine Eltern angefleht, nicht zu verraten, dass ich bei ihnen bin, falls mein Mann anruft. Und bis in die Nacht hinein kam tatsächlich kein Anruf von ihm. Da war ich sogar ein bisschen enttäuscht, ich dachte, anscheinend lebt er auch ganz gut ohne mich. Jedenfalls konnte ich nicht schlafen."

Nach vier Tagen fragte sie sich sogar, was sie machen solle, wenn der Ajossi überhaupt nicht mehr käme. Da bildete sie sich ein, dass sie sich nach ihrem Mann sehnte, und ab dem Moment fing sie tatsächlich an, auf ihn zu warten. Die Freude, die sie insgeheim empfand, als ihr Mann am Abend durch die Tür ihres Elternhauses trat, entstand genau durch diesen Wetterumschwung. Dem Mut der Ajumma, ein neues Leben zu beginnen, waren vorher bereits alle Kanten geschliffen, er rollte nur noch wie ein unnützer Kieselstein unter den Fußspitzen.

„Haben Sie sich nicht sofort gestritten? Ich habe mir Sorgen gemacht, weil Ihr Mann doch sehr jähzornig ist."

„Als ich ihn sah, stockte mir natürlich das Herz. Ich hatte Angst, dass er mich beschimpfen und an den Haaren ziehen würde. Das tat er aber nicht. Er redete beschwörend auf mich ein. Was für ein komisches Wesen ist doch der Mensch. Wissen Sie, was ich gedacht habe?"

„Wollten Sie mit ihm gehen?"

„Nein. Ich fragte mich nur, ob er wohl zu Mittag gegessen hat, denn er hatte sich ja sicher früh auf den Weg gemacht. Ich habe mich über meine Mutter geärgert, die, wie immer die Situation auch sein mochte, sich nicht einmal blicken ließ, obwohl doch ihr Schwiegersohn gekommen war ... Frauen sind anscheinend hoffnungslose Kreaturen. Schließlich ist das alles mein Fehler und nicht die Schuld meiner Mutter, die ihre nichtsnutzige Tochter großgezogen und verheiratet hat ..."

In diesem Moment lächelte die Ajumma ein verlassenes Lächeln.

Erst als sie ihren Mann im Hof stehen ließ und ins Zimmer ging, kam ihre Mutter heraus und redete ein Wörtchen mit ihrem Schwiegersohn. Während die Ajumma durch den Türspalt mit hörte, habe sie befürchtet, der Ajossi könne in Wut geraten, und wieder sagte sie mit diesem traurigen Lächeln: „Frauen sind hoffnungslose Kreaturen."

Aber selbst in diesem Moment habe sie noch nicht vorgehabt, sofort zurückzukehren. Als sie ihn und Jesong verließ, habe sie sich nicht noch einmal umgedreht, so satt hatte sie das Leben mit ihrem Mann. Sie war zwar jetzt bereit, zumindest wegen ihres Sohnes nach Hause zu kommen, wenn ihr Mann einsähe, dass er sich falsch verhalten hatte. Er sollte ausdrücklich sagen, dass er sein Verhalten bereut. So lange wollte sie ihn warten lassen.

Noch in derselben Nacht brach dieser letzte Widerstand der Ajumma. „Wenn du weiterhin mit diesem Menschen zusammenleben willst, dann müssen wir ihm eine ordentliche Lektion erteilen", hatte ihre Mutter gesagt und der Ajumma ausdrücklich verboten, aus dem Zimmer zu kommen. Daher bekam der Ajossi seine Frau bis zum Abendessen nicht mehr zu Gesicht. Als er sagte, er wolle sie wenigstens sehen, hielt ihm seine Schwiegermutter unerbittlich entgegen: „Du willst ihr doch nur weiterhin das Leben schwer machen. Denk nicht einmal daran, sie mitzunehmen. Morgen früh kannst du allein nach Hause gehen." Aber als die Ajumma nach dem Abendessen ihren Mann auf der hinteren Veranda sitzen sah, mit dem Rücken zu ihr gewandt, hielt sie es nicht mehr aus. Sie musste wissen, wie es Jesong geht.

„Ich glaubte ruhig schlafen zu können, wenn ich wenigstens ein Wort darüber hörte, dass es Jesong gut geht. Ich grübelte und wälzte mich hin und her und hielt es schließlich nicht mehr aus. Ich öffnete die Tür und wollte nur einmal nach Jesong fragen – da fing mein Mann an, auf mich einzureden."

„Was hat er gesagt?"

„Dass Jinhi allein auf Jesong aufpasst. Dass ich schon des Kindes wegen mit nach Hause kommen müsse."

Ich bemühte mich zwar, so zu tun, als hörte ich den beiden nicht zu, aber ich konnte es nicht lassen, kurz zu meiner Großmutter hinüberzuschauen. Sie wollte etwas erwidern, kam aber nicht dazu. Die Ajumma beugte sich vor, als wollte sie Großmutter ein Geheimnis verraten.

„Ich sage es nur Ihnen, im Vertrauen …"

„…"

„In jener Nacht bin ich zum zweiten Mal schwanger geworden."

Sie hatte gezögert, das zu sagen, jetzt machte sie ein Gesicht, als wollte sie gleich wieder anfangen zu weinen.

„Ich muss verrückt sein. Als mein Mann mir sagte, wir sollten neu anfangen und ein fröhliches Leben führen, da …"

Schließlich floss eine Träne über ihre Wange.

„Das war, als machte er mir einen Heiratsantrag."

Die Ajumma blinzelte einige Male und hielt weitere Tränen zurück, sie senkte ihren Kopf und wischte sich mit dem Handrücken über die Augen. Mit etwas heiserer Stimme sagte sie anschließend: „Ich hatte so etwas vorher noch nie gehört, selbst bei unserer Heirat nicht. Damals wollte ich am liebsten nur sterben. Mein Körper war bereits kaputt und die Gefühle meines Mannes waren woanders … Ich habe nur versucht, ihn mit allen Mitteln festzuhalten und träumte nicht einmal davon, solche Worte zu hören."

Großmutter tätschelte leicht ihren Rücken.

Nachdem sie jene Nacht mit ihrem Mann verbracht hatte, schämte sich die Ajumma wie eine frisch verheiratete Frau. Sie traute sich ohnehin nicht, vor ihre Eltern zu treten, aber als sie in die Küche ging, fühlte sie, wie der scharfe Blick ihrer Mutter sie durchbohrte. Diese warf ihr vor, nie aus ihrer Misere herauszukommen, wenn sie ihrem Mann gegenüber so nachgiebig sei. Die Ajumma fühlte sich ungerecht behandelt und in ihrem Glauben bestärkt, dass selbst ihre Eltern nicht gut zu ihr seien und sie sich nur auf ihren Mann stützen könne. Deshalb sei sie mit ihm nach Hause gekommen.

Nachdem sie erzählt hatte, was geschehen war, räusperte sich die Ajumma einige Male, um ihre Stimme wieder in den Griff zu bekommen, und gerade als sie fortfahren wollte, trat Janguns Mutter aus ihrem Zimmer. Sie zog sich die Schuhe an und kam zu uns herüber. Sie merkte, dass Großmutter und die Ajumma über etwas Interessantes geredet hatten, denn ein befremdliches Schweigen war eingetreten. Janguns Mutter setzte sich auf die Veranda und versuchte, den Faden wieder aufzunehmen, aber Großmutter und die Ajumma griffen nach den Windeln, die schon lange gefaltet dalagen, als seien sie erst jetzt mit der Arbeit fertig geworden, und standen auf.

„Sie gehen schon wieder?"

„Es ist schließlich Zeit, das Abendessen zu machen."

Mit diesen Worten setzte Großmutter einen Schlussstrich unter das Gespräch, Janguns Mutter blieb enttäuscht zurück.

Ich legte mich allein ins Zimmer und dachte eingehend über das Leben der Ajumma nach.

Obwohl sie so fleißig war, hatte sie nicht die Kontrolle über ihr Leben. Sie war ihrem Leben treu, aber sie scheute sich vor selbständigen Entscheidungen.

Den meisten Erwachsenen fehlt es an Abenteuerlust. Anstatt herauszufinden, was die Vorteile eines eigenständigen Lebens sein könnten, glauben sie lieber, dass sie sich nicht aus dem bestehenden Leben lösen können. Bei Frauen ist diese resignierte Haltung gegenüber dem Los des Schicksals besonders stark ausgeprägt, und so nehmen sie das Leben wie es ist. Diese unvernünftige Haltung trägt am meisten dazu bei, eine Frau unglücklich zu machen. Indem sie dazu angehalten wird, das zufällig entstandene Unglück einfach zu akzeptieren, anstatt dagegen zu kämpfen, wird noch größeres Unglück heraufbeschworen.

Als sie durch Gewalt ihre Jungfräulichkeit verlor, hätte die Ajumma dieses ihr zufällig widerfahrene Unglück besiegen müssen. Sobald sie in der Lage war, sich die Kleidung wieder zurechtzurücken, hätte sie dem

Ajossi eine Ohrfeige verpassen oder ihn anspucken, sich umdrehen und die Sache restlos vergessen sollen. Aber das tat sie nicht. Resigniert glaubte sie, ihr Leben sei damit entschieden, und klammerte sich mit aller Kraft an den Ajossi. Selbst als sie es nicht mehr ertrug und ihn verließ, konnte die Ajumma nicht anders, als sich wieder in seine Gewalt zu begeben. Ihr Mann hatte sie daran erinnert, dass er unwiderruflich Herr über ihrer beider Schicksal, mit anderen Worten Herr über Ajummas Körper sei.

So sieht es aus. Bei vielen Frauen entscheidet sich ihre Zukunft durch das erste Mal. Wen sie als Erstes geküsst haben oder mit wem sie das erste Mal geschlafen haben, der hat eine besondere Bedeutung im Leben einer Frau. Von der Kindheit an wird ihnen durch das Tabu der Sexualität eingebleut, sie hätten das erste Mal als ihr Schicksal hinzunehmen. Nur weil es sich um den ersten Mann handelt, soll eine Frau ein ganzes Leben mit ihm teilen und sie denkt nicht einmal daran, sich aus dieser Situation zu befreien.

Das Problem besteht darin, dass dieses erste Mal meistens völlig zufällig geschieht. Das ist schon allein an den Fällen zu sehen, die ich aus meiner Umgebung kenne. Der Mann, der einem den ersten Kuss gibt oder der einem zum ersten Mal die Kleider auszieht, ist nicht immer derjenige, in den man verliebt ist.

Deshalb gehört Sexualität einem allein. Sie gehört nicht dem Ehemann und noch weniger dem Mann, der ihre Tür zum ersten Mal öffnet.

Ich halte es für eine Dummheit, den Mann, der einem die Jungfräulichkeit nimmt, als seinen Herrn anzusehen, und einer Sache, die nichts weiter als Zufall ist, eine schicksalhafte Bedeutung zuzuschreiben. Das war es bestimmt, was die Autoren Thomas Hardy und Guy de Maupassant den Lesern ihrer Bücher „Tess" und „Ein Leben" – Bücher, die Tante Yongok von Kyongja ausgeliehen hatte – mitteilen wollten.

Meine Gedanken lassen sich in drei Punkten zusammenfassen. Erstens: Das erste Mal bedeutet nicht etwa Schicksal, sondern Zufall. Zweitens: Frauen nehmen das vermeintliche Schicksal resigniert an, weil ihnen bereits seit der Kindheit das Tabu der Sexualität aufgezwungen wird. Drittens: Ich werde in der Lage sein, das Gesetz vom ersten Mal zu brechen, weil ich mich durch Überwindungstraining von dem Tabu „Man darf sich nicht für das Geschlechtsteil des anderen Geschlechts interessieren" befreit habe.

Ich war bereit, mit dem Tabu vom ersten Mal, vom ersten Kuss zu brechen, sobald sich die Gelegenheit dazu bieten würde. Es hätte mir nichts ausgemacht, wenn dies früher der Fall sein sollte, als Erwachsene es für angemessen hielten, aber ich ahnte nicht, dass sich diese Gelegenheit so schnell ergeben würde. Wie es im Leben nun mal ist, kam sie ganz zufällig.

17. Der Schatten auf seinem schönen Gesicht

Der Sommer ist zwar offiziell vorbei, aber auf dem Weg von der Schule nach Hause begleitet mich noch immer eine stechende Septembersonne. Vor der Kreisverwaltung wird gerade die Straße asphaltiert. Wenn ich dort vorbeikomme, sehe ich gern den Bauarbeiten zu. Zuerst haben sie die Straße umgegraben und geglättet, dann wurden Steinchen verstreut, anschließend kamen Sand und Wasser darüber. Dann rollte eine Straßenwalze wie ein Panzer mit riesigen Rollen darüber und drückte die spitzen Steinchen platt und in den Boden hinein. Nachdem dies einige Tage lang wiederholt wurde, soll die Straße heute anscheinend endlich asphaltiert werden. Viele neugierige Zuschauer haben sich versammelt.

Ich mische mich unter die Erwachsenen und sehe zu, wie Bindemittel auf die Straße gegossen wird.

„Der Asphalt kommt ja gar nicht direkt auf den Boden."

„Stimmt. Sie befestigen den Asphalt anscheinend mit Klebstoff."

„Was ist das für ein Klebstoff? Ich glaube, ich frage mal den kleinen Mann dort, er scheint der Ingenieur aus Seoul zu sein."

„Das haben ihn viele andere auch schon gefragt. Vorhin hat er etwas erklärt. Er sagte etwas von Asphalt ..."

„Sieh dir das an. Beeindruckend, wie die schwarze Masse dampft."

Mit einem Ohr lausche ich den Gesprächen der Männer, ohne meine Augen von der Straße, dem Asphalt und der Straßenwalze abzuwenden. Die Straße dampft wie Reiskuchen, der frisch aus dem Topf kommt. So wie Reiskuchen mit zerstampften roten Bohnen bedeckt werden, gart die Straße unter den Steinen.

Auch aus dem Teehaus Chung und dem Billardsalon Sieg sind einige Leute herausgekommen, um zuzusehen, wie die Straßenwalze mit eleganten Bewegungen erbarmungslos über Kieselsteine und Asphalt hinwegrollt. Unter den Leuten entdecke ich den Ajossi aus der „Kwangjin-Taera", der nie fehlt, wenn es was zu sehen gibt. Als der Ajossi mich sieht, gibt er mir mit der Hand ein Zeichen, dass ich schleunigst nach Hause gehen soll. Überflüssigerweise führt er sich auf, als seien wir miteinander befreundet, gleichzeitig will er sich als Autorität aufspielen. Ich gebe vor, ihn nicht gesehen zu haben, senke den Kopf und laufe nach Hause. Auf dem Weg meide ich absichtlich schattige Stellen und liefere mich vollkommen der Sonne aus. Es fühlt sich gar nicht so schlecht an, wie sie meinen bloßen Kopf erwärmt und ich immer träger werde.

Ich trete durch das Haustor und sehe wie üblich zum Brunnen hinüber. Ich werfe auch einen flüchtigen Blick in den hinteren Hof. Einige Zeit wohnte dort jemand im Eckzimmer.

Eine Freundin meiner Tante, eine Telefonistin, fragte sie, ob wir nicht eines unserer vielen leer stehenden Zimmer vermieten könnten. Eine neue Kollegin suche ein Zimmer. Großmutter hielt es für eine gute Idee, das leere Zimmer am hinteren Hof zu vermieten. Im Haus war es still geworden, seitdem mein Onkel nicht mehr da war. Dass die Frau mit ihrem jüngeren Bruder einziehen wollte, fand Großmutter sogar vertrauenserweckender als die Vorstellung, eine weitere alleinstehende Frau im Haus zu haben.

Als das Geschwisterpaar bei uns einzog, war Großmutter allerdings alles andere als erfreut. Das lag allein an Hejas Aussehen. Heja war bildhübsch. Heja hatte einen unbefangenen Blick, war schlank und sprach etwas nasal, vielleicht weil sie Telefonistin war, und sie machte den Eindruck, als laste irgendein Schatten auf ihr, was sie, positiv formuliert, ein bisschen melancholisch aussehen ließ, aber ehrlich gesagt auch etwas Weinerliches hatte.

Großmutter meinte, Heja sei nicht einfach nur hübsch, sondern habe eine Art zu lächeln, mit der sie noch viele Männer um den kleinen Finger wickeln werde. Hejas Unbesonnenheit sei ihr an den schmalen Handgelenken abzulesen. Großmutter warf meiner Tante mangelnde Menschenkenntnis vor, die beiden Geschwister würden bestimmt noch Ärger verursachen. Tante Yongok antwortete empört: „Ich kenne sie doch auch kaum. Eine Freundin hat sie mir vorgestellt. Und du wolltest, dass ich mich nach Untermietern umsehe. Eine allein lebende Frau kam für dich nicht in Frage, aber mit dem Geschwisterpaar warst du selbst einverstanden."

„Der Junge missfällt mir in Wirklichkeit noch mehr."

Hejas Bruder Hyonsok war drei Jahre älter als ich und teilte sich mit seiner Schwester Großmutters Abneigung. Normalerweise hätte Hyonsok die zweite Klasse der Mittelschule besuchen müssen, aber er ging nicht hin. Heja sagte, sie habe sich noch nicht darum kümmern können, weil sie so plötzlich umgezogen seien, aber man konnte Hyonsok ansehen, dass er schon lange nicht mehr zur Schule ging. Großmutter hatte zwei Erklärungen dafür: „Vermutlich kann seine Schwester die Schulgebühren nicht bezahlen, so dass Hyungsok nach der Grundschule aufhören musste. Oder sie sind so häufig umgezogen, dass es dem Jungen gar nicht möglich war, in die Schule zu gehen."

Was immer die Ursache sein mochte, Großmutter war mit beiden Varianten unzufrieden. Obwohl sie selbst ein elternloses Kind aufzog, hatte sie wie die meisten anderen Erwachsenen Vorurteile gegenüber Waisenkindern. Es beunruhigte Großmutter, dass ein Junge, von dem man nicht wusste, wie und wo er seine Erziehung genossen hatte, mit ihrer wertvollen Enkelin, die allmählich weibliche Züge annahm, im selben Haus wohnen sollte. Gegenüber Hyonsok zeigte Großmutter eine Reserviertheit, die sie Jangun gegenüber niemals empfunden hatte.

Hyonsok unterschied sich von dem einfältigen Jangun in vielerlei Hinsicht. Vor allem war er sehr feingliedrig. Beim Lächeln bildeten sich Grübchen in seinen Wangen, was gut zu seiner hellen Gesichtsfarbe passte, seine langen Wimpern und sein eindringlicher Blick hatten, wie bei seiner Schwester, etwas Fesselndes.

Großmutter wusste, dass es zwecklos war, dennoch sagte sie, bevor sie aufs Feld ging, zu Tante Yongok, sie solle zu Hause bleiben. Großmutter wusste nicht, dass sie sich unnötige Sorgen machte. Ich liebte nur Sok und das Bild von ihm mit seiner Mundharmonika und der Ziege. Als ich Hyonsok das erste Mal begegnete, war mir natürlich aufgefallen, wie gut er aussah. Aber es war nur ein allgemeines Gefühl, so als würde man vom Betrachten der Nachtkerzen berührt. Ein besonderes Gefühl, das sich von diesem allgemeinen unterschied und nur mir allein gehörte, galt bereits Sok.

Es passierte lediglich Folgendes: Entgegen Großmutters Sorgen versuchte Hyonsok überhaupt nicht, meine Aufmerksamkeit zu erregen, ja, er sprach mich darüber hinaus so gut wie nie von sich aus an. Stets lief er etwas niedergeschlagen an mir vorbei, geräuschlos wie ein Schatten. Gleichzeitig ging ein unerklärlicher Duft von ihm aus. Hyonsok wohnte noch nicht lange bei uns, als wir eines Morgens am Brunnen aufeinander stießen. Während ich Wasser in eine Schüssel goss, würdigte er mich keines Blickes, wusch sich und richtete sich schließlich auf. Er vergrub sein Gesicht, das so hell strahlte, im Handtuch, als habe er gerade seinen ganzen Kopf in Wasser getaucht. Ich hockte vor dem Brunnen und richtete zwar meinen Blick auf die Waschschüssel, aber während ich mir die Hände einseifte, beobachtete ich Hyonsok aus den Augenwinkeln.

„Schon auf, Jinhi?"

Gleichzeitig mit diesen Worten verschwanden Hyonsoks zarte Füße aus meinem Blickfeld, an ihre Stelle traten ein Stück der gestreiften Pyjamahose und die behaarten Beine des Kitanai.

„Nicht vergessen, nach der vierten Stunde in der Aula. Nach dem ersten Preis beim vorigen Mal müssen wir uns jetzt noch mehr anstrengen, sonst blamieren wir uns im Herbstwettbewerb."

Zu meinem Unmut darüber, dass Herr Choi bereits wenige Tage nach Schulanfang versuchte, mich unter Druck zu setzen, kam die Enttäuschung hinzu, Hyonsoks Füße aus den Augen verloren zu haben. Daher antwortete ich Herrn Choi halbherzig und wusch mir kräftig das Gesicht. Nachdem ich das Wasser mit Schwung in den Abfluss gegossen hatte und mich aufrichtete, blieb ich reglos stehen. Hyonsok war gar nicht in sein Zimmer zurückgegangen. Er stand unter dem Khakibaum am Brunnen und sah mich an. Beim Anblick des lächelnden Hyonsok vor dem Hintergrund des blauen Septembermorgenhimmels fiel mir wieder auf, wie gut er aussah.

Als ich ins Zimmer ging, lag meine Tante immer noch unter der Decke und hielt das Radio an sich gedrückt. Sie fragte: „Ist der Kitanai draußen? Dann wasche ich mich später. Ich kann den Anblick seines gestreiften Pyjamas nicht ertragen." In ihren Augen stand sie nicht aus Faulheit später auf als ihre Nichte, sondern aus Keuschheit. Aber ich hörte gar nicht, was sie sagte, weil meine Augen noch immer auf Hyonsok unter dem Khakibaum gerichtet waren.

Das war alles. Als ich auf dem Weg zur Schule über die Brücke lief, fühlte sich der Wind plötzlich sanfter an. Bereits zwei Monate waren seit Soks Abreise vergangen.

Großmutter änderte bald ihre Meinung über die freundliche und zurückhaltende neue Mieterin, sie lobte Heja sogar für ihre Reife und ihr tadelloses Benehmen.

Selbst Janguns Mutter, die Hejas Einzug anfangs am meisten beunruhigt hatte, fand keinen Anlass, sich aufzuregen. Jemand wie Janguns Mutter wäre zwar durchaus imstande, sich schon allein über Hejas Anwesenheit im Haus zu beschweren. Sie könnte behaupten, Heja wolle mit ihrem Aussehen angeben, aber weil sie viel arbeitete und selbst dann, wenn sie zu Hause war, ihr Zimmer nicht verließ, war Janguns Mutter zufrieden. Tante Yongok beneidete Heja um ihr Aussehen, aber sie sagte nichts, weil sie diejenige war, die sie vermittelt hatte, und nachdem sie sich ein paar Mal Nagellack und Lippenstift von Heja ausgeliehen hatte, war sie von der attraktiven, verständnisvollen Frau begeistert und folgte ihr wie einer älteren Schwester.

Alle Hausbewohner vermuteten zwar, dass Heja irgendeine Geschichte verschwieg, die den Grund für ihre Ausstrahlung und ihre ständigen Umzüge liefern würde, aber sie akzeptierten Heja schließlich als Hausmitglied. Das Misstrauen verflog und sie versuchten nicht, mehr darüber zu erfahren. Selbst wenn sie etwas verheimlichen sollte, so äußerte sich die Solidarität der Leute gegenüber einer, mit der sie unter demselben Dach lebten, darin, dass sie an dem vagen Glauben festhielten, Heja sei dabei keine böse Rolle zugekommen.

Auch Hyonsok erregte kein Missfallen. Dazu konnte es auch gar nicht kommen, er verließ wie Heja so gut wie nie den hinteren Hof. Die Geschwister wussten, wie man sich als Fremde zu verhalten hat. In dieser Anfangsphase der Neugier und der feindlichen Blicke, verhielten sich die beiden unauffällig und fügten sich so gewissenhaft wie nur möglich in die herrschende Ordnung ein. Auch das deutete darauf hin, dass ihr Leben als Fremde eine lange Vorgeschichte hatte.

In den vielen Nachtschichten, die Heja als Telefonistin arbeiten musste, saß Hyonsok oft allein auf der hinteren Veranda. Die Veranda des Eckzimmers und die hintere Veranda unseres Zimmers gingen ineinander über und wurden nur durch den Vorraum getrennt. Manchmal, wenn ich auf der hinteren Veranda saß und den Khakibaum betrachtete, entdeckte ich Hyonsok am anderen Ende. In solchen Fällen schickte mich Großmutter mit gekochten Maiskolben oder Kartoffeln zu ihm. Ihre Reserviertheit hatte sich schon längst in Mitleid für den Jungen gewandelt, der in den Nächten, in denen seine Schwester arbeitete, alleine auf der Veranda saß und den Khakibaum betrachtete.

Heja hatte am Tag zuvor Nachtschicht, deshalb waren beide Geschwister zu Hause, obwohl aus dem Eckzimmer wie immer kein einziger Laut zu hören war. Wenig Sonne scheint dort hinein, auch das Wasser fließt nicht so gut ab, weil der hintere Hof etwas tiefer liegt. Während der Regenzeit versinkt man dort im Boden, so dass es mühsam ist, die Schuhe aus dem Matsch zu ziehen, ohne dabei das Gleichgewicht zu verlieren. Auch jetzt im September ist es auf dem hinteren Hof viel kühler als vorne, der Boden ist mit Moos überzogen. Der Hof ist in jeder Hinsicht zum Wohnen ungeeignet. Ich hatte Mitleid mit den Geschwistern, die selbst an diesem sonnigen Tag, an dem sowieso niemand daheim war, wie Schwerverbrecher den feuchten, kühlen, dunklen hinteren Hof nicht verließen.

Ich werfe meine Schultasche auf die Veranda, hole die Waschschüssel darunter hervor und laufe zum Brunnen. Nach dem langen Marsch unter der heißen Sonne ist es eine Wohltat, das erhitzte Gesicht ins kalte Wasser zu tauchen und den Schweiß abzuwaschen. Mit einem blechernen Geräusch schlägt die Schüssel auf dem Zementboden neben dem Brunnen auf. Ich lasse den Schöpfkübel in den Brunnen fallen und frage mich, wo Tante Yongok sein könnte.

Meine Tante ist zur Zeit besessen von der Idee, eine Arbeit zu finden. Bei Heja hat sie sich schon informiert, wie man Telefonistin wird, und jeden, der in unser Haus kommt, überfällt sie aus heiterem Himmel mit der Frage, ob er keine Stelle für sie habe.

Neulich kam ein Mann zu uns, der sich als Vorstandsmitglied der Waschmittelfabrik vorstellte. Er versuchte Großmutter zu überreden, ihr Feld hinter der Fabrik zu verkaufen, weil sie die Fabrik vergrößern wollen. Tante Yongok wich nicht von seiner Seite und fragte: „Stellen sie nicht jemanden in der Waschmittelfabrik ein?“, wofür sie später mehrmals von Großmutter beschimpft wurde. Meine Tante hat einen ganz bestimmten Grund, sich ausgerechnet in Anwesenheit meiner Großmutter so aufzuführen.

Tante Yongok braucht Geld. Das bisschen Ersparte aus „Sister“-Zeiten hat sie restlos für die Schönheitsoperation ausgegeben, und es kostet sie einiges, Hyongyol Lee zu besuchen. Eine junge Frau braucht immer Geld, selbst wenn sie nur im Zimmer herumhockt, aber wenn sie darüber hinaus auch noch den Ehrgeiz besitzt, sich ein so attraktives Aussehen wie das von Heja zuzulegen, reicht das Taschengeld nicht aus, das meine Tante dann und wann von Großmutter bekommt. Daher kam Tante Yongok auf die Idee, selbst Geld zu verdienen. Sie sagte sich, fragen kostet nichts, und hoffte auf diese Weise zumindest indirekt vor Großmutter zu demonstrieren, dass sie mehr Taschengeld braucht. Also redet sie unaufhörlich von Arbeit.

Auch heute Morgen am Frühstückstisch versucht meine Tante Großmutter zu beeinflussen: „Wenn ich keine Stelle finde, dann geh ich zu irgendeiner Familie als Haushaltshilfe. Ohne Geld dreh ich noch durch."

„Haushaltshilfe? Nur zu. Du wirst ja eine tolle Haushaltshilfe abgeben, wo du nicht einmal deine eigenen Socken waschen kannst."

„Glaubst du etwa, ich schaffe das nicht? Yongsuk aus der Sägemühle hat es auch gemacht, dabei war ihre Familie viel wohlhabender als unsere."

„Yongsuk blieb schließlich nichts anderes übrig, als die Sägemühle zugrunde ging."

„So geht's mir auch. Weil ich kein Geld habe, will ich wenigstens als Haushaltshilfe arbeiten. Wenn ich muss, dann kann ich es auch."

Meine Tante weiß nicht, was Logik ist. Eigentlich müsste sie behaupten, sie sei in so großer finanzieller Not, dass sie sogar in Erwägung ziehe, als Haushaltshilfe zu arbeiten, und Großmutter solle ihr daher Geld geben. Sie will keineswegs wirklich als Haushaltshilfe arbeiten. Sie verfängt sich in ihrer Argumentation, hält sich bei Kleinigkeiten auf und versteift sich auf unnütze Behauptungen. Wenn sie das durchgesetzt hat, ist sie verwirrt und fragt sich, warum sie sich so ereifert hat, nur um dann letztlich derart darauf zu bestehen, dass sie in der Lage ist, die Arbeit einer Haushaltshilfe auszuführen. Es ist immer das Gleiche mit meiner Tante.

Yongsuks Schwester Yongnim geht mit mir in dieselbe Klasse, deshalb weiß ich mehr über sie als Tante Yongok. Yongnims Familie verschlug es durch den Bankrott der Sägemühle in alle Winde. Als der Vater über seinem Kummer starb und seiner Frau nur einen Schuldenberg vermachte, ging sie fort, um Geld zu verdienen, und ließ ihre fünf Kinder zurück. Die Jüngste von den Kindern, Yongae, wurde zu den Großeltern mütterlicherseits aufs Land geschickt, weil sie noch klein war. Yongnim versorgte den Haushalt und ging weiterhin mit ihren beiden jüngeren Geschwistern in die Schule, aber die Älteste, Yongsuk, zog bei der Familie des Leiters vom Daedong-Krankenhaus ein und arbeitete dort als Haushaltshilfe, um für ihre Geschwister die Schulgebühren und den Lebensunterhalt aufbringen zu können.

Yongsuk, die vorher noch nie hatte arbeiten müssen, wurde von der Frau des Krankenhausleiters, Hwayongs Mutter, den ganzen Tag lang schikaniert. Hwayongs Mutter vertrat die Ansicht, Hausangestellte dürfe man von vornherein nicht als Menschen, sondern nur als Maschinen betrachten. Sie müssten mit äußerster Strenge behandelt werden, damit sie später schon bei den kleinsten Gunsterweisungen Dankbarkeit zeigten. Aus Verantwortung ihren Geschwistern gegenüber lebte Yongsuk bereits drei Höllenjahre bei dieser Familie. In der Zwischenzeit hatte sich das Mädchen zu einer Frau entwickelt.

Der Krankenhausleiter fand, dass seine Frau die Haushaltshilfe zu streng behandelte. Aber Mitgefühl zu zeigen gehörte nicht zu seinen Charaktereigenschaften und er wusste, dass es ihm nur Ärger bringen würde, sich in Haushaltsangelegenheiten einzumischen. Es ging ihn nichts an, jedenfalls nicht, solange er wie üblich das Abendessen auf dem Tisch vorfand, selbst wenn die Haushaltshilfe streng behandelt werden, erkranken und tot weggeschafft werden sollte.

Als aber die Haushaltshilfe, mit der er nichts zu tun hatte, allmählich zur Frau wurde, kam dem Krankenhausleiter der Gedanke, dass ihn die Haushaltshilfe vielleicht doch etwas angehen könnte. In Anbetracht seiner eifersüchtigen Ehefrau zwang er sich, nicht so genau hinzusehen, aber je mehr er sich darum bemühte, umso mehr fiel ihm das frische Aussehen der Angestellten auf. Eines Nachts, kühn vom Alkohol, klopfte er an ihre Tür: „Schläfst du schon, Yongsuk? Bist du sehr erschöpft?“

Yongsuk, aus unserer Perspektive vielmehr unglückliche Jungfrau als Haushaltshilfe, bemerkte den intimen Unterton in der Stimme ihres Arbeitgebers nicht, und öffnete sofort die Tür, so wie es sich für eine Bedienstete gehört, die voller Dankbarkeit ist, wenn man ihr auch nur die kleinste Gunst erweist. Eine starke Alkoholfahne wehte ihr entgegen, ein lüsterner männlicher Körper mit Glatzkopf stürzte sich auf ihren keuschen Körper. Yongsuk schrie aus Leibeskräften, woraufhin sofort die Ehefrau angerannt kam, die die Blicke ihres Mannes in der letzten Zeit ohnehin alarmiert hatten.

Als sie sich von dem Leib des Mannes, der auf ihr lag, befreit hatte, schöpfte Yongsuk Hoffnung. Sie glaubte, endlich sei der Moment gekommen, in dem die Gerechtigkeit siegt. Aber noch in derselben Nacht wurde Yongsuk mit ihrem Kleiderbündel aus dem Haus geworfen. „Was fällt dir ein, meinem Mann schöne Augen zu machen, glaubst du etwa, ich weiß nicht, was du im Schilde führst? Du willst meinen ehrlichen Mann verführen und dann behaupten, er habe dein Leben ruiniert, um Dich in unser Schlafzimmer zu schleichen. Das ist der Grund dafür, warum ich so streng mit meinen Angestellten bin, aber ich hatte Mitleid mit einem Kind, das ja eigentlich nicht in armen Verhältnissen aufgewachsen ist. Ich war zu nachsichtig, aber man wird ja nur mit Undankbarkeit belohnt. Sei froh, dass wir dich gehen lassen und die Geschichte nicht an die große Glocke hängen!" Mit diesen Worten schob die aufgebrachte Ehefrau der jungen Frau die rechtliche Schuld für das Zerbrechen ihrer Ehe zu und Yongsuk aus dem Haus.

Yongsuk ging nach Seoul. In der Nacht, in der sie ihre Heimat verließ, nahm sie sich fest vor, nie wieder als Haushaltshilfe zu arbeiten, daher blieb ihr nur die Arbeit als Bardame. Man sagt, dass es Yongsuk in der Nähe eines US-Stützpunktes gut gegangen sei. Sie soll zwar einen amerikanischen Soldaten geheiratet haben, aber in unserem Ort heißt es offiziell, dass sie in einer Perückenfabrik arbeitet und gut bezahlt wird.

Jedenfalls ging es Yongnims Familie wieder besser, weil Yongsuk viel Geld nach Hause schickte. Ihre Mutter erfuhr davon und kehrte nach Hause zurück. Seitdem muss sich Yongnim nicht mehr um ihre jüngeren Geschwister kümmern und ist wieder eine normale Schülerin der fünften Klasse. Yongnim erzählt allen stolz, dass sie nach der Grundschule zu ihrer Schwester ziehen will, die in Seoul Karriere gemacht habe. Yongsuk hatte ihr geschrieben, Yongnim solle sich nicht um die anderen Schulfächer kümmern, mit guten Englischkenntnissen könne man viel Geld verdienen. Seitdem versucht Yongnim das englische Alphabet auswendig zu lernen, was ihr schwer fällt, da sie erst im letzten Jahr das Einmaleins und das auch nur mit viel Mühe gelernt hat. „Äbißidi – ihepdschi – ätschielkä – ellemopi ..." Wenn meine Tante hören könnte, wie Yongnim das ABC aufsagt, dann käme sie nicht auf die Idee, das für Englisch zu halten.

Dass Tante Yongok ausgerechnet Yongsuk als Beispiel anführen musste

… Zum Glück fragte Großmutter nicht, ob sie sich dann genauso wie Yongsuk für die Ausländer prostituieren wolle. Meine Tante wäre sicher in Verlegenheit geraten, weil sie ja einst in ihrer Sehnsucht nach dem Westen mit einem kanadischen Jungen Briefe ausgetauscht hatte. Sie würde zwischen der Prostituierten für Ausländer und der „Sister" auf jeden Fall eine Ähnlichkeit entdecken, und nur aus dem einfachen Grund, den ihr zugespielten Ball aufzufangen, wäre sie diesmal vielleicht mit der irrsinnigen Behauptung angetreten, dass es eine durchaus angesehene Position sei, sich für Ausländer zu prostituieren.

Tante Yongoks Charakter war einfach und eigennützig, er wurde vermutlich noch nie einer harten Prüfung unterzogen, durch die sie sich hätte verändern und reifen können. Auch ihre Liebe verläuft ohne Schwierigkeiten. Das Beunruhigende dabei ist, dass meine Tante Liebe prinzipiell als etwas Unkompliziertes ansieht.

Es gibt, im Gegensatz zu meiner Tante, viele, die sich aufgrund einer nicht reibungslos verlaufenden Liebe quälen. Es stellte sich heraus, dass auch Heja zu diesen Menschen gehört.

Das Haustor öffnet sich unter Riesenlärm, als würde es in Stücke geschlagen. Aus dem Haus ist nur der Ajossi aus der „Kwangjin-Taera" zu so einem Verhalten in der Lage, aber der würde sich das nur nachts trauen, und auch nur in betrunkenem Zustand. Wer wagt es also, derart heftig gegen das Haustor fremder Leute zu treten? Ich habe bis dahin am Brunnen gehockt, jetzt nehme ich die Hände aus der Waschschüssel und stehe hastig auf.

Es ist eine Frau. Sie ist untersetzt und trägt ein glitzerndes Hanbok mit Chrysanthemenmuster, das zur Zeit in Mode ist. Das an sich verleiht ihr bereits eine auffällige Erscheinung, aber ihre hoch gezogenen Augenbrauen sehen so furchterregend aus, dass es fast schon komisch ist. Nach der Art zu urteilen, wie sie in unseren Hof stürmt, als wolle sie sich gleich die Ärmel hochkrempeln und jemanden zusammenschlagen, ist anzunehmen, dass entweder die Stiefmutter von Jangwha und Hongryon wieder auferstanden ist, oder eine Gläubigerin ihre Schulden eintreiben will.

„Wo ist dieses Miststück? Wo ist sie?"

Entschlossen bleibt die Frau vor der Veranda stehen und stampft so stark auf, dass ihr Gummischuh abzufallen droht. Dann bemerkt sie, dass niemand zu Hause ist und auch leider niemand vor ihr Angst bekommt, und dass nur ein kleines fremdes Mädchen sie anstarrt. Sie sagt mit schwankender Stimme, die andeuten soll, dass sie mich verschonen und gleichzeitig ihre Autorität als Erwachsene aufrecht erhalten will, sich also auf keinen Fall besänftigen lassen wird: „Hier wohnt doch ein Miststück namens Heja Chung, oder?"

Mir wird klar, dass die Frau, die ich für die Stiefmutter aus der Geschichte von Jangwha und Hongryon gehalten habe, in Wirklichkeit Frau Kyo aus Sassinamjonggi ist. (Im nächsten Moment fällt mir ein, dass Frau Sa die Hauptfrau ist und die Frau Kyo die Geliebte, und ich die beiden verwechselt habe, aber weil Frau Kyo in meiner Vorstellung der untersetzten Frau so ähnlich ist, beschließe ich für mich, sie so zu nennen.) Es ist ganz und gar nicht schwer, das Verhältnis zwischen Frau Kyo und Heja zu erraten. Das ist also ihr Geheimnis.

„He, ich frage dich was, wo ist Heja Chung? Bist du taub?"

Frau Kyo macht eine drohende Miene und kommt mit ihren stämmigen Beinen einen Schritt auf mich zu. Aus ihren Gummischuhen quellen dicke Füße heraus. Bei ihrem Anblick muss ich unwillkürlich an Füße denken, die mit diesen überhaupt nichts gemeinsam haben. Hejas Füße sind weiß und fein und stecken in Halbschuhen aus geflochtenen roten Plastikbändern. Wenn ich Frau Kyos Mann wäre, würde ich mich auch für die feinen, von roten Bändern umhüllten entscheiden. Aber hier handelt es sich keineswegs um einen Kampf, der Raum für eine Wahl oder die Möglichkeit zu Sieg und Niederlage lässt. Es handelt sich um eine einseitige Hassattacke.

Dass es ein einseitiger Angriff ist, ist sofort an Hejas Gesicht abzulesen, die zufällig in diesem Moment mit dem Wäschekorb zum Brunnen gehen will. Als sie Frau Kyo sieht, läuft ihr Gesicht zuerst ganz blau an und wird dann blass wie weißes Papier. Ihre zerbrechlichen Schultern zittern. Frau Kyo, die ohnehin tobt, als wolle sie das ganze Haus auseinander nehmen, blickt Heja, die auf dem Weg zum Brunnen wie angewurzelt stehen bleibt, mit weit aufgerissenen Augen an.

„Du Miststück!"

Schreiend stürzt sich Frau Kyo, einem Falken beim Beutezug gleich, auf die junge Frau, mit einer für ihren massigen Körper überraschenden

Beweglichkeit. Der Wäschekorb rutscht Heja aus den Händen und prallt auf den Boden, sie sackt in sich zusammen. Mit beiden Händen zieht Frau Kyo an Hejas Haaren. Sie streckt eines ihrer Beine, stämmig wie Rettich, unter dem Hanbok hervor und bringt ihre Widersacherin zu Fall. Mit ihren Fußnägeln zerkratzt Frau Kyo erbarmungslos Hejas Gesicht. Aus ihrem Mund quillt ein nicht enden wollender Strom an Schimpfwörtern. Durch ihre heftigen Bewegungen ist sie völlig außer Atem, sie keucht: „Du Miststück, nur weil du ein hübsches Gesicht hast, machst du dich an einen verheirateten Mann ran? Du Hure! … Hast du geglaubt, du könntest nach so einer Schandtat einfach weiterleben? … Miststück, du verdammte Hure! Du hast wohl den Verstand verloren, dass du einem verheirateten Mann schöne Augen machst, hinter dem eine wachsame Frau steht. Du Hure! Telefonistin? Dass ich nicht lache. Du läufst doch nur den Männern nach, was heißt hier Telefonistin? Wer hat dir die Stelle verschafft, he? Du Schlampe, mit wessen Geld hast du hier einen Haushalt aufgebaut, na, sag schon!"

Hinter dem Khakibaum steht eine Mauer, dahinter wohnen die Besitzer des Keramikladens Yongwon. Weil die Mauer einigermaßen hoch ist, vergisst man für gewöhnlich, dass dahinter Menschen leben, aber jetzt hat anscheinend jemand eine Leiter an die Mauer gestellt, denn dahinter tauchen abwechselnd die Köpfe verschiedener Leute auf.

Mit angsterfüllter Stimme versucht sich Heja zu rechtfertigen: „Nein, Sie irren sich …", aber sie ist von Frau Kyos Angriff bereits so geschwächt, dass sie nicht weitersprechen kann und anfängt zu weinen. Schluchzend lässt sie es über sich ergehen, dass Frau Kyo ihre Haare in alle Himmelsrichtungen zieht und ihr den ganzen Körper zerkratzt.

Hyonsok kommt aus dem hinteren Hof herbeigeeilt und schreit heulend: „Lassen Sie sie los, lassen Sie meine Schwester los!"

Frau Kyo dreht sich in seine Richtung, sieht Hyonsok und kneift ihre Augen zu einem Spalt zusammen. Dann kreischt sie: „So, du bist also die Ratte. Du bist als Bote hin- und hergelaufen. Du Bastard, du kannst deine Hure von Schwester noch so sehr anbeten, das wird dir nichts bringen, gar nichts wird dir das bringen. Diese Hure mache ich fertig."

Bei dem Wort „diese" presst Frau Kyo ihre Lippen aufeinander und versetzt Heja einen heftigen Tritt. Heja schreit auf und stürzt zu Boden, trotzdem gibt sie Hyonsok mit einem Wink zu verstehen, dass er wieder ins Zimmer gehen soll. Hejas Lippen sind aufgeplatzt und bluten. Es ist ein mitleiderregender Anblick, wie sie mit zerzausten Haaren eine Hand auf ihre blutenden Lippen presst und zugleich versucht, ihren Bruder zu schützen.

Aber Hejas tragischer Anblick, der allen normalen Menschen das Herz erweichen würde, provoziert Frau Kyos Eifersucht und Kampfgeist noch mehr. Nichts treibt einen mehr in die Rolle des Schurken, als ein Gegenüber, das meisterhaft ein unschuldiges Opfer abgibt. Frau Kyo steigt über die sich auf dem Boden krümmende Heja hinweg und stürmt zum Eckzimmer, aus dem Hyonsok gekommen ist. Es ist nicht schwer zu erraten, dass sich Frau Kyo vom Falken zum Wildschwein verwandelt hat und nun mit gefletschten Hauern das Eckzimmer verwüsten wird.

Ich laufe Frau Kyo ein paar Schritte nach und sehe, wie sie durch den matschigen hinteren Hof zum Zimmer der Geschwister watet und mit den verdreckten Schuhen die Küchentür aufstößt. Das wenige Kücheninventar, das die beiden besitzen, Blechtopf, Kochplatte, Reisschüssel, wird nach und nach herausgeworfen, immer von einer nicht abreißenden Kette von Schimpfwörtern begleitet. Auch die Tür zum Wohnraum stößt Frau Kyo mit den Füßen auf. Wie in der Küche wirft sie alle Gegenstände, die ihr zwischen die Finger kommen, nach draußen. „Mit wessen Geld hast du das gekauft? Aus wessen Tasche hast du das bezahlt, du parasitäre Schlampe?“, schreit sie. Dabei schmeißt sie auch Hyonsoks einzigen Freund, das Transistorradio, auf den Hof.

Hyonsok, der seiner Schwester zu Hilfe geeilt ist, um ihr aus dem Matsch zu helfen, muss mit ansehen, wie sein Radio auf die Veranda fällt und in tausend Stücke zerspringt. Der fünfzehnjährige Hyonsok ist recht groß und gut gebaut. Selbst wenn sich die wutschnaubende Frau Kyo als Verwandlungskünstlerin erweist und mal zum Falken, mal zum Wildschwein wird, schließt das nicht aus, dass man sich gegen sie wehrt. Mit geballten Fäusten will er auf Frau Kyo losgehen. Da schluchzt seine Schwester herzzerreißend auf, fasst seinen Arm und versucht ihn zurückzuhalten. Ihre Hand ist völlig kraftlos. Hyonsok ruft nur ihren Namen, umarmt sie und bricht ebenfalls in Tränen aus. Letztes Jahr habe ich den Film „Auch wenn ich dich hasse“ noch einmal gesehen, und selbst die

Szene, in der Hi Mun und Junghun Kim sich nach der Beschimpfung von Jongsuk Mun umarmen und weinen, war nicht so traurig wie dieser Anblick hier.

Zum Glück bekommt außer mir niemand diese Szene in ihren Einzelheiten mit. Ich will nicht, dass ein anderer mit ansieht, wie erbärmlich die Geschwister zugerichtet werden. Schon allein weil ich an einer Stelle weinen muss, eignet sich dieser koreanische Film nicht für die Öffentlichkeit.

Nachdem sie sich ausgetobt hat, geht Frau Kyo wieder zu Heja und droht: „Heute lasse ich es gut sein, du Schlampe, aber wenn ich dich noch einmal zu sehen bekomme, werde ich endgültig mit dir abrechnen".

Jetzt zum Nashorn geworden, schlägt sie mit ihren topfdeckelgroßen Händen mehrere Male gegen Hejas Brust, deren Kopf bei jedem Stoß, wie bei einer Puppe, nach vorn und wieder zurückkippt. Frau Kyo rafft mit ihrer rechten Hand ruckartig ihren Rock zusammen, so dass ein kalter Luftzug spürbar ist, und rauscht durch das Haustor davon. Großmutter hat mal gesagt, dass vornehme Frauen ihren Rock mit der linken Hand zusammenraffen, während Gisengs die rechte Hand benutzen. Jedenfalls verabschiedet sich Frau Kyo auf diese Weise.

Eine Weile verharrt Heja, die Arme um ihre Knie geschlungen, zusammengekauert im Matsch. Leise schluchzt sie vor sich hin. Sie ruft nach Hyonsok und zieht ihn an den Schultern zu sich, gemeinsam weinen sie. Inmitten der Töpfe, dem Kocher und der Kosmetiksachen, die auf dem schlammigen Hof verstreut liegen, ist es ein Bild des Jammers. Gleichzeitig wirken die Geschwister wie reine, verwundete Seelen. Obwohl Frau Kyo sie als Hure und Parasit bezeichnet hat, sieht Heja aus wie eine aus dem Matsch erblühte Seerose oder wie ein auf Schnee ausgerutschtes Reh.

Yongsuk fiel mir ein, von der manchmal am Brunnen als Prostituierte für Ausländer gesprochen wurde. Trotz der Bezeichnungen als Hure oder Prostituierte hielt ich Heja und Yongsuk nicht für schlechte Wesen. So oft ich diese Wörter im Zusammenhang mit den beiden auch gehört habe, Heja und Yongsuk waren für mich unschuldig.

Die Ajumma aus der „Kwangjin-Taera" hielt in dieser Zeit häufig einen Mittagsschlaf. Weil ihre Schwangerschaftsübelkeit viel stärker war als beim ersten Mal, überkam sie tagsüber eine solche Müdigkeit, dass sie nicht einmal aufgewacht wäre, wenn jemand sie weggetragen hätte. Sie erwachte, als das Haustor dröhnend zuschlug, allerdings erst als Frau Kyo das Haus wieder verließ.

Schwerfällig richtete sich die Ajumma auf, öffnete die Zimmertür und sah zum Haustor. Es schwang noch ein wenig hin und her, aber die Ajumma konnte nicht wissen, wer zu Besuch gewesen war. Sie zog sich die Schuhe über und lief zum Brunnen, wo sie Schuhabdrücke im Matsch entdeckte. Verwundert lief die gutmütige und dazu noch schwangere Frau zum hinteren Hof und stieß einen Schrei aus.

Die Ajumma half Heja, die Küche und das Zimmer einigermaßen wieder in Ordnung zu bringen. Heja blickte auf die Tischuhr, deren Füße bis zum Morgen noch ganz waren, und schätzte die Uhrzeit. Trotz ihres Kummers beeilte sie sich mit dem Aufräumen, mehrmals unruhig auf die beschädigte Uhr schauend. Sie hatte Nachtschicht.

Die Ajumma stellte keine Fragen. „Es gibt ja nicht viel aufzuräumen", sagte sie, Heja solle sich hinlegen, sie werde schon alles weitgehend wieder herrichten. Als Heja sagte, sie habe Nachtschicht und müsse gleich los, entgegnete die Ajumma besorgt, Heja könne in diesem Zustand nicht zur Arbeit gehen, sie könne sich doch im Moment sowieso nicht konzentrieren. Wenn es unbedingt sein müsse, dann solle sie wenigstens vorher etwas essen, um wieder zu Kräften zu kommen, aber in dieser Küche könne man jetzt wohl nicht kochen. Woraufhin sie in ihre Küche eilte und ein bescheidendes Mahl zusammenstellte. Heja saß weinend vor dem Esstisch. Der Ajumma blieb nichts anderes übrig, als bedauernd mit der Zunge zu schnalzen und das Essen wieder wegzuräumen.

Gegen Abend kam Großmutter heim und sah Heja aus dem Haus gehen. Sie war zwar etwas verwundert, dass Heja die Haare ins Gesicht hingen und sie sich beim Grüßen kaum zu ihr umdrehte, aber sie dachte nicht lange darüber nach. Bis zu dem Moment, als die Ajumma in die Küche kam, nachdem sie sich vergewissert hatte, dass Heja das Haus verlassen hatte, und Großmutter, dem Oberhaupt unseres Hauses, ausführlich berichtete, was heute geschehen war, ahnte sie nichts von Hejas Unglück.

Nachdem sie sich alles angehört hatte, hatte Großmutter selbstverständlich großes Mitleid mit Heja. Sie schnalzte mit der Zunge und fragte bedauernd, wie eine solche feine, gute Frau in eine derart ungünstige Sache verwickelt sein könne. Sie sagte nicht, dass sie schon bei ihrer ersten

Begegnung so etwas geahnt hatte. Aber ich sah Großmutter an, dass sie die beiden Geschwister bald wegschicken würde.

Hyonsok, der für gewöhnlich auf der Veranda saß, wenn seine Schwester Nachtschicht hatte, hielt sich an diesem Abend nicht nur von der Veranda fern, sondern blieb auch ansonsten mucksmäuschenstill. Großmutter sagte, Hyonsok täte ihr noch mehr Leid als Heja, da er ohne eigenes Verschulden so etwas durchmachen müsse. Nach dem Abendessen schickte sie mich mit einer Schale Kekse zu ihm und trug mir auf, ihm etwas Gesellschaft zu leisten. Weil sie mit dem Gedanken spielte, die Geschwister bald wegzuschicken, schien sie noch größeres Mitleid mit ihnen zu haben.

In Hyonsoks Zimmer stand ein Bambusstuhl. Der Stuhl hatte eine verstellbare Rückenlehne, so dass man sich darauf legen konnte. Ich hatte ihn schon einmal gesehen, Hyonsok stellte ihn manchmal unter den Khakibaum. Ohne Licht lag er auf diesem Stuhl. Als ich die Tür öffnete und nach ihm rief, reagierte er nicht.

Ich zog die Schuhe aus und betrat das Zimmer. Ich wusste genau, wo sich der Lichtschalter befand. Als das Zimmer noch leer stand, war ich oft hier, wenn ich mich zurückziehen wollte. Ich streckte meinen Arm nach dem Lichtschalter aus. Leise sagte Hyonsok: „Mach es nicht an."

Im Zimmer war es trotz der Abendstunde nicht so dunkel wie ich erwartet hatte. Mit der Schale in den Händen trat ich an den Liegestuhl. Seine Augen waren geschlossen. Beim Nähertreten sah ich, dass seine langen Wimpern nass von Tränen waren. Beim Anblick der einzelnen, mit Tränen benetzten Wimpern zog sich mein Herz zusammen. Ohne mich vom Fleck zu rühren, sah ich auf Hyonsok, nein, auf seine Wimpern hinunter. Ich fürchtete, jede kleinste Bewegung könnte den Eindruck der Gleichgültigkeit vermitteln. Sein helles, anmutiges Gesicht schien in dem dämmrigen Zimmer zu leuchten. Es war nicht das Gesicht eines lebendigen Menschen, sondern eher einer meisterhaft aus Gips gegossenen Heiligenskulptur. Nur die schwarzen Wimpern, die aussahen, als wären sie mit einem feuchten Kamm behandelt worden, verliehen ihm Lebendigkeit. Es war ein schöner Anblick.

Vielleicht war ich so in seine Schönheit vertieft, dass ich mich näher zu ihm herunterbeugte, um ihn besser sehen zu können. Vermutlich kitzelte ihn mein Atem, jedenfalls öffnete Hyonsok plötzlich seine Augen.

Ich war verlegen. Mein sehendes Ich teilte mir sofort mit, dass diese Szene, Hyonsoks Gesicht ganz nah an meinem, an eine Kussszene erinnern musste. Das sehende Ich riet dem sichtbaren Ich, diese Szene sofort zu verharmlosen. Das sichtbare Ich hatte dies vor. Ich wollte auf die Schale deuten und sagen: „Ich soll dir diese Kekse bringen", oder: „Ach du Schreck, ich dachte, du schläfst", und einen Schritt zurücktreten. Aber bevor ich dazu kam, streckte Hyonsok seine Arme nach mir aus. Er zog mich an den Schultern noch näher zu sich heran, dann berührten sich unsere Lippen.

Sie berührten sich nur für einen Augenblick. Bis zu diesem Moment hielt ich meine erschrockenen Augen weit aufgerissen, aber Hyonsoks Augen waren geschlossen. Während ich versuchte, mich zu beruhigen, fragte ich das sehende Ich, ob das nicht gerade mein erster Kuss gewesen sei. Auch das sehende Ich hatte die Situation noch nicht verarbeitet. Es teilte mir nur mit, dass ich diesen Ort schleunigst verlassen müsse. Als ich mich wieder mit etwas Distanz betrachten konnte, sah ich mich steif neben dem Liegestuhl stehen, die Schale in den Händen, mein Gesicht dicht an seinem.

Ich hätte mich aufrichten und sofort aus dem Zimmer rennen können. Das sichtbare Ich hätte es so gewollt. Aber das sehende Ich gab mir den Rat, den Ort auf eine natürlichere Art zu verlassen. Es würde Hyonsok kränken, was ich nicht wollte, zumal er gerade sehr viel durchmachen musste. Ich wollte also möglichst langsam das Zimmer verlassen, als sei nichts gewesen.

Mit einer erstaunlich gelassenen Bewegung stellte ich die Schale auf den Boden (nur meine Hände machten nicht mit, sie zitterten stark) und wollte leise weggehen, als Hyonsok hinter mir mit derselben niedergeschlagenen Stimme sagte: „Geh nicht."

Mein Fuß, der gerade dabei war, die Schwelle zu überschreiten, verharrte in der Luft. Ich brachte es nicht über mich, weiterzugehen. Ich wusste zwar nicht, was ich tun sollte, aber weil ich fand, dass ich Hyonsok nicht so zurücklassen konnte, ging ich wieder zum Liegestuhl.

Obwohl er mich zurückgerufen hatte, sagte Hyonsok nichts. Er lag nur da mit geschlossenen Augen. Ich sagte auch nichts und blieb einfach stehen. Obwohl nur wenig Zeit vergangen war, war es auf einmal viel dunkler im Zimmer.

Im Dunkeln berührte ich mit meinen Fingerspitzen Hyonsoks Gesicht. Es war ganz nass. Ich tastete auch die Gegend um seine Augen ab. Meine Finger fühlten noch warme Tränen. Ich folgte der Tränenspur, auch sein Kinn und seine Lippen waren feucht.

Tränenverwischtes schönes Gesicht ... In mir entstand ein unerträgliches Gefühl, dem ich nicht gewachsen war. Wollte man unbedingt einen Namen dafür finden, dann könnte man es Liebe – nein, vielmehr Mitgefühl angesichts der menschlichen Trauer nennen. Auf jeden Fall war es der Trauer ähnlich.

Trotz des sehenden Ichs legte ich meine Lippen auf Hyonsoks Mund. Als hätte ich nicht seine Lippen, sondern seine vollen Tränendrüsen berührt, liefen sofort warme Tränen seine Wangen herab. Ich wischte sie mit meiner Hand ab und verließ ruhig das Zimmer.

Als ich um die Ecke ging, saß meine Tante auf der Veranda unter dem hellen Licht der Außenlampe und schnitt ihre Fußnägeln. Die alltägliche Handlung erschien mir kümmerlich. Ich kam gerade von der Trauer und der Schönheit und von der Dunkelheit des Geheimnisses, daher war das friedliche Leben, in dem, wie in einer anderen Welt, bei hellem Licht um Kleinigkeiten gerungen wird, auf einmal nichtig.

„Wann bist du ins Eckzimmer gegangen?", fragte meine Tante erschrocken, als ich unter dem Khakibaum hervortrat. Als hätte ich die Frage nicht gehört, ging ich ins Zimmer und holte Heft und Federmappe aus meiner Schultasche. Ich wollte Hausaufgaben machen.

„Was ist mit Jinhi los? Ist etwas mit den Geschwistern passiert?"

„Was soll schon passiert sein? Jinhi hat Hyonsok Kekse gebracht."

„Du schickst Jinhi nachts zu Hyonsok, obwohl er allein ist? Sie ist zwar erst zwölf, aber sie weiß über alles Bescheid."

„Wenn du genug Verstand hast, dich um Jinhi zu sorgen, dann pass lieber auf dich selbst auf. Du könntest dir noch die Haut mit abschneiden."

„Du nimmst Jinhi immer zu sehr in Schutz. So brav aussehende Mädchen sind später die schlimmsten. Unter meinen Freundinnen haben die, die frühzeitig aufgefallen sind, alle über Vermittlung geheiratet und die braven sind alle ..."

„Ich will nichts hören! Und so was sagt ihre eigene Tante ..."

„Gerade weil ich ihre Tante bin, mache ich mir doch Sorgen. Wenn es jemand anderes wäre, warum sollte ich mir überhaupt Gedanken machen?“

Ich strich die fünf Zeilen, die ich in das Heft geschrieben hatte, dick durch. Soks und Hyonsoks Gesichter brachten meinen Kopf durcheinander. Um die Hausaufgaben machen zu können, musste ich zuerst meine Gedanken ordnen.

Ich hatte meinen ersten Kuss von einem Mann erhalten, obwohl ich einen anderen Mann liebte. Und zwar nur als eine Art Ritual, um seine Trauer zu teilen. Durch dieses Erlebnis habe ich erfahren, dass man mit einem Kuss nicht nur Liebe, sondern auch Trauer teilen kann. Ja. Das so genannte erste Mal war eingetreten. Aber ich wollte mich auf keinen Fall von seiner formalen Bedeutung bestimmen lassen. Dieses erste Mal ähnelte der Benutzung eines Taschentuchs nach dem Naseputzen, in beiden Fällen geht es um ein körperliches Sekret. Ich warf die Erinnerung an meinen ersten Kuss wie ein Taschentuch nach dem Naseputzen weg.

So brachte ich meinen ersten Kuss als Opfer dar, um einen trauernden Menschen zu trösten. Ich war überzeugt, dass ich mich aus den Fesseln des ersten Mals befreit hatte. Nach diesen Gedanken konnte ich mich wieder auf meine Sozialkundehausaufgaben konzentrieren und sie schnell zu Ende bringen, um dann relativ leichten Herzens einzuschlafen.

Ruhig berührte ich in der Dunkelheit meine Lippen. Dort fand ich keinerlei Erinnerungen an den Kuss.

Die einzige Nachwirkung dieser Opfergabe auf dem Altar der Trauer war ein winziges bisschen Reue, ausgelöst durch Hyonsoks verlegenes und erwartungsvolles Verhalten. Das war mir unangenehm. Hyonsok war zwar nach wie vor wortkarg, aber wenn wir uns über den Weg liefen, lächelte er mich neuerdings an. Auch dass wir uns am Brunnen oder auf der hinteren Veranda recht häufig begegneten, kam mir nicht wie ein Zufall vor. Hyonsoks Benehmen erschien mir sogar etwas kindisch, ich wollte mich schließlich nicht von der Bedeutung des ersten Mals beeinflussen lassen.

Unter den Büchern in der Dachkammer meines Onkels gab es einen Roman, in dem sich eine Frau und ein Mann in den Bergen begegnen. Eigentlich sollte ich Hyonsok diese Geschichte erzählen.

Eine Frau erlitt in den Bergen einen Unfall und wurde von einem Mann gerettet. Weil es bereits dunkel war, konnten die beiden nicht mehr ins Tal hinabsteigen. Sie verliebten sich ineinander, und so wären sie selbst am helllichten Tag gemeinsam in den Bergen geblieben. Eine Nacht genügte, um eine traumhaft wunderschöne Liebe in Erfüllung gehen zu lassen.

Am nächsten Morgen fragte der Mann nach ihrer Adresse. Aber die Frau erwiderte ihm, ihre Liebe müsse hier enden, sie sei sogar bereits zu Ende, und weinte.

Ich verstand die Frau vollkommen. Aber Hyonsok würde sie nicht verstehen. Hätte er die Gelegenheit, würde er auf mich einreden, wie der Mann im Roman auf die Frau einredet. Er würde sagen, es gäbe ein besonderes Verhältnis zwischen uns, das mir nicht gleichgültig sein könne.

Zu meiner Erleichterung hatte Hyonsok durch das Leben als Fremder gelernt, schnell aufzugeben und für ihn nicht nachvollziehbare Dinge in seinem Inneren zu vergraben, und vor allem weder an die Liebe eines Anderen zu glauben, noch sie sich wirklich zu wünschen. Bald kam er nicht mehr absichtlich auf die hintere Veranda, er stellte sich auch nach dem Waschen nicht mehr unter den Khakibaum, um meinen Blick zu suchen. Dafür wurde der Zug um seine Augen noch melancholischer, ein Schatten lag nun dauerhaft auf seinem schönen Gesicht. Das hatte ich nicht gewollt und ich beklagte mich innerlich, dass mein Überwindungstraining solche Konsequenzen nach sich zog.

Eigentlich verhielt ich mich Hyonsok gegenüber viel kälter, als es nötig gewesen wäre. Ich wollte nicht dem Klischee einer Frau nach ihrem ersten Kuss entsprechen. Ich wollte mir beweisen, wie großartig ich mich aus den Fesseln des ersten Kusses befreit hatte.

Mein Überwindungstraining dauerte nicht lange. Hyonsok lief mir nämlich nicht mehr so häufig über den Weg. Heja wurde am Tag nach Frau Kyos Angriff krank und konnte einige Zeit nicht aufstehen. Ihre Stelle als Telefonistin hatte sie noch am selben Tag gekündigt, was ich jedoch erst später erfuhr. Großmutter meinte, man erhole sich leicht, wenn nur der Körper krank ist, aber wenn auch das Innere betroffen sei, so könne es eine langwierige Sache werden. Damit ahnte sie schon früh, dass Heja nicht so schnell genesen würde.

Hyonsok verließ, während er seine Schwester pflegte, fast nie das Zimmer. Eine ganze Weile blieben die Geschwister allein in ihrem feuchten Eckzimmer und gaben keinen Laut von sich, bis sich Heja einigermaßen erholt hatte und Großmutter mitteilte, dass sie schon in der darauf folgenden Woche ausziehen würden.

Großmutter fühlte sich ertappt und schuldig, sie hatte bisher nur für sich daran gedacht, die beiden fortzuschicken, denn sie hielt es für zu grausam, es ihnen sofort zu sagen. Gleichzeitig bekam sie noch mehr Mitleid mit den Geschwistern.

„Wisst ihr denn schon, wohin ihr ziehen werdet?"

Heja lächelte auf Großmutters Frage kraftlos. Dann antwortete sie ihr bemüht entschlossen: „Wohin wir auch gehen, wir werden ohnehin fremd sein. Irgendwie werden wir uns durchschlagen."

Sofort verdüsterte sich Hejas Gesicht wieder:

„Ich dachte, hier könnte ich Hyonsok endlich wieder in die Schule schicken ..."

Um das Schluchzen zu unterdrücken, biss sie sich auf die Lippen.

Aus Bedauern und Mitleid entfuhr Großmutter ein: „Warum hast du bloß ...", aber weil sie es nicht für richtig hielt, Heja auf ihr Verhältnis zu jenem verheirateten Mann anzusprechen, brach sie den Satz ab, und Heja erwiderte, als habe sie verstanden: „Das kommt alles davon, dass ich dumm bin und eine eigensinnige Schicksalslinie habe. Wen könnte ich schon dafür verantwortlich machen?" Leise fügte sie hinzu: „Sie waren alle so gut zu mir, verzeihen Sie, dass ich ihnen so viel Ärger bereitet habe." Großmutter wusste darauf keine Antwort und klopfte Heja nur einige Male auf den Rücken. Daraufhin drehte sich Heja um und ging mit gesenktem Kopf aus der Küche.

„Wen könnte ich schon dafür verantwortlich machen?" – die Worte hallten lange in meinen Ohren nach. Damit hätte der Mann gemeint sein können, den Heja liebte, aber auch dessen Ehefrau oder Hejas Eltern, die früh gestorben waren und ihr den kleinen Bruder zurückgelassen hatten, aber ich war mir schließlich sicher, dass es die ganze Welt war, die Heja nicht für ihr Unglück verantwortlich machen wollte, und der sie aber tief im Innern doch die Verantwortung dafür zuschrieb.

Es war ein klarer Herbsttag, als die Geschwister auszogen. Mit lärmendem Motor stand der Lastwagen am Straßenrand. Ich dachte nicht, dass es mich besonders berühren würde, aber als ich Hyonsoks Rücken durch das Haustor verschwinden sah, spürte ich einen feinen Stich im Herzen. Als ich daran dachte, dass ich diese hübschen Wimpern und die feinen Konturen seiner Lippen niemals wiedersehen sollte, entfuhr mir wie von selbst ein Seufzer, und ich bereute sogar ein wenig, dass ich nicht auf das mir geltende schüchterne Lächeln des schönen Jungen eingegangen war.

Ein endgültiger Abschied bringt die gemeinsame Zeit zum Stehen. In diesem Zustand wird die Erinnerung aufbewahrt. Weil wir uns nicht wiedersehen werden, besteht auch keine Gefahr, dass die Erinnerung an die Vergangenheit durch neue Ereignisse verändert wird. Erst der endgültige Abschied bringt die Vollendung. Der endgültige Abschied von Hyonsok vollendete die präparierte Erinnerung an meinen ersten Kuss.

Als der Lastwagen die beiden Geschwister aus meinem Blickfeld fortgebracht hatte, ging ich ins Eckzimmer, um die Stätte meiner Erinnerung aufzusuchen. Heja hatte, so sorgfältig wie sie war, sogar die Veranda und die Küche geputzt. Als ich mich im Zimmer umsah, fiel mir jedoch in einer Ecke der Liegestuhl auf. Warum hatten sie den Stuhl hier gelassen? War es ein Zeichen von Hyonsok, dass er die Erinnerung an mich in diesem Zimmer zurücklassen will?

Ich starrte eine Weile auf den Bambusstuhl. Der Stuhl hatte etwas Luxuriöses, das nicht zu dem restlichen Besitz der Geschwister passte. Vielleicht ahnte Heja, dass das neue Leben in der Fremde noch größere Mühen mit sich bringen und der Stuhl dort nur stören würde. Wahrscheinlich hatte sie ihn deshalb hier zurückgelassen. Oder vielleicht steckten in diesem Bambusstuhl nicht nur Hyonsoks Erinnerungen, sondern auch Hejas. Vielleicht hatte Heja als Ausdruck ihres Willens, die störenden Erinnerungen nicht in das neue Leben mitzunehmen, dieses Symbol der Vergangenheit hier zurückgelassen. Mit dem zähen Entschluss, die Erinnerung an den Menschen, der ihr diesen Stuhl geschenkt hatte, zu vollenden.

18. Wozu ein leeres Haus an einem lichten Herbsttag einlädt

Janguns Mutter nahm das zurückgelassene Erinnerungsstück von Heja an sich. Sie trug den Liegestuhl auf die Veranda vor ihrem Zimmer und veranlasste ihren Sohn, so häufig wie möglich darauf zu sitzen. Jangun stellte die Rückenlehne auf die niedrigste Stufe und legte sich hin. Wer nach Hause kam oder auf die Toilette wollte, war von nun an gezwungen, Janguns lächerlichen Anblick über sich ergehen zu lassen.

Manchmal bleibt in Gegenständen der Geist ihrer Besitzer bewahrt. Während dies bei neu gekauften Dingen nicht der Fall ist, erinnern gebrauchte oft an ihre vorherige Eigentümer. So blieb auch in Hyonsoks Bambusstuhl etwas von ihm zurück.

Sogar Janguns Mutter war anfangs nicht ganz frei davon. Nachdem sie Jangun auf dem Liegestuhl eine Weile angestarrt hatte, murmelte sie: „Hyonsok war wirklich ein hübscher Junge". Sie musste eingestehen, dass Hyonsoks Bild nicht mit dem ihres Sohnes übereinstimmte. Aber schließlich war Janguns Mutter nicht irgendwer. Sie entsann sich, dass der Mythos ihres Sohnes von Anfang an nicht darin bestehen sollte, hübsch zu sein, sondern die Position eines Generals einzunehmen, und änderte das Bild des Liegestuhls, auf dem ein schöner Junge sitzt, in das Bild eines Throns, dessen nur Jangun würdig war: „Jangun, auf dem Stuhl siehst du aus wie ein echter General."

In ihren Augen mochte ihr Sohn vielleicht einen respektablen Eindruck machen, aber mich erinnerte Jangun auf dem Liegestuhl allerhöchstens an den Invaliden im Rollstuhl, den ich ab und zu vor der Reservistenhalle im Ort sah.

Jedenfalls saß Jangun bei jeder Gelegenheit dort. Von der Veranda aus beaufsichtigte er das Treiben um den Brunnen, las dabei Comics oder hörte Radio. Nach einiger Zeit wurde er dessen überdrüssig. Als der allerbeste Sohn auf Erden durfte er jedoch das Amt des Generals nicht einfach ablegen. Mir gestand er, wie anstrengend seine Aufsichtsposition sei, und klagte sogar, er würde den Bambusliegestuhl am liebsten verbrennen. Aber wenn seine Mutter aus der Küche rief: „Was machst du, Jangun? Ist die Öllieferung immer noch nicht gekommen?", bestieg er wieder hastig seinen Thron und versicherte: „Ich pass schon auf."

Vor einigen Tagen kam der Vertreter der Waschmittelfabrik wieder vorbei. Auch er musste Janguns Kontrollblick passieren. Auf seinen Ausruf: „Ein Mann ist da", kam Großmutter aus der Küche.

Als sie den Mann wiedererkannte, sagte Großmutter knapp: „Sie haben sich umsonst auf den Weg gemacht. Wie gesagt, ich verkaufe das Feld auf keinen Fall. Es ist guter Boden."

Als sich der Mann trotzdem auf der Veranda niederließ, wurde Großmutters Stimme etwas lauter: „Und wo wir schon darüber reden. Ich werde nicht mit ansehen, dass auf meinem Gemüsefeld Waschmittel fabriziert wird. Damit Sie es wissen, mir wird schon schlecht genug von dem ganzen schwarzen Rauch, den ich auf dem Feld einatmen muss."

„Schon gut. Heute komme ich in einer anderen Sache, werden Sie doch nicht gleich ungehalten."

Großmutter schloss den Mund und bereute, so unkontrolliert ihre Feindseligkeit gegenüber der Fabrik geäußert zu haben, aber der Mann sagte mit heiterer Stimme, als verkündete er die frohe Botschaft: „Das junge Fräulein in diesem Haus wollte doch eine Stelle. Wir brauchen in der Fabrik eine Sachbearbeiterin …"

Noch bevor er den Satz zu Ende gesprochen hatte, sprang die Zimmertür auf und meine Tante streckte ihren Kopf heraus: „Sie haben eine Stelle für mich?"

Ohne seine Antwort abzuwarten, wollte sie nach draußen stürzen. Dabei blieb sie mit ihrem kleinen Zeh an der Türschwelle hängen, schrie: „Aua", und griff sich an den Fuß. Mit schmerzverzerrtem Gesicht kam sie angehumpelt und setzte sich neben den Mann; dabei vergaß sie nicht, ihrer Mutter einen flüchtigen Blick zuzuwerfen. Großmutter unterdrückte ihre Verdrossenheit, weil ein Fremder anwesend war, sie öffnete nur leicht ihren Mund und blieb aber stumm. Ihr gefiel die Vorstellung nicht, dass Tante Yongok arbeiten ging, außerdem musste man erst einmal die Absichten des Mannes herausfinden. Es handelte sich um keine Angelegenheit, die sofort zu entscheiden war. Daher wurde sie unruhig, als sich meine Tante so schnell an den Gedanken klammerte.

„Vielen Dank, dass Sie sich solche Umstände wegen meiner Tochter machen. Wir werden über das Angebot nachdenken."

Bei diesem jetzt deutlich milderen Ton, erhob sich der Mann und sagte wie nebenbei: „Und lassen Sie sich das mit dem Acker noch einmal durch den Kopf gehen. Eine Fabrik ist nicht unbedingt schlecht. Auf dem Land muss es doch auch vorangehen. Und schließlich entstehen Arbeitsplätze für junge Frauen wie Ihre Tochter."

Als der Mann gegangen war, sagte Tante Yongok wütend und trotzig: „Was immer du auch sagst, ich werde die Stelle annehmen."

„Stelle hin, Stelle her, man hat sich doch gefälligst seinem Alter entsprechend zu verhalten. Wie peinlich du dich aufgeführt hast …"

Besonders die letzte Behauptung des Besuchers, eine Fabrik sei nützlicher als ein Feld, hatte Großmutter verstimmt.

„Was habe ich denn gemacht?"

„Wie kann sich eine erwachsene Frau eine derartige Blöße vor einem Fremden geben? Warum denkst du nie nach, bevor du etwas tust?"

„Was willst du denn, ich versuche doch nur mein eigenes Geld zu verdienen, damit ich dir nicht mehr auf der Tasche liege. Wenn du nicht willst, dass ich arbeite, musst du mir mehr Geld geben. Ich bekomme nichts, arbeiten darf ich auch nicht, was soll ich denn deiner Meinung nach tun?"

Großmutter versuchte, sie fürs Erste zu besänftigen: „Ich halte dich doch gar nicht davon ab."

„Warum schiebst du es dann hinaus und sagst, wir müssten noch darüber nachdenken?"

„Wir müssen Yonghun schreiben und ihn fragen. Allein können wir das nicht entscheiden."

Großmutter schob meinem Onkel die Rolle des Buhmanns zu.

Wenn die Angelegenheit von Onkel Yonghuns Meinung abhing, dann war es aussichtslos. Da mussten sie ihn gar nicht erst fragen. Das wusste meine Tante nur zu gut. Ihr Kampfgeist verlor sich und sie verzog weinerlich das Gesicht. Großmutter ignorierte sie und verschwand in der Küche. Tante Yongok wandte sich zu mir und sagte, jedoch mehr zu sich selbst: „Ich muss schleunigst heiraten. Keiner in dieser Familie gönnt mir etwas."

Aber ihre Wut war nicht von Dauer.

Als Tante Yongok länger darüber nachdachte, wurde ihr klar, dass das Leben nicht mehr so bequem wie bisher sein würde, wenn sie anfinge zu arbeiten. Wäre sie an eine Stelle gebunden, könnte sie nicht mehr spontan

Hyongyol Lee besuchen, außerdem würde sie ihm, selbst als Sachbearbeiterin, nicht ohne weiteres erzählen können, dass sie in einer Fabrik arbeitete. Tante Yongok war es viel angenehmer, wie jetzt zu sagen, sie helfe im Haushalt, um später eine gute Mutter und Hausfrau zu werden. Sie verabscheute zwar für einen Augenblick ihre Familie, aber nach einiger Überlegung erkannte sie, dass sie eigentlich gar nicht so wild auf Arbeit war.

Vor sich hin murmelnd vergewisserte sie sich dieser Tatsache: „Ich werde die Stelle nicht annehmen, damit ich Hyongyol Lee so oft wie möglich besuchen kann. Um ihm nicht zu missfallen, werde ich nicht in der Fabrik arbeiten … Da mein Leben ganz Hyongyol Lee gehört, richten sich meine sämtlichen Entscheidungen nach ihm."

Hier brach meine Tante ihren Monolog ab, lief ins Zimmer und kritzelte hastig etwas aufs Papier. Wahrscheinlich gefiel ihr, was sie gerade gesagt hatte und wollte es aufschreiben, um es nachher in einem Brief zu verwenden.

Die Stelle bekam Kyongja. Großmutters Sorge, das Angebot könnte ein indirekter Bestechungsversuch sein, um doch noch an das Feld ranzukommen, war anscheinend übertrieben. Jedenfalls bekam Kyongja die Stelle ohne Probleme. Tante Yongok freute sich überschwänglich darüber, als habe sie die Stelle doch noch selbst angenommen, und sagte, die Hälfte des ersten Lohns gehöre ihr, sie sollten zusammen Hyongyol Lee besuchen und mit dem Geld eine Bulgogi-Party veranstalten.

„Yongok, wie kannst du nur so egoistisch sein? Weißt du nicht, dass der erste Lohn den Eltern gehört? Wenn ich das erste Monatsgehalt bekomme, werde ich Unterwäsche für deine Mutter kaufen."

Zu meiner Überraschung verdunkelte sich daraufhin das Gesicht meiner Tante.

„Ja, meine Mutter hat es wirklich nicht leicht. Sie musste alleine drei Kinder aufziehen und arbeitet immer noch, in dieser Hinsicht hatte sie wirklich kein Glück mit uns."

„Das hört sich ja ausnahmsweise mal erwachsen an. Du könntest deiner Mutter doch etwas unter die Arme greifen."

„Das wollte ich ja, aber du hast mir die Stelle weggenommen."

Auf dem Gesicht meiner Tante stellte sich wieder der naive Ausdruck der Yongok Jeon ein.

„Ich habe sie dir weggenommen? Du hast sie mir doch hingeworfen, weil du sie nicht haben wolltest."

„Unsinn. Du hast sie mir weggenommen. Du hast mir schon immer alles weggenommen. Die Schreibtischdecke, die ich gestickt hatte, und das vierblättrige Kleeblatt, das ich als Lesezeichen benutzt habe, hast du damals auch gestohlen. Was wirst du mir als Nächstes wegnehmen?"

„Wie kleinlich von dir, dich an all das zu erinnern. Was ich dir als Nächstes nehme? Deinen Freund! Das ärgert dich, was?"

„Du glaubst doch nicht etwa, dass ich das zulasse? Mit zerzausten Haaren und einem Messer zwischen den Zähnen werde ich in deinen Träumen erscheinen."

„Dann werde ich ein Feuergespenst und halte dich davon ab. Das haben wir doch neulich in dem Film Bongshinbang gesehen. Du weißt ja, wie schrecklich das ist."

Kyongja und Tante Yongok saßen auf der Veranda, vor ihnen lag ein Zeitungsblatt ausgebreitet, auf dem die Sojasprossen, die sie putzen sollten, unberührt dalagen. Erst als Großmutters Schritte in der Küche zu hören waren, griffen sie hastig nach ein paar Sprossen. Aber meine Tante war mit ihren Gedanken weit entfernt, sie warf die geputzten Sprossen auf das Zeitungspapier und stattdessen die abgerupften Enden auf das Tablett.

Großmutter löste das Tuch von ihrem Kopf und schüttelte es ein paar Male am Ende der Veranda aus, dann band sie es sich wieder um und sagte: „Erwachsene Frauen erzählen sich Gespenstergeschichten? Gespenster irren nur dort herum, wo über sie geredet wird."

Weil Großmutter so leise gesprochenen hatte, lief meiner Tante anscheinend ein kalter Schauer über den Rücken, so dass sie sich ängstlich umsah.

„Das ist wieder typisch für dich. Immer sagst du so etwas, dass ich mich schließlich doch fürchte, obwohl ich eigentlich gar keine Angst habe."

Großmutters Bemerkung schien ihr Gefallen an Gruselgeschichten dennoch nicht beeinträchtigt zu haben. Als ihre Mutter wieder in die Küche ging, erzählte Tante Yongok begeistert die Geschichte von einem Jungfrauengespenst, das neulich auf dem Gomchi-Hügel gesehen worden sei. Aber während meine Tante sich in die Gespenstergeschichte hineinsteigerte, blieb Kyongja still und gab nicht einmal Laute von sich, um ihre Freundin zum Weiterreden zu ermuntern. Ich war daran gewöhnt, dass, wenn die eine etwas sagte, die andere sofort etwas darauf erwiderte, so dass sich das Gespräch der beiden ohne besonderen Inhalt unendlich in die Länge zog, daher war ich alarmiert und beobachtete Kyongja verstohlen. Sie schien meiner Tante überhaupt nicht zuzuhören.

Meine Vermutung war richtig. Kyongja sah Tante Yongok flüchtig an und fragte sie etwas, das nichts mit dem Inhalt der Geistergeschichte zu tun hatte: „Was wäre, wenn ich dir wirklich deinen Freund wegnehmen würde?“

Meine Tante, die ganz in ihre Geistergeschichte vertieft war, warf Kyongja einen fragenden Blick zu und nickte schließlich, weil sie sich erinnerte, dass sie gerade darüber geredet hatten. Im nächsten Moment wurde sie ganz ernst, ihr wurde klar, dass Kyongja dies nicht nur scherzhaft fragte: „Bist du vielleicht …“

Als Kyongja Tante Yongoks fast mitleiderregend entstelltes Gesicht sah, sagte sie mit betont freundschaftlicher Miene: „Wenn Blicke töten könnten …! Du würdest mir ja schon mit einem Messer zwischen den Zähnen erscheinen, wenn ich deinen Freund nur ansehen würde! An Wegnehmen ist da ja gar nicht zu denken. Keine Sorge, es war nur ein Witz. Du kannst mir noch so oft deine Freunde bringen, ich würde keinen davon nehmen, ich verzichte. Was soll ich mit verbrauchten Typen?“

Meine Tante hatte Kyongja blinzelnd angestarrt, jetzt war ihr die Erleichterung ins Gesicht geschrieben. Kyongja fügte hinzu, wie um ihre Freundin noch mehr zu beruhigen: „Auch wenn ich versuchen sollte, ihn dir wegzunehmen, dein treuer Korporal Hyongyol Lee würde sich sowieso nicht rumkriegen lassen.“

In meinen Ohren waren diese Worte zwar äußerlich voller Schalk, aber ich hörte ein verstecktes Seufzen heraus. Obwohl Kyongja gar nichts Witziges gesagt hatte, fasste sich Tante Yongok an den Bauch und lachte laut los, als Geste der Entschuldigung dafür, ihre Freundin und ihren Freund, denen sie jeweils ewige Freundschaft und ewige Liebe geschworen hatte, einen Augenblick lang verdächtigt zu haben.

Als ich Großmutter die geputzten Sojasprossen in die Küche brachte, sah sie ihrerseits sehr unzufrieden aus. Sie schüttete die Sojasprossen in eine Holzschüssel, goss Wasser darüber und schimpfte: „Ständig macht sie sich Sorgen um diesen Lee, aber ihr Bruder kümmert sie überhaupt nicht. Dabei wird Yonghun gerade jetzt vor Chusok großes Heimweh haben. Das wäre doch schön, wenn sie ihren Bruder besuchen würde. Das Miststück. Als ich ihr sagte, dass bald Chusok ist, wollte sie nur, dass ich ihr etwas zum Anziehen kaufe, wenn die Ajumma Yowha auf dem großen Markt ist. Wenn sie eine Vorstellung davon hätte, wie ihr Bruder diesen Sommer unter der brennenden Hitze gelitten hat, könnte sie jetzt nicht so etwas verlangen. Obwohl er ihr einziger Bruder ist, verschwendet sie keinen Gedanken an ihn, sondern ist die ganze Zeit bei diesem Lee. Miststück … Wenn ich daran denke, wie ich nach ihrer Geburt von meiner Schwiegermutter bekocht wurde, und wenn ich sehe, wie sie sich jetzt verhält, wird mir Angst und Bange. Wie soll ich meiner Schwiegermutter im Jenseits vor die Augen treten?"

Großmutter schluckte hastig die letzten Worte runter, als Janguns Mutter die Küche betrat. Die verlor ein paar belanglose Worte über das Abendessen, dann rückte sie mit ihrem Anliegen heraus. Sie fragte, ob Großmutter das Eckzimmer, in dem Heja und ihr Bruder gewohnt hatten, wieder vermieten wolle. Als Großmutter eher verneinend reagierte, kam Janguns Mutter mit glänzenden Augen einen Schritt näher: „Könnte ich dann das Zimmer benutzen?"

„Das Zimmer steht zwar leer … aber was wollen Sie damit?"

„Herr Choi beschwert sich ständig. Herr Lee ist ja kein besonders umgänglicher Mensch. Herr Choi sagt, er will ausziehen, weil er nicht länger mit Herrn Lee in einem Zimmer leben kann. Mir ist das Eckzimmer überhaupt nicht in den Sinn gekommen, aber Herr Choi bat mich, Sie danach zu fragen."

Das musste durch und durch erlogen sein. Janguns Mutter nahm Herrn Choi sicherlich nur als Vorwand, um mehr Untermieter haben zu können. Großmutter durchschaute das bestimmt, aber ablehnen konnte sie auch nicht. In einem solchen Fall trägt diejenige die Schuld, die fragt, denn sie weiß, wie schwierig es ist, eine solche Bitte abzulehnen, wo das Zimmer leer steht. Um die halbe Zusage in eine vollständige zu verwandeln, sagte Janguns Mutter so laut, dass es alle im Haus hören konnten: „Dann sehe ich mich hinten mal um und räume das Zimmer auf. Wenn nötig, lasse ich es neu tapezieren."

Ihre Unverschämtheit war unglaublich. Obwohl sie die Sache gerade erst angesprochen hatte, führte sie sich schon auf, als gehörte das Zimmer ihr. Großmutter hatte zwar mehr oder weniger zugesagt, aber sie fühlte sich anscheinend nicht wohl dabei. Sie dachte eine Weile nach und fragte mich: „Macht Herr Choi auch so etwas wie ‚Dans'?"

Anscheinend war Großmutter der „Tanzfieberskandal" eingefallen, der letztes Jahr für Aufregung gesorgt hatte. Auch im Rückblick war es noch ein interessanter Umstand, dass Frauen aus der Ortschaft in Hanboks, die Gesichter hinter den Händen verborgen, aus Bonghis Haus von der Polizei herausgetrieben worden waren. Auf dem Land, wo es keine Tanzsalons gab, bestand das sogenannte Tanzfieber lediglich im Tanzunterricht bzw. in einer Unterhaltungsveranstaltung. Am helllichten Tag wurde in einem privaten Wohnzimmer eine Stereoanlage aufgestellt und ein paar Männer brachten schüchternen verheirateten Frauen der Reihe nach das Tanzen bei. Es gab weder eine spezielle Beleuchtung noch wurde Alkohol ausgeschenkt. Aber es war eine Zeit, in der dem Laster von offizieller Seite lautstark der Kampf angesagt wurde, daher stand schon unter Strafe, in einem öffentlichen Park mit den Schultern Tanzbewegungen anzudeuten. Der Vorfall galt als Paradebeispiel für Verfall und Genusssucht. Die Frauen wurden zwar lediglich im Streifenwagen zur Polizeistelle gebracht und gegen Abend wieder nach Hause geschickt, aber im Ort war es ein Riesenskandal. Die betreffenden Frauen trauten sich nicht mehr auf die Straße, aus Angst, dass die Leute mit dem Finger auf sie zeigen und sie als „liberale Frauen" bezeichnen könnten.

Aber es geht das Gerücht um, dass diesen Sommer bei der Eröffnung eines Strandbads unweit unserer Ortschaft, eine Frau, die letztes Jahr ebenfalls auf die Polizeistelle gebracht wurde, Jitterbug getanzt habe. Großmutter hatte durch Janguns Mutter davon erfahren und erinnerte sich, dass ihre Mieterin voller Neid gesagt hatte: „Diese Frauen tanzen immer nur unter sich. Selbst wenn ich das Tanzfieber bekommen wollte, hätte ich gar keine Gelegenheit dazu." Großmutter machte sich Sorgen, dass ihr Wunsch ein Vorzeichen für das erneute Auflodern des Tanzfiebers sein könnte.

Großmutters Sorge erwies sich, wie in Bezug auf die Stelle in der Waschmittelfabrik, als unnötig. Bereits am nächsten Tag machte Janguns Mutter das Zimmer sauber, einen Tag darauf wurden Herrn Chois Sachen hinübergetragen, aber von einer Stereoanlage war keine Spur.

Am nächsten Morgen saßen Mutter und Sohn auf der Veranda und stritten sich. Da ein Schälchen mit Wasser neben ihnen stand, ging es anscheinend um das Einnehmen von Medizin. Zu Beginn der Sommerferien hatte Janguns Mutter mit ihrem Sohn die Apotheke des Herrn Choi neben dem Kino Jungang aufgesucht. Sie erzählte dem alten Apotheker, dass Jangun im Sommer keinen Appetit habe und viel schwitze. Daraufhin fühlte der Apotheker Jangun den Puls und sagte, der Junge sei schwächlich und müsse daher die doppelte Menge Medizin einnehmen. Janguns Mutter bat den Apotheker zu dessen Erstaunen, ihnen das Ganze in Pillenform zu geben. Sie habe zu viel Arbeit und daher keine Zeit, die Kräuter selbst zu kochen, woraufhin der Apotheker ihr als Kompromiss vorschlug, nur die Hälfte in Pillenform zu kaufen und die andere Hälfte als lose Kräuter mitzunehmen. Von den Pillen sollte Jangun eine Hand voll einnehmen, wenn er sich den Magen verdorben oder sich erschreckt hatte. Seitdem brauchte Jangun sein Gesicht nur ein bisschen zu verziehen, sofort holte seine Mutter die schwarzen, runden Pillen hervor. Jangun hielt sich dann jedes Mal wegen ihres beißenden Gestanks die Nase zu.

Diesmal verweigerte Jangun die Pillen stur, bis er schließlich doch drei, vier davon schluckte und mit der Ausrede flüchtete, er müsse auf die Toilette. Als Jangun in Richtung Toilette verschwunden war, sah ich, wie Janguns Mutter die restlichen Pillen in Papier wickelte und zusammen mit dem Mittagessen einpackte.

Am selben Tag hörte ich von meiner Tischnachbarin, die nach der fünften Stunde auf die Toilette gegangen war, traurige Geschichten über Jangun. Bis dahin hatte ich die schwarzen, runden Pillen in Janguns Mittagessen ganz vergessen. Jangun wunderte sich, dass es so stark nach diesen Pillen roch, aber weil er andauernd aufstoßen musste und dabei den Geschmack der Pillen vom Morgen im Mund hatte, glaubte er, der Geruch käme davon. Aber der scharfe Geruch kam nicht aus seinem Mund.

Als Jangun in der Pause sein Mittagessen vor sich ausbreitete, schrie er auf, weil auf dem Deckel seiner Essensdose schwarze Kügelchen verstreut lagen. Er hielt sie für Mäusekot. Das Papier, in das Janguns Mutter die Pillen eingepackt hatte, war aufgegangen und die Pillen hatten sich unter dem Tuch, in dem die Essensdose eingeschlagen war, verteilt. Durch Janguns Schrei angelockt, versammelten sich die anderen Schüler voller

Erwartung um ihn herum und waren etwas enttäuscht, als sie am penetranten Geruch erkannten, dass es sich nicht um Mäusekot, sondern um Medizin handelte. Songwoo Cho, der mit seinen Einfällen immer die ganze Klasse zum Lachen brachte, sorgte auch dieses Mal für allgemeine Belustigung. Er rief: „He, Scheißgeneral! Dein Scheißmittagessen sieht ja köstlich aus. Hast ja Ziegenscheiße drauf."

Die ganze Klasse brach sofort in lautes Lachen aus. Jangun lief rot an. Im nächsten Moment sangen die Schüler, ohne dass sie hinterher wussten, wer damit begonnen hatte, folgendes Lied: „Kennst du die falsche Ziegenscheiße, zwölf Stück für zehn Won? Mittel gegen Bauchschmerzen, ist gut für die Verdauung."

Es blieb nicht dabei, sie wiederholten ihren Gesang noch mehrere Male.

Dann gingen die Schüler wieder an ihre Plätze und aßen weiter und unterhielten sich dabei bestens. Es entstanden zwei Lager. Einige behaupteten, der richtige Text des Liedes laute nicht „zwölf Stück für zehn Won", sondern „zwölf Stück für einen Won", so hätten sie es von ihren älteren Geschwistern gelernt, während einer, der das Lied am eifrigsten mitgesungen und dabei auch noch dirigiert hatte, widersprach. Schon allein in Hinblick auf die Marktpreise seien zwölf Stück für einen Won unmöglich, sagte er, woraufhin sich ihm ein paar der Kinder anschlossen.

Spaßvogel Songwoo Cho mischte sich in den Streit der Schüler und sagte: „Ein Won oder zehn Won, das kommt doch aufs Gleiche raus. Wegen der Währungsreform. Heute steht ja auf der Zehnwon-Münze auch noch hundert Hwan. Die zehn Won von heute, das war früher ein Hwan", woraufhin der Klassensprecher ihn besserwisserisch zurechtwies: „Wenn es an der Währungsreform liegen würde, dann ginge es darum, dass hundert Hwan heute zehn Won sind, aber wir diskutieren hier über die Frage, warum aus einem Won plötzlich zehn geworden sind. Das macht doch keinen Sinn." Die Diskussion über das Lied, den Scheißgeneral und die Ziegenscheiße wollte bis zum Ende der Mittagspause nicht abbrechen.

Meine Nachbarin, die mir diese Informationen überbrachte, erzählte auch, dass sie Jangun vor der Toilette gesehen habe. Er konnte wegen der Schüler, die hinter ihm herliefen und „Kennst du die falsche Ziegenscheiße …" sangen, nicht auf die Toilette der Fünftklässler gehen, sondern musste bis zur Toilette der Erstklässler im alten Gebäude laufen, die so gut wie niemand benutzte.

Mich erfreuten diese Nachrichten nicht besonders. Jangun war zwar naiv, aber, von seiner Hinterhältigkeit abgesehen, auch zuverlässig. Für ein Kind ist es eine harte, unvergessliche Prüfung, in der ganzen Schule zum Gegenstand des Spotts zu werden. Es war nicht fair, dass dieses Los gerade Jangun traf. Aber Janguns Schicksal war dafür wie maßgeschneidert. Ich konnte ihm nicht helfen.

Jangun war bereits bei seiner Geburt das Opferlamm, das den Mangel an Tugend seiner Mutter wieder ausgleichen sollte. Als vaterloses Kind konnte Jangun seiner Bestimmung, ein guter Sohn zu sein, nicht entrinnen. Die ihm aufgedrängte Rolle bedeutete für ihn, zusammen mit der Tatsache, dass man sich seine Eltern nicht selbst aussuchen kann, eine Strafe Gottes.

Das Opferlamm hatte momentan keinen blassen Schimmer, dass für eine weitere Opferbringung Feuer geschürt wurde und dabei sein Fell verbrannt werden sollte.

Es geschah eines Nachmittags ungefähr zehn Tage vor Chusok.

Das Haus war ganz ruhig. Ich war allein, von Jangun abgesehen, der im Liegestuhl eingeschlafen war, den Kopf zur Seite geneigt. Speichel lief ihm aus den Mundwinkeln, so dass er nicht gerade die Würde eines Generals ausstrahlte, sondern eher wie ein einfacher Soldat aussah, der während der Wache eingeschlafen war. Von Janguns Mutter, die bis vor kurzem noch in der Küche hantiert hatte, war nichts zu hören, vielleicht war sie im Gemüsebeet und pflückte Zucchini. Obwohl sie nie bei der Gartenarbeit half, bediente sich Janguns Mutter ständig vom Gemüse, das Großmutter angepflanzt hatte.

Ich ging auf die schattige hintere Veranda und begann Dantes Göttliche Komödie zu lesen, um mich auf den Klassikerlesewettbewerb vorzubereiten. Das Buch war langweilig, die Handlung nicht leicht zu verfolgen, weil es auf jeder Seite schwierige fremde Namen und zu viele Anmerkungen gab. Nach wenigen Seiten fing ich an zu gähnen. Um auf die Prüfung gut vorbereitet zu sein, musste ich auswendig wissen, was in den neun verschiedenen Höllen geschieht, aber die Hauptfigur des Buches scherte sich nicht darum, dass sie die Schüler mit immer mehr Lernerei quälte, je länger sie sich herumtrieb und bildete. Ich wurde zwar schrecklich müde, aber weil der Wettbewerb gleich nach den Feiertagen stattfinden würde, zwang ich mich zum Weiterlesen.

Da Lehrer die Schwächen ihrer Schüler genau kennen, legen sie Prüfungstermine immer auf den ersten Tag nach den Ferien, um den letzten freien Tag durch Prüfungsangst zu verderben. Aber die Schüler spielen die ganzen freien Tage, den letzten Abend ausgenommen, und durchkreuzen so jedes Mal das Vorhaben der Lehrer, ihre Leistungen zu verbessern. Die Lehrer wissen das, trotzdem belasten sie die Schüler immer wieder, bevor sie diese in die Ferien entlassen, mit Prüfungen oder Hausaufgaben, in der Hoffnung, damit den Schülern wenigstens den Spaß am Spielen zu nehmen. Das ist für sie eine Art der Selbstbehauptung. Diese Selbstbehauptung der Lehrer war in meinem Fall unnötig. Der Elite geht es anders als Schülern wie Jangun, die Elite ist erst dann zufrieden, wenn sie nicht durch äußere Vorgaben, sondern durch eigenen Willen unter kontinuierlicher Anspannung die Messerklingen der Weisheit schärft. Selbst wenn Dantes Göttliche Komödie von zehnfachem Umfang gewesen wäre, hätte ich mich aus elitärer Überzeugung heraus freiwillig auf den Wettbewerb vorbereitet.

Aber auch die Elite kennt Müdigkeit. Wieder einmal fand ich Großmutters Worte bestätigt, dass selbst der stärkste Mensch manchmal seine Lider nicht heben kann. Ich versuchte krampfhaft, die Müdigkeit zu vertreiben. Ich stellte die „Göttliche Komödie“ auf die Buchkante, um nachzusehen, wie weit ich gekommen war, aber die Gebrauchsspuren ergaben bisher nur eine schmale Linie. Ich kam auf die Idee, beim Khakibaum frische Luft zu schnappen. Weil ich das für klüger hielt, als mich an das Buch zu klammern, stand ich von der Veranda auf und zog mir die Schuhe an.

Unter dem Khakibaum berührte ich den Sandsack meines Onkels, der an einem Ast hing. Der Sandsack war schwerer als ich dachte, ich schaffte es nicht, ihn mit meiner Faust in Bewegung zu bringen. Ich bekam Lust, diesem Sandsack durch einen richtigen Schlag nicht nur zu zeigen, dass er gerade einen Schlag abbekommen hatte, er sollte auch bereuen, sich nicht gleich beim ersten Mal in Bewegung gesetzt zu haben. Da mir dazu geistige Konzentration notwendig schien, griff ich mit beiden Händen zu und starrte den Sandsack geradeheraus an. Weil der Sack weit oben hing, sah ich aus wie eine Basketballspielerin, die gerade den Ball in den Korb werfen will.

Meine geistige Konzentration muss erfolgreich gewesen sein. Im nächsten Moment hörte ich ein Geräusch, das ich vorher nicht bemerkt hatte.

Zuerst hielt ich es für das Wimmern eines Babys. Da ich mich ohnehin schon konzentrierte, tat ich es jetzt noch stärker. Jetzt glaubte ich, das Miauen einer Katze zu hören. Aber … Ich runzelte die Stirn und versuchte, mich noch stärker zu konzentrieren. Das Geräusch stammte weder von einem Baby noch von einer Katze. Vielleicht war es das Weinen einer Frau? Plötzlich hatte ich das Gefühl, als stünden mir die Haare zu Berge. (Ich fasste mir an die Haare, um nachzuprüfen, ob es nicht nur drei Haare waren und ich innerhalb der nächsten vier Tage sterben musste, denn mir fiel eine entsprechende Gespenstergeschichte ein, die mir Tante Yongok einmal erzählt hatte.)

Mir ging ein Licht auf. Das Geräusch war von verdächtiger, aufreizender und unkeuscher Art, es war nicht für die Öffentlichkeit gedacht. Es handelte sich um ein Stöhnen und Atmen, das außer Kontrolle zu sein schien. Es war auf jeden Fall ein unkeusches Geräusch.

Außerdem sollte dieses Geräusch meines Wissens nicht zu dieser Zeit und an diesem Ort zu hören sein.

Ich hatte nicht den Mut, mich an das Eckzimmer heranzuschleichen und hineinzuspähen. Aber ich konnte auch nicht so tun, als hätte ich das fremde Paar nicht bemerkt, das sich in unserem Haus verborgen hatte und eine solche Tat wagte. Ich hatte das Gefühl, dass es eine zu eigenmächtige Handlung für ein Kind wäre, einfach zu beschließen, das Geräusch zu ignorieren, schließlich ging im Haus eine ernst zu nehmende Angelegenheit vor sich.

Ich wurde ungeduldig. Meine vernünftige Reife war etwas anderes als das, was man für gewöhnlich Erwachsensein nannte. Ich durchschaute zwar das Leben der Erwachsenen bis hin zu ihren Kehrseiten, aber die alltäglichen Probleme ihrer Welt sollten sie gefälligst selbst auf angemessene Weise erzwingen. Ich ärgerte mich über die Verantwortungslosigkeit der Erwachsenen, die aus dem Haus gegangen waren und mich dazu zwangen, das Problem allein zu bewältigen. Plötzlich fiel mir Jangun ein, der auf der Veranda schlief.

Das war eine gute Idee. Ich brauchte die Wache Jangun nur dazu zu bringen, die Szene aufzudecken. Dann würde er an meiner Stelle das Problem lösen. So naiv wie er war, würde er ohne nachzudenken vor Schreck schreiend wegrennen, aus Angst, etwas Verbotenes gesehen zu haben. Seine Reaktion würde demnach von dem fremden Paar bemerkt und weitere Handlungen auslösen. Für den Mann und die Frau, die ja etwas Verdächtiges machten, wäre das Aufdecken ihrer Tat selbst die größte Strafe. Die Situation wäre damit nicht nur selbstverständlich beendet, sondern Jangun würde auch noch die Mühe übernehmen, nachher den Erwachsenen davon zu berichten. Ich brauchte all dem nur zuzusehen.

Bis ich zu diesem Punkt der Überlegung kam, verging nur ein winziger Augenblick. Ich schlich mich auf Zehenspitzen zu Jangun. Auf dem Weg drehte ich meinen Kopf zufällig zum Gemüsebeet und sah das schneckenförmige Schloss am Gartentor hängen. In dem Moment streifte mich eine Sekunde lang der Gedanke, das die Hauptperson, deren Stimme aus dem Eckzimmer erklang, Janguns Mutter sein könnte. Aber dieser Gedanke flackerte nur kurz in mir auf, und selbst wenn sie es sein sollte, war das kein Grund, Jangun die Aufgabe als Zeuge wieder abzunehmen. Auch dieser Gedanke ging mir nur einen kurzen Moment lang durch den Kopf.

Jangun hatte nichts dagegen, dass er vom Wachposten zum Patrouillesoldaten werden sollte, und folgte mir ohne weiteres. Als ich ihm von den Geräuschen im hinteren Hof erzählte, fragte er ängstlich, ob es Gespenster seien, was ich vehement verneinte. Jangun schaute sich nach mir um, um sich zu vergewissern, dass ich ihn nicht allein ließ, lief aber in Richtung des hinteren Hofs.

Als wir den Hof auf Zehenspitzen betraten, waren die Geräusche immer noch zu hören. Wir hielten unsere Augen fest auf die Türklinke des Eckzimmers gerichtet und näherten uns Schritt für Schritt. Was darauf folgte, geschah in Sekundenschnelle. Jangun entdeckte auf dem Trittstein die Schuhe seiner Mutter, neben denen von Herrn Choi, und blieb regungslos stehen. Ich hielt mit einer Hand Janguns Ärmel fest, mit der anderen Hand stieß ich kräftig die Tür auf. Die Tür war unerwarteterweise nicht verschlossen.

Ein ineinander verschlungenes Paar drehte sich erschrocken in unsere Richtung. Weil sie ihre Gesichter so plötzlich zu uns gewendet hatten, entstand der Eindruck, als wollten sie, dass ihre Gesichter möglichst gut zu erkennen seien, da aus ihren Körpern allein ihre Identität nicht zu erschließen gewesen wäre. Wenn sich die beiden nicht so erschreckt und im selben Moment zur Tür geschaut hätten, hätte ich vielleicht wirklich nicht gewusst, um wen es sich handelte. Denn sobald ich das Bild im Zimmer erblickt hatte, drehte ich mich um und rannte davon.

In Wirklichkeit hatte ich nichts gesehen. Nur die Tatsache, dass ein nacktes Paar ineinander verschlungen im Eckzimmer lag, dass es Janguns Mutter und Herr Choi waren … Sofort als ich das erkannt hatte, rannte ich davon, und außer der Tatsache, dass ich dieses Bild gesehen hatte, lernte ich nichts Neues über den Geschlechtsverkehr zwischen Mann und Frau.

Beim Wegrennen gingen die Gedanken in rascher Folge durch meinen Kopf: Sensationell … Wie kann ein Lehrer nur … Wie kann Janguns Mutter nur … Was wird jetzt aus ihnen … Herr Choi fliegt bestimmt von der Schule … Janguns Familie muss ausziehen … Jangun hat sich bestimmt erschreckt … Vielleicht hat er sich in die Hose gemacht … Er ist nicht einmal weggerannt … er muss sich wahnsinnig erschreckt haben …

Erst an dieser Stelle kam mir ein anderer Gedanke: Nein, heute war das gar nicht das erste Mal … Vorher haben sie in ihrem eigenen Zimmer … Jangun hätte wohl nicht gedacht, dass sie am helllichten Tag … Deshalb ist er mitgekommen … Auf jeden Fall war es kein Thema für die drei … Aber ich habe es mitbekommen … jetzt liegt es an mir …

Ich hatte Jangun die Aufgabe übertragen, das Geschehen aufzudecken, aber jetzt war ich wieder dort, wo ich angefangen hatte.

Inzwischen war ich vor dem Haustor angelangt. Ich musste meine Überlegungen unterbrechen, da ich in diesem Moment mit einer neuen Situation konfrontiert wurde. Die Ajumma Yowha kam mit einem sehr schwer aussehenden Bündel in ihren Händen durch das Tor.

Alle entscheidenden Lösungen wichtiger Ereignisse übernimmt der Zufall. Wenn man selbst mit komplizierten Rechnungen und sorgfältiger Logik noch nicht zu einem Schluss gekommen ist, löst der Zufall die schwierigsten und wichtigsten Fragen mit geradezu unwahrscheinlicher Leichtigkeit. Um mir das beizubringen, war die Ajumma durch unser Haustor getreten. Als sie sah, wie ich ihr entgegenrannte, begrüßte sie mich in ihrem Seouler Dialekt: „Hallo Jinhi. Du bist aber hübsch geworden. Wo willst du hin? Ist niemand zu Hause?“

Bis gerade war ich noch auf der Flucht, jetzt musste ich einen Gast empfangen.

Verwirrt blieb ich stehen und wusste nicht, wie ich mich zwischen den beiden Situationen entscheiden sollte. Aber die Ajumma hob unter Mühen das Bündel, fasste es am Knoten und kam in den Hof. Ächzend legte sie das Bündel auf der Veranda ab, sagte: „Dass es so heiß ist! Dabei ist doch bald Chusok. Ich brauche etwas Wasser“, und lief in die Küche. Die Ajumma wusste, wo Großmutter das Wasser aufbewahrte. Sie wusste, dass die Wasserkanne auf der hinteren Veranda stand, sie würde durch die Küche zum hinteren Hof laufen. Die hintere Veranda führte im rechten Winkel zu dem problematischen Eckzimmer.

Nervös folgte ich der Ajumma in die Küche. Dort konnte ich die Stimme von Janguns Mutter hören. Sie war wütend. Im Schimpfen stand sie niemandem nach, aber es war das erste Mal, dass sie derart heftig auf ihren Sohn losging.

„Du Hund, du solltest auf dem Stuhl Wache halten, warum kommst du mir bis hierher nach und treibst Unfug? Du Nichtsnutz!“

Sie hörte sich nicht wie eine tadelnde Mutter an, sondern wie eine tobende Frau, die ihre Lust nicht hatte befriedigen können.

Mir fiel ein, was Janguns Mutter einmal Happy angetan hatte. Auf der Gasse vor unserem Haus hatte Happy ein Weibchen bestiegen. Einige Kinder standen um die beiden herum und sahen zu. Um nachzusehen, was die Kinder so interessierte, kam Janguns Mutter näher, und als sie die beiden Hunde sah, riss sie sprachlos den Mund auf. Nicht weniger erregt als Happy eilte Janguns Mutter sofort zum Brunnen und kam mit einem Eimer zurück. Kräftig goss sie das Wasser über die Hunde, legte ihre Hände an die Hüfte und schaute grausam und schadenfroh zu, wie die Tiere aufheulten.

Janguns Mutter, die auf derart brutale Weise der Paarung der Hunde ein abruptes Ende gesetzt und mit größter Befriedigung den Eimer über ihnen ausgeschüttet hatte, beschimpfte jetzt ihren Sohn, der ihre Brautkammer mit kaltem Wasser getränkt hatte.

Es war selbstverständlich nur eine Methode verzerrter Sühne, durch extremes Zetern und unverschämten Gegenangriff ihre Scham verstecken zu wollen, aber Jangun hielt sein rotes Gesicht gesenkt und vergoss viele Tränen, weil er von seiner Mutter, an die er sich lehnte und der er so vertraute, derart gescholten wurde. Er mochte als Opferlamm zur Welt gekommen sein, dazu verdammt, ein guter Sohn zu sein, aber er erregte auch Mitleid.

Die Ajumma Yowha hatte von Gott gelernt, ihre Nächsten nicht zu vernachlässigen, daher folgte sie dem Weinen und gelangte zum Eckzimmer. Dort sah sie, wie Janguns Mutter mit zerzausten Haaren und schief sitzender Kleidung ihren Sohn beschimpfte. Die Ajumma fragte sich, ob das Tadeln eines Kindes für Janguns Mutter eine derart anstrengende körperliche Arbeit sein mochte, dass ihre Kleider verrutschten, und ging näher heran.

Das Urteilsvermögen von Janguns Mutter war angesichts der Situation etwas getrübt. Unwillig starrte sie die Frau an, die so plötzlich aufgetaucht war. Als sie erkannte, dass es die Ajumma Yowha war, die für den Markt vor Chusok gekommen war, erschrak sie. Auch die Ajumma Yowha erschrak. Aber aus einem anderen Grund. Sie hatte nämlich Herrn Choi entdeckt, der im Zimmer mit nacktem Oberkörper und nur einer Unterhose bekleidet rauchte.

So kam es. Die Rolle, der ich so abgeneigt war, übernahm freiwillig die Ajumma Yowha. „Meine Güte, meine Güte", murmelte sie vor sich hin, während sie aufgeregt auf dem Vorderhof hin und her lief, bis Großmutter nach Hause kam. Die Ajumma lief ihr bis vor die Toilette neben dem Tor entgegen.

„Was machen wir jetzt nur? Was machen wir jetzt nur? Gott wird sein Urteil fällen."

Sie sprach jetzt auch nicht mehr im Seouler Dialekt.

„Der Weltuntergang steht bevor. Die Bibel hat recht. Was machen wir jetzt nur, wo die kleine Jinhi das teuflische Vergehen gesehen hat. Meine Güte, wie konnten sie nur vor den Kindern? Das kann nur Satan gewesen sein. Der Teufel muss in ihnen stecken."

Eine ganze Weile verstand Großmutter nicht, worum es ging, und versuchte, das Gerede der Ajumma zu entwirren. Als Großmutter klar wurde, was passiert war, erblasste sie. Sie war wütend, aber am meisten bestürzte auch sie, dass ich die Szene gesehen hatte. Großmutter überhäufte mich jedoch nicht mit neugierigen Fragen oder wie die Ajumma Yowha mit übertriebener Sorge, als wolle sie mich unter ihrem Rock verstecken, um mich vor dem Bösen zu schützen. Sie bemühte sich, gelassen zu wirken, und sah mir lediglich nicht direkt in die Augen, sondern beobachtete mich aus einiger Entfernung. Dieses umsichtige Verhalten war typisch für Großmutter.

Ich zog mich ruhig ins Zimmer zurück. In den Zimmern von Janguns Familie war es mäuschenstill. Im Eckzimmer war es noch stiller. So wie früher.

Ich musste an Heja denken. Da Herr Choi keine Ehefrau wie Frau Kyo hatte, würde der Skandal wahrscheinlich viel ruhiger bewältigt werden, als es in Hejas Fall geschehen war. Ruhig bedeutete auch ein rascheres Übereinkommen, etwas, das mit Vernunft und Harmonie nichts zu tun hatte.

19. Verrat

Wie es schien, waren sie tatsächlich zu einer Übereinkunft gekommen. Großmutter wollte ebenso wenig wie Janguns Mutter, dass sich die Geschichte herumsprach.

Herr Choi sollte das Eckzimmer räumen und Janguns Mutter würde es sich nicht mehr erlauben, vor Großmutter aufzumucken. Dafür hielt Großmutter ihren Mund und bat auch die Ajumma Yowha ausdrücklich, niemandem von dem Vorfall zu erzählen. Herr Choi wurde nicht aus dem Schuldienst entlassen, Janguns Familie musste nicht umziehen. Weil Chusok vor der Tür stand und es deshalb im Haus viel zu tun gab, bemühte sich Großmutter, die Angelegenheit möglichst rasch zu regeln. Nach außen hin war sozusagen nichts geschehen.

Ausgerechnet von mir als Einzige nahm man an, dass der Vorfall Auswirkungen gehabt habe. Mich sollte angeblich, wenn auch nur kurz, der Teufel gestreift haben, deshalb ruhte die Ajumma Yowha nicht eher, als bis ich mit ihr in die Wanguk-Halle gegangen war.

Die Wanguk-Halle befand sich im ersten Stock eines provisorisch errichteten Gebäudes. Auf dem kalten, betonierten Boden waren Strohsäcke ausgelegt. Auf diesen saßen Menschen mit erhitzten Gesichtern, energisch singend und betend. Weiter war nichts Merkwürdiges zu sehen. Das enttäuschte mich. Aus Langeweile suchte ich unter den knienden und betenden Lämmern nach bekannten Gesichtern.

Ich fand jemanden. Sie hieß Frau Jeong und arbeitete in der Waschmittelfabrik. Es hieß, dass ihr Mann der zweitälteste Sohn einer einflussreichen konfuzianischen Gelehrtenfamilie und ein berühmter Widerstandskämpfer gewesen sei.

Ich konnte mir nicht vorstellen, wie ihr Mann aus einer Gelehrtenfamilie hervorgegangen sein sollte, in anti-kommunistischen Filmen waren Widerstandskämpfer immer grausam und ungebildet. Als Sungbok Lee letztes Jahr von Widerstandskämpfern getötet wurde, soll sein letzter Satz gewesen sein: „Ich hasse die Kommunisten." Und nachdem meine Klasse kollektiv den Film „Die 124. Truppe" gesehen hatte, hielt unser Klassenlehrer eine lange Rede, in der er die Kommunistische Partei, Kommunisten und Gegner des Regimes in einen Topf warf und sie allesamt für ihre Grausamkeit anprangerte. Aber von anderen Erwachsenen hörte ich auch, dass dank Herrn Jeong die Kulturgüter der Burganlage im Krieg verschont geblieben seien, wiederum andere meinten, gerade seinetwegen habe die Polizei alte buddhistische Tempel in den Bergen in Brand gesetzt, als sie versuchten, die Partisanen aufzuspüren.

Jedenfalls befand sich ihr Mann in lebenslanger Haft. Frau Jeong schrieb Briefe an den Präsidenten persönlich und bat ihn um eine Begnadigung ihres Mannes. Niemand half ihr dabei. Besonders die, die einst den Feind unterstützt hatten oder in der Schuld ihres Ehemannes standen, hielten sich von Frau Jeong fern. Frau Jeong fühlte sich von den Leuten betrogen und war verzweifelt, aber jetzt, so erzählt man sich, habe sie sich von allem losgesagt und sei nur noch in der Wanguk-Halle der Zeugen Jehovas aktiv.

Frau Jeong wirkte beim Beten etwas verwirrt. Als alle anderen, die ihre Nase auf die Strohsäcke pressten, ihr Gebet beendet hatten und sich erhoben, blieb Frau Jeong wie tot auf dem Boden liegen. Beim Singen war ihr Blick leer. Ich betrachtete den stumpfen Ausdruck auf ihrem Gesicht und konnte dabei nur mühsam das Gähnen unterdrücken.

Als ich die Wanguk-Halle verließ, wollte Frau Jeong mit mir über meine erste Audienz bei Gott diskutieren. Ihr bedrückender Ernst und ihre ermüdende Frömmigkeit ließen meine Augenlider noch schwerer werden. Als sie ein paar Schritte vor mir die Treppe hinunterlief, musste ich wieder gähnen. Ich heftete meine Augen auf ihren Rücken. An der frischen Luft wurde ich etwas nüchterner. Ich sah aus den Augenwinkeln, wie Frau Jeong auf einen Schatten zuging, der in einer Seitengasse wartete. Es war spät, anscheinend wurde sie von jemandem abgeholt. Während ich an den beiden vorbeilief und mich unbewusst nach ihnen umsah, stutzte ich. Ich konnte die Person nicht genau erkennen, weil sie hinter einem Laternenmast stand, aber sie kam mir irgendwie vertraut vor. Der Schatten sah nach Herrn Lee aus. Frau Jeong und Herr Lee? Im nächsten Moment musste ich lachen, denn mir fiel ein, wie Herr Lee, der wieder einmal wegen seiner Hämorrhoiden und Migräne Grimassen ziehend, am frühen Abend auf der Veranda darauf gewartet hatte, dass Jangun die Toilette frei machte. Mit seinem kleinen Finger hatte er sich Schmalz aus den Ohren gekratzt und es weggepustet. Als ich daran dachte, musste ich mir eingestehen, dass meine Gedanken seit dem Vorfall im Eckzimmer nur in eine Richtung gingen.

Meine Tante war noch wach und schrieb an einem Brief. Sie drehte sich zu mir um. Im grellen Lampenlicht warfen ihre Augenhöhlen einen scharfen Schatten auf ihr Gesicht.

„Dieser Gestank! Ich habe solche Kopfschmerzen davon, dass ich den Brief nicht schreiben kann."

Gereizt legte sie den Stift zur Seite und schraubte das Tintenfässchen zu.

Wir waren an den Gestank aus der Waschmittelfabrik schon so gewöhnt, dass wir ihn kaum noch bemerkten, aber ab und zu war er besonders beißend. Tante Yongok hatte Recht, mit dem trüben Wetter war die Belästigung größer geworden. Wenn ich den Gestank bewusst einatmete, dachte ich, dass die Ausdünstungen der Fabrik die Launen der Menschen nicht weniger beeinflussten, als vom Himmel fallender Regen oder Schnee. Aber indem sich der Gestank unsichtbar in unseren Atemwegen einnistete, war er düsterer und beunruhigender. Im Naturkundeunterricht hatte ich gelernt, dass Seifenstücke im Grunde Ölklumpen sind. Was verbrannte man bloß in der Waschmittelfabrik, dass es derart abstoßend roch? Mir fielen der Roman „Verbrenn' die Schamhaare!" und meine imaginäre Brandstiftung ein. Unwillkürlich verzog ich das Gesicht. Als atmete ich den Geruch verbrannter Haut ein.

„Wenn sie schon eine Fabrik aufstellen, warum nicht eine für Süßigkeiten? Dann wäre es wenigstens ein süßer Duft, warum musste es unbedingt eine Waschmittelfabrik sein?"

Tante Yongok regte sich nicht wirklich über den Gestank auf. Sie war in diesen Tage ständig gereizt. Wahrscheinlich lag es an der Schönheitsoperation. Es war nicht besonders geglückt. Weit entfernt von westlicher Schönheit, wie sie sich meine Tante gewünscht hatte, waren die Einstiche auf ihren Augenlidern noch deutlich sichtbar und ihre Augen insgesamt noch geschwollen. Deshalb konnte meine Tante nicht aus dem Haus gehen. Kyongja hatte sie zwar so regelmäßig besucht, als ginge sie zur Arbeit, aber als sie ihre tatsächliche Stelle in der Waschmittelfabrik antrat und nicht mehr so oft zu uns kam, wurde das Leben für Tante Yongok beengend und langweilig.

Den einzigen Ausweg aus diesem beengenden und langweiligen Leben sah sie in Hyongyol Lee. Im Grunde war sie seinetwegen gereizt. Hyongyol Lee war nämlich im Begriff, die Tür zu diesem anderen Leben zu schließen. Auch mir war aufgefallen, dass er schon über zwei Wochen nicht mehr geschrieben hatte.

Gerade in solchen Situationen hätte Tante Yongok einen kühlen Kopf bewahren und sorgfältig planen müssen, wie vorzugehen sei, aber dazu war sie nicht in der Lage. Unbeirrbar schickte sie weiterhin jeden zweiten Tag einen Brief, in dem sie ihr aufgewühltes Inneres preisgab. Weil sie die unvollendeten Briefe überall herumliegen ließ, konnte ich ein paar Mal einen Blick auf sie werfen. Meine Tante entblößte nicht nur ihr Inneres, wie Großmutter über sie zu sagen pflegte, sondern ließ Hyongyol Lee sozusagen auch noch ihre Exkremente sehen. In einem ihrer Briefe hieß es beispielsweise: „… Als du zu meinem veränderten Gesicht sagtest, ich wäre wie eine Fremde für dich, war ich sehr betroffen. Hoffentlich bist du mir wegen der Sache nicht mehr böse. Ich bereue auch, dass ich dich nicht vorher um Erlaubnis gebeten habe. Aber ich habe es aus Liebe getan, daher flehe ich dich an, mir diese kindische Tat zu verzeihen …“

(Tante Yongok schrieb in diesem Brief auch noch „Schönheitsoperazion“ und „Taubbe“.)

Meine Tante glaubte voll romantischer Überzeugung, dass Hyongyol Lee ihre ewige und einzige Liebe sein würde. Soviel ich weiß, bringt es zwangsläufig Verletzungen mit sich, die Welt mit romantischen Augen zu betrachten. Die Vorstellung einer ewigen und einzigen Liebe nimmt einem die Immunität gegen Schmerz.

Sentimentale Menschen wie Tante Yongok sehen die Welt zu optimistisch. Es kommt ihnen nicht in den Sinn, dass das Leben sie möglicherweise betrügen könnte. Wenn man den Kontrollhebel über Glück und Unglück vollständig einem auserwählten Anderen überlässt, bleibt man nur für eine kurze Zeit attraktiv.

Man weiß nie, wann die Verliebtheit schwindet, so vieles in der Welt verleitet junge Menschen zu Treulosigkeit. Wenn ich also glücklich bin, weil der Andere mich liebt, dann muss ich gleichzeitig wissen, dass mit dem Verlust dieser Liebe das Unglück einhergeht und ich mich umso mehr wappnen muss, je glücklicher mich diese Liebe macht. Man sollte sich davor hüten, den Anderen zur einzigen und ewigen Liebe zu erklären, und sich von vornherein darüber im Klaren sein, dass so etwas nicht existiert.

Ich legte mich schlafen. Auch Tante Yongok löschte das Licht und kroch unter die Decke.

„Übrigens …"

Die Stimme meiner Tante erreichte mich von weit her. In dem Moment, in dem ich in den Schlaf sank, fühlte es sich an, als löse mein Bewusstsein Stück für Stück die Knoten, mit denen es an meinen Körper festgebunden ist, und verlasse diesen allmählich. „Jinhi, schläfst du schon?" Fast alle Knoten waren bereits gelöst. „Sok Heo, erinnerst du dich …" Sok Heo? Als ich diesen Namen hörte, hielt mein Körper das Bewusstsein zurück. Eilig verschnürte er die Bänder wieder. Mit aller Kraft wurde das Bewusstsein zur Rückkehr gezwungen.

„Er war anscheinend in der Zeitung."

Mein erstauntes Bewusstsein eilte zurück und füllte mein Inneres wie ein praller Luftballon. Als Bewusstsein und Körper wieder beieinander waren, hob ich endlich meine Augenlider.

„Herr Lee hat es mir vorhin erzählt. Er wollte wissen, ob der Student aus Seoul, der neulich bei uns zu Besuch war, Sok Heo heißt. Das Foto in der Zeitung sähe ihm ähnlich. Und die Universität habe auch gestimmt."

„Und weiter? Warum war er in der Zeitung?"

„Das hat Herr Lee nicht gesagt."

Mehr konnte mir meine Tante nicht erzählen. Sie schenkte anderen nicht viel Aufmerksamkeit, wenn es nicht um etwas ging, das sie sofort gebrauchen konnte. Ich war zwar ziemlich ungeduldig, aber ich musste auf den nächsten Tag warten, wenn ich Näheres von Herrn Lee erfahren wollte. Ich sollte also am besten schleunigst einschlafen. Aber die Müdigkeit, die meine Augenlider noch vor kurzem niedergedrückt hatte, war spurlos verflogen, ich war hellwach. Diesmal versuchte ich meine Augen, die ich in der Wanguk-Halle nur mit Mühe hatte offen halten können, zu schließen, aber es dauerte eine ganze Weile, bis ich eingeschlafen war.

Am nächsten Tag versorgte mich Herr Lee nicht nur mit näheren Einzelheiten, sondern suchte sogar die Zeitung für mich hervor. Beim Aufschlagen der Zeitung bewegten sich meine Hände etwas unnatürlich. Soks Gesicht war eingerahmt und befand sich unter der Überschrift „Standpunkte". Sein Gesicht war durch die grobe schwarzweiße Rasterung verfremdet, es war erstaunlich, dass Herr Lee ihn erkannt hatte. Aber es war zweifellos Sok. Als ich das Foto anstarrte, sah auch Sok mir aus dem runden Rahmen entgegen. Eine Weile blickten wir uns auf diese Weise an.

Sok schrieb in „Standpunkte", dass wir unsere im Verschwinden begriffene Kultur wiederbeleben sollten. Die Kolonialisierung der Japaner habe unsere Kulturgüter und unseren nationalen Stolz zerstört, diese gelte es wieder herzustellen. Dann zitierte Sok den Leiter eines Kulturzentrums in einem kleinen Ort, der sich für die Pflege der Kulturtradition einsetze, es handelte sich selbstverständlich um unseren Ort. Als er diesen Teil schrieb, wird sich Sok an das Gespräch mit dem Leiter des Kulturzentrums erinnert haben. Etwas eifersüchtig befürchtete ich, dass dabei auch die Erinnerung an meine Tante eine kleine Rolle gespielt haben könnte. Aber dann beruhigte ich mich, denn Sok legte auch seinen „Standpunkt" über die innere Kraft und die schöne Aussicht der Burganlage dar, die viel Tradition in sich berge. Dabei hatte er sich bestimmt intensiv an unser gemeinsames Gespräch erinnert.

Ich überlegte, ob ich den Artikel ausschneiden sollte, legte die Zeitung aber einfach in eine Schublade. Das völlig nutzlose Reuegefühl, das später aufkommen würde, war mir unbehaglich. Sollte ich Soks Gesicht, ausgeschnitten und irgendwo sorgfältig aufbewahrt, einmal durch Zufall wiederfinden, wenn diese Liebe längst der Vergangenheit angehörte, hätte es keine andere Bedeutung mehr als die eines alten Stücks Zeitung. In Romanen wurde zwar manchmal Beweismaterial solcher Erinnerungen gesammelt, um verbrannt zu werden, aber so etwas machte man nur, wenn noch Gefühle vorhanden waren. Ist die Liebe endgültig vorbei, dann ist das Verbrennen kein bedeutendes Ritual, sondern nur eine lästige Arbeit.

Aber als ich aus der Schule kam, öffnete ich die Schublade und sah Sok noch einmal an. Es war eine große Freude, den Geliebten in der Schublade zu haben. Wenn nicht eine Nachricht eingetroffen wäre, die noch größere Freude brachte, dann wäre es lange so weitergegangen.

Was könnte diese neue Freude gewesen sein?

Natürlich. Es kam ein Brief von Sok.

Ich nahm den Brief vom Briefträger entgegen. Wider Erwarten stand mein Name auf dem Umschlag. Bevor ich den Brief öffnete, starrte ich eine ganze Weile auf die Schrift. In Gedanken zeichnete ich langsam die Linien nach, die die Feder gezogen haben musste.

Soks Brief war zwei Seiten lang und hatte folgenden Inhalt: Der Leiter des Kulturzentrums hatte Soks Artikel gelesen und war zutiefst gerührt. Besonders dankte er Sok dafür, dass er ihn zitiert hatte. Daher lud er Sok zum Provinzfest ein, das im Oktober stattfinden sollte. Unter seiner Leitung würden in der Burganlage Volksspiele und ein Festzug aufgeführt, und für jemanden wie Sok, der eine so ordentliche Auffassung von Tradition habe, könne dies bestimmt eine gute Erfahrung sein. Nachdem er den Brief des Kulturzentrumleiters gelesen hatte, bekam Sok Lust, unseren Ort erneut zu besuchen, vor allem um mich wiederzusehen. Er habe bisher gezögert, weil mein Onkel beim Militärdienst ist. Dann aber fragte ihn die Studentenzeitung seiner Universität, ob er nicht einen weiteren Artikel über die Pflege der kultureller Traditionen für sie schreiben wolle. Sok freute sich sehr, dass sein Artikel so viele Menschen ansprach, und beschloss, sich mehr in der traditionellen Kultur zu bilden und jede Gelegenheit zu nutzen, um darüber zu schreiben.

Das waren die Beweggründe, warum Sok nächste Woche zu uns kommen wollte. Er wisse zwar, schrieb er, dass mein Onkel nicht da sei, aber wenn Großmutter es erlaube, würde er gern für zwei oder drei Nächte in Onkel Yonghuns Zimmer schlafen, ich solle Großmutter doch darum bitten. So endete der Brief.

Ich war enttäuscht und erfreut zugleich. Enttäuscht, weil Soks Stil zwar ausschweifend, aber recht trocken war und darin keine Leidenschaft für mich durchschien, aber ich freute mich, ihn nächste Woche sehen zu können. Als ich Großmutter von dem Brief erzählte, hieß sie Sok willkommen, obwohl er ihr aufgrund seiner dürftigen Erziehung missfallen hatte. Immerhin stellte er eine lebendige Erinnerung an ihren Militärdienst leistenden Sohn dar.

Meine Tante sagte nichts dazu. Als der Briefträger durch das Haustor getreten war, hatte sie geglaubt, er brächte den lang ersehnten Brief von Hyongyol Lee. Sie hatte ihre Slipper verkehrt herum angezogen und war in den Hof hinausgeeilt, um den Brief aus den Händen des überraschten Briefträgers zu reißen, aber als sie auf dem Umschlag meinen Namen entdeckte, war sie sehr enttäuscht. Wütend drückte sie dem noch immer entgeisterten Briefträger den Brief wieder zurück in die Hand. Selbst wenn Briefe von Onkel Yonghun eintrafen, zeigte meine Tante zur Zeit eine solche Reaktion.

Am Abend verließ Tante Yongok rechtzeitig zu Kyongjas Dienstschluss das Haus.

„Wo willst du so spät noch hin? Was ist mit dem Essen?“

„Ich esse mit Kyongja.“

Tante Yongok antwortete, ohne sich umzusehen. Großmutter machte nur ein missmutiges Gesicht und sagte nichts weiter. Sie hatte gemerkt, dass meine Tante sehr schlecht gelaunt war.

Überraschend früh kam der Ajossi aus der „Kwangjin-Taera“ nach Hause.

Wegen der für nächste Woche angesetzten Volksabstimmung war er zur Zeit ständig unterwegs, so dass er an den Füßen ordentlich schwitzen musste. Der Ajossi klagte, er wolle zwar eigentlich mit Politik nichts mehr zu tun haben, aber angesichts der derzeitigen Lage sei es unvermeidbar. In der Tat geschahen in diesem Jahr viele Dinge, die die im Innern des Ajossi schlummernde Heldenhaftigkeit anstachelten. Dementsprechend verursachte er fast jeden Monat, immer wenn der letzte Vorfall fast vergessen war, einen ‚politischen Skandal‘. Den ganzen Juli lang ereiferte er sich über die temporäre Schließung der Universitäten, im August geriet er wegen eines Zwischenfalls während einer Kundgebung der Neuen Demokratischen Partei außer Kontrolle. Im September hörte er, dass ein Parlamentsabgeordneter von Kwangju bis nach Seoul gelaufen sei, aus Protest gegen die Verfassungsreform. Da staunte der Ajossi, dass Patriotismus auf eine solch umwerfende Weise zum Ausdruck gebracht werden könne, und er teilte jedem seinen Entschluss mit, Journalisten herbeizurufen und mit seinem Motorrad durch das ganze Land zu fahren. An dem Tag, als der Entwurf zur Verfassungsreform durchgesetzt wurde, betrank sich der Ajossi bis zur Besinnungslosigkeit und brach in lautstarkes Wehklagen aus, dass es den ganzen Ort hätte mit sich fortreißen können. Die Volksseele, so jammerte der Ajossi, die seine Vorfahren verteidigt hatten, weint.

An diesem Tag schienen seine politische Aktivitäten früher als gewöhnlich beendet zu sein, singend trat er durch das Haustor: „Auf der Straße rief ich leise ‚Herr Direktor', da drehten sich von zehn Leuten alle zu mir um. Man sagt, dass es schwierig sei, auch nur einen Angestellten zu finden, wo kommen nur die ganzen Direktoren her? Vor und hinter mir, nur Direktoren …"

Der Ajossi stellte sein Motorrad ab und fuhr in einer etwas höheren Tonlage mit dem Refrain fort: „Liebe, Liebe, meine Liebe, alles Direktoren. Alles Direktoren."

Der Inhalt der zweiten Strophe lautete: „Einer ging einfach weiter, als ich ‚Herr Direktor' rief. Ich ging zu ihm und er sagte, er sei Geschäftsführer. Ein Geschäftsführer wird doch auch bald Direktor, also ist's so gut wie ein Direktor. Daher gilt auch allen Geschäftsführern meine Liebe." Der Ajossi sang das Lied nicht etwa, weil er selbst „Direktor" seiner Schneiderei war und sich mit den Direktoren im Lied identifizierte, sondern, seinem roten Gesicht nach zu urteilen, weil er sich betrunken hatte.

Herr Lee sagte einmal, es gebe so viele Direktoren, weil die Gesellschaft chaotisch und instabil sei. Ich wusste zwar nicht, in welchem Verhältnis sich die Vielzahl der Direktoren zum gesellschaftlichen Befinden verhielt, aber sogar in meiner eigenen Umgebung gab es viele Direktoren. Selbst Herrn Jang, der unter der Brücke Backsteine ausstach, riefen die Männer: „He, Direktor Jang", und im Radiohörspiel sprachen Bardamen ihre Gäste kokett als „Herr Direktor" an. Großmutter, vom Verhalten meiner Tante verstimmt, hörte das Lied und murmelte nur: „Was soll das schon wieder heißen? Die Lieder von heute sind nur für Bar-Gesindel."

Im Zimmer las ich Soks Brief noch einmal aufmerksam durch. Als ich den Brief zusammen mit der Zeitung in die Schublade steckte, bemühte ich mich um einen ungerührten Gesichtsausdruck. Ich hielt es nicht für gut, das Glück auszukosten, wenn man einmal in seinen Besitz gekommen war.

Das Leben ist voller Streiche und Bösartigkeiten. Zuerst gibt es einem Anlass zur Freude, aber wenn es merkt, wie man darin aufgeht, dann nimmt es einem das Glück wieder weg. Außerdem weiß man nie, ob das Leben nicht genauso viel Trauer wie Freude bereithält. Man darf sich sein Glück also nicht anmerken lassen. Man erregt die Bösartigkeit des Lebens, sobald man sich dem Glück ganz hingibt. Je mehr ich mich über das Wiedersehen mit Sok freue, desto weniger darf ich es mir anmerken lassen. Ich muss mir stets vor Augen halten, dass in jedermanns Leben

Glück und Trauer zu gleichen Anteilen enthalten sind, und Anlässen zur Freude entsprechend viele Anlässe zur Trauer folgen. Das Leben hat immer zwei Seiten. Also bedeutet die Freude über erhaltene Liebe auch Trauer über Verlust derselben. Wenn man also nicht verletzt werden und im Gleichgewicht bleiben will, dann muss man immer beide Seiten im Auge haben und die Spannung aufrechterhalten. Das bösartige Leben darf nicht sehen, wie ich den Brief an meine Brust drücke und mich daran erfreue, wie ich ihn immer wieder lese und vor Glück strahle.

Großmutter erzählte mir einmal von der alten, eifersüchtigen Kindergöttin. Sie sagte, wenn man sein Kind sehr liebt, dann darf man es nicht in die Arme nehmen, denn wenn die alte Kindergöttin etwas davon mitbekommt, gerät das Kind in Gefahr. Ich sagte, ich könne nicht verstehen, warum die Kindergöttin den Kindern Böses will, schließlich habe sie sie selbst geschickt. Großmutter erwiderte: „Im Innern der Kindergöttin existiert sowohl das Gute als auch das Böse, sie ist launisch. Für das Innere des Menschen trifft das Gleiche zu."

Auch ohne Großmutters Hinweis hatte ich längst erkannt, dass im Menschen Gut und Böse eng beieinander wohnen. Ich weiß, dass auch in meinem Innern beides gleichermaßen vorhanden ist, und habe nicht die geringste Absicht, nur eines als mein wahres Ich zu behaupten.

Aber viele Menschen wollen diese Tatsache nicht akzeptieren. Sie sagen, dass das Gute ihr wahres Gesicht sei, während sie dem Bösen Namen wie Missgeschick oder Trieb geben, die der Selbstkontrolle entzogen seien. Bei diesen Menschen handelt es sich garantiert um Romantiker, die das Leben als etwas Großes, Ernsthaftes, als etwas Schönes betrachten wollen.

Als die Nacht anbrach, legte sich Großmutter auf ihre Schlafmatte und fing bald an zu schnarchen, nachdem sie wie immer bereits während des Radiohörspiels gedöst hatte. Tante Yongok und ich wälzten uns hin und her, jede in Gedanken mit ihrer eigenen Liebe beschäftigt.

Tante Yongok sprach mich zuerst an. Ihr Gesicht, das sich durch ihren Besuch bei Kyongja am Nachmittag etwas aufgehellt hatte, war wieder dunkel und sorgenvoll.

„Jinhi, kannst du am Samstag Kyongja begleiten?"

„Wohin?"

„... Nein, nein. Es ist doch nichts."

Tante Yongok schüttelte einige Male ihren Kopf. Es war eine Angewohnheit von ihr, keine fertigen Gedanken zu formulieren, sondern schon beim Denken zu sprechen.

Meine Tante und ich gingen einmal in das Lokal „Zentralhalle" in unserem Ort. Es wird von einem Chinesen geführt. Dort sagte Tante Yongok: „Jinhi, lass uns Jajangmyun essen. Nein, die Soße könnte auf meine weiße Bluse spritzen, besser gebratene Mandus. Aber etwas Suppe sollten wir schon haben, wollen wir lieber Nudelsuppe bestellen? Am liebsten hätte ich Mandus und Nudelsuppe zusammen, aber dann platze ich. Aber zu zweit könnten wir zwei Nudelsuppen und einen Teller Mandus schaffen. Moment, du isst ja wenig, wollen wir dann nur eine Nudelsuppe bestellen und dazu Mandus essen? Wenn Mutter davon erfährt, wird sie mich ausschelten, dass ich einem noch nicht ausgewachsenen Kind zu wenig Essen gebe. Das geht nicht. Lass uns zwei Nudelsuppen und einen Teller Mandus bestellen. Hallo, zwei Nudelsuppen und einmal Mandus! … Obwohl, wenn wir schon in der ‚Zentralhalle' sind, sollten wir eigentlich Jajangmyun essen. Hallo, warten Sie bitte! Findest du nicht, Jinhi? Jajangmyun sind besser, oder? Die Bluse ist frisch gewaschen. Ach, was soll's, bekommt sie halt etwas Soße ab. Was bestellen wir also? Zweimal Jajangmyun? Ach ja, Mandus müssen wir trotzdem essen. Also zweimal Jajangmyun und einmal Mandus? Ob wir es schaffen, alles aufzuessen? Zu Mandus müssten wir eigentlich eine Suppe haben, wäre dann eine Nudelsuppe nicht doch besser?" Und so fing wieder alles von vorn an.

Der Besitzer der „Zentralhalle", ein dicker, gutmütiger Mann, sagte: „Lassen Sie sich Zeit, lassen Sie sich Zeit", und lief um uns herum, um dann endlich die Bestellung meiner Tante auf Chinesisch an die Küche weiterzugeben. Dabei wurde ich den Verdacht nicht los, dass er sich über uns lustig machte, schließlich konnte die Bestellung von zweimal Jajangmyun keine so lange Rede ergeben. In der Regel war es mit Tante Yongok in der Öffentlichkeit wenigstens etwas besser als zu Hause. Wenn sie mir dort irgendwelche Aufgaben auftragen oder etwas erzählen wollte, breitete sie vor mir in allen Einzelheiten ihre „Denkprozesse" aus, so dass ich mich schrecklich langweilte, bis sie endlich eine Entscheidung fällte. So sagte sie zwar: „Es ist nichts, es ist gar nichts", aber ich wusste, dass sie gleich weiterreden würde.

Diesmal schien es sich um etwas sehr Ernstes zu handeln, es dauerte eine ganze Weile, bis sie wieder etwas sagte: „Weißt du, Kjongja wird kommenden Samstag Hyongyol Lee besuchen. Willst du nicht mitgehen?"

„Und du?"

„Er will ja nicht, dass ich komme ..."

In den operierten Augen meiner Tante sammelten sich die Tränen. Sie gestand mir, dass Hyongyol Lee vor zwei Wochen geschrieben habe, sie brauche ihn nicht zu besuchen, er habe in diesem Monat viel zu tun. Seitdem habe sie nichts mehr von ihm gehört.

Tante Yongok hatte Kyongja mehrmals ihr Leid geklagt, woraufhin sich diese spontan bereit erklärte, Hyongyol Lee aufzusuchen und der Sache auf den Grund zu gehen. Meine Tante war ihr dankbar für dieses Zeichen der Freundschaft. Sie hoffte, dass es sich Hyongyol Lee, der bestimmt etwas missverstanden hatte, anders überlegen und sich in einem Brief entschuldigen werde, sobald Kyongja ihm mitteilte, wie traurig meine Tante sei. Aber als Tante Yongok später zu Hause darüber nachdachte, fand sie irgendetwas an Kyongjas Verhalten verdächtig und wollte, dass ich mitging.

„Ich glaube ja an unsere Freundschaft. Aber ich bin wohl ein schlechter Mensch. Ich bin so misstrauisch. Einmal wusste Kyongja bereits, worüber ich mich mit Hyongyol unterhalten hatte, dabei hatte ich es ihr noch gar nicht erzählt. Damals dachte ich, ich hätte es ihr schon erzählt und es nur vergessen. Aber ich muss andauernd daran denken. Nach meiner Schönheitsoperation hatte ich sie nur ein Mal gebeten, ihn zu besuchen, weil ich nicht hingehen konnte, aber sie scheint die Teehäuser vor der Militärstation inzwischen besser zu kennen als ich. Nein, ausgeschlossen. Sie hat ja von Natur aus einen guten Orientierungssinn. Ich muss verrückt sein. Ich weiß auch nicht, warum meine Gedanken andauernd in diese Richtung gehen. Vergiss es, Jinhi. Kyongja wird ein gutes Wort für mich einlegen. Heute habe ich Hyongyols Briefe noch mal durchgelesen, es macht keinen Sinn, dass jemand, der so ehrlich zu mir war, sich plötzlich von mir abwendet. Ich weiß nicht, warum ich so wenig Vertrauen habe ... Aber merkwürdig ist es trotzdem. Woher weiß Kyongja, dass Hyongyol letzte Woche in Seoul war? Das wusste nicht einmal ich. Willst du nicht doch mitgehen, Jinhi? Das wäre bestimmt besser. Aber was wird Hyongyol denken, wenn er dich sieht? Wird er mich nicht vielleicht für eine Frau halten, die keinen Stolz kennt, dass sie außer ihrer Freundin auch noch ihre Nichte einsetzt? Nein, so etwas darf ich nicht machen. Aber ich will auch nicht, dass Kyongja alleine hingeht ... Oh je, wenn ich ihr jetzt sage, sie soll es lassen, dann wird sie sich wundern. Ich drehe wirklich noch durch."

So viel hatte sie geredet, aber immer noch keinen Entschluss gefasst. Mehrmals veränderte sich beim Sprechen ihr Gesichtsausdruck, immer von ihren umschatteten Lidfalten betont. Weil Tante Yongok geweint hatte, waren ihre Lider noch stärker angeschwollen und die Narben der Einstiche und ihre Augen noch röter. Ihre Augenlider waren rau und rot wie die Hände eines Dienstmädchens, die an einem Wintertag Putzlappen in kaltem Wasser wäscht.

Ich erinnerte mich an etwas, das ich im Jahr davor oder im Frühjahr gelesen hatte. Ich wartete mal wieder im „New Style" und stieß beim Blättern in einer Zeitschrift auf einen Fortsetzungsroman.

Ein gut aussehender Student und eine hübsche Studentin waren leidenschaftlich ineinander verliebt. An Feiertagen unternahmen sie gemeinsame Bergwanderungen. Eines Tages waren sie wieder im Gebirge. Der Mann zündete den Gaskocher an und ging Wasser holen, da sah die Frau schwarzen Rauch aus dem Gaskocher aufsteigen. Sie hantierte an dem Gerät herum, dabei entstand eine Explosion und sie fühlte, wie ihr Gesicht heiß wurde. Beim Versuch, die Flamme kleiner zu stellen, erlitt sie eine nicht rückgängig zu machende Verbrennung. Die Frau verlor ihr schönes Aussehen und wurde natürlich von ihrem Freund verlassen.

Ich konnte die Geschichte nur bis zu der Stelle verfolgen, an der die Frau versucht, ihre Narben mit Hut und Brille zu verstecken und unter Tränen Rache schwört. Weil die Besitzerin des „New Style" die Zeitschrift abbestellte, weiß ich nicht, ob sich die Frau erfolgreich gerächt hat. Aber mir genügte schon, was ich gelesen hatte. Ich wusste bereits, dass die Liebe zwischen Frau und Mann vom Aussehen oder von der Atmosphäre eines Augenblicks, also durch die Täuschung eines Bildausschnittes, ausgelöst wird.

Ich führte Hyongyol Lees Treulosigkeit (meine Tante sagte zwar Missverständnis, aber korrekterweise hätte sie von Treulosigkeit sprechen müssen) auf das Aussehen meiner Tante zurück, das heißt auf den Umstand, dass ihre Augen nach der Operation ihre Unschuld verloren hatten und nun an Messerstiche erinnerten. Daher musste ich wohl an den Roman denken.

Der Beginn einer Liebe wird immer durch das Bild des Anderen ausgelöst.

Kiung Hong hatte meine Tante zu seiner ewigen Geliebten erklärt, nachdem er nur ein einziges Mal gehört hatte, wie sie das Lieblingslied seiner verstorbenen Mutter sang. Auch Hyongyol Lee hatte das Foto meiner Tante in seiner Kaserne herumgezeigt und durch die Beurteilung seiner Kameraden angefangen zu glauben, dass Tante Yongok die ‚Idealfrau des Soldaten' sei, und sich daraufhin in sie verliebt. Für Kiung Hong blieb auch nach der Augenoperation das Bild meiner Tante in seinem Herzen unversehrt, aber im Herzen Hyongyol Lees konnte es unwiederbringlich zerstört werden.

Wird auch nur der winzigste Teil zerstört, setzt sich der Bruch fort und überträgt sich auf das Gesamtbild, gleich einem Spiegel, der durch einen einzigen Schlag in tausend Scherben zerbricht. Sämtliche Bilder erscheinen auf einmal in einem völlig anderen Licht. Hyongyol Lee wird vielleicht selbst darüber gestaunt haben, dass ihm das, was er als liebenswürdig und rein an meiner Tante empfunden hatte, auf einmal derart töricht erschien. Durch den Verlust der Unschuld wurde die Reinheit meiner Tante zu etwas Kindischem, und ihre Ehrlichkeit, die beharrlich war wie ein Blutegel, begann Hyongyol Lee zu nerven. Das ist der unglückliche Ausgang, den die erste Liebe so häufig nimmt, wenn sie die Stufe der ‚missbilligenden Zuneigung' nicht erreicht, sondern bei ‚wohlwollender Zuneigung' stehen bleibt.

Hätte Hyongyol Lee das zerstörte Bild meiner Tante nur mit etwas Distanz betrachtet, dann hätte er seine Entscheidung vielleicht noch einmal überdacht. Aber was war, wenn ein Hebel namens Kyongja den kleinen Sprung, der im Bild meiner Tante entstanden war, mit Nachdruck vergrößerte und schließlich Hyongyol Lees Gefühle in Bewegung brachte? Tante Yongok hatte sich für ihre Liebe die Augen operieren lassen, war aber deshalb kurz davor, diese Liebe zu verlieren. Das Leben machte sich über sie lustig.

Endlich rang sich Tante Yongok zu einem Entschluss durch: „Du brauchst nicht mitzugehen. Kyongja wird das schon gut hinkriegen."

Als sei sie dennoch nicht zufrieden mit dieser Entscheidung, stieß sie einen herzerweichenden langen Seufzer aus. Ähnlich hatte der Ajossi aus der „Kwangjin-Taera“ geklungen, als seine Frau weggelaufen war. Der Seufzer meiner Tante war anscheinend zu laut, Großmutter öffnete plötzlich die Augen, richtete sich etwas auf und sah sich um. Unter den schlaff hängenden Augenlidern blickten ihre Pupillen ins Leere. Tante Yongok hielt unterdessen den Atem an. Als Großmutter ihren Kopf wieder wie ein braves Kind auf das Kissen bettete, zog sich meine Tante die Decke über die Ohren. Bald darauf drang ein leises Schluchzen darunter hervor. Am nächsten Morgen waren ihre Augen noch stärker geschwollen.

Kyongja brach gleich nach der Arbeit auf, um Hyongyol Lee zu besuchen. Sie musste sich beeilen, wenn sie noch am selben Tag wieder zurück sein wollte. Tante Yongok, die darauf wartete, dass ihr ihre Botin eine diplomatische Antwort überbrachte, erschien der Samstagnachmittag wie hundert Jahre. Ihre Nervosität war einfach mitleiderregend, man musste dem Verursacher dieser Angespanntheit automatisch böse sein.

Als es Nacht wurde, ging Tante Yongok dreimal zu Kyongjas Haus. Jedes Mal umsonst. Kurz vor dem Ertönen der Sirene zur mitternächtlichen Sperrstunde stand sie auf, um ein letztes Mal bei Kyongja vorbeizuschauen. Ich ging mit. Wir stiegen über Großmutter hinweg, die in der Nähe der Zimmertür tief und fest schlief, öffneten leise die Tür und gingen auf den Hof. Es war vor Winterbeginn und eine sehr dunkle Nacht.

Auf der Straße war es beklemmend still. Ein paar Laternen spendeten Licht, kein menschlicher Schatten war zu sehen, nur ein paar Hunde bellten hier und da. Die Stille und der finstere, in sich gekehrte Ort, in dem so gut wie kein Mensch mehr wach war, machten mir Angst. Aber wenn ich meine Tante von der Seite ansah, stellte das kein erhebliches Problem dar. Ihr Kummer strahlte sogar Würde aus. Obwohl meine Tante normalerweise viel furchtsamer war als ich, schien sie im Moment vor nichts Angst zu haben, außer vor Hyongyol Lees ‚Missverständnis‘.

Weil es spät war, gingen wir nicht in den Hof, sondern zu Kyongjas Zimmerfenster, das zur Straße hinausging. Kyongja war nicht zurück. Im Zimmer war es dunkel. Als meine Tante das finstere Fenster sah, biss sie sich auf die Lippen. Dann rang sie um Gelassenheit, ging einen Schritt an das Fenster heran und klopfte. „Kyongja, Kyongja!“, rief sie. Ihre Stimme war flehend.

Auch ich sah flehentlich zum Fenster. Mir war, als müsste es sich jeden Augenblick öffnen und Kyongjas Gesicht darin zum Vorschein kommen. Wenn sie uns sähe, würde sie sofort das Licht im Zimmer anmachen und uns hereinholen. Wenn doch nur das Licht die Bühne hell erleuchten und der Akt beginnen könnte, in dem die gute Nachricht überbracht wird …

Aber trotz unserer flehenden Blicke bewegte sich nichts in der tiefen Dunkelheit hinter dem hölzernen Fensterrahmen.

Sowohl hinter dem Fenster als auch in der Gasse war es finster und still. Der Herbstwind fuhr scharf über mein Gesicht. Hinter der Mauer, die den Hof umgab, warf der Wind einen leeren Hundenapf um. Ich weiß nicht, ob Tante Yongok das Geräusch gehört hatte oder nicht, sie sah weiterhin zum Fenster hinauf, die Tränen strömten über ihre Wangen.

Die Tatsache, dass Kyongja an diesem Tag nicht heimgekehrt war, gab die sicherste Antwort auf Tante Yongoks Verdacht. Es lagen zwei Arten von Verrat darin. Besonders erschütternd war, dass Hyongyol Lee und Kyongja, indem sie die Nacht gemeinsam verbrachten, ihren Verrat öffentlich machten, und er dadurch nicht mehr rückgängig zu machen war. Meine Tante wurde nicht nur von Freundin und Freund verraten, sie nahmen ihr auch noch die winzigste Möglichkeit, ihre einzige und absolute Liebe wiederzuerlangen. Alles, was ihr blieb, waren ihre misslungenen Augen und ihre Verzweiflung.

Wortlos verließen wir die Gasse. Als wir an der Straßenkreuzung am Ölladen vorbeiliefen, sah ich unter dem Laternenlicht, dass Tante Yongoks Kinn stark zitterte. Wieder spürten wir den Wind auf unseren Gesichtern. Er wirbelte ein paar von Tante Yongoks Haarsträhnen auf, sie fielen zurück auf ihre Wange, wo sie von den Tränen benetzt kleben blieben. Meine Tante setzte zwar in einer geraden Linie einen Schritt vor den anderen, aber sie wirkte dabei so wackelig, als wollte der Boden unter ihr wegbrechen.

Am nächsten Tag blieb Tante Yongok im Zimmer liegen. Ihr Gesicht war noch rau, weil sie die ganze Nacht nicht geschlafen hatte, aber sie weinte nicht mehr, ihre Tränen waren versiegt. Sie starrte bloß auf das Rautenmuster an der Decke, und wenn man glaubte, sie schliefe, weil ihre Augen geschlossen waren, stieß sie unerwartet einen Seufzer aus und zog sich die Bettdecke über den Kopf, als halte sie den Schmerz nicht mehr aus. Dass das Ganze ein verbissener, trauriger Versuch war, die Realität, die Ursache ihrer Verzweiflung, zu akzeptieren, muss nicht weiter erläutert werden.

Noch bis Montagmorgen, als ich mich zur Schule aufmachte, lag meine Tante wie gelähmt unter der Decke und kam nicht zu Kräften. Der Unmut war Großmutter am Gesicht abzulesen, als sie das Essen wieder wegtragen musste, das Tante Yongok mit einem Kopfschütteln zurückgewiesen hatte.

Ich beobachtete meine in Trauer versunkene Tante, gleichzeitig wartete ich sehnlichst auf Sok. Es ging nicht anders. Mir blieb nichts übrig, als zu wünschen, dass meine heimliche Freude keinen weiteren Verrat an meiner trauernden Tante darstellte. Bis zum „Fest des Militärs und des Volkes" waren es noch zwei Tage.

Als ich aus der Schule kam, lag meine Tante immer noch unter der Decke, ihre Augen waren eingefallen wie bei einer Schwerkranken, und sie war ganz blass. Im Haus und um das Haus herum war es sehr sauber, Großmutter war nicht aufs Feld gegangen. Im hinteren Hof hatte sie das Geschirr für die Ahnenfeier und in der Vorraum das Silberbesteck ausgebreitet und war jetzt dabei, sie zu polieren. Demnach musste sie so aufgewühlt sein wie an dem Tag, als mein Onkel zum Militärdienst eingezogen wurde. Damals hatte sie den ganzen Tag damit verbracht, sämtliche Bezüge von den Decken abzuziehen, in Seifenlauge zu kochen und anschließend zu stärken.

Das Frühstück hatte meine Tante zwar kopfschüttelnd abgewehrt, aber als Großmutter mit dem Abendessen ins Zimmer kam, stützte sie sich mit einem Arm auf dem Boden ab und richtete sich mühsam auf. Alles an ihr strahlte Trauer aus. Es war zweifellos eine andere Trauer als die über verspätete Briefe, wenn sie sich aufführte, als sei sie von der ganzen Welt verlassen worden und kurz vor einem Zusammenbruch. Meine Tante hatte sich nach ihrer Verzweiflung für Resignation entschieden. Dass sie mit Resignation Bekanntschaft machen musste, war für Tante Yongok, die sich dem Leben gegenüber bisher wie ein verwöhntes Kind verhalten hatte, eine Art Häutung. Um sich der Haut der Puppe zu entledigen, kämpfte sie zum ersten Mal in ihrem Leben mit sich selbst.

Tante Yongok hatte mit Mühe ihre Reisschüssel bis zu Hälfte geleert. Dann lehnte sie mit der Decke auf ihren Knien an der Wand und blickte ins Leere. Da kam Kyongja.

„Yongok, ich …"

Der Schmerz meiner Tante, die gerade dabei war, ihre Seelenruhe wiederzuerlangen, loderte erneut auf, als sie ihre Freundin erblickte. Kyongja konnte nicht weitersprechen. Tante Yongok biss sich zwar auf die Lippen, aber ihr Kinn zitterte und ihre Augen glänzten fiebrig. Kyongja saß am Ende der Veranda, bis es dunkel wurde, brachte aber kein Wort heraus. Weil sie sich nicht traute, meiner Tante direkt ins Gesicht zu sehen, heftete sie ihren Blick auf die leere Wäscheleine. Dann richtete sie sich auf und sagte fast unhörbar: „Ich komme später wieder." Tante Yongok, die ebenfalls bis dahin stumm geblieben war, erwiderte kalt: „Nicht nötig", woraufhin sich auch Kyongja fest auf die Lippen biss und fluchtartig durch das Haustor verschwand.

Nachdem Kyongja gegangen war, zog sich Tante Yongok wieder die Decke über den Kopf und weinte laut. Als Großmutter vom Abwasch zurückkam und meine noch immer weinende Tante sah, murmelte sie: „Ich weiß zwar nicht, was los ist, aber einem General, der um sein Leben fleht, kann man nicht das Messer an den Hals setzen."

Daraufhin weinte meine Tante noch lauter und schmerzerfüllter. Wieder war eine Nacht angebrochen, in der die Tränen einer jungen, verlassenen Frau fließen sollten. Für meine Tante war es eine sehr lange Nacht. Auf diese Nacht folgte der Dienstag. Noch ein Tag, dann würde Sok kommen.

20. Ich sah sie unter dem Apfelbaum

Das Provinzfest begann jedes Jahr am dritten Mittwoch im Oktober und dauerte drei Tage lang bis einschließlich Freitag. In jenem Jahr aber wurden die Festveranstaltungen auf Mittwoch und Donnerstag beschränkt, denn am Freitag sollte die Volksabstimmung über den Entwurf zur Verfassungsänderung stattfinden. Es ging um die Frage, ob Chunghee Park ein weiteres Mal zum Präsidenten gewählt werden durfte.

Am Mittwoch sollte auf dem Sportplatz unserer Schule die Eröffnungszeremonie abgehalten werden, später waren Wettkämpfe zwischen verschiedenen Ortsteilen vorgesehen. In der Burganlage würde ein Poetik- und ein Malwettbewerb stattfinden und im Kulturinstitut eine Ausstellung zu sehen sein. Am Abend schließlich fand die Wahl der Burgprinzessin statt. Für den Donnerstag organisierte die Kreisverwaltung verschiedene Veranstaltungen, am Abend waren ein Laternenmarsch, eine Burgwanderung der Mädchen und als letzte Veranstaltung eine Parade vorgesehen.

Am Dienstag stand meine Tante auf. Vielleicht, weil sie nach Kyongjas Besuch erkannt hatte, dass das, was ihr widerfahren war, nicht rückgängig zu machen war, vielleicht, weil sie sich noch entschlossener ihrem inneren Kampf gestellt hatte. Sie wusch sich das Gesicht und bürstete ihre langen Haare, die sie dann zu einem Pferdeschwanz zusammenband. Dann brachte sie mit ihren eigenen Händen das Essen ins Zimmer. Es war ihr anzusehen, wie sehr sie darum rang, ihre innere Ruhe wiederzufinden. Lag es daran, dass sie in den letzten Tagen so sehr gelitten hatte? Aus dem Gesicht meiner Tante war das Kindliche gewichen, nun ging eine gewisse Reife von ihm aus.

Ich kam spät von den Proben für die Tanzaufführung nach Hause. Meine Tante saß auf der hinteren Veranda und klaubte Bohnen aus den Schoten. Als ich ins Zimmer kam, sah sie zu mir hoch, ihr Gesicht kam mir fremd vor. Irgendwie fand ich meine Tante sogar schön. Wie das endlich vom Babyspeck befreite und wohlproportionierte Gesicht eines Kleinkindes, strahlte Tante Yongoks Anblick Klarheit aus. Ihre Lidfalten wirkten nicht mehr so unnatürlich und harmonierten jetzt mit ihrem ruhigen Gesichtsausdruck. Auch die harmlosen Handbewegungen beim

Öffnen der Bohnenschoten waren nicht mehr die aufgeregten, aus dem Nichts gegriffenen Gesten.

Ich vermutete, dass es sich nur um eine vorübergehende Stimmung handelte. Wie stark der Trennungsschmerz auch war, Tante Yongok konnte sich nicht innerhalb von wenigen Tagen in einen anderen Menschen verwandelt haben. Ich hatte nicht etwa die Tatsache wahrgenommen, dass sie sich verändert hatte, sondern dass auch in ihr noch ein anderes, bisher unbekanntes Wesen steckte. Wenn die Kontrollinstanz, die sich aus mehreren Wesen jeweils eines heraussucht und einsetzt, wenn also diese Instanz, die das Leben meiner Tante zusammenschneidet, auf eine andere Weise als bisher funktionieren sollte, dann könnte Tante Yongok vielleicht ein ganz anderer Mensch werden. Wie nah ist überhaupt das Ich, das wir für unseres halten, dem wirklichen Wesen des Ich?

Als ich an diesem Punkt der Überlegungen angelangt war, trat ein Menschenschatten rasch durch unser Haustor. Der Schatten lief an dem Toilettenhäuschen und an der Veranda von Janguns Familie vorbei in unsere Richtung. Er warf einen flüchtigen Blick zum Brunnen und hielt direkt vor der Veranda, auf der ich stand. Lächelnd sah er zu mir auf. Selbst da begriff ich noch nicht, dass es Sok war. Als er mich fragte: „Wie geht's dir, Jinhi?", dröhnten mir die Ohren, und im nächsten Augenblick wurde mir schwindlig. Ich stand da wie gelähmt, mit offenem Mund.

Sok trug eine gepflegte Studentenuniform, am Kragen steckte das Abzeichen seiner Uni. Er sah in der Uniform noch größer aus und machte einen viel erwachseneren Eindruck als im Frühling. Seine bis zu den Wimpern reichenden Haare und sein Lächeln entfachten erneut die Erinnerungen an den Menschen, nach dem ich mich so verzehrt hatte. Genussvoll drangen sie in mein Herz ein. Genau das war es. Wie lange hatte ich darauf gewartet! Auf dieses Bild, sein Lächeln und den Glanz seiner Augen, auf diesen Moment, in dem er und ich dicht beieinander stehend miteinander die Einzigartigkeit des Lebens teilen und einander ansehen.

Als ich von der Veranda herunterkam, legte mir Sok eine Hand auf die Schulter, beugte sich zu mir herunter und rückte sein Gesicht ganz dicht an meines. Er fragte: „Wo ist deine Großmutter?"

Ich versuchte, mich natürlich zu verhalten. Zuerst musste ich in die Küche gehen und Großmutter benachrichtigen. Großmutter hatte die

Männerstimme bereits gehört und wollte gerade den Herd verlassen, um nachzusehen, wer gekommen war. Ich teilte Großmutter lauter als nötig Soks Ankunft mit. Als Großmutter hinausgegangen war, lehnte ich mich kurz an den Küchenpfeiler, an dem die Schöpfkelle hing, um meine unregelmäßige Atmung zu beruhigen. Erst als Großmutter nach mir rief, lief ich nach draußen. Tante Yongok war auch nach vorn gekommen, und nachdem sie Sok begrüßt hatte, eilte sie sofort wieder zur hinteren Veranda zurück, um dort die Bohnenschoten zu Ende zu putzen.

„Hol doch bitte Yonghuns Zimmerschlüssel. Ich dachte, wir bekommen erst morgen Besuch, ich habe das Zimmer noch gar nicht aufgeräumt."

Großmutter richtete den ersten Satz an mich und den zweiten an Sok, dabei sah sie meiner Tante nach.

„Geht es Yongok nicht gut?", fragte Sok und sah ebenfalls in die Richtung, in die meine Tante verschwunden war.

Der Schlüssel befand sich in der Kommodenschublade. Um ihn zu holen, musste ich ins Zimmer, aber ich war zu gehemmt, um direkt an Sok vorbeizulaufen, der sich inzwischen auf die Veranda gesetzt hatte. Deshalb nahm ich einen Umweg durch die Küche, um über die hintere Veranda ins Zimmer zu gelangen. Als ich die Küche gerade betreten wollte, bemerkte ich die leise Anspannung in Soks Stimme, als er den Namen meiner Tante aussprach. In der Küche lehnte ich mich erneut an den Pfeiler, aber diesmal nicht um die Gefühle freudiger Erregung zu beruhigen.

Sok fühlte etwas Besonderes für meine Tante, da war ich mir sicher.

Ich war durcheinander. Ich brauchte Zeit, um herauszufinden, was sich hinter dem Aufruhr in meinem Inneren verbarg. Ich musste Ordnung herstellen.

Ich brachte Großmutter den Schlüssel und ging dann allein ins Eckzimmer, in dem Heja und Hyonsok gewohnt hatten. Ich legte mich auf den kalten, feuchten Boden und starrte durch das Fenster nach draußen, auf die sich hin und her bewegenden Schatten des Khakibaums. Ich war eifersüchtig, fühlte mich aber auch moralisch verpflichtet, einem Menschen in Not zu helfen. Wegen der Eifersucht empfand ich Tante Yongok als Feindin, meine Moral nahm sie in Schutz.

Ich dachte über die Gelegenheiten des Lebens nach.

Ob einer ein Nationalheld wird oder ein Mörder, hängt davon ab, welche Gelegenheiten sich ihm bieten. Zum Mörder wird man letztlich, weil einem die Gelegenheit zum Morden gegeben wird, zum Verräter, weil sich eine Gelegenheit zum Verrat bietet. Ob man nun die Gelegenheit wahrnimmt oder zurückweist, hängt zwar letztlich von einem selbst ab, aber bevor es zu einer solchen Entscheidung kommen kann, muss erst eine entsprechende Gelegenheit vorhanden sein. Man selbst übt den Verrat, aber die Gelegenheit dazu stellt das Leben.

Ich hatte immer geglaubt, dass meine Großmutter, wenn sie zwischen mir und Tante Yongok wählen müsste, sich immer für ihre Tochter entscheiden würde. In Bezug auf diese Wahrheit kann ich mir nicht etwa wünschen, dass Großmutter sich lieber doch für mich entscheiden möge, sondern lediglich, dass es niemals zu einem solchen Moment der Entscheidung kommt. Großmutter wäre natürlich diejenige, die die Entscheidung treffen müsste, aber ob sich die Gelegenheit dazu einstellt, hängt letztlich nicht von ihrem Willen ab. Ginge es nach Großmutter, würde sie zeitlebens nicht vor diese Wahl gestellt. Wenn aber das Leben anfinge, sich über sie lustig zu machen, dann müsste sie sich notwendigerweise entscheiden, zugleich käme die Situation vollkommen zufällig.

Nun stand auch ich vor einer Entscheidung, die ich allzu gern vermieden hätte. Es bot sich die Gelegenheit zum Verrat. Ich musste mich zwischen Tante Yongok und Sok entscheiden. Meine Liebe zu Sok feuerte die Eifersucht an, während meine Liebe zu Tante Yongok die Moral bestärkte.

Ich bekam Kopfschmerzen. Reglos blieb ich in dem feuchten Zimmer liegen, bis Großmutter nach mir rief.

Beim Abendessen wurde hauptsächlich über Onkel Yonghun gesprochen. Weil meine Tante still blieb, mussten sich notgedrungen Sok und Großmutter miteinander unterhalten, und als gemeinsames Gesprächsthema kam für die beiden nur mein Onkel in Frage. Sok gab sich viel Mühe, Episoden von Onkel Yonghun bei ihnen im Haus zu erzählen. Ein paar Male machte Sok Witze, die hauptsächlich an meine Tante gerichtet waren, so dass es für Großmutter schwer war, sie zu verstehen, und da meiner Tante nicht nach Lachen zumute war, lachte Sok schließlich allein laut los, brach dann ab, weil niemand mitlachte, und versuchte verstohlen, seine Verlegenheit zu verbergen. Diese nutzlosen Anstrengungen wiederholte Sok noch einige Male, dann waren die Reisschüsseln leer. Schließlich fragte Sok meine Tante, als habe er den Entschluss gefasst, ein letztes Abenteuer zu wagen: „Ich müsste bei dem Leiter des Kulturinstituts vorbeischauen. Wissen Sie, wo er wohnt?“

Der Sohn des Leiters, der den Kaktusklub gegründet hatte und sich für die Jugendkultur einsetzte, war zusammen mit meiner Tante in die Grundschule gegangen. Tante Yongok wusste also, wo seine Familie wohnte. Ich natürlich auch. Ich glaubte, Großmutter würde mich als Begleiterin vorschlagen, weil es nicht schicklich wäre, dass sich eine erwachsene Frau abends draußen mit einem Mann zeigte. Aber wider Erwarten sah Großmutter meine Tante an und sagte: „Geh mit ihm. Die frische Luft wird dir gut tun, du hast doch Kopfschmerzen …“

Meine Tante hob ihren bis dahin gesenkten Blick und sah Sok kurz an. Sie nickte wortlos. Voller Schmerz musste ich mit ansehen, wie sich auf Soks Gesicht Freude ausbreitete, ähnlich wie einmal bei Jangun, als wir zusammen auf einen Botengang geschickt wurden. Beim Abräumen murmelte Großmutter: „Sie macht es mir aber auch wahrhaftig nicht leicht.“

Großmutter hatte Mitleid mit Tante Yongok. Dass gerade ihre leichtfertige und impulsive Jüngste Kummer hatte, schien sie besonderes zu betrüben. Wenn ein unreifes Kind traurig ist, geht einem das mehr zu Herzen als der Kummer eines reifen Erwachsenen. Unreife Menschen können sich daher nach Herzenslust unreif gebärden. Wenn sie Kummer haben, bekommen sie ungerechterweise nur noch mehr Liebe und Verständnis. Von reifen Menschen glaubt man, dass sie imstande sind, ihre Trauer zu überwinden, daher bringt man ihnen nicht so viel Mitgefühl entgegen. Reife Menschen sind immer im Nachteil. Da ich so früh Bekanntschaft mit dem Leben gemacht hatte, stand ich dementsprechend früh im Nachteil.

Tante Yongok und Sok verließen das Haus gemeinsam und kamen zu fortgeschrittener Abendstunde auch gemeinsam zurück. Der einzige Unterschied bestand darin, dass meine Tante das Haus mit gesenktem Kopf, ein paar Schritte hinter Sok gehend, verlassen hatte, und dass sie mit ihm Schulter an Schulter zurückkam. Die Aufgabe des Haustors war noch nicht damit beendet, die beiden zu verabschieden und wieder einzulassen. Es war tief in der Nacht, als dem Tor ein heftiger Schlag versetzt wurde. Zuerst hielt ich es für den Ajossi aus der „Kwangjin-Taera“. Aber auch als genügend Zeit verstrichen war, in der die Ajumma hinauseilen und das Haustor hätte öffnen können, hörte der Krach nicht auf. Dann war eine raue Männerstimme zu hören.

Zuerst konnte ich nicht verstehen, was sie sagte, aber nach einer Weile wurde mir klar, dass die Stimme lauthals nach meiner Tante verlangte: „Komm raus, Yongok! Du sollst rauskommen! Komm sofort raus!"

Als Tante Yongok und ich die Zimmertür öffneten und nach draußen gingen, stand auch Sok vor dem Zimmer meines Onkels und sah uns fragend an: „Wer ist das?"

„Keine Ahnung."

Wir waren ratlos, als der Ajossi aus der „Kwangjin-Taera" aus seinem Zimmer kam. Er musste irgendwann unbemerkt nach Hause gekommen sein. Zum Haustor hin gerichtet brüllte er: „Wer ist da? Wer schlägt das Haustor fremder Leute ein?"

„Mach sofort auf! Yongok soll rauskommen. Yongok! Du kommst mir nicht davon. Ich bring dich um!"

Erst da wusste ich, um wessen Stimme es sich handelte. Auch Tante Yongok schien sie erkannt zu haben, sie war ganz weiß im Gesicht.

Der Ajossi aus der „Kwangjin-Taera" dachte nicht daran, zum Haustor zu laufen, und so wie er sich an seiner Zimmertür festhielt, sah es aus, als wolle er diese auch gleich wieder schließen. Wie gewöhnlich verließ ihn in dieser Notsituation seine Männlichkeit, auf die er so stolz war. Plötzlich fiel mir Janguns Mutter ein, die mit dem Ajossi ein gutes Paar abgab, wenn es um Kleinmütigkeit ging. Normalerweise wäre sie als Erste herausgekommen und hätte mit dieser Stimme, die klang, wie in Stücke zerbrechende Keramik, herumgeschrien, aber jetzt war nicht einmal ein Hüsteln von ihr zu hören. Es juckte sie sicher in den Beinen, aber sie traute sich nicht herauszukommen, weil sie sich in diesen Tagen in Zurückhaltung üben musste.

So wild wie das Haustor wackelte, hätte sich der Riegel eigentlich schon von allein lösen müssen. Sok zog seine Schuhe an und fragte mich: „Jemand, den ihr kennt?"

Tante Yongok und ich konnten nicht antworten. Selbst Großmutters tiefer Schlaf, der gewöhnlich durch nichts gestört werden konnte, hielt diesem Krach nicht stand. Sie wachte auf und kam aus dem Zimmer.

„Wer ist das? Was soll der Lärm?"

„… Es ist Kiung Hong."

Großmutter empörte sich: „Warum tobt er sich ausgerechnet bei uns aus? Ich werde diesen Kerl sofort …"

Sie wollte eilig die Verandastufe hinuntereilen, dann drehte sie sich sicherheitshalber noch einmal nach meiner Tante um und fragte: „War etwas zwischen dir und diesem Burschen?"

Tante Yongok geriet in Verlegenheit. Hastig antwortete sie: „Nein! Vorhin auf dem Heimweg hat er Sok und mir den Weg versperrt und wollte uns provozieren, aber ich habe nicht darauf reagiert und …"

Meine Tante, die so sehr zitterte, dass sie kaum sprechen konnte, hatte den Satz noch nicht beendet, da fiel ihr Sok ins Wort: „Dieser Mistkerl ist es also?"

Seine Augen blitzten auf und er schnaubte: „Darf ich ihn mir vorknöpfen?"

Dabei hatte er seine Hände zu Fäusten geballt.

Kiung Hong brüllte immer noch, und das Haustor, auf das er weiterhin einschlug, musste sich schon halb geöffnet haben. Der Ajossi aus der „Kwangjin-Taera" hielt jetzt nur noch seinen Kopf aus dem Fenster, aber Sok ballte die Fäuste und wollte es mit Kiung Hong, dem allgemein bekannten Schläger, aufnehmen …

Großmutter zog sich die Schuhe an und lief ruhig zum Haustor. Erst als sie vor der Toilette angelangt war, löste sich endlich der Riegel und mit einem Riesengetöse sprang das Haustor auf. In seiner Lederjacke stand darin Kiung Hong.

„Komm raus, Yongok! Du willst wohl sterben?"

Angriffslustig stürmte er in den Hof, hielt aber an, als er Großmutter sah, und machte eine tiefe Verbeugung.

„Mutter, bitte rufen Sie Yongok nach draußen. Ich habe ihr etwas zu sagen."

„Was heißt hier Mutter, und was hast du meiner Tochter mitten in der Nacht zu sagen? Geh nach Hause und komm am Tag wieder. Was ist das für ein Benehmen, mitten in der Nacht betrunken in ein Haus einzudringen, in dem nur Frauen wohnen?"

„Verzeihen Sie, ich habe ein Gläschen getrunken. Rufen Sie schnell

Yongok nach draußen. Kiung Hong hat heute unbedingt ein Wörtchen mit ihr zu reden.“

Er stieß Großmutter leicht an den Schultern beiseite und brüllte noch einmal: „Yongok, komm sofort raus!“ Der aufgebrachte Sok hatte unterdessen wiederholte Male die Fäuste geballt, aber als er mit ansehen musste, wie Großmutter zur Seite gestoßen wurde, schrie er: „Dieser Mistkerl!“, und sah meine Tante an wie ein Soldat, der nur auf den Befehl zum Angriff wartete. Auf Tante Yongoks kreidebleichem Gesicht zeichnete sich jedoch lediglich so etwas wie komplizierte Trauer ab.

Kiung Hong schob Großmutter erneut zur Seite und kam mit großen Schritten auf unser Haus zu. Erst vor den Zimmern von Janguns Familie erblickte er uns. Uns, das heißt, seine ewige Geliebte, die am Verandapfeiler lehnte, als würde sie gleich umfallen, und mich (da ich hier keine Rolle spielte, war ich für ihn vielleicht auch unsichtbar), dann seinen Feind, diesen Fremden, der ihn mit feurigem Kampfgeist ansah.

Unversehens schleuderte Kiung Hong seine Faust nach vorne. Sok stürzte sofort zu Boden, worauf meine Tante aufkreischte und Großmutter angerannt kam und sich schreiend vor Kiung Hong stellte. Sok aber stand blitzschnell auf, lief seitlich an Großmutter vorbei und zielte. Bevor seine Faust auch nur die Nähe von Kiung Hongs Gesicht erreichen konnte, fiel Sok wieder zu Boden.

Er war Kiung Hong von Beginn an nicht gewachsen. Hong wartete darauf, dass Sok wieder aufstand und schleuderte ihm einem Blitz gleich seine Faust ins Gesicht. Großmutter hielt Kiung Hong an der Lederjacke fest und versuchte ihn an einem weiteren Schlag zu hindern, aber er wich ihr aus und brachte Sok ungefähr sechs Mal zu Boden. Es sah aus, als würde der Boxer Kisu Kim mit zwei Kindern einen Boxkampf veranstalten.

Großmutters Rock flatterte Kiung Hongs Faust hinterher, Sok ächzte bei jedem Hieb vor Schmerz. Irgendwo war ihm die Haut aufgeplatzt, er blutete. Trotzdem vergrub Tante Yongok lediglich ihr Gesicht in den Händen und zitterte. Obwohl nur sie Kiung Hong stoppen konnte, fiel ihr nichts anderes ein, als die Rolle der unglücklichen Protagonistin zu spielen und zuzusehen, wie Sok verprügelt wurde. Plötzlich war ich wütend auf sie.

In dem Moment, als ich das Blut auf Soks Gesicht sah, stieß ich meine

Tante ohne nachzudenken kräftig in Hongs Richtung. War der Stoß zu stark gewesen? Tante Yongok stürzte vor Kiung Hong zu Boden und griff plötzlich wie eine Schauspielerin, die sich wieder an ihren Text erinnerte, laut schluchzend nach seinen Hosenbeinen. Wenn Tante Yongok nicht vor ihm auf den Knien gelegen hätte, nein, wenn ich meine Tante, die schließlich die Ursache für die Prügelei war, nicht ins Spiel gebracht hätte, dann wäre der schattenspielartige Kampf zwischen Kiung Hong, Sok und Großmutter die ganze Nacht lang weitergegangen.

Schließlich senkte Kiung Hong seine Fäuste und Großmutter führte Sok zur Veranda, damit er sich hinsetzen konnte.

Kiung Hong sah auf meine weinende Tante herunter. Er atmete heftig und sagte kein Wort. Tante Yongok hatte seine Hose losgelassen, saß aber weiterhin auf dem Boden und schluchzte laut.

In gewisser Hinsicht hatte sie sich so eine Situation gewünscht. Schon seit Tagen wollte sich meine Tante einmal richtig ausweinen. Momentan wusste sie nicht genau, was sie zum Weinen veranlasste. Sie wusste nur in ihrem Innern, dass sie weinen wollte. Ihre Tränen galten nicht Kiung Hong, wie dieser fälschlicherweise glaubte, aber auch nicht Hyongyol Lee. Tante Yongok weinte um ihren eigenen Kummer. Sie war in diesem Augenblick traurig, und was immer auch der Grund dafür sein mochte, es genügte ihr, dass sie weinen konnte.

Also weinte sie zitternd unter dem schwachen Licht der Mondsichel.

Kiung Hong drehte sein Gesicht zur Seite, als könne er nicht ertragen, Tante Yongok weinen zu sehen. Zufällig stand ich dort, wohin er sein Gesicht gedreht hatte. Deutlich erkannte ich auch auf seinem Gesicht Tränen. Man brauchte nicht erst mit der Hand danach zu tasten, um zu wissen: Es waren heiße Tränen.

Kiung Hong ließ seine ewige über alles Geliebte auf dem Boden zurück, drehte sich um und verschwand durch das Haustor. Einmal hätte er zumindest den Arm heben und seine Tränen wegwischen können, aber bis zuletzt hingen seine Arme in der Lederjacke symmetrisch nach unten gerichtet, so dass er von hinten aussah wie ein schwarzer Berg.

Meine Tante, die sich wie eine Tränenprinzessin ausgeweint hatte, fand am folgenden Tag weitgehend zurück zu ihrer früheren Kraft. Nach diesem weiteren Vorfall war die Wunde des Verrats anscheinend bis zu einem gewissen Grad geheilt. Es ist wohl nicht notwendig zu erwähnen, dass die Geschichte Tante Yongok und Sok einander näher gebracht hatte. Sok war der mutige Mann mit Sinn für Gerechtigkeit, er hatte gegen einen Schläger gekämpft, der meine Tante belästigt hatte. Tante Yongok war die Retterin, sie hatte Sok aus den Händen eines Schlägers befreit. Der schwarze, heiße Tränen weinende Berg Kiung Hong war in der vergangenen Nacht bis zuletzt nichts weiter als ein Schläger. Es blieb ihm nichts anderes übrig. Solange das Leben für ihn ausschließlich solche nichtigen Rollen bereithielt, war nichts zu machen.

Mir ging es ebenso. Mir wurde nicht die Gelegenheit geboten, Sok zu lieben. Nach dem Vorfall war in jeder Hinsicht klar, dass das Leben beschlossen hatte, nicht mir, sondern meiner Tante diese Gelegenheit zu gewähren.

War die Liebe in mir etwa nur entstanden, um wieder zu verschwinden? Wenn sie ohnehin wieder gehen sollte, warum ließ mir das Leben die Erinnerung an die Mundharmonika und die Ziege? Wenn das Leben nicht daran dachte, mir eine Gelegenheit zur Verwirklichung meiner Liebe zu bieten, welche anderen Gelegenheiten sollte es dann für mich geben? Warum hatte das Leben überhaupt die Liebe in mir entfacht? Auf diese Fragen hatte das Leben sicherlich eine Antwort. Weil es mir etwas sagen wollte, waren mir die Liebe und der Verlust widerfahren. Mit diesen Gedanken versuchte ich verzweifelt, über das zunehmend vertrautere Verhältnis zwischen Sok und Tante Yongok hinwegzukommen.

Auf dem Provinzfest am nächsten Tag bekamen Tante Yongok und Sok vom Leiter des Kulturinstituts Ehrenplätze zugewiesen, und während sie den ganzen Tag Festveranstaltungen besuchten, musste ich wettdichten und an der Generalprobe teilnehmen.

Beim Abendessen bewegte das Paar schnell die Löffel auf und ab, sie wollten ins Kino Jungang, wo die Wahl der Burgprinzessin stattfinden würde. Ich bemerkte, dass Sok meine Tante unverhohlen innig ansah und dass sie ihm nach bestem Vermögen entgegenkam.

Die Wahl der Burgprinzessin war seit mehr als zwei Wochen das Hauptthema in unserem Ort.

In der Schule redeten die Mädchen über nichts anderes. Es hieß, keine Frau in unserem Ort reiche an die Schönheit einer bestimmten Giseng der Joyang-Halle heran, aber aufgrund ihres Berufes dürfe sie leider nicht teilnehmen. Auch eine Lehrerin unserer Schule sei von Leuten empfohlen worden, aber auch sie durfte nicht teilnehmen, weil sie nicht aus unserem Ort stammte. Der Tochter der sogenannten Quittenbaumfamilie am Deich sei der erste Platz sicher, aber sie könne nicht teilnehmen, weil sie kein Geld für ein Kleid hatte. Auch die Tochter des Obstplantagenbesitzers sei eine unglaubliche Schönheit, aber weil sie mit dem Gedanken spielte, bei der Wahl der Miss Korea anzutreten, habe sie die Teilnahme an der Provinzveranstaltung abgelehnt.

In Bezug auf die, die tatsächlich teilnahmen, gingen die Meinungen ebenso auseinander. Man sagte, die zweitälteste Tochter des einflussreichen Vorstands vom Bewässerungsverein werde gewinnen. Die Tochter des Reishändlers, die in Seoul studierte, sei extra gekommen, um teilzunehmen, keine werde eine elegante Frau aus Seoul schlagen können. Miss Park, die im Polizeiamt als Telefonistin arbeitete, habe nicht nur allen Polizisten, sondern auch allen anderen ledigen Männern im Ort die Köpfe verdreht. Eine ehemalige Kollegin (damit war Heja gemeint), die einmal an einem Schönheitswettbewerb teilgenommen hatte, habe ihr verraten, wie man sich in die Herzen der Jury einschleicht, daher habe sie die besten Chancen.

Ein weiteres Gesprächsthema waren die Kostüme der Kandidatinnen und ihre Vorbereitungen. Da die schönste Burgprinzessin gewählt werden sollte, musste das Kostüm selbstverständlich ein Hanbok sein. Es hieß, mehr als sechs Frauen seien extra bis in die Provinzhauptstadt gereist, um sich dort ihre Hanboks schneidern zu lassen. Eine der Teilnehmerinnen habe sich ein pechschwarzes Hanbok anfertigen lassen, um aufzufallen. Das Kleid einer anderen sei von den vielen Stickereien so schwer, dass sie bei der Anprobe umgefallen sei. Auch fehlte es nicht an Kommentaren zur Reihenfolge. Kandidatin Nummer Eins sei im Vorteil, weil sich der erste Eindruck immer am tiefsten einpräge. Nein, hieß es, ganz im Gegenteil, die Jury sei anfangs immer strenger und werde zusehends nachsichtiger, um die Beste herauszufinden, daher sei eine hintere Nummer von Vorteil.

Nach dem Essen sollten meine Tante und Sok mit mir ins Jungang gehen. Sok schlug vor, Großmutter solle auch mitkommen, aber selbst Happy, der unter der Veranda lag, wusste, dass das nur eine Höflichkeitsfloskel war.

Im Kino waren die meisten Plätze bereits belegt. Wir konnten uns gerade noch in die hinterste Reihe setzen.

Als Erstes drehte die Telefonistin Miss Park in einem prächtigen orangefarbenen Hanbok ihre Runde auf der Bühne. Dann führte die Tochter des Reishändlers, die in Seoul Tanz studierte, wie ein Schmetterling einen klassischen Tanz vor, was nicht nur unter den Zuschauern und der Jury, sondern auch unter den Familienangehörigen anderer Teilnehmerinnen, die niemals auf eine solche Idee gekommen wären, ein Raunen auslöste.

Ich sah mir nur die ersten drei Kandidatinnen an und ging dann wieder nach Hause. Ich hatte über Kopfschmerzen geklagt, woraufhin sich Sok und Tante Yongok übertrieben besorgt zeigten und meinten, ich solle mich besser ausruhen, wenn es so schlimm sei. Ohne weiteres schickten sie mich nach Hause, dabei hatte ich nur gesagt, ich hätte Kopfschmerzen.

Ich folgte ihrem Rat und legte mich zu Hause sofort hin. Wie vor einigen Tagen meine Tante starrte ich auf das Rautenmuster an der Decke und beklagte das Schicksal des Verrats.

Großmutter fragte zwar, warum ich allein käme, aber ich wusste, dass sie nicht unbedingt eine Antwort erwartete. Großmutter hatte insgeheim schon akzeptiert, dass ihre Tochter und Sok gut zueinander passten, und sie schien es nur natürlich zu finden, dass sich die beiden nach dem gestrigen Vorfall näher gekommen waren. Großmutter war Sok dankbar, dass er die Wunden meiner Tante geheilt und in einer Notsituation, Kiung Hongs Überfall, stellvertretend die Aufgabe des älteren Bruders wie ein Mann auf sich genommen hatte. Genau genommen sprach nichts gegen eine Verbindung zwischen Tante Yongok und Sok. Als Großmutter außerdem gesehen hatte, wie meine Tante den Trennungsschmerz durchlebte, hatte sie gespürt, dass ihre Jüngste zu einer reifen Frau herangewachsen war, daher empfand sie keine Ablehnung, als genau in diesem Moment Sok die Rolle des reifen Mannes übernahm. Sie begnügte sich damit, dem weiteren Geschehen zuzusehen.

Also gehörte auch Großmutter in die Welt von Tante Yongok und Sok. Nur ich gehörte nicht dazu. Ich besaß zwar immerhin das Urteilsvermögen, zwischen Eifersucht und Moral zu wählen, aber Sok, Tante Yongok und Großmutter sahen überhaupt kein Problem darin, mich jetzt hier allein zu lassen und ihre eigene Welt zu gestalten. Sie waren der Meinung, dass ihre Welt ganz gut funktionierte, und wussten nicht, wie einsam ich war.

Innerhalb von wenigen Tagen hatte das Leben die Rollen auf derselben Bühne mehrmals umverteilt und auf den Prüfstand gestellt. Zunächst traten Tante Yongok und ich auf und boten feurige schauspielerische Leistungen, meine Tante in der Rolle einer bemitleidenswerten Frau, von Freundin und Freund gleichzeitig betrogen, und ich in der Rolle der Wartenden, voller Vorfreude auf das Wiedersehen mit dem Geliebten, das ich mir schon vorher monatelang innerlich ausgemalt hatte.

Aber die Rollen hatten sich geändert, jetzt war ich die Betrogene und Tante Yongok diejenige, die in einer beginnenden neuen Liebe versank. Ich wurde von meiner Tante, Sok und Großmutter gleichzeitig betrogen, und noch jämmerlicher wurde es dadurch, dass ich meine Trauer nicht etwa wie Tante Yongok offen zeigen und auf Trost oder Verständnis hoffen konnte, denn niemand durfte ahnen, dass ich betrogen war. Mein Schmerz lag genau darin. Ich konnte zwar das Innenleben sämtlicher Betroffenen verstehen, aber mich verstand keiner.

Ich sehe jenen Bus, in den die Ajumma aus der „Kwangjin-Taera“ einst nicht einzusteigen wagte, Staub aufwirbelnd auf mich zukommen. Der Bus hält vor mir, ich stelle meinen Fuß auf die Stufe in der Tür. Mein Fuß steckt in einem Gummischuh, und beim Einsteigen bringt mich das Baby auf meinem Rücken einen Moment lang aus dem Gleichgewicht.

Der Bus ist voller Menschen, nur der hinterste Platz ist frei, wie vorhin im Kino. Als der Bus einen ansteigenden Kiesweg hochfährt, werden wir im Inneren hin und hergeworfen, dabei stoße ich immer wieder bis an die Decke und falle dann hart auf den Sitz zurück.

Von irgendwoher ertönt eine Mundharmonika. Eine Frau im weißen Rock spielt. Durch das Fenster dringt das Abendlicht und färbt ihren Rock rot. Die Frau spielt zwar auf der Mundharmonika, aber hinter ihren Lippen scheinen sich weitere Lippen zu befinden, sie spielt und lächelt zugleich. Gleichzeitig ruft sie auch noch meinen Namen.

Es ist, als hörte ich zum ersten Mal einen solchen Klang. Ich höre zum ersten Mal, dass das Rufen meines Namens einen solch innigen Klang erzeugt und bin gerührt. Ich will der Frau antworten. Aber ich kann nichts sagen. Verzweifelt will ich ihr etwas zurufen. Aber keinen Laut bringe ich heraus. Wie ein Goldfisch. Plötzlich sehe ich durch das Fenster Tante Yongok und Sok. Wann haben sie das Kino verlassen? Wie in jener Nacht, als sie sich ihre erste Liebe verrieten, stehen sie, von schwarzblauem Nebel umgeben, unter dem Apfelbaum der Obstplantage. Der Nebel greift langsam nach meiner Tante, aber sie ahnt nicht, dass sie in Gefahr ist. Nur ich kann sie darauf aufmerksam machen. Ich rufe nach ihr. Aber wie vorher, als ich der Frau mit der Mundharmonika antworten wollte, bekomme ich, so sehr ich mich auch bemühe, keinen Ton heraus. Tante Yongok, Tante Yongok! Ich schreie mir die Seele aus dem Leib, aber es ist kein Laut zu hören.

Plötzlich stehen alle Leute im Bus gleichzeitig auf und laufen lärmend in meine Richtung. Nach allen Richtungen hin entsteht ein lautes Durcheinander. Nur ich habe noch immer keine Stimme. Das Durcheinander geht in ohrenbetäubende Hilfeschreie und Klagegesang über. Mit aller Kraft winde ich mich, strecke meinen Kopf weit aus und versuche irgendeinen Laut von mir zu geben. Bitte, nur das eine Wort, Tante Yongok, bitte, bitte nur das eine Wort, Tante … Endlich kommt meine bis dahin wie zugeschnürte Kehle frei, aus meinem Mund dringt ein dünner Ton, dann schlage ich die Augen auf.

Aber es war merkwürdig. Obwohl ich aus meinem Traum erwacht war, hörte ich immer noch den an mich gerichteten Lärm der Leute im Bus. Ich hörte Hilferufe und lautes Kreischen, durcheinander laufende Schritte. Dazwischen war von weit her wieder ein Schrei zu hören: „Feuer, Feuer! Feuer!“

Ich riss die Tür auf und lief nach draußen, da sah ich den nächtlichen Himmel in Flammen stehen.

Auf der überfüllten Hauptstraße fielen Menschen übereinander, rannten umher und schrien, es war eine Katastrophe. Als ich zum glühenden Himmel aufsah, wurde mir plötzlich klar, dass das Feuer aus der Richtung des Kinos kam, wo die Burgprinzessinwahl stattgefunden hatte.

Im dem Moment spürte ich es in meiner Kehle hochkommen. Wie früher einmal beim Darmeinlauf wich alle Kraft aus meinem unteren Bauch, mein Gesicht gefror und ich schwitzte kalten Schweiß. Ich sank in mich zusammen. In der Hocke erbrach ich etwas dünne Flüssigkeit. Einige Male wurde ich von hastig vorbeilaufenden Leuten umgestoßen, aber ich vergrub nur meinen Kopf in den Schoß und versuchte, den Brechreiz unter Kontrolle zu bekommen.

Die Feuerwehrsirene ertönte. Hatte sich die Mundharmonika in meinem Traum so angehört?

„Jinhi!"

Jemand fasste nach meinen Schultern und richtete mich auf. Es war Großmutter.

„Großmutter ..."

Aus meinen Augen drangen dicke Tränen.

„Großmutter, im Kino, Feuer ... Tante Yongok und Sok ..."

Als ich nicht weitersprechen konnte, griff Großmutter eine meiner Hände, mit ihrer anderen Hand umschlang sie meine Schulter.

„Kleines, mach dir keine Sorgen."

„Tante Yongok ist doch im Kino ..."

„Alles ist unter Kontrolle. Das Feuer ist in der Waschmittelfabrik ausgebrochen, also neben dem Kino."

Großmutter klopfte mir weiterhin auf die Schulter.

„Gerade habe ich jemanden gefragt, der dort war. Die Leute im Kino konnten sich alle in Sicherheit bringen. Yongok geht es bestimmt gut."

Bei diesen Worten strömten noch mehr Tränen aus meinen Augen.

Erst jetzt bemerkte ich den beißenden Geruch. Seit wann war er da? Am Himmel hatte sich der schwarze Rauch, der den Feuerball umgab, noch weiter ausgebreitet. Auch eine Explosion war zu hören. Ein Funke setzte sich auf die Falten meiner ängstlich und sorgenvoll dreinblickenden Großmutter. Meine Ohren waren ganz taub von dem Geschrei der Menschen, den Sirenen der Feuerwehrwagen und den Schritten.

„Kleines, geh wieder ins Haus. Ich glaube, ich sehe mich besser ein wenig um. So wie das Feuer um sich greift, sind garantiert viele Leute getötet worden. Was haben wir bloß verbrochen, dass ein solches Unheil über uns hereinbricht? Ich habe gewusst, dass uns diese Fabrik Unglück bringt ..."

Ich konnte Großmutter nicht gut verstehen, weil es um uns herum zu laut war, aber ungefähr so etwas sagte sie. Dann verschwand sie zwischen den Menschen. Auch meine Schritte eilten, von der Menschenmasse angetrieben, in dieselbe Richtung.

Je mehr ich mich der Waschmittelfabrik näherte, desto heller wurde es. Zwischen den hin und her rennenden Menschen sah ich, wie die Fabrik eine gewaltige Flamme ausspie. Vor der Fabrik liefen Feuerwehrmänner auf und ab, zu ihren Füßen lagen schwarze Massen, verkohlte Leichen, herum.

Die Gesichter der Leute, die auf Tragbahren weggebracht wurden, waren fürchterlich entstellt, ihre Kleidung und ihre Körper waren so stark verbrannt, so dass man sie nicht mehr identifizieren konnte. Ein Mann rannte mit brennenden Kleidern aus der Fabrik, überall sprangen Leute, die nicht mehr auf Rettung hoffen konnten, aus den Fenstern. Der Wasserstrahl des Feuerwehrwagens reichte nur zwei Stockwerke hoch, malte eine kraftlose Linie in die Luft und fiel wieder zu Boden, während in der Fabrik erneut etwas in die Luft ging. Bei jeder Explosion stiegen die Flammen noch höher, die Leute wichen schreiend zurück.

Der Ajossi aus der Apotheke Daesong leistete erste Hilfe bei den Verletzten auf den Tragbahren, der Lastwagen der Sägemühle war permanent in Bewegung, um die Verletzten ins Daedong, das einzige Krankenhaus in unserem Ort, zu fahren. Alles war ein einziges Chaos. Häufig war nicht zu erkennen, ob die Menschen auf den Bahren weiblich oder männlich, tot oder lebendig waren. Aus Angst vor dem wie verrückt um sich greifenden Feuer wurden auch die Leute verrückt und rannten heulend herum, niemand war bei klarem Verstand.

Das Feuer brannte noch mehrere Stunden.

Als es mit dem Abklingen des Windes unter größten Anstrengungen gebannt werden konnte, war es bereits hell. Ein grausamer Morgen empfing die Ortschaft, in der in dieser Nacht niemand ein Auge zugetan hatte.

21. Manche bemerkt man erst nach ihrem Tod

Von einem Tag auf den anderen hatte sich unser Ort mit elenden Menschen gefüllt. Sämtliche Festveranstaltungen wurden abgesagt.

Es hieß zwar, wir hätten Glück im Unglück gehabt, da das Feuer in der Nacht ausgebrochen war, aber es gab nicht wenige, die zum Zeitpunkt des Geschehens in der Fabrik Überstunden gemacht hatten. Mal war von zehn Toten die Rede, dann wieder von mehr als dreißig. Allein im Daedong-Krankenhaus lagen an die zwanzig Verletzte, weitere wurden in die Provinzhauptstadt gebracht.

Manche hatten Glück. Sie erzählten, sie hätten eine Explosion gehört, ihre Körper seien in die Luft geschleudert worden, woraufhin sie schließlich mit einem verstauchten Bein auf dem Feld wieder zu Bewusstsein gekommen seien. Andere waren der Gefahr entronnen, weil sie die Burgprinzessinwahl, an der ihre Freundinnen teilnahmen, nicht verpassen wollten und alles daran gesetzt hatten, an diesem Tag keine Überstunden machen zu müssen. Von den meisten anderen war jedoch Bedauerliches, Trauriges zu hören.

Am traurigsten waren natürlich die Todesnachrichten. Weil wir in einem kleinen Ort lebten, kannte ich die meisten von ihnen. Der ständig betrunkene, zweitälteste Sohn des Fahrradhändlers hatte sich, nachdem er mit einem verletzten Bein aus Vietnam gekommen war, erst vor kurzem wieder zusammengerissen und angefangen, in der Waschmittelfabrik zu arbeiten. Auch er war ums Leben gekommen. Die Schwestern Sundok und Jomdok, Jomnae aus dem Tofuladen und auch der ältere Bruder von Songwoo aus Janguns Klasse waren tot. Jedes Mal, wenn ich neue Namen hörte, lief mir ein kalter Schauer über den Rücken. Aber nachdem ich mich vergewissert hatte, dass Tante Yongok und Sok nichts passiert war, glaubte ich, keinen der Toten näher gekannt zu haben.

Mehrere Freundinnen meiner Tante hatten in der Waschmittelfabrik gearbeitet. Tante Yongok verließ morgens das Haus, um sich nach ihnen zu erkundigen, und kam am Abend völlig verstört zurück. Bei ihrem Anblick lief es mir kalt den Rücken herunter.

Großmutter, die auf der Veranda gesessen hatte, sprang auf und rief: „Was ist los mit ihr, sie bricht ja gleich zusammen!" Sie stürzte zu meiner

Tante, die aber, ohne diesen kurzen Moment abzuwarten, auf der Stelle umkippte. Großmutter schrie auf und Sok eilte aus Onkel Yonghuns Zimmer herbei. Hastig brachte er Tante Yongok ins Haus. Sie hing mit leblosen Augen an seiner Brust. Großmutter und ich ahnten bereits das Schlimmste. Weil wir jedoch inständig hofften, wir möchten uns geirrt haben, wagten wir nicht zu fragen. Da schlug Tante Yongok die Augen auf und sprach den Namen schließlich aus: „Mutter, Kyongja ist ..."

Großmutter bemühte sich um Gelassenheit und fragte mit rauer Stimme: „ ... ist sie sehr verletzt?"

Ihre leblosen Augen auf die Decke gerichtet, sagte Tante Yongok lediglich: „Tot."

Tot? Das klang wie eine Lüge, so dass ich am liebsten noch einmal nachgefragt hätte. Aber Großmutter und ich sahen nur beklommen auf die Tränen, die aus den wieder geschlossenen Augen meiner Tante drangen und lange Spuren hinterließen. So saßen wir da, fassungslos, als Janguns Mutter laut weinend durchs Haustor trat.

„Oh Himmel, wie ist das möglich? Wie ist das möglich?!"

Als sie uns erblickte, weinte Janguns Mutter noch lauter: „Wissen Sie, Herr Lee ... Herr Lee ..."

„Ve-verletzt?"

„Nein, nein. Er ist ganz von uns gegangen! Um Frau Jeong, dieses Kommunistenweib, zu retten, ist er ins Feuer gesprungen. Wie konnte so etwas geschehen? Wie kann jemand, der noch nie ein böses Wort über jemand anders verloren hat, so jämmerlich sterben? Oh Himmel!"

Großmutter sank auf dem Boden zusammen, Tante Yongok schluchzte noch lauter. Sok drehte sein Gesicht zur Seite und schloss für einen kurzen Moment seine Augen; sie waren gerötet, als er sie wieder öffnete.

Sowohl zu Hause als auch in der Schule war Herr Lee stets sehr wortkarg gewesen und immer ein wenig hinter den anderen zurückgeblieben, so dass er, extrem ausgedrückt, wie eine nichtsnutzige Kreatur behandelt worden war. Aber ich hatte ein paar Mal die Gelegenheit, außerordentliche Seiten an ihm zu entdecken.

Letzten Sommer schockierte es mich sehr zu sehen, wie Herr Lee eine Maulwurfsgrille aß. Als er sich herunterbeugte und das Tier aufhob, das vor seinen Füßen auf der Erde herumkroch, glaubte ich zunächst, er wolle es nur aus der Nähe betrachten. Aber plötzlich öffnete Herr Lee weit seinen Mund, hob die Grille hoch und legte sie dann auf seine Zunge, was genauso aussah, als würde Großmutter das Kimchi abschmecken. Das war nicht alles. Herr Lee schluckte die lebendige Maulwurfsgrille hinunter und wandte sich dann zu mir: „Jinhi, hast du gesehen, wie die Grille von selbst meine Kehle hinunterspaziert ist? War das nicht ein prächtiges Kerlchen?“ Dabei lachte er zufrieden.

Dann fuhr er fort: „Findest du es seltsam? Ganz gleich, ob ich Ungeziefer esse oder ob mein Körper von Ungeziefer gefressen wird, beides ist eine gute Sache. Von Ungeziefer gefressen zu werden, ohne dabei Schmerzen zu empfinden, genau das ist Sterben. Weißt du Jinhi, Sterben ist eine friedliche Sache … “ Damals verstand ich nicht, was er damit meinte, aber ich erinnere mich noch immer gut daran, wie ich damals wegen seiner Worte und der Stimmung, die von ihm ausging, den Atem angehalten hatte, während er sich mit einem Streichholz die Fingernägel säuberte.

Das fiel mir jetzt wieder ein. Mit einem Fuß wischte ich die Träne weg, die von meinem Kinn auf den Boden gefallen war.

Aus fast allen Häusern drangen Klagen. Anstelle des gewohnten Gestanks drang ein neuer stechender Geruch aus der Waschmittelfabrik, der unseren Ort wie eine riesige Fledermaus bedeckte. Die Schreie der Patienten im Daedong-Krankenhaus waren noch auf der Straße zu hören, Leute, die sich nach dem Zustand ihrer Familienangehörigen erkundigen wollten, liefen mit nervösen Gesichtern durch die Gassen.

„Als Nächstes hält der Schulsprecher eine Trauerrede.“

„… war stets umsichtig und liebte die Schüler … gegenüber Ungerechtigkeiten unnachgiebig und unerschrocken … gab sein Leben hin, um andere zu retten … sein Körper hat uns verlassen, aber seine Seele ist bei uns … möge er auch im Himmel den Fortschritt unserer Schule verfolgen … für immer in unseren Herzen Lehrer der Songso-Grundschule bleiben …“

Noch letzte Woche hatte der Erste Lehrer auf Herrn Lee herumgehackt, weil er von seiner Klasse die geringsten Sonderbeiträge eingesammelt hatte. Die Schüler, die gerade im Lehrerzimmer Putzdienst hatten, erzählten, der Erste Lehrer habe mit einem langen Stock auf die Tafel geklopft, auf der in Form einer Grafik die eingesammelten Beiträge abzulesen waren, dabei habe er Herrn Lee ohne Umschweife einen unfähigen Lehrer genannt. Die anderen Lehrer im Raum hätten sich zwar kurz umgedreht, um zu sehen, welcher Kollege so schmachvoll zurechtgewiesen wurde, aber als sie sahen, dass es Herr Lee war, hätten sie einfach weitergearbeitet, als sei nichts Außergewöhnliches geschehen.

Durch seinen Tod wurde Herr Lee nicht mehr als unfähiger Lehrer, sondern als pädagogisches Idealbild dargestellt, der keine Ungerechtigkeiten durchgehen ließ, stets umsichtig gehandelt hatte und selbst vom Himmel aus über unsere Schule wachen sollte. Hätte Herr Lee dieser Szene beiwohnen können, er hätte laut gelacht. Er hätte so laut gelacht, dass aus seinem Mund mehrere hundert bei lebendigem Leib verschluckte Maulwurfsgrillen wieder nach draußen gehüpft wären.

Die Leute wussten nicht viel über Herrn Lee, denn er saß immer schweigsam im Hintergrund und zog kein besonderes Interesse auf sich. Daher wurden in Bezug auf seinen Tod sich widersprechende Vermutungen angestellt. Zuerst feierten sie ihn als Helden, der gestorben war, um einen anderen Menschen zu retten, aber weil es sich dabei ausgerechnet um Frau Jeong handelte, wurden sie auch zum Gegenstand diverser Gerüchte.

Die, die immer zuerst an das Verhältnis zwischen Mann und Frau dachten, verbreiteten das Gerücht, die beiden hätten eine Affäre gehabt. Herr Lee konnte zwar durch das Feuer bis zu Frau Jeong vordringen, aber sie schafften es nicht mehr nach draußen und man fand ihre verbrannten Körper erst viel später, als das Feuer längst gelöscht war, eng umschlungen. Dies galt als entscheidender Beweis für ein Verhältnis. Einem weiteren Gerücht zufolge war Frau Jeongs Tochter Herrn Lees Fleisch und Blut, sogar die Schülerkartei der in Seoul zur Schule gehenden Tochter wurde angeführt, in der Herr Lee als Vormund angegeben war.

Als man jedoch herausfand, dass Frau Jeongs Ehemann und Herr Lee eng miteinander befreundet waren, wurden diese Vermutungen fallen gelassen. Es zeigte sich, dass Herr Lee Frau Jeong finanziell unterstützt hatte und auf die dringende Bitte seines Freundes die Vormundschaft der Tochter übernommen hatte. Die Meinungen über die Freundschaft zwischen dem berüchtigten Widerstandskämpfer und dem unfähigen Lehrer teilten sich. Eine Gruppe bewunderte insgeheim den Regimegegner, andere beargwöhnten Herrn Lees politische Einstellung.

Auch das Verhältnis zwischen Herrn Lee und den merkwürdigen Familien, die in der Burganlage wohnten, kam ans Licht. Der Ajossi aus der Apotheke am Busbahnhof hatte gesehen, wie diese Familien laut klagend im Hof ihrer Baracken irgendwelche Sachen verbrannten. Er habe sofort Herrn Lees Sakko erkannt, denn dieser war wegen seiner Kopfschmerzen ein häufiger Kunde bei ihm; dabei habe der Apotheker jedes Mal auf seine Sakkotasche starren müssen, während er nach Geld kramte.

Auch diesbezüglich teilten sich die Meinungen. Die eine Seite hielt Herrn Lee für einen Mann der Gerechtigkeit, der Obdachlosen half, während andere, die aufgrund des Umstands, dass Herr Lee mit einem Untergrundkämpfer befreundet gewesen war, seiner politischen Einstellung misstrauten, davon überzeugt waren, dass es sich bei den Burgfamilien um Angehörige von Partisanen handelte.

Auch die Gerüchte um Frau Jeong verdichteten sich. Nach den Nachforschungen des Ajossi aus der „Kwangjin-Taera" beim Leiter der Ermittlungsabteilung, dem sich der Ajossi übrigens brüderlich verbunden fühle, war das Feuer in der Fabrik kein Unfall, sondern Brandstiftung. Und Frau Jeong sei die Hauptverdächtige. Dafür sprach etwa, dass sie ohne besonderen Grund bis spät in der Fabrik geblieben war. Außerdem erinnerten sich Kollegen daran, dass sie mehrmals gesagt habe: „Diese gottverdammte Welt, niederbrennen sollte man sie!"

Indizien für ein Motiv wurden zum einen darin gesehen, dass sie die Ehefrau eines Regimegegners war und zum anderen, dass sie den Zeugen Jehovas angehörte. Seitdem Frau Jeong den Zeugen Jehovas beigetreten war, benahm sie sich weniger wie eine Strenggläubige, sondern eher wie eine Geistesgestörte. Daher sei es möglich, dass sie in einem Wahnzustand das Feuer gelegt habe. Aber innerhalb der Polizei fand man das politische Motiv überzeugender. In vielerlei Hinsicht sei es höchst wahrscheinlich, dass Frau Jeong eine Spionin war, schließlich habe sie bei jeder Gelegenheit „Diese verdammte Welt!" ausgerufen, und dadurch die jetzige Regierung kritisiert. Durch ihren Beitritt zu einer religiösen Sekte habe sie versucht, ihre Personalien zu verbergen. Insbesondere der Umstand, dass sie sich in die Waschmittelfabrik eingeschlichen habe, zeige, dass es ihre Absicht gewesen sei, die Arbeiter aufzuhetzen.

Die geistesabwesend wirkende Frau Jeong war natürlich zu einflusslos, als dass sie die Leute hätte ‚aufhetzen' können, es gab auch keine Beweise dafür, dass sie eine Spionin war, aber gerade das, so sagte man, sei ja häufig die Tarnung der Spione.

Aus diesen Gründen zweifelte man nicht an Frau Jeongs Identität als Spionin. Folglich musste auch Herr Lee, der ein enges Verhältnis zu Frau Jeong gehabt hatte, ein Spion gewesen sein. Seine sonderbaren Verhaltensweisen, die im Nachhinein ans Licht kamen, und der Umstand, dass er sich viel beschwert hatte und immer unzufrieden war, und selbst dass er oft in die Berge gegangen war, weil er Bergwanderungen liebte, wurden beargwöhnt.

Fremde Männer (nachher hörte ich von Großmutter, dass es Beamte der Spionageabwehr waren) tauchten bei uns auf und nahmen verschiedene Gegenstände des Verstorbenen mit. Sie liefen mit ihren Straßenschuhen ins Haus und hatten derart scharfe Augen, dass nur ein Blick genügt hätte, um Leuten wie mir, die nie in Kontakt mit Untergrundkämpfern gekommen waren, das Geständnis abzuringen, eine Spionin zu sein. Aber entscheidende Beweismittel für Herrn Lees Spionagetätigkeit wurden nicht gefunden. Stattdessen entdeckten die Beamten ausländische Zigaretten im Schrank von Janguns Mutter, so dass man sie festnahm, und erst mit einer Geldstrafe wieder gehen ließ, nachdem sie sich nach Leibeskräften entschuldigt hatte, ihre Hände aneinander reibend, einer Fliege gleich, die ihre Fühler putzt."

Frau Jeong und Herr Lee gelangten nach ihrem Tod zu einiger Berühmtheit. Mal zogen sie als Brandstifter den Hass der ganzen Ortschaft auf sich, mal versetzten sie sie als Spione in Unruhe, dann wieder wurden sie bemitleidet, weil sie im Feuer umgekommen waren. Wenige Tage nach der Katastrophe stellte sich ein Kurzschluss als Brandursache heraus.

Unabhängig von der Tragödie, die sich in unserem Ort abgespielt hatte, und völlig unbeeinflusst von der niedrigen Wahlbeteiligung unseres Ortes, wurde durch die Volksabstimmung beschlossen, Chunghee Park ein weiteres Mal die Präsidentschaft zuzusprechen.

Das war alles. Das Ganze geriet allmählich in Vergessenheit. Man glaubt zwar, manche Dinge niemals vergessen zu können, aber mit der Zeit gewöhnt man sich daran.

Der Mensch scheint so beschaffen zu sein, dass die Zeit den Schmerz überwindet. Dafür sorgt auch das Vergessen. Die Leute in unserem Ort, die eine kollektive Pyrophobie erlitten, sperrten ihre Angst in den hintersten Lagerraum ihres Gedächtnisses und die Kinder fingen bald wieder an, mit dem Feuer zu spielen.

Eine Zeit lang noch fielen auf der Straße Leute mit Brandwunden auf. Zwei Monate nach dem Unfall liefen die Leute mit von Schorf runzeliger, stellenweise ganz weißer Haut durch den Ort. Bei manchen war mehr als die Hälfte des Gesichts weiß, so dass es aussah, als wären sie geschminkt wie die Raumfahrer in den Mangas. Wenn wir solche Gesichter sahen, flößten sie uns keinen Ekel ein. Die Menschen mit den durch Brandwunden verrunzelten Gesichter waren entweder unsere Familienmitglieder und Verwandte oder sie sahen aus wie sie, daher gab es keinen Grund für Befremden. Vielmehr freuten wir uns, wenn wir diese Gesichter außerhalb unseres Ortes sahen, denn die weiße Haut war zu einem Erkennungszeichen geworden.

Die Brandkatastrophe, die so großes Unheil über den ganzen Ort gebracht hatte, wurde teilweise vergessen, an anderes gewöhnte man sich. So kehrte bald weitgehend wieder Normalität ein.

Auch der Schmerz meiner Tante ließ nach.

Einige Zeit lang litt Tante Yongok unter Alpträumen. Sie träumte immer wieder von dem Gespräch, dass sie und Kyongja beim Putzen der Sojasprossen geführt hatten, und unter Schreien und tränenüberströmt erwachte sie.

Kyongja begegnete Tante Yongok in ihren Träumen wirklich als Feuergespenst. Sie sah sie inmitten des Feuers immer weiter verbrennen. Kyongja blickte meine Tante nur kurz an, sie trug dasselbe Kleid wie beim letzten Mal, als sie schweigend am Ende der Veranda gesessen hatte, um unverrichteter Dinge wieder nach Hause zu gehen.

Meine Tante klagte: „Ich habe das Gefühl, dass Kyongja für mich gestorben ist. Die Stelle war ja ursprünglich für mich bestimmt, ich habe sie Kyongja gegeben. Ich habe sie dorthin getrieben, wo eigentlich ich hätte sterben sollen. Und dann habe ich ihr noch vorgeworfen, mir die Stelle weggenommen zu haben."

„Das hast du doch nicht ernst gemeint."

„Du warst doch dabei, als Kyongja meinte, sie wolle mir den Freund wegnehmen. Was hat sie erwidert, als ich sagte, ich würde mich rächen? Dass sie als Feuergespenst wiederkommen und es verhindern würde. Genau das ist geschehen. Sie ist für mich gestorben, und weil es ihr Leid tat, mir den Freund weggenommen zu haben, ist sie in der Fabrik geblieben und zu einem Feuergespenst geworden. Es ist alles meine Schuld."

„Wer sagt denn, dass sie in der Fabrik geblieben ist, weil sie deinetwegen ein schlechtes Gewissen hatte?"

„Doch, doch, so war es. Nur wegen eines Mannes habe ich meine beste Freundin in den Tod getrieben. Wenn ich doch nur nicht so kalt zu ihr gewesen wäre, als sie das letzte Mal hier war … Ich bin ein schlechter Mensch."

„Du hast dich schließlich nur so verhalten, weil Kyongja etwas Unrechtes getan hatte."

„Nein, nein! Du verstehst das nicht. Ich bin schlecht. An dem Tag habe ich Unrecht begangen. Ich war es. Ich hätte sterben müssen. Ich hätte sterben müssen … Was mache ich jetzt bloß …?"

Obwohl ich versuchte, sie so gut ich konnte zu trösten, brachte Tante Yongok ihre Gefühle nicht unter Kontrolle und brach in Tränen aus. Jedes Mal, wenn sie sich an die Brandnacht erinnerte, erwachte ihr Selbsthass und sie rief: „Was mache ich jetzt bloß?", und hörte nicht auf zu weinen.

Ihre Schuldgefühle waren zwar nicht ganz aus der Luft gegriffen, aber völlig übertrieben. Sie wusste nicht, wie sie die harten Proben, mit denen sie auf einmal konfrontiert wurde, bewältigen sollte. Kyongjas Tod, die schlimmste Probe von allen, stand stellvertretend für alle anderen, und meine Tante projizierte ihre ganze Trauer darauf. In einem komplizierten Durcheinander von Gefühlen war Tante Yongok vollkommen gespalten: da war ihre Reue, dass ihre Gefühle für Hyongyol Lee so restlos verschwunden waren, die Desillusionierung der Liebe, die verbleibende Leere und die Sehnsucht nach Sok. Aber auch diese Gefühle legten sich weitgehend, so wie der gesamte Ort die Trauer vergaß oder sich daran gewöhnte und sich neue Haut auf den verbrannten Stellen bildete.

Aber auch ich blieb von den Folgen der Katastrophe nicht verschont, eine Zeit lang litt ich Todesängste.

Ich dachte, ich hätte meine Angst vor dem Tod bereits früher überwunden. Als ich ungefähr acht Jahre alt war, fragte ich einmal: „Großmutter, was mache ich, wenn ich morgens aufwache und die Augen gehen nicht auf?"

Lachend hatte Großmutter meinen Rücken getätschelt:

„So etwas wird auf keinen Fall passieren, mach dir keine Sorgen."

„Woher weißt du das?"

„So etwas ist bis jetzt noch nie passiert."

„Du meinst, was bis jetzt nicht passiert ist, wird auch in der Zukunft nicht passieren?"

„Nun ja, nicht zwangsläufig …"

Großmutter war etwas verunsichert.

„Es ist doch möglich, dass ausgerechnet mir so etwas zum ersten Mal passiert. Was soll ich tun, wenn ich morgen Früh die Augen nicht öffnen kann? Wenn die Leute kommen und sagen, sie sehen zum ersten Mal ein Kind, das seine Augen nicht öffnen kann, dass sie durch mich erfahren haben, dass ein Kind daran sterben kann, dass seine Augen nicht aufgehen? Das ist doch dann ein Nachteil für mich, wenn ich sterbe, und vorher nicht wusste, dass das passieren kann?"

Obwohl ich immer ernster wurde, hatte Großmutter nur gelacht, sie versuchte nicht, das Problem zu lösen. Ich konnte Großmutters Sorglosigkeit nicht vertrauen und versuchte, nachts mit offenen Augen zu schlafen, was natürlich nicht möglich war, aber morgens beim Aufwachen traute ich mich nicht, sie gleich aufzuschlagen, aus Angst, sie nicht öffnen zu können. Ich gewöhnte mir an, sie zuerst mit der Hand abzutasten.

Ein weiteres Mal dachte ich an den Tod, als ich hörte, dass ein Bergmann, der unter der Erde festsaß, nach zwölf Tagen lebendig geborgen wurde. Ein anderes Mal wollte ich ausprobieren, was das für ein Gefühl ist, Sterben, ich steckte meinen Kopf in eine Schüssel mit Wasser und hielt den Atem an. Als ich es nicht mehr aushielt, riss ich den Kopf hoch, und während ich wie wild nach Luft schnappte, bekam ich durch mein Experiment eine Ahnung von den Qualen des Todes und fällte sogar den Entschluss, dass es besser sei, sich mit einem Messer umzubringen, als zu spüren, wie der Tod Stück für Stück näher käme. Vage hatte ich damals erkannt, dass Sterben zwar physischen Schmerz bedeutet, aber dass die psychische Angst noch größeren Schrecken verursacht.

Aber das waren alles nur Gedankenspiele. Nach dem Brand, bei dem ich dem Tod ins Auge gesehen hatte, wurde ich von wirklicher Angst befallen. Ich fürchtete mich vor dem Tod. Wenn ich Eintagsfliegen sah, fand ich den Gedanken, dass sie noch heute sterben würden, unerträglich, und wenn ich ab und zu eine Todesanzeige an der Pforte entdeckte, bekam ich weiche Knie. Ich zitterte beim Anblick der roten Schrift auf dem gelben Briefumschlag, der vor dem Haustor abgelegt wurde, damit das Haus selbst von Unglück verschont bliebe. Auch in der Schule hatte ich Halluzinationen, ich saß in einer Grube und wurde mit Erde überschüttet, so dass ich im nächsten Moment die Augen schloss und versuchte auszuweichen, weil ich befürchtete, die Erde könne in meine Augen eindringen.

Besonders bei Einbruch der Dunkelheit fühlte ich eine unerträgliche Nervosität. Der einzige Weg, sie zu überwinden, war, mich allein auf die hintere Veranda zu setzen und die Maus auf der Gartenmauer zu betrachten, bis es ganz dunkel wurde. Mit ihrem langen Schwanz lief sie hin und her. Mit äußerster Konzentration starrte ich sie an, als sollte mir an dem Tag, an dem ich den Schwanz aus den Augen verlieren würde, auch das Band des Lebens entgleiten. Ich weiß nicht warum. Wahrscheinlich dachte ich, der Tod hieße, dass der Geist den Körper verlässt, und aus dem Grund suchte ich nach einem handfesten sichtbaren Gegenstand, auf den ich mich konzentrieren konnte. Ich ließ ihn nicht aus den Augen, damit sich mein Geist nicht von meinem Körper löste. Indem ich die Maus betrachtete, gelang es mir damals, die Todesangst zu überwinden. Aber bald darauf musste ich damit aufhören. Es wurde zu kalt, ich konnte nicht mehr draußen sitzen.

Zum Jahresende wurde im Radio nur noch über die anbrechenden 70er Jahre geredet. Als ein Flugzeug der Korean Airlines nach Nordkorea entführt wurde, verschwand das Gerede über die 70er Jahre für eine kurze Zeit aus dem Radioprogramm, war aber bald wieder das wichtigste Thema.

Man zeichnete hoffnungsvolle Entwürfe von dem, was sich in den 70er Jahren alles verändern würde, gleichzeitig sprachen die Menschen im Radio über das, was uns die 60er Jahre gebracht hatten. „Durch die erfolgreiche Revolution vom 16. Mai, den Sturz der Regierung Sungman Lee durch das Militär und den Fünfjahresplan der Wirtschaftsentwicklung haben wir Einzug gehalten in den Weg des Wiederaufbaus unseres Landes“ – Während der Nachrichtensprecher dies vorlas, ertönte im Hintergrund ein kräftiger Chor: „Gehen wir es an!“ Spezialisten legten unterschiedliche Prognosen darüber vor, wie das Weltgeschehen in den 70er Jahren aussehen werde, und die 60er Jahre wurden in den Namen Kennedy, Sato, Dubček und de Gaulle zusammengefasst.

Ich hörte nur mit einem Ohr, was im Radio erzählt wurde, aber als diese Namen fielen, erinnerte ich mich plötzlich an einen Jungen aus meiner Klasse, der in den Mittagspausen große Gesichter von Kennedy und de Gaulle auf die Tafel gezeichnet hatte. Er konnte sehr gut zeichnen, besonders Porträts. Einmal zeichnete er das Porträt unseres Kunstlehrers auf Karton, das sogar zu einem Malwettbewerb irgendwo in Europa geschickt wurde und einen Preis gewann. Als die Organisatoren schrieben, sie würden den Preisträger für eine dortige Kunstschule empfehlen, falls er das wolle, war unser Kunstlehrer sehr aufgeregt. Aber das Gesicht des Jungen verdunkelte sich, schweigend starrte er aus dem Fenster. An jenem Herbsttag wurde dieser Junge auf einen Botengang zu seinem Vater in die Waschmittelfabrik geschickt und kam dabei ums Leben.

Außer ihm war bei dem Brand auch Jinguk Jeon gestorben, ein Schüler der sechsten Klasse. Jinguk hatte im Waisenhaus am Fuß der Burganlage gelebt und nachts in der Fabrik gearbeitet. Es gab viele Waisenkinder, die gleich nach der obligatorischen Grundschulausbildung eine Stelle in der Fabrik annehmen mussten, und viele, wie Jinguk, fingen schon in der sechsten Klasse an zu arbeiten, wenn sich der Leiter des Waisenhauses und der Fabrikbesitzer einigen konnten. Jinguk war der beste Fußballspieler im Schülerteam. Aufgrund seiner sozialen Lage konnte er zwar nie Kapitän werden, aber wenn er im Wettkampf das entscheidende Tor geschossen hatte und den jubelnden, organisierten Beifallklatschern zuwinkte, hatte er immer ein strahlendes Lächeln auf den Lippen.

Einer unserer Lehrer fand später einen Aufsatz von Jinguk, in dem er schrieb, dass er sich nur beim Fußballspiel wie ein Mensch behandelt und voller Leben fühle, und dass er ein bedeutender Fußballspieler werden wolle. Wenigstens nach seinem Tod zog er für kurze Zeit die Aufmerksamkeit der Leute auf sich. Die Provinzzeitung schrieb: „Feuergeist entreißt einem Waisenjungen seinen Traum: ‚Ich möchte der Pelé Koreas werden‘“.

Indem ich an den Tod dieser Schulkameraden dachte, ordnete ich auf meine Weise die 60er Jahre.

Einige Tage vor den Ferien wurde ich ins Lehrerzimmer geschickt, wo mir noch einmal bewusst wurde, dass die 60er Jahre vorbei waren. Der oberste Sekretär war mit einem dicken Bündel Formulare beschäftigt, die er Seite für Seite umblätterte. Auf jedem Formular entfernte er aus dem vorgedruckten Datum die „6", die auf die „19" folgte. Mit einem leise kratzenden Geräusch strich er sie zweimal durch, dann schrieb er deutlich eine „7" darüber.

Obwohl das Radio einen dazu ermutigte, fühlte ich nicht unbedingt die Notwendigkeit, besondere Hoffnungen an die 70er Jahre zu knüpfen. Für mich als Musterschülerin war es eine Selbstverständlichkeit, mich auf das kommende Schuljahr vorzubereiten, das hatte nichts mit Erwartungen oder Wünschen zu tun. Als die Ferien näher rückten, stellte ich einen Arbeitsplan für die Ferien auf. Ich würde fast alles dem Plan entsprechend verwirklichen. Eine derartige Zuverlässigkeit dem Leben gegenüber schien mir völlig ausreichend, was sollte ich darüber hinaus noch für Träume haben?

Alles war wieder wie früher.

Militärbriefe von meinem Onkel berichteten uns ungefähr zweimal im Monat vom Frieden an der Grenze, man hörte wieder die gehässige Stimme von Janguns Mutter am Brunnen, nach wie vor kündigten Motorradgeräusche zu später Nachtstunde die Heimkehr von Jesongs Vater an, worauf die unterdrückten Schreie der Ajumma folgten, während sie versuchte, den Schlägen ihres Mannes auszuweichen. Der Abwasserreiniger kam und schaufelte den Kot aus der Latrine, deren Gestank inzwischen bis zur Gasse reichte. Einmal rannte die neue Aushilfe aus der Schneiderei „New Style" – bereits die zweite nach Miss Lee – herbei, weil beim Spielen mit Jesong plötzlich eine Nadel verschwunden war, so dass alle in große Aufregung gerieten, bis sich die Nadel am Rock der Aushilfe wiederfand. „Mit einem Fuchs kann man leben, aber nicht mit einem Bären", sagte Janguns Mutter und tat jetzt, nachdem Miss Lee schon lange verschwunden war, so, als habe sie deren Geschicklichkeit immer zu schätzen gewusst. Von Miss Lee und den Geschwistern Heja und Hyonsok hörten wir nichts. Unser Friseursalon wurde geschlossen, in seinen Räumen eröffnete der Strickwarenladen „505".

„Wo ist er nur hin, zur Zeit sieht man ihn nicht einmal mehr am Bahnhof." Janguns Mutter erwähnte ab und zu den Namen Kiung Hong. Einer seiner Freunde, ein Lastwagenfahrer, hatte einen Unfall verursacht und war ins Gefängnis gekommen, Kiung Hong sei es wahrscheinlich ähnlich ergangen, wenn auch aus einem anderen Grund. Ihre Vermutung sei bestimmt zutreffend, ließ es sich Janguns Mutter nicht nehmen, hinzuzufügen. Happy, der immer länger ausblieb, verschwand ab November ganz von seinem Platz unter der Veranda. Ab demselben Zeitpunkt zog sich die Ajumma aus der „Kwangjin-Taera" eine Strickjacke über, wenn sie zum Brunnen ging. Drei Knöpfe musste sie dabei offen lassen, damit ihr dicker Bauch darunter Platz hatte. Großmutter verbrachte mehr Zeit zu Hause, weil es, von einigen Tagen abgesehen, an denen sie mit der Ernte beschäftigt war, keine Feldarbeit mehr gab. Und noch etwas veränderte sich – nicht ich war es jetzt, die sich nach Sok sehnte, sondern Tante Yongok.

Sok fuhr zwei Tage nach dem Brand wieder nach Seoul. Weil alle in großer Aufruhr waren, konnte er sich nicht einmal richtig von uns verabschieden. Material zur traditionellen koreanischen Kultur hatte er auch nicht sammeln können, das Provinzfest wurde ja abgesagt. Soks größte Enttäuschung aber bestand darin, Tante Yongok verlassen zu müssen. (Ich beschloss, diese Tatsache zu akzeptieren.) Bis zum letzten Augenblick versuchte er, für einen kurzen Moment mit meiner Tante unter vier Augen zu sprechen, aber Tante Yongok, die wegen Kyongjas Tod völlig außer sich war, wich seinem Blick absichtlich aus.

Soks Gesichtsausdruck war düster, er wurde seine Abschiedsworte bis zum letzten Moment nicht los. Als ich diesen Ausdruck auf seinem Gesicht sah, wurde mir klar, dass der Vorhang des Stücks, in dem Sok und ich eine kurze Zeit lang gemeinsam gespielt hatten, endgültig gefallen war. Das gestickte goldene Wappen der Liebe auf dem Vorhang war verblasst, nur lose Fäden hingen noch herunter. Wenn sich der Vorhang wieder öffnen würde, wäre die Schauspielerin, die eine Hymne an die Liebe gesungen hatte, fort und eine andere Schauspielerin würde die Hymne auf eine andere Weise singen. Soviel ich weiß, waren Tante Yongok und ich eine Doppelbesetzung, aber aus Soks Perspektive war ich nicht einmal ein richtiger Sopran, sondern nur ein Kindersopran.

Tante Yongok vertraute mir die Geheimnisse über ihr Verhältnis zu Sok nicht mehr so vollständig an, wie sie es bei Hyongyol Lee getan hatte. Aber da ich sehr gut nachvollziehen konnte, wie sehr sie sich nach Sok sehnte, gab ich ihr eines Tages die Zeitung mit Soks Artikel und auch den Brief, auf dessen Umschlag Soks Adresse stand. Ich fand, von nun an sollte meine Tante sie verwahren. Tante Yongok machte kein großes Aufheben, als sie den Artikel und den Brief von mir entgegennahm. Früher hätte sie mich zuerst scheinheilig gefragt, warum ich ihr die Sachen geben wolle, ich solle sie behalten, aber, also, wenn ich darauf bestünde, dass sie sie nimmt, dann würde sie das halt tun. Tante Yongok hatte sich wirklich verändert, und dass sie trotz ihrer Sehnsucht nicht an Sok schrieb, war ein eindeutiges Zeichen dafür. Anstatt Briefe zu schreiben, ging meine Tante in den Strickwarenladen 505 und half der Besitzerin beim Stricken und Großmutter bei der Küchenarbeit.

Die Ajumma aus der „Kwangjin-Taera", die schon einige Tage zuvor meiner Tante einen wohlwollenden Blick zugeworfen hatte, als diese am Brunnen Wäsche wusch, fühlte ihr auf den Zahn: „Du bist ja richtig aufgeblüht in der letzten Zeit, soll ich dir einen Mann vorstellen?"

Tante Yongok hob abrupt ihren Kopf – ich glaubte, sie werde sich freuen und endlich wieder ganz die Alte sein. Aber sie sah aus, als habe sie sich erschrocken, und sagte wider Erwarten: „Ich werde nicht heiraten."

„Das soll ich glauben? Dass eine junge Frau nicht heiraten will?"

Auf diese scherzhafte Erwiderung holte meine Tante die Arbeitshose meiner Großmutter aus der Schüssel, seifte sie ein und sagte in aller Ruhe: „Ich werde mit meiner Mutter leben. Ich habe wirklich nicht vor, zu heiraten."

„Verstehe. Yonghuns Freund, der damals zu Besuch war, der hat es dir angetan, oder? Das stimmt doch, oder? Deshalb willst du keine Vermittlung."

„Ich meine es ernst. Ich werde allein bleiben."

Tante Yongok sah entschlossen, aber auch traurig aus. Dass sie zu solch einem Gesichtsausdruck imstande war, sprach dafür, dass sie das Leben und den Schmerz kennen gelernt hatte. Das war die größte Veränderung, die meine Tante bisher durchgemacht hatte.

Nach Neujahr sollte sich das Leben für sie noch mehr verändern. Aufgrund einer Empfehlung des Leiters vom Kulturinstituts sollte sie ab Januar in der Kreisverwaltung arbeiten. Der Leiter des Kulturinstituts hatte Tante Yongok zweimal in Soks Begleitung gesehen, ihm war ihre asiatisch-schüchterne und gleichzeitig heitere, ungezwungene Art aufgefallen. Daher hatte er ihr eine Stelle als Sachbearbeiterin in der Kulturgüterabteilung der Kreisverwaltung vermittelt. Als die Vereinbarung getroffen war, holte meine Tante die Zeitung heraus und starrte eine Weile auf Soks Foto. Sie stieß einen tiefen Seufzer aus und las den Artikel, in dem Sok schrieb, dass allein die „Wahrung der traditionellen Kultur unser Volk am Leben“ erhalte.

Es war nicht abzustreiten, dass Soks Besuche Tante Yongoks und mein Leben bis auf den Grund erschüttert hatten. Dennoch führte er, nachdem er uns verlassen hatte, ein von uns völlig unabhängiges Leben.

Auch meine Tante und ich nahmen uns vor, Sok in unseren Herzen tragend, einfach weiterzuleben. Denn wir ahnten, dass unser aller Leben erneut ins Wanken geriete, wenn wir ihn aus unseren Herzen herausholten und uns der Bedeutung des Vergangenen noch einmal vergewissern wollten. Wir wussten bereits, dass sich nichts an der Gegenwart ändern würde, selbst wenn wir eine Antwort auf unsere Fragen bekämen, und dass der Wunsch an sich, die wirkliche Bedeutung vergangener Gefühle in Erfahrung zu bringen, nutzlos war. Das alles machten Tante Yongok und ich gemeinsam durch. In dem gleichen Maße, in dem ich meine Tante als reifer geworden ansah, schien sie mich ebenfalls für reifer zu halten.

Meines Erachtens brauchte ich mich nicht mehr weiterzuentwickeln.

In meinem alten Tagebuch entdeckte ich eines Tages die Liste mit dem Titel „An was man auf keinen Fall glauben darf“. Was soll das schon heißen, glauben oder nicht glauben? Alles in dieser Welt hat mehrere Seiten, alles fließt und verändert sich, warum soll also ein Mensch an einen beständigen Sinn im Leben glauben und sich auch noch verletzen lassen, wenn dieser Glaube nichtsdestoweniger verraten wird? Als ich die Liste mit dem Vorsatz, an etwas nicht zu glauben, aufschrieb, muss ich das Leben noch immer ziemlich ernst genommen haben.

Ich strich die Liste ganz durch.

Jetzt, wo ich mich nicht mehr weiterzuentwickeln brauchte, nahm ich das Leben nicht mehr ernst. Da ich die Aufgabe eines Kindes, „heranzureifen“, bereits hinter mich gebracht hatte, machte ich mir lediglich Sorgen, dass mir das Dasein als Kind langweilig werden würde, weil es nichts mehr zu tun gab.

22. Verschneite Nacht

Jetzt bin ich am Ende meiner Geschichte angelangt. Zwei Dinge habe ich noch nicht erzählt. Es fällt mir schwer. Ich musste deshalb weinen, es sind traurige Geschichten und ich bin nicht gut im Erzählen trauriger Geschichten. Aber ich glaube, ich darf nicht einfach darüber hinweggehen, denn beide handeln vom Ende der Liebe. Es geht um Sok.

Sok verließ uns in diesem Herbst für immer, aber er ermöglichte in seiner Abwesenheit sowohl meiner Tante als auch mir mit der Erinnerung an ihn abzuschließen. Wir sahen ihn zwar nach seiner Abreise nicht wieder, aber durch subtile Wendungen des Lebens konnten wir uns von Sok, der zu diesem Zeitpunkt bereits weit weg war, fast wie in einem Ritual verabschieden.

Nachdem Sok fort war, fiel es mir nicht so leicht, mein inneres Gleichgewicht wiederzufinden. Ich wurde das Bild der Silhouette der Ziege und des Mannes mit der Mundharmonika einfach nicht los.

Eines Tages, als der Wind schon recht kalt geworden war, lief ich zufällig seit langem wieder einmal den Deichweg entlang. In diesem Sommer hatte ich ihn absichtlich gemieden, seit einiger Zeit ging ich aus Gewohnheit einen anderen Weg.

Die untergehende Sonne tauchte die Landschaft wie an jenem Tag meiner ersten Begegnung mit Sok in sattes rotes Licht. Zunächst lief ich den Deichweg teilnahmslos entlang, bis ich mich schmerzhaft an unsere erste Begegnung erinnerte.

Ich konnte es nicht glauben. Dort, wo Sok Mundharmonika gespielt hatte, stand jemand. Er war genauso groß wie Sok. Neben ihm stand eine Ziege, an einen Pfahl angebunden, deren weißes Fell zudem von der untergehenden Sonne rot leuchtete. Ich war wütend, dass sich das Leben so über mich lustig machte. Warum wollte es, dass ich mich derart lebhaft an die Begegnung mit Sok erinnerte? Warum inszenierte das Leben vor meinen Augen genau die gleiche Situation, so dass sich die Silhouette der Ziege und des Mannes mit der Mundharmonika noch stärker in mir einprägte? Aus Ärger darüber stellte ich mich dem Leben und fing meinerseits an, es zu hänseln. Keine Mundharmonika? Wenn sich schon alles wiederholen sollte, warum dann ohne Mundharmonika? ... Als mir das durch den Kopf ging, geschah etwas Schreckliches. Der Mann holte eine Mundharmonika aus seiner Tasche und spielte darauf. Ich meinte, es handele sich sogar um dieselbe Melodie, die ich bei der ersten Begegnung mit Sok gehört hatte. Das Blut schoss mir ins Gesicht, für einen Bruchteil einer Sekunde dachte ich, es könnte sich wirklich um Sok handeln. Ich trat einen Schritt näher. Die Ziege bewegte ihre kurzen Beinen nicht von der Stelle und drehte den Kopf hin und her. Das Profil des Mannes, die Ziege, die Mundharmonika, alles war perfekt. Aber es war natürlich nicht Sok.

Erst in diesem Augenblick erkannte ich die Warnung des Lebens.

Ich war so entsetzt, dass ich zu dem Mann hinrannte. So war es. Aus der Nähe war alles noch klarer. Es handelte sich um denselben Mann, der auch damals schon auf der Mundharmonika gespielt hatte. Es war gar nicht Sok gewesen. Es hatte sich gar nicht um seine Silhouette gehandelt, sondern um die eines wildfremden Mannes. Wenn meine Liebe diesem Bild entsprungen war, dann hätte ich mich folgerichtig nicht in Sok, sondern in diese gekrümmte Gestalt mit dem unansehnlichen Gesicht verlieben müssen. So war es.

Ich stand da wie erstarrt, als mich der Mann fragte: „Du magst wohl Mundharmonika. Wie alt bist du? Du bist ja niedlich. Komm mal her. Na, komm."

Ich wusste, dass am Deichweg Menschen lebten, die an Lepra erkrankt waren. Ohne mich auch nur einmal umzudrehen, rannte ich davon. Erst als ich schon fast zu Hause war, bemerkte ich, dass ich weinte. Ich weinte nicht nur aus Wut über das Leben, das sich über mich lustig gemacht hatte.

Während ich weinte, wurde mir klar, dass ich immer noch Illusionen über die Liebe gehabt hatte. Ich weinte so viel ich konnte, um auch den letzten Tropfen Illusion, der noch in meinem Körper war, herauszupressen.

Herr Lee hat einmal folgende Geschichte erzählt: Im Wald fiel eine trockene Nuss vom Baum. Unter dem Baum stand ein Fuchs, der sich bei dem Geräusch sehr erschreckte und hastig davonrannte. Von weitem sah ein Tiger den Fuchs. Der Tiger dachte, wenn der listige Fuchs so eilig flieht, dann muss es sich um eine große Gefahr handeln. Also fing auch der Tiger an zu rennen. Andere Waldtiere sahen den Tiger. Sie dachten, das mächtige Bergtier flüchtet vor einer gewaltigen Naturkatastrophe oder vor einem Eindringling aus der Außenwelt. Also rannten alle Tiere des Waldes davon. Der ganze Wald stand Kopf, noch nie hatte es dort einen solchen Aufruhr gegeben.

Auch im Leben ist es so. Unglaubliche und belanglose Zufälle steuern den Verlauf des Lebens. Also versuch nicht krampfhaft, nach einem Sinn zu suchen. Das Leben ist ein Scherz.

So dachte ich, während ich nicht aufhören konnte zu weinen. Im Radio wurde noch immer über das Ende der 60er Jahre und den Beginn der 70er Jahre geredet. Ich gab mir Mühe, den Sinn dieser Einteilung zu verstehen. Hätte man den Beginn der Zeitrechnung ein wenig früher oder etwas später angesetzt (selbstverständlich aufgrund eines extrem unbedeutenden Umstands), wären die 70er Jahre schon vorbei oder noch nicht in Sicht. Absolute Zeit existiert nicht, die Zeiteinteilung dient schließlich nur dazu, Gegenstände auf allgemeingültige Weise einteilen und einordnen zu können. Dennoch redeten die Leute, als würde mit den 70er Jahren ein neues Leben beginnen. Die 70er? Ein neuer Scherz?

Ein oder zwei Tage später überreichte mir Tante Yongok ein Geschenk. Es war ein Büstenhalter. Tante Yongok sagte, ich solle ihn hinter dem Paravent anprobieren. Wir hatten ihn im Zimmer aufgestellt, um uns gegen die Zugluft zu schützen, aber er war auch hervorragend dafür geeignet, sich dahinter umzuziehen und die Nottoilette zu verbergen (weil es kalt geworden war, benutzten wir einen Nachttopf). Hinter dem Paravent zog ich Pullover und Unterhemd aus. In der einen Hand hielt ich den Büstenhalter und mit der anderen berührte ich meine winzigen Brüste, die der Büstenhalter umhüllen sollte. Ich hatte vorher noch nie meine Brüste angefasst. Unter meiner Handfläche fühlte ich eine runde Wölbung und darunter den harten kleinen Muskel. Die feste Fettschicht leitete die Herzschläge an meine Hand weiter.

Das Herz. Es war der einzige Körperteil, den mein Verstand nicht kontrollieren konnte. Ich konnte meinen Körper beliebig zum Stillstand bringen, mit meinem Herzen gelang mir das nicht. Gegen meinen Willen beschleunigte der Herzschlag manchmal eine unbedeutende Leidenschaft. Ich umfasste meine kleine Brust, als wollte ich das Herz zerquetschen. Und wie das Herz eines Huhns, dem bereits das Genick gebrochen wurde, hörte es nicht etwa plötzlich auf zu schlagen, nur weil es einsehen muss, dass das sinnlos ist. Der Herzschlag bedeutet Lebenskraft, aber zugleich auch Hilflosigkeit gegenüber dem eigenen Leben.

„Passt er? Er ist nicht zu groß, oder? Soll ich dir den Haken zumachen?"

Von der anderen Seite des Paravents drang Tante Yongoks Stimme zu mir herüber. Ich fror an meinem unversehens nackten Oberkörper und steckte die Arme durch die Träger des Büstenhalters hindurch. Meine Tante kam zu mir hinter den Paravent und schloss den Haken.

„Ich habe doch gesagt, dass du nicht kommen sollst."

„Wir sind doch hier unter uns, da ist es doch egal."

Tante Yongok zeigte mir, wie ich zuerst die hintere Seite nach vorn holen, den Haken schließen und den Büstenhalter wieder nach hinten drehen sollte, bevor ich die Arme hineinstecke.

„Anfangs ist es schwierig, den Haken auf dem Rücken zu schließen. Also versuch es so."

Dann umarmte sie leicht meinen nur mit dem Büstenhalter bekleideten Oberkörper.

„Hübsch siehst du darin aus."

Weil ich eine ganze Weile in der Zugluft hinter dem Paravent stand, hatte ich Gänsehaut auf den Armen. Nachdem Tante Yongok die Körbchen zurechtgezupft hatte, zog ich mein Unterhemd und den Pullover wieder an. Ich trug zum ersten mal einen Büstenhalter und fand ihn sehr unbequem, so, als ob mich jemand von hinten fest umarmen und nach hinten ziehen würde.

Tante Yongok flüsterte mir ins Ohr: „Ist es schon vorbei?"

Sie wollte wissen, ob meine Periode aufgehört hat. Den Büstenhalter hatte sie mir auch mitgebracht, weil ich nun nicht nur psychisch, sondern auch körperlich zu einer Frau herangewachsen sei. Letzte Woche hatte ich sie zum ersten Mal. Morgens beim Aufstehen fühlte sich mein ganzer Körper schwer an, etwas drückte auf meinen unteren Bauch, es war ein ziemlich unangenehmes Gefühl. Als ich die Decke zusammenfaltete, sah ich den Blutfleck auf der Schlafmatte und wusste Bescheid. Ich erinnerte mich daran, wie Tante Yongok morgens Flecken auf der Schlafmatte hinterließ und wie sie Kyongja zu fragen pflegte: „Siehst du etwas?" Da fiel mir ein, dass sie schon eine Weile keine Flecken mehr irgendwo hinterlassen hatte.

Großmutter hatte bereits im Frühling, als meine Brüste hervortraten,

Baumwollstoff gekauft und Binden daraus genäht. Sie hatte die Baumwolle in gleichmäßig lange Stücke geschnitten und die Enden sorgfältig zusammengebunden, damit die Nähte nicht aufgingen. Die fertigen Binden wurden gekocht und ordentlich ganz unten im Schrank aufgetürmt. Als Großmutter sah, dass meine Periode eingesetzt hatte, seufzte sie leise: „Jetzt menstruieren auch bei uns drei Generationen. Obwohl das natürlich ganz normal ist. Als ich noch jung war, gab es in einer Familie in der Nachbarschaft sogar vierzehn Frauen, die alle ihre Monatsblutungen hatten, fünf Töchter, die Schwägerinnen, die Schwiegermutter."

„Ich habe das Los der Frauen satt ...",

sagte Tante Yongok, ebenfalls seufzend.

„Du solltest so etwas nicht sagen. Es ist die Aufgabe einer Frau, Kinder zu gebären."

Tante Yongok erwiderte nichts.

In dieser Zeit war meine Tante sehr empfindlich und deprimiert. Ständig ging sie zur Toilette und kam mit enttäuschtem Gesicht zurück, als litte sie unter Verstopfung. Ohne Appetit biss sie sich auf die Lippen, wenn das Essen hereingebracht wurde, und stahl sich nach draußen. Als Großmutter anfing, sich Sorgen zu machen, sagte Tante Yongok, sie habe bloß Verdauungsprobleme, aber es war völlig unverständlich, wie sie Probleme mit der Verdauung haben konnte, wo sie doch nichts aß, ja das Essen nicht einmal eines Blickes würdigte. So ging es ungefähr eine Woche lang, dann rief sie mich eines Morgens zu sich, gerade als ich aufbrechen wollte, um in die Schule zu gehen. Ihr Gesicht war rau und ganz verzerrt, sie hatte die Hände auf ihren Magen gelegt. Tante Yongok schien völlig geschwächt.

„Jinhi, kannst auf dem Weg einen Brief aufgeben?"

„Einen Brief?"

„Ja, ich habe ihn bereits in deine Schultasche gesteckt."

Als ich nachsehen wollte, winkte sie hastig ab.

„Sieh später rein. Du musst den Brief unbedingt abschicken, hörst du? Ich würde es ja selbst machen, aber ich kann mich nicht vom Fleck rühren. Mir ist schlecht."

Mir ist schlecht. Sowohl Tante Yongok, die diese Worte ausgesprochen, als auch ich, die ihre Bedeutung verstanden hatte, erstarrten. Eine Weile sagten wir beide nichts. Dann zog Tante Yongok meine Schultasche zu sich heran, als habe sie ihre Meinung geändert, und holte den Brief wieder heraus.

„Tante Yongok!"

„Ja, das war eine dumme Idee von mir."

Sie steckte den Brief unter ihren Pullover und ging kraftlos aus dem Zimmer.

Als ich schweren Herzens den Hof durch das Haustor verlassen wollte, kam mir Tante Yongok aus der Toilette entgegen, ihre Hände leer, der Pullover wieder zurechtgerückt. Der Brief lag wahrscheinlich in kleinen Fetzen auf dem matschigen Kothaufen, steif wie Spielzeugflaggen, aber das Papier würde dem giftigen Kot nicht standhalten können und sich bald aufgelöst haben.

Noch am folgenden Wochenende fuhr ich mit Tante Yongok in die Provinzhauptstadt. Während meine Tante im Operationssaal lag, wartete ich im Flur der Frauenklinik. Die Wartezeit war langweilig und nervenaufreibend. Die Tür der Klinik öffnete sich und herein kam schwerfällig eine hochschwangere Frau, begleitet von einem etwa dreijährigen Mädchen. Ich starrte sie an. Die Frau fragte mich, ob ich mich um ihre Tochter kümmern könne, während sie untersucht würde. Sie fragte weiter, ob ich mit meiner Mutter gekommen sei, ich sei ja noch nicht in dem Alter, in dem es um mich selbst gehen könne. Das Wort Mutter versetzte mich unvermittelt in Verlegenheit, ich war auf die Frage nicht vorbereitet. Nach ihr kamen und gingen noch mindestens zehn weitere Frauen, erst Stunden später trat Tante Yongok mit einem bleichen Gesicht auf den Flur.

Draußen war es bereits dunkel.

Wenn wir noch am selben Tag wieder zu Hause sein wollten, mussten wir uns beeilen. Ich griff nach Tante Yongoks Arm, sie neigte sich, einem Phantom gleich, völlig entkräftet zu mir. Als wir die Klinik verließen, wurde uns die Sicht durch die Dunkelheit versperrt. Weil die Klinik direkt am Busbahnhof lag, mussten wir nicht einmal fünf Minuten gehen, aber es war dunkel und kalt, und wir fühlten uns gehetzt. Zum Glück war der letzte Bus noch nicht abgefahren. Sobald wir uns hingesetzt hatten, schlug der Abfertiger auf die Außenseite des Busses und rief: „Orai!", womit er „all right" meinte.

Als der Wagen gerade dabei war, sich in Bewegung zu setzen, eilte aus den hinteren Reihen eine Frau nach vorn, die gekochte Eier und Äpfel verkaufte. Sie rief ein paar Mal: „Halt! Warten Sie!“ Die Wagentür öffnete sich wieder, die Frau stieg aus und zog erst dann ihren schweren Korb hinter sich her. Dabei nutzte sie noch die Gelegenheit, uns, die wir direkt am Eingang saßen, etwas zu verkaufen: „Junge Frau“, sagte sie, „kaufen Sie doch ein paar Eier.“ Tante Yongok, die am Fenster saß, nahm Eier und Äpfel aus dem Korb und reichte der Frau das Geld durchs Fenster.

Tante Yongok aß recht genussvoll zwei Eier. Es war das Erste, das sie nach dem Verschwinden ihrer Schwangerschaftsübelkeit aß. Ich nahm die Eier, die sie mir in den Schoß gelegt hatte, und legte sie in ihren. Meine Tante legte sie wieder in meinen Schoß zurück.

„Iss du. Es ist spät, du musst doch hungrig sein. Außerdem hast du dich beim Warten bestimmt gelangweilt.“

„Ich glaube, ich habe zu viel zu Mittag gegessen. Ich bin satt, iss du.“

„Was heißt zu viel? Du hast doch nur ein Kage-Udon gegessen ... Mir reicht ein Apfel. Die Eier sind für dich.“

„Nach der Operation musst du doch Hunger haben.“

Als ich das sagte, starrte mich Tante Yongok einen Moment lang an, dann presste sie ihre Lippen leicht aufeinander und drehte ihr Gesicht langsam von mir weg. Sie holte sich aus dem Netz, in dem vier Äpfel steckten, einen heraus. Betont kräftig biss sie hinein und sah aus dem Fenster.

Tante Yongok richtete ihren Blick zwar nach draußen, aber mit ihren Gedanken irrte sie irgendwo anders herum, so dass sie sicherlich nichts von der vorbeiziehenden Landschaft sah. Auf einmal schien ihr etwas aufzufallen. Wie jemand, der gerade aus einem Traum erwachte, öffnete und schloss Tante Yongok einige Male die Augen, dann hielt sie ihr Gesicht dicht an das Fenster. Ihre Miene hellte sich auf. Mit blassen Lippen entfuhr ihr leise, fast jubelnd: „Es schneit ja!“

Ich drehte mich zum Fenster. Aber das, was ich sah, war nicht der Schnee, sondern das Gesicht meiner Tante. Ihr fast weißes Gesicht spiegelte sich auf der Fensterscheibe, es schien in der Dunkelheit zu schweben. Ihre Begeisterung über den Schnee währte nur kurz, dann sah sie, während sie weiterhin den Schnee betrachtete, wieder sehr betreten aus. Wenn der Bus über den Weg holperte, bewegte sich ihr Kopf mit, ihr Gesichtsausdruck aber blieb wie bei einem Porträt immer gleich. Ihr Gesicht wirkte nicht lebendig, im Spiegel des Fensters glich es eher einer gerahmten Schwarzweißfotografie. Die Frau auf der Fotografie machte einen traurigen und erschöpften Eindruck, aber beim genaueren Hinsehen war ihr Gesicht ausdruckslos. Bevor sie fotografiert wurde, muss die Frau lange darüber nachgedacht haben, wohin sie ihren Blick richten soll. Sie schien schließlich eine Stelle gefunden zu haben, und jetzt starrte sie den Schnee an, als sei dorthin die ganze Welt projiziert. Dann bemerkte auch ich den pausenlos schräg zum Porträt der Frau herunterfallenden Schnee.

Als sei ihr wieder eingefallen, dass sie einen Apfel in der Hand hielt, biss Tante Yongok erneut hinein. Beim Kauen hielt sie plötzlich inne – vielleicht, weil ihr gerade die Erinnerung an die Apfelblüten an jenem Tag, als wir „Dora Dora Dora" gesehen hatten, durch den Kopf ging, oder die Szene aus Yojin, in der Yonggyun Shin Junghi Yun einen Apfel gibt, die Tante Yongok an jenem Tag leider nicht zu sehen bekommen hatte. Vielleicht war es auch eine andere unvergessliche Erinnerung an einen anderen Tag, unter einem anderen Apfelbaum. Vielleicht der Apfelbaum im bläulichen Nebel, wie ich ihn damals im Traum gesehen hatte …

Es schneite ununterbrochen.

Eine Frau sagte: „Es heißt ja, es gibt eine gute Ernte, wenn so viel erster Schnee fällt …"

„Was nützen diese leeren Worte? In den letzten Jahren ist die Ernte wirklich karg ausgefallen. Als Bauer rackert man sich doch für nichts ab", erwiderte ein Mann.

„Das stimmt."

„Was bringt es schon, dass der Präsident mit seinem Helikopter hier vorbeischaut? Auf dem Sportplatz der Schule nimmt er einen Blumenstrauß entgegen und in weniger als dreißig Minuten ist er wieder weg. So etwas macht er doch nur, damit die Journalisten etwas zu tun haben. Gegen die Dürre hilft das jedenfalls nicht."

„Nur den Leuten, die Häuser bauen, soll es gut gehen. Bauunternehmer bekommen staatliche Kredite, außerdem können sie wegen der Trockenheit ununterbrochen arbeiten. Vielleicht sollten wir auch die Landwirtschaft aufgeben und in die Baubranche wechseln."

„Glaubst du wirklich, man bekommt so einfach einen Kredit, ohne Kontakte? Raupen ernähren sich schließlich von Kiefern."

„Songuks Familie hat doch die Landwirtschaft aufgegeben und ist nach Seoul gezogen. Sie haben gesagt, wir sollen nachkommen und mit ihnen leben, wenn sie einigermaßen Fuß gefasst haben."

„Red nicht so schwachsinniges Zeug."

Daraufhin verstummte die Frau für eine Weile, vielleicht sah sie aus dem Fenster. Dann sagte sie: „Hübsch, wie es schneit."

Der Mann entgegnete schroff: „Bei dem Schnee werden wir nicht rechtzeitig ankommen. Wenn wir stecken bleiben, kann das gefährlich werden."

„Es passiert sicher nichts."

Das Gespräch setzte sich noch fort, aber die Stimmen entfernten sich immer weiter von mir. Obwohl ich fror und Hunger hatte, überkam mich der Schlaf. Instinktiv hatte ich die Hände zwischen die Knie gesteckt, um mich warm zu halten. Meine Füße waren eiskalt und wie betäubt. Ich rieb einen Fuß an den anderen. Trotz der Kälte ließ ich mich auf dem Sitz zusammengerollt von der Müdigkeit einholen. Ich überließ mich den Bewegungen des Busses, der sich wie eine Wiege auf und ab bewegte, und schlief ein. Es war eine sehr kalte Wiege.

Ich wachte auf, weil ich etwas vermisste. Niemand bewegte mehr die Wiege. Ich öffnete die Augen. Der Bus hatte angehalten. Vielleicht war ich auch von dem Geschrei des Raupenmannes aufgewacht: „Wenn der Wagen kaputt ist, dann müssen Sie ihn reparieren! Wir können doch nicht mitten in der Nacht zu Fuß von hier bis zum Ort laufen."

„Dann wollen wir das Fahrgeld zurückhaben. Sollen wir für das Geld auch noch schuften?"

Das Ehepaar redete gemeinsam auf den Busfahrer ein, aber auch der hielt sich nicht zurück: „Glauben Sie, das Fahrgeld ist im Moment das Problem? Verstehen Sie nicht, es ist gefährlich, diesen Hügel mit dem Bus zu überqueren. Es liegt zu viel Schnee. Wollen Sie etwa Ihr Leben riskieren? Haben Sie zwei davon? Werden Sie auch nur an das Fahrgeld denken, wenn Sie den Abhang hinuntergestürzt sind? Also wirklich!"

Jetzt war ich hellwach und schlug die Augen auf.

Den weiteren Gesprächen um mich herum zufolge, schien der Bus bereits vor der Abfahrt nicht in Ordnung gewesen zu sein. Weil es sich um die letzte Fahrt handelte, gab es niemanden mehr, der ihn hätte reparieren können, und der Busfahrer hatte sich gedacht, es würde schon nichts passieren, da er den Weg sehr gut kannte, und war losgefahren. Aber dann war das Klappern immer lauter geworden, und als der Bus an einen steileren Hügelweg kam, traute der Busfahrer den Bremsen nicht mehr. Daher hielt er es zur Sicherheit der Gäste für das Beste, den Wagen hier stehen zu lassen und zum Ort zu laufen, es sei nicht mehr weit. Am nächsten Tag wollte er mit der nötigen Ausrüstung zurückzukommen und die Bremsen reparieren.

Da die Situation nun einmal nicht zu ändern war, konnte niemand darauf bestehen, weiterzufahren. Die Businsassen beschwerten sich zwar, stiegen aber alle aus und versuchten sich damit zu trösten, dass sie zumindest nicht allzu weit gehen mussten. Auch Tante Yongok und ich stiegen aus. Der Schnee lag bereits knöchelhoch. Dem Busfahrer zufolge mussten wir nur etwa zwanzig Minuten Fußmarsch bewältigen, aber es war kein Kinderspiel, nachts einen Hügel zu besteigen. Davon abgesehen, dass Tante Yongok an sich schon häufig hinfiel, war ihr Körper an diesem Tag in einer sehr viel schlechteren Verfassung als sonst.

Der Schnee, der keinen Jubel mehr bei Tante Yongok hervorrief, fiel weiterhin ununterbrochen auf uns herab und setzte sich auf unsere Schultern.

Gut zehn Leute hatten in dem Bus gesessen. Es war eine armselige Szene, wie wir uns mitten in der Nacht wie Flüchtlinge über den schneebedeckten Hügel schleppten. Die ersten Schritte waren nicht unangenehm. Weil ich mich bewegen musste und nicht mehr zusammengekrümmt auf meinem Sitz saß, war mir nicht mehr so kalt. Auch das Knirschen des Schnees unter den Füßen fühlte sich gut an, und von den Stimmen der Erwachsenen ging eine angenehme Wärme aus, wahrscheinlich, weil in dieser Notsituation ein Gefühl der Zusammengehörigkeit entstand. Durch den Schnee war auch der Weg heller als vermutet, so dass mir das Laufen zu Beginn nicht schwer fiel. Aber das sollte nicht lange so bleiben.

Wir beschleunigten unsere Schritte, weil wir dachten, wir hätten unser Ziel bald erreicht, aber es ließ auf sich warten. Wären es nur zwanzig Minuten gewesen, wie der Busfahrer behauptete, dann hätten wir schon längst zu Hause sein müssen. Aber wir hatten gerade erst den höchsten Punkt des Hügels erreicht, und das Dorf schien noch weit weg zu sein. Tante Yongok sah aus, als werde sie im nächsten Moment zusammenbrechen, dennoch setzte sie mühsam einen Schritt vor den anderen. Vor ihrem Gesicht bildete sich viel mehr Dunst als bei den anderen. Wie befürchtet, schaffte sie es keine weiteren drei Schritte, dann sackte sie im Schnee zusammen.

Die Leute blieben stehen. Jemand nahm Tante Yongok auf den Rücken. Ihre Arme schwangen hin und her wie bei einer Stoffpuppe, die nicht sorgfältig zusammengenäht ist. Der Mann, der meine Tante auf dem Rücken trug, gab immer häufiger ächzende Laute von sich. Kurz darauf kam Tante Yongok wieder zu Bewusstsein. Sie bat ihren Träger einige Male, er möge sie herunterlassen. Der Mann fragte zweimal: „Können Sie wirklich wieder selbst laufen?“, bevor er Tante Yongok schließlich im Schnee absetzte. Ihre Gehversuche waren nicht mit anzusehen, so unsicher bewegte sie sich. Ich wünschte mir ein Wunder herbei, durch das Tante Yongok in unser warmes Zimmer fliegen und sich hinlegen könnte.

Es gibt keine Wunder. Aber es gibt viele Zufälle. Ja, sogar alle wichtigen Ereignisse werden durch Zufall geregelt. Zum Glück sind unter den meistens schlechten Zufällen auch ein paar gute. Als von der anderen Seite des Hügels das Scheinwerferlicht eines Fahrzeugs zu sehen war, ahnte ich, dass ein guter Zufall auf Tante Yongok und mich zukommen würde.

Es war ein Lastwagen. Als er die Menschengruppe auf der nächtlichen Straße entdeckte, verlangsamte der Fahrer die Geschwindigkeit und hielt an. Natürlich rannten alle zu ihm hin. Dem Lastwagenfahrer war sofort klar, dass dies die Fahrgäste des letzten Busses aus der Kreishauptstadt waren, die längst zu Hause hätten sein sollen. Der Busfahrer, der sich für die Menschen verantwortlich fühlte, kämpfte sich nach vorn und bat den Lastwagenfahrer, alle bis zum Ort zu bringen.

Aber der Lastwagenfahrer hatte wohl auch einen dringenden Grund dafür, sich in einer tief verschneiten Nacht mit seinem Wagen auf den Weg zu machen. Er brachte es zwar nicht über sich, direkt zu sagen, dass er schnell weiter müsse, aber betroffen wiederholte er mehrere Male, dass es bis zum Ort nur noch zehn Minuten Fußweg seien. Da zeigte der Mann, der vorher Tante Yongok auf dem Rücken getragen hatte, hinter sich zu mir und meiner Tante.

„Wie haben eine Kranke bei uns. Ich habe sie bis jetzt auf dem Rücken getragen. Wenn sie in diesem Zustand weitergehen muss, passiert noch etwas. Bitte, können Sie da nicht helfen?“

Die Leute wichen etwas zur Seite, damit der Lastwagenfahrer die Kranke besser sehen konnte. Der Lastwagenfahrer warf von seinem hohen Fahrersitz einen flüchtigen Blick auf Tante Yongok. Was wird er in diesem Moment gesehen haben? Sie. Die Frau, die wie ein verletztes Reh im Schnee stand, mitleiderregend zitternd, seine Geliebte für immer.

Eine Weile konnte er nicht einmal atmen. Auch die Umstehenden hielten den Atem an, während sie geduldig warteten, bis der Lastwagenfahrer eine Entscheidung traf. Einige fanden, dass sich der Lastwagenfahrer zu viel Zeit ließ, und fingen an zu drängen: „Kommen Sie. Seien Sie großzügig, wenn es Ihnen möglich ist."

Jemand, der den Fahrer für einen Rohling hielt, da er noch zögerte, obwohl er eine Kranke sah, sagte bissig: „Na, der spielt sich aber ganz schön auf mit seinem kümmerlichen Lastwagen."

Ein anderer fragte scheinheilig: „Können Sie nicht wenigstens die junge Frau mitnehmen?"

Vermutlich brodelte in diesem Moment leidenschaftliche Hingabe in Kiung Hongs Brust. Wie ein Drache wird der Wunsch in ihm aufgestiegen sein, seine im Schnee zitternde Geliebte an sich zu reißen und sie in seine Arme zu schließen, um ihr seine ganze Körperwärme zu geben. Aber erst eine ganze Weile später konnte er sich dazu überwinden, den Mund zu öffnen. Mit belegter Stimme brachte er stockend hervor: „Jinhi, steig mit Yongok vorne ein."

„Sie kennen sich ja schon", raunten die Leute und stiegen in den Laderaum ein, während ich, meine Tante stützend, zum Beifahrersitz lief. Die Fahrerkammer war an sich schon hoch, meine kraftlose Tante rutschte mehrere Male ab, als sie versuchte, auf den Beifahrersitz zu klettern. Schließlich stieg Kiung Hong aus, lief an der Kühlerhaube des Wagens vorbei und nahm mir Tante Yongok ab.

Nur für einen winzigen Moment sahen sie sich dabei an, und für einen noch winzigeren Moment schloss Kiung Hong seine Augen, während er Tante Yongok in den Armen hielt. Mit einem Schwung setzte er sie auf den Beifahrersitz, und nachdem auch ich eingestiegen war, schlug er die Tür zu. Er vergewisserte sich, dass sie verschlossen war, und ging wieder an der Frontscheibe des Wagens vorbei zum Fahrersitz.

Dort angekommen, überlegte er es sich anders, kam auf unsere Seite zurück, zog seine Jacke aus und warf sie mir zu, nachdem er die Tür wieder geöffnet hatte. Er sagte zwar nichts, aber es war klar, dass ich damit meine Tante bedecken sollte. Die Lederjacke war mir vertraut. Ich legte die noch warme Jacke um Tante Yongoks durchgefrorene Schultern.

Nachdem sich Kiung Hong noch einmal vergewissert hatte, dass die Beifahrertür fest verschlossen war, lief er wieder an der Frontseite des Wagens vorbei, um sich auf seinen Platz zu setzen. Tante Yongoks Augen folgten seinem nur noch mit einem Pullover bekleideten Oberkörper durch die Windschutzscheibe, von der rechten auf die linke Seite. Vom Scheinwerferlicht geblendet runzelte Kiung Hong ein wenig die Stirn und atmete eine Menge weißen Dunst aus. Sein kräftiges Profil hatte zwar nichts von dem eines eleganten Ritters, der seine Prinzessin aus dem Turm befreit, aber er war vertrauenerweckend wie Tarzan, der bis ans Ende der Welt, in ein Schneeland, geeilt war, um seine Jane zu retten. Jede Frau hätte sich gewünscht, Kiung Hongs Jane zu sein, so viel Anziehungskraft ging in diesem Moment von ihm aus.

Aus dem Laderaum drangen hektische Stimmen: „Nicht treten", „Gut festhalten!", „Fahren wir!"

Der Lastwagen startete.

Der Schnee schlug ununterbrochen gegen die Windschutzscheibe. Wir betrachteten schweigend die immer gleichen Bewegungen der Scheibenwischer, die den Schnee zur Seite schoben. Wir dachten an jene Nacht. Weil Kiung Hong damals gegen unser Haustor getreten hatte, konnte Tante Yongok eine neue Liebe beginnen. Kiung Hong blieb bis zuletzt nur die Rolle des Schlägers, er musste weinend die Szene verlassen. In der Zwischenzeit hatte sich vieles verändert. Tante Yongok, die Sok für ihre neue Liebe gehalten und sich leichtsinnig der Bösartigkeit des Lebens hingegeben hatte, war sowohl körperlich als auch seelisch erschöpft. Kiung Hong dagegen schien nach jener Nacht einen Entschluss gefasst zu haben, dessen Einzelheiten ich nicht kannte, der ihn jedoch zu einem angeseheneren Leben geführt hatte. Tante Yongok vertraute sich nun jenem Kiung Hong, den sie zuvor keines Blickes gewürdigt hatte, vollkommen an, und Kiung Hong stützte sie würdevoll.

Kiung Hong starrte zwar nur auf die Scheibenwischer, aber sein Gesichtsausdruck war verkrampft, als schmerze es ihn physisch, dass Tante

Yongok kurz davor war, zusammenzubrechen. Er ahnte nicht im Geringsten, worin die Ursache seiner Schmerzen lag. Dass sich Tante Yongok und Sok, nachdem er seine Tränen unterdrückt hatte und wie ein schwarzer Berg verschwunden war, ineinander verliebt hatten, dass meine Tante schwanger geworden war und eine Abtreibung vorgenommen hatte. Würde er Tante Yongok wieder in den Schnee hinaustreiben, wenn er es wüsste? Nein. Selbst dann empfände er nach wie vor den Schmerz. Kiung Hong besaß etwas ganz Seltenes – hingebungsvolle Liebe.

Endlich wurde in der Ferne die Kuppel der Kreisverwaltung sichtbar. Der Lastwagen hielt vor dem hell erleuchteten Teehaus Jeong. Die Leute stiegen einer nach dem anderen aus dem Laderaum. Als ich meine Hand an den Türgriff legte, öffnete Kiung Hong zum ersten Mal den Mund, seitdem wir losgefahren waren und sagte: „Bleibt sitzen."

Als ich mich, die Hand noch auf dem Türgriff, zu ihm umdrehte, fügte er hinzu: „Ich bringe euch nach Hause."

Tante Yongok sagte nichts, als sei sie zu Eis erstarrt. Nur beim Anfahren hatte sich ihr Körper kurz nach vorn geneigt, ansonsten hatte sie sich, einem massiven Getreidesack gleich, überhaupt nicht bewegt. Zweimal schien Kiung Hong etwas sagen zu wollen, aber schließlich blieb er doch stumm, bis wir die Gasse zu unserem Haus erreicht hatten. Kiung Hong hielt an, und lief wieder um den Wagen herum auf unsere Seite. Er öffnete die Tür und ich sprang heraus. Dann streckte Kiung Hong weit seine Arme aus, um Tante Yongok aus dem Wagen zu helfen. Mit einem wirklich jämmerlich blassen Gesicht stützte sie sich auf ihn und kraftvoll setzte er sie auf der Straße ab.

Als er sich umdrehte, um wieder in den Wagen zu steigen, rief ihm Tante Yongok angestrengt und leise hinterher: „Moment, die …"

Er nahm seine Jacke entgegen. Der Abstand zwischen Kiung Hong und Tante Yongok umfasste genau zwei Armlängen. Mit diesem Abstand zwischen sich, trafen sich ihre Hände. Einen sehr langen Moment lang wurde die Jacke übergeben. Kiung Hong steckte, immer noch meine Tante fixierend, seine Arme in die Jackenärmel. Er wendete seinen Blick nicht von ihr ab, auch als er die Jacke längst angezogen und sie wieder zurechtgerückt hatte. Aber das war alles. Langsam kletterte er auf den Fahrersitz und fuhr los, ohne Tante Yongok noch einmal anzusehen. In dem Moment, in dem Kiung Hong den Motor anließ, sagte Tante Yongok: „Danke", aber das war selbst für meine Ohren zu leise.

Als der Wagen ganz aus unserem Blickfeld verschwunden war, zitterten Tante Yongoks Schultern, als würde ihnen erst jetzt bewusst, dass die warme Jacke mit dem Namen Kiung Hong sie nicht mehr umhüllte. Während ich von hinten die wackeligen Schritte meiner Tante betrachtete, wurde mir klar, dass sich Kiung Hongs Bild erst jetzt in ihr Herz eingeprägt hatte.

Unsere Veranda war hell erleuchtet. Kam sie uns besonders hell vor, weil wir wieder zu Hause waren? Was für ein friedliches Bild das war, wie der Schnee, vom Außenlicht angestrahlt, auf den Hof niederfiel. Ich spürte, dass sich meine Beinmuskeln lockerten, die Anspannung löste sich.

„Mutter!"

„Großmutter!"

Tante Yongoks Stimme war dünn, in meiner lag ein bisschen Ergriffenheit. Sie zitterte sogar etwas, ich unterdrückte meine Freude, wie ein Taugenichts, der lange Zeit von zu Hause fort gewesen war, oder ein Wanderer, der das erste Mal nach vielen Jahren in einer verschneiten Nacht in die Heimat zurückkehrt. Alles, was wir an diesem Tag erlebt hatten, ging mir gleichzeitig durch den Kopf: die Frauenklinik, der Schnee, der Marsch in der Kälte, die Scheinwerfer des Lastwagens ... Ich hatte das Gefühl, dass dies vielleicht die vorerst letzten Qualen in meinem zwölfjährigen Leben waren, dass dieser Moment einen Abschluss markierte. Mir kam sogar der Gedanke, dass die 70er Jahre, die in wenigen Tagen beginnen sollten, wirklich eine andere Epoche darstellen könnten.

In diesem Moment öffnete sich mit einem Stoß die Tür unseres Zimmers und Großmutter trat heraus. Das Verandalicht schien von oben auf sie herab, so dass ich ihren Gesichtsausdruck nicht gut erkennen konnte. Bestimmt würde es, weil wir so spät nach Hause kamen, eine saftige Strafpredigt geben. Schimpfte sie nicht mit uns, hätte es Tante Yongok und mich enttäuscht, dass sich Großmutter nicht besonders viel Sorgen um uns gemacht zu haben schien. Großmutter würde heftiger mit Tante Yongok schimpfen als mit mir. Sie würde ihr zunächst vorhalten, dass Frauen, die sich nachts herumtreiben, „vorgegarte Gerichte" für Männer seien. „Es hat keinen Sinn, einen dummen Menschen auf Botengang nach Seoul zu schicken, er wird nicht wieder nach Hause finden", würde sie schimpfen, weil wir sie so lange hatten warten lassen. Und schließlich würde sie sagen: „Gerade von der Tochter, in die man die größten Erwartungen gesetzt hat, wird man am meisten enttäuscht."

Ich zog mir in aller Ruhe die Schuhe aus und wartete auf die Vorwürfe. Weil sich Schnee in meinen Lederschuhen gesammelt hatte und festgefroren war, ließen sich meine Füße nur schwer herausziehen. Ich wollte vor meiner sowieso schon ärgerlichen Großmutter so brav wie möglich erscheinen, deshalb steckte ich meine Finger hinter die Fersen, zog die Schuhe säuberlich aus, klopfte sie an der Verandastufe ab und entfernte auch den Schnee aus dem Inneren. Dann erst stutzte ich. Großmutter schimpfte gar nicht. Es war merkwürdig ruhig um mich herum. Ich stemmte den linken Fuß gegen das rechte Bein, in der einen Hand hielt ich den linken Schuh, mit der anderen Hand hielt ich mich am Türrahmen fest. So stand ich wackelig auf einem Bein und blickte zu Großmutter.

Hinter Großmutter stand ein Mann. War Sok wiedergekommen? Hatte Onkel Yonghun Urlaub? Oder hatte etwa Kiung Hong in dieser kurzen Zeit bereits seinen Lastwagen abgestellt und war ins Haus gekommen?

Der Mann trat auf die Veranda. Es war weder Sok, noch mein Onkel, noch Kiung Hong. Ich sah sein Gesicht zum ersten Mal. Der Mann kam auf uns zu. Tante Yongok schien ihn gut zu kennen, sie starrte ihn mit offensichtlicher Überraschung an. Vielleicht lag es daran, dass der Mann jetzt genau unter der Lampe stand, es sah aus, als wäre er kurz davor, zu weinen. Oder vielleicht kam es mir nur so vor, weil ich es nach den verschiedenen Ereignissen dieser verschneiten Nacht gerade noch nach Hause geschafft hatte und mir deshalb selbst ein wenig sentimental zumute war. Irgendwie kam mir der Mann vertraut vor. Die sanften Augen unter den dichten Augenbrauen, die von den Wangenknochen dominierten Gesichtszüge, seine ausgeprägte Oberlippe – ich hatte das Gefühl, das Gesicht schon einmal gesehen zu haben.

Der Mann bückte sich ein wenig, um mit Tante Yongok, die noch vor der Veranda stand, auf der selben Augenhöhe zu sein. Aus der Nähe sah ich, dass der Mann schon recht alt war. Auf seiner Stirn hatten sich drei dicke Falten gebildet. Die würden ihm entscheidende Nachteile bringen, dachte ich, Tante Yongok mochte keine älteren Männer. Auch als ihr Hyongyol Lee vorgestellt werden sollte, hatte sie sich gewünscht, er möge mehr wie James Dean als wie Rock Hudson aussehen. Trotzdem hoffte ich, dass Tante Yongok ihn mochte. Mir kam sogar der unsinnige Gedanke, dass ich mich ohne Zögern für ihn entscheiden würde, und in dem Moment, als mir dieser Gedanke durch den Kopf ging, war ich ein bisschen eifersüchtig auf meine Tante.

Als ich zu ihr hinübersah, schien Tante Yongok zwar sehr erschreckt, aber nicht ablehnend zu reagieren. In solchen Momenten wurde mir bewusst, dass sich das Verhalten meiner Tante wirklich gewandelt hatte. Sie schmollte nicht mehr und kokettierte auch nicht wie früher. Im Nachhinein glaubte ich, dass ich Tante Yongok vor ihrer Wandlung ebenso gern hatte. Und wenn ich noch ehrlicher war, glaubte ich, dass sie sich nicht vollends verändert hatte. Ein Mensch wird zwar reifer, aber er verändert sich nicht grundlegend. Meine Tante war nur gereift. Sie hatte ihre Veranlagung nur vorübergehend auf Eis gelegt, um sich bald wieder in ihre eigentliche Erscheinung zurückzuverwandeln. In ihre unreife, reine Erscheinung.

Meine unreife, reine Tante legte mir eine Hand auf die Schulter und sagte: „Jinhi, das ist dein Vater."

Daraufhin wiederholte der Mann, hervorstoßend, als habe er es bis jetzt mühsam unterdrückt: „Jinhi, ich bin dein Vater."

Ich steckte meinen linken Fuß wieder in den Schuh, zog den rechten Schuh aus und schüttelte den Schnee heraus. Mein ‚sichtbares Ich' sagte: „Begrüß ihn höflich. Gelassen." Mein ‚sehendes Ich' sagte: „Freu dich nicht. Dein Vater? In den 60er Jahren hatte ich keinen Vater. Das ist bestimmt ein Scherz. Ein Scherz à la 70er Jahre. Auch wenn ich zugeben muss, dass Zeiteinteilungen nicht vollkommen gleichgültig sind … Mein Vater, in den 70er Jahren soll ich einen Vater haben? Das kann nur ein Scherz sein."

Mit der einen Hand hielt ich mich am Pfeiler fest, mit der anderen schlug ich immer wieder den Schuh gegen die Verandastufe, und obwohl ich nur auf einem Bein stand, kam ich dabei überhaupt nicht aus dem Gleichgewicht.

Es schneite immer weiter. Einmal hatte ich solchen Schnee auf eine selbst gebastelte Weihnachtskarte gemalt. Ich hatte den Pinsel dick in weiße Farbe getaucht und sie auf schwarzes Zeichenpapier gespritzt. Weißer Schnee fiel auf die schwarze Nachtlandschaft, und weil es so viel Schnee war, wurde die Sicht stark beeinträchtigt, so dass ich nichts außer dem Weiß zu malen brauchte. Auch jetzt war mein Blickfeld getrübt.

Epilog

„Nicht ausmachen", sagt er trocken, gerade als ich das Licht ausschalten will. Ich drehe mich zu ihm um, er richtet sich langsam auf, kriecht vom Bett auf mich zu und entreißt mir das Badehandtuch, in das ich mich eingewickelt habe. Mit achtunddreißig Jahren nackt im hellen Licht einer Deckenlampe zu stehen, ist nichts, worauf man sich etwas einbilden kann. Etwas verlegen blinzele ich.

Ich ziehe im Bett keine Spitzenunterwäsche oder Négligés an. Da ich ohnehin keinen ansehnlichen Körper besitze, halte ich es für besser, auf Accessoires der Inszenierung zu verzichten. Ich traue mir nicht zu, mich ihrer Atmosphäre angemessen zu verhalten. Außerdem eignet sich ein weites, kindliches T-Shirt eindeutig besser, um meinen hervorstehenden Unterbauch und die schlaffen Linien meiner nicht mehr frischen Brüste zu verbergen, und die dekadente Stimmung, die von einer Affäre ausgeht, wenigstens etwas zu mildern.

Für gewöhnlich steckt er im Dunkeln seine Hand unter mein T-Shirt und öffnet die Tür zu meinem Körper mit dem Code: „Ich liebe dich". Und jetzt auf einmal: „Nicht ausmachen"? Er ist heute ein bisschen anders als sonst. Mit meinem unter dem gleißenden Licht entblößten Körper überlege ich, was er mit seiner Brutalität beweisen will. Nun ja, manchmal kann Gewalt die Besitzverhältnisse unterstreichen. Man kann sie zwar nicht beliebig einsetzen, aber beim Sex ist Aggression zweifellos eine gute Technik.

Er stößt mich an den Schultern, ich falle aufs Bett. Das sichtbare Ich empfängt seine sich grob nähernden Lippen, gleichzeitig beginnt das sehende Ich, verstohlen seinen Gesichtsausdruck zu studieren. Auch beim Küssen halte ich stets die Augen geöffnet, um herauszufinden, was sich der andere wünscht. Aber heute ist auch das anders als sonst. Auch er sieht mich an. Wie in jeder menschlichen Beziehung muss beim Sex die Hierarchie geklärt sein, damit Harmonie möglich ist. Ich kann mir nicht den Spaß am Sex nehmen lassen, nur weil ich in einem Blickwettbewerb gewinnen will. Ich schließe bereitwillig die Augen.

Auf einmal sehe ich ein Mädchen. Es trägt einen neuen Pullover, den ihm seine Großmutter geschenkt hat. Er ist rot-weiß kariert, mit roten

Bündchen an Hals und Ärmeln. Das Mädchen, das unter dem Pullover einen BH trägt, den es von seiner Tante bekommen hat, folgt ihrem Vater ‚nach Hause'. ‚Zu Hause' wartet eine Stiefmutter, die es Mutter nennen wird, und eine jüngere Schwester, die noch im Bauch der Stiefmutter ist. (Aus diesem Grund könne er es nicht länger hinausschieben, mich zu holen, sagte mein Vater zu Großmutter.)

Jetzt habe ich anstelle einer Großmutter und einer Tante, eine Mutter, einen Vater und eine Schwester. Das bedeutet, dass ich von nun an ein einwandfreies, normales Kind bin, das in einer vollständigen Familie aufwächst. Ich brauche mich, wenn ich meine Familienangaben machen muss, nicht mehr zu schämen. Deshalb erwarten die Erwachsenen, Großmutter, Tante Yongok, mein Vater und meine neue Mutter, dass ich mich ab Neujahr wie ein normales dreizehnjähriges Mädchen verhalte. Eine neue Mutter, eine dreizehn Jahre jüngere Schwester und ein Vater, den ich zum ersten Mal in meinem Leben zu sehen glaube, all das ist für mich in der Tat sehr neu. Aber anders als die Erwachsenen hege ich keine Erwartungen an ein neues Leben. Um diesem neuen Leben von vornherein keine Gelegenheit zu bieten, sich mit neuen Methoden über mich lustig zu machen, werde ich es auch weiterhin möglichst auf Distanz halten. Das ist alles.

Ich habe mich dem Umstand, dass ich Großmutter und Tante Yongok verlassen muss, ohne weiteres gefügt. Hatte ich mich nicht dafür entschieden, eine solche Gleichgültigkeit zu leben? Es würde nicht leicht sein. Aber in schwierigen Situationen, würde ich mich in ein sehendes und in ein sichtbares Ich teilen. Wenn ich darin scheitern sollte, könnte ich womöglich wie meine Mutter verrückt werden, aber das ist unwahrscheinlich. Ich will mein auf Abstand gehaltenes Leben, so weit es mir möglich ist, zuverlässig gestalten.

Bis jetzt bin ich tatsächlich zuverlässig gewesen. Ich hatte nie besondere Überzeugungen, ausgeprägte oder erhabene Gefühle, aber ich habe mich den Umständen, die sich mir boten, weitgehend angepasst. Als Teenager habe ich gelernt, in den Zwanzigern habe ich gearbeitet, und im letzten Jahr habe ich eine Stelle an der Fachhochschule einer Kleinstadt angenommen. Ich habe mich also sogar gesellschaftlich etabliert, wie man zu sagen pflegt. Ich kann auf einige Freundschaften verweisen, die bereits seit vielen Jahren bestehen, in meiner Umgebung gibt es mehr als zehn Leute, die meine Telefonnummer in ihrem Taschenkalender notiert haben und bei sich tragen, damit sie mich in langen Nächten oder an einem frühen Morgen nach einer schlaflosen Nacht anrufen können. Und seitdem ich volljährig bin, habe ich bei Wahlen selbstverständlich immer meine Stimme abgegeben. Bei Unterschriftenaktionen oppositioneller Parteien, wenn die Heilsarmee Spenden sammelt, oder andere auf der Straße nach meinem Patriotismus und meiner Hilfsbereitschaft fragen, helfe ich bereitwillig. Es ist also kein entgleistes Leben. Ich habe mein Leben nie vernachlässigt. Die zwei Schwangerschaftsabbrüche, eine Flucht und eine Brandstiftung eingeschlossen.

„Mach mal das Licht aus", sagt er außer Atem. Trotz seines männlichen: „Nicht ausmachen" zuvor, schien auch er nicht genug Selbstbewusstsein zu haben, jenes Körperteil zu zeigen, dass jetzt nichts weiter mehr ist als ein Gummisäckchen, ein Ballon, aus dem die Luft herausgelassen wurde. Ich stehe auf, mache das Licht aus und stelle den Fernseher an. Als wir in meiner Wohnung ankamen, war es kurz nach acht. Aber im Fernsehen laufen immer noch die 21-Uhr-Nachrichten. Mehr als eine Stunde ist nicht vergangen? Ich sehe die Schlagzeile: „Erfolgreicher Start der Mugungwha".

Mit der Fernbedienung schalte ich einen anderen Kanal ein. Auch hier wird das gleiche Bild der Mugungwha gezeigt. Kurz darauf füllt das Gesicht der Nachrichtenmoderatorin die Bildfläche, und mit ordentlichen Mundbewegungen teilt sie dem Publikum die aktuellen Nachrichten mit, über den Verbleib von Geldsummen, außergewöhnliche Todesfälle, Begehren und Gewalt. Ein unter falschem Namen geführtes Konto mit 40 Milliarden Won, Amnestien anlässlich des Unabhängigkeitstages, Bosnien, die Familien der beim Einsturz des Kaufhauses Sampung ums Leben gekommenen Menschen – die Informationen erreichen vereinzelt meine Ohren, während ich gedankenverloren auf den Bildschirm starre.

In den 90er Jahren ist die Welt nicht anders als in meiner Kindheit. Immer noch wird irgendwo auf der Welt ein Vietnamkrieg geführt, Schüler lernen von ihren Lehrern Heuchelei und Bösartigkeit, Hyongyol Lees suchen eine Freundin, Sparvereine gehen zugrunde und werden wieder neu gegründet. Wieder üben sich Miss Lees für den gesellschaftlichen Aufstieg in Koketterie, während die Ajummas aus den „Kwangjin-Taera"s ihre zweiten Kinder bekommen und sich immer tiefer in das Schicksal eines leeren Gefäßes hineingraben. Frau Jeongs Männer sitzen noch immer im Gefängnis, Brandkatastrophen bereiten den Menschen nach wie vor den kollektiven Tod. Die Unfälle werden vergessen, wiederholen sich und machen einige Menschen reicher, so wie das Daedong-Krankenhaus Profit aus dem Brand in der Waschmittelfabrik gezogen hat. Leute, die damals noch jung waren und jetzt in ihren besten Jahren sind, klagen unverändert darüber, dass die jungen Leute heute nicht mehr dieselben sind, wie zu ihren Zeiten. Und Liebe findet nach wie vor in Betrug ihren Anfang. Der Mann, der jetzt neben mir im Bett liegt und seine Augen auf den Fernseher richtet, war der Professor und zugleich die erste Liebe meiner einzigen, dreizehn Jahre jüngeren Schwester. Es beruhigt mich, immer wieder festzustellen, dass Liebe dem Betrug entspringt. Wäre Liebe etwas Bedeutsames und Kostbares, dann hätte ich damals, mit zwölf Jahren, dem inneren Druck der Wunde nicht standhalten können.

Nun ja, auch der Betrug hat wie die Liebe oder die Existenz seine leichten Seiten. Als er um die zwanzig war, war ich seine erste Liebe. Damals haben wir zusammen studiert und jetzt sind wir Kollegen an derselben Universität. Da kann man es ihm nicht zum Vorwurf machen, dass er versucht, das vor langer Zeit ausgeworfene Netz seiner unerfüllten ersten Liebe einzuholen, und seine erstarrte Jugend wiederzubeleben. Es ist sinnlos, nach dem Epizentrum und der Stärke des Bebens zu fragen, danach, wer wen verraten habe und wessen Verrat schlimmer sei. Denkt man erst einmal darüber nach, führt dies wahrscheinlich zu dem Schluss, dass es unmöglich ist, zu leben, ohne jemanden zu verraten. Es gibt schließlich auch unbeabsichtigte Bösartigkeit, so wie es unmöglich ist, niemandes Feind zu sein, auch wenn das eigene Leben so gewöhnlich geflochten ist, dass es scheint, als habe man keinerlei besondere Bedeutung für irgendjemanden.

Er steht auf, um zu duschen. Ich höre das Wasser laufen, dann ein leises Fluchen. Als er etwas später aus dem Badezimmer kommt, duftet sein Körper intensiv nach Erdbeer. Er hat anscheinend das Schaumbad benutzt. Es war sicher mühsam, den Schaum abzuwaschen. Diese ‚Strawberry Bubbles' schenkte mir meine Schwester bei ihrem Besuch letztes Jahr, als sie in den Semesterferien für kurze Zeit nach Korea kam. So hat sie durch mich zumindest einmal den Körper ihrer ersten Liebe eingeseift.

Auf die Nachrichten folgt eine Sondersendung über den Abschuss der

Mugungwha. Mehr als zehn Male werden die Gesichter zweier Frauen gezeigt, die überwältigt zusehen, wie die Rakete mit dem Satelliten unter Funkensprühen in den Himmel hinaufschießt. Damals, als ich zwölf war, im Juli, sah ich ähnliche Bilder im Fernsehen.

Die Leute in unserer Gegend gingen jeden Abend zum Besitzer des Bauunternehmens Shinsong, um dort den Fernseher zu bewundern. Abends stellten sie ihn dort auf das Fensterbrett, damit ihn die im Hof versammelten Leute bestaunen konnten. Die Erwachsenen setzten sich auf die breite Bank, die Kinder auf Eisenstangen und Holzblöcke. Ein Kind stieg sogar furchtlos auf einen riesigen Schwerlastwagen, den sich die anderen nicht einmal zu berühren trauten, und wurde dafür ausgeschimpft.

An jenem Tag versammelten sich die Leute bei Shinsong, um fernzusehen, obwohl es noch gar nicht Abend war. Es war der Tag, an dem die Apollo 11 auf dem Mond landen sollte. Ich kam aus der Schule und sah die Menschen um das Tor von Shinsong herumstehen. Zum Glück entdeckte mich der Ajossi aus dem Fotostudio „Munwha", als er gerade hineingehen wollte, so konnte ich den historischen Moment miterleben. Auf dem Bildschirm war jedoch kaum etwas zu erkennen, man sah nur schattenhafte Bewegungen mit verwischten Umrissen. Eine Weile war auf dem Bildschirm nur milchiges Licht zu sehen, es gab nichts, das einen bewegenden Einblick in die Beharrlichkeit und die Leistungsfähigkeit der Menschheit vermitteln konnte. Trotzdem sprachen die Erwachsenen ehrfürchtig von dem Geschehen. Man habe den Mond „erobert" (sie benutzten dieses Wort), nun werde sich die Welt von Grund auf ändern. Jemand meinte sogar, wenn die Wissenschaft so erfolgreich den Weltraum erforsche, dann verschwänden bald sämtliche Mängel und Zwistigkeiten auf der Welt.

Er holt zwei Dosen Bier aus dem Kühlschrank. Ich wende meinen Blick nicht vom Bildschirm ab, während ich eine Dose entgegennehme und sie öffne. Auch als ich meinen Kopf ein wenig in den Nacken lege, um einen Schluck zu nehmen und mir etwas Bier aus den Mundwinkeln herausläuft, weil ich die Dose nicht richtig angesetzt habe, halte ich meinen Blick noch immer auf den Bildschirm gerichtet.

Aber ich sehe gar nichts. Ich schaue nur hin, weil man immer irgendwohin schauen muss. Es ist eine allzu lange Angewohnheit von mir, gedankenlos etwas anzusehen, auf etwas meinen Blick zu heften, als wollte ich es durchbohren, und dabei eigentlich gar nichts zu sehen. Weil ich das schon so lange tue, merke ich nicht einmal, dass es eine Angewohnheit ist.

Ich drehe mein Gesicht zur Seite. Ich treffe auf seine Augen, die schon die ganze Zeit auf mich gerichtet sind. Er streckt langsam seine Hand nach mir aus und wischt den Bierschaum von meinen Lippen. Seine Hand ist warm. Ich sehe ihm eine Weile in die Augen. Ich habe zwar bisher mit einem nüchternen Charakter gelebt, aber vielleicht bin ich in Wirklichkeit ein leidenschaftlicher Mensch. Ich habe mich noch nie an etwas geklammert, aber vielleicht bin ich aus Angst vor den Dingen, die ich auch durch krampfhaftes Festhalten nicht bekommen könnte, immer einen Schritt abseits gelaufen. Vielleicht habe ich alles daran gesetzt, unwesentliche Schmerzen zu ertragen, nur um nicht richtig verletzt zu werden, und Liebe als etwas Belangloses abzutun, um nicht zu lieben. Aber das macht nichts.

Ich betrachte jetzt die Mugungwha.

Die Welt der 90er ist wie die Welt der 60er. Ab dem zwölften Lebensjahr musste ich mich nicht mehr weiterentwickeln.

Ich betrachte die Mugungwha.

Ich betrachte die Apollo 11.

Ich betrachte die Maus. Die ruhigen, glänzenden, winzigen Augen der Maus, die zwischen Abfluss und Toilettenloch hin- und herläuft. Die Linie, die sie mit ihrem langen Schwanz zieht und die grauen Alltäglichkeiten, die weder ernst noch ohne Würde sind.

16. Mai-Revolution: Gemeint ist damit der Staatsstreich, mit dem der damalige Generalmajor Chunghee Park am 16. Mai 1961 die Syngman Rhee-Regierung stürzte und die Macht ergriff.
Ajossi: Von Kindern benutzte Anredeform für erwachsene Männer und für gleich gestellte Erwachsene untereinander.
Ajumma: Entsprechend zu „Ajossi", von Kindern benutzte Anredeform für erwachsene Frauen und für gleich gestellte Erwachsene untereinander.
Bulgogi: Gegrilltes Fleischgericht.
Chunghee Park (1917-1979): Koreanischer Präsident von 1963-1979.
Chusok: Erntedank- und Ahnengedenkfest, das am 15. Tag des 8. Monats nach dem Mondkalender gefeiert wird.
Die liberale Frau: Bestseller (1954) von Bisok Jung (1911-1991). Die Geschichte erzählt von der Frau eines Universitätsprofessors, die mit einem Studenten ihres Mannes Tanzsalons besucht und eine Stelle in einer Schneiderei annimmt. „Liberale Frau" war eine Zeit lang eine gängige Bezeichnung für eine Frau mit „Tanzfieber".
Fünfjahresplan der Wirtschaftsentwicklung: Nach seiner Machtübernahme Anfang der 1960er Jahre legte Chunghee Park einen sogenannten Fünfjahresplan vor, der mit dem Schwerpunkt auf Export ehrgeizige ökonomische Ziele verfolgte. Auf diesen Fünfjahresplan folgten weitere.
Die Geschichte der Drei Reiche: Altchinesischer Roman, verfasst von Lo Kuanchung (ca. 1330 -1400).
Die Geschichte des Hungbu: Roman aus der Chosun-Dynastie (1362-1910). Verfasser und genaue Entstehungszeit sind unbekannt. Inhalt: Nach dem Tod ihres Vaters vertreibt Nolbu seinen Bruder Hungbu. Hungbu und seine Familie sind vollkommen mittellos, da rettet er eines Tages eine verletzte Schwalbe. Diese bringt ihm als Dank einen Kürbis, aus dem viele Kostbarkeiten hervorkommen. Aus Neid fängt Nolbu eine Schwalbe und bricht ihr die Flügeln, um auch sie zu heilen. Die Schwalbe schenkt ihm ebenfalls einen Kürbis, aus dem jedoch nur Unglück dringt, das Nolbu um sein ganzes Hab und Gut bringt.
Giseng: Koreanische Unterhalterin.
Hanbok: Koreanische Tracht.
Jajangmyun: Chinesisches Nudelgericht mit dunkler Bohnenpastensoße.
Die Geschichte von Jangwha und Hongryon: Roman aus der Chosun-Dynastie. Verfasser und genaue Entstehungszeit sind unbekannt. Die Geschichte erzählt von zwei Schwestern, die die Schikanen ihrer bösartigen Stiefmutter nicht mehr ertragen und sich in einem Teich ertränken.

„Kein-Reis-Tag“: In den 1960er Jahren wurden angesichts des Reismangels in Korea zwei so genannte „Kein-Reis-Tage“ wöchentlich eingeführt, an denen in den Haushalten auf Reis verzichtet werden musste.
Kimchi: Scharf eingelegter Kohl, der als Beilage zum Reis gegessen wird. Es war damals üblich, zur Lagerung der häufig großen Mengen selbst gemachten Kimchis, den Kohl in Fässern im Garten oder im Hof zu vergraben.
Die Geschichte von Kongji und Padji: Roman aus der Chosun-Dynastie. Verfasser und genaue Entstehungszeit sind unbekannt. Die Geschichte ist mit Aschenputtel vergleichbar.
Koryo: Das Reich Koryo (918-1392) folgte auf den Zusammenbruch des Königreichs Shilla (57 v. Chr. bis 935 n. Chr.). Gegründet von dem Kriegsherr Wangon, entwickelte sich Koryo zu einer ausgeprägt militärischen Zentralherrschaft. Aus Koryo hat sich die Bezeichnung Korea entwickelt.
Maggoli: Reiswein.
Mandu: Maultaschen mit Fleischfüllung.
Mittelschule: Entspricht der 7. bis 9. Klasse.
„Ostberlin-Affäre“: 1967 wurden im Ausland lebende koreanische Intellektuelle angeklagt, für einen in Ost-Berlin ansässigen nordkoreanischen Spionagering zu arbeiten.
Ri: Koreanische Längeneinheit. 1 Ri entspricht etwa 393 Meter.
Sassinamjonggi: Roman von Manjung Kim (1637-1692) aus der Chosun-Dynastie. Entstand vermutlich zwischen 1689-1692. Inhalt: Als Frau Sa in ihrer Ehe neun Jahre kinderlos bleibt, nimmt sich ihr Mann eine Nebenfrau, Frau Kyo. Durch Intrigen erreicht Frau Kyo, dass Frau Sa vertrieben wird.
„Sieben Sünden, bei denen man eine Ehefrau verstoßen darf“: Nach konfuzianischen Regeln darf eine Ehefrau verstoßen werden, wenn sie eine der folgenden sieben „Sünden“ begeht: Ungehorsamkeit gegenüber den Eltern, Unfruchtbarkeit, Unzucht, Eifersucht, ernsthafte Krankheit, gehässiges Gerede, Diebstahl.
Sodongsong aus der Tang-Dynastie: Protagonist des gleichnamigen altchinesischen Heldenroman, der dafür bekannt war, besonders viel zu schlafen.
Sparverein: Alle Mitglieder, Freunde oder Bekannte, zahlten einen bestimmten Beitrag in eine gemeinsame Kasse, eine Art gemeinschaftlichem „Sparkonto“, ein. Mit dem Geld wurden gemeinsame Unternehmungen finanziert oder Einzelnen in Notfällen ausgeholfen. Häufig wurde das Geld auch reihum ein Mal im Jahr einem der Mitglieder ausgezahlt.
Tonghyokdang-Affäre: Spionagefall in Südkorea, der 1968 an die Öffentlichkeit kam. Über hundert Menschen wurden unter dem Verdacht verhaftet, im Auftrag Nordkoreas eine Untergrundorganisation gegründet zu haben, um die südkoreanische Regierung zu stürzen.

Nachwort

Eun Heekyung ist ein „Shooting Star". Die 1959 geborene Autorin wurde in der koreanischen Literaturszene für ihre kurze, 1995 erschienene Erzählung „Duo" gefeiert. Ihr erster Roman, „Ein Geschenk des Vogels", den Eun noch im selben Jahr vorlegte, wurde durch den ersten Munhakdongne-Literaturpreis ausgezeichnet. Damit avancierte Eun innerhalb kürzester Zeit zu einer der erfolgreichsten Schriftstellerinnen Koreas. Es folgten fünf Romane (u.a. „Happy People Don't Look at the Watch", 1999; „Minor League", 2001) und Bände mit Erzählungen (u.a. „Talking to a Stranger", 1996; „Inheritance", 2002), für die Eun weitere Literaturpreise erhielt.

Als Kind habe sie Bücher in großen Mengen verschlungen, die Begabung für die Lüge, einer Grundvoraussetzung fiktiven Schreibens, habe sie beim Creative Writing in der Schule entdeckt. Mit dem ihr eigenen Witz setzte sich Eun während der Schul- und Studienzeit kontinuierlich mit dem Schreiben auseinander, ihr öffentliches Debüt erfolgte jedoch erst, als sie bereits die Mitte dreißig überschritten hatte. Bei der Verleihung des renommierten Yi Sang-Literaturpreises, den sie für die Erzählung „Die Schachteln meiner Frau" (1998)[1] erhielt, erklärte Eun den Zeitpunkt ihres Erscheinens als Autorin folgendermaßen: „In den 1980er Jahren hätte ich nichts zu schreiben gehabt. Wie hätte ich meine Stimme erheben können, wo mir doch in meinem Leben nichts Außergewöhnliches geschehen ist und ich weder historisch noch biographisch Leid erfahren musste? Heute kann ich schreiben, denn in den 1990er Jahren gibt es eine stillschweigende Übereinkunft, dass es auch in einem belanglosen Leben wie meinem wert ist, nach einem Sinn zu suchen." Eun spielt hier auf den Paradigmenwechsel im koreanischen Literaturbetrieb zu Beginn der 1990er Jahre an, dem Übergang von den „großen Erzählungen" der 80er zu den „kleinen Geschichten" der 90er Jahre. Diese literarische Entwicklung spiegelt den historischen Wandel, ausgehend von einer repressiven Situation im Land, in der Schreiben unweigerlich zu einer politischen, ideologiekritischen Auseinandersetzung bedeutete, hin zu einem allmählichen Prozess der „Entpolitisierung", innerhalb derer das Verhältnis zwischen individuellem und kollektivem Leben neu verhandelt und definiert wurde.

Eun rückt bewusst Alltagsgeschehen und individuelles Erleben in das Zentrum ihres Schreibens, auch um sich der Schwere und starren Ernsthaftigkeit der koreanischen Literatur zu entziehen. Dabei verringert sich bei Eun jedoch nicht die Bedeutung des Zeitgeschehens, Alltag wird nicht gegen Geschichte ausgespielt. Vielmehr findet eine Verschiebung des Blicks statt, die sich von der Konzeption eines Kollektivsubjekts, wie sie die koreanische Nachkriegsliteratur bis dahin beherrschte, verabschiedet, und sich der Subjektivität der einzelnen Individuen zuwendet. Geschichte wird bei Eun durch Alltag erfasst. So finden sich in „Ein Geschenk des Vogels" die Zeichen der 1960er Jahre: Schlager, Schauspieler, Filme, Zeitschriften, Mode, die Einführung des Personalausweises und umgangssprachliche Besonderheiten, die an die japanische Besatzungszeit erinnern. Während diese Details eine nostalgische Stimmung bei manchen Leserinnen und Lesern auslösen mögen, handelt es sich im Wesentlichen um akribische Alltagsbeschreibungen, anhand derer veranschaulicht werden soll, wie die Zeit von gewöhnlichen, durchschnittlichen Leuten erlebt wurde. Innen- und außenpolitische Ereignisse fließen ganz selbstverständlich in die Darstellung des alltäglichen Geschehens und der persönlichen Perspektiven der Figuren ein, ohne sie unmittelbar in den Vordergrund zu stellen. Yonghuns Aktivitäten an seiner Universität und der Brand in der Seifenfabrik, die Widersprüchlichkeit, mit denen die Landbevölkerung Regimegegnern begegnet, die Präsenz des Militärs und Soks Bemühen um das kulturelle Erbe, aber auch Yongoks Schwangerschaftsabbruch zeigen im Einzelnen wie sich der gesellschaftliche Umbruch vollzieht und welche Konsequenzen sich daraus für die Mehrheit der Bevölkerung ergeben.

Die kindliche Erzählperspektive ist als ästhetisches Mittel nicht neu. In der koreanischen Gegenwartsliteratur wurde schon vor „Ein Geschenk des Vogels" gern auf diese Perspektive zurückgegriffen, etwa in Yun Hunggils „Regenzeit" (1980) oder Oh Jung-Hees „Vögel" (1995). Aber während diese Erzählstrategie in den meisten Fällen dazu dient, mit der begrenzten kindlichen Betrachtungsweise eine verfremdete Darstellung der Erwachsenenwelt zu erreichen, zeichnet sich der Blick der zwölfjährigen Jinhi durch ein irritierendes Zusammenspiel zugleich realistischer Kindlichkeit, einem „erwachsenen", hohen Maß an Reflexion und einer Naivität, die nichts mit dem Alter der Figur zu tun haben scheint. Auf dieses komplexe Verständnis von Kindheit verweist Eun auch, indem sie den Roman nach einem gleichnamigen Gedicht Jacques Préverts benennt[2]. Die schonungslose Art, mit der das Mädchen die Scheinheiligkeit der Erwachsenen und das Nachahmen dieser Erwachsenenwelt durch ihre Schulkameraden seziert, die Direktheit und Derbheit, mit der sich die Protagonistin der Sexualität nähert, heben sich von anderen Erzählungen aus der Kinderperspektive deutlich ab. Dies ist auf die permanente Selbstbeobachtung Jinhis, die Spaltung in ein „sichtbares" und ein „sehendes Ich", zurückzuführen, die sich in der Form der Darstellung wiederfinden lässt und auf einer dritten Ebene, der Reflektion dieser Spaltung und dem Verzweifeln daran, das Schreiben selbst ins Spiel bringt.

Als Gesellschaftsporträt veranschaulicht „Ein Geschenk des Vogels" einem deutschen Publikum, fern jeglicher „Exotik", die historischen Veränderungen Südkoreas in den 1960er Jahren, Ähnlichkeiten und Unterschiede zwischen Kulturen, wie auch deren Verschränkungen, wenn sich z.B. Yongok der schmerzhaften

Augenoperation unterzieht, um einem „westlichen" Schönheitsideal näher zu kommen. „Ein Geschenk des Vogels" ist zugleich eine literarische Auseinandersetzung mit universellen (Über-) Lebensstrategien und Themen, Lügen, Geheimnissen, Erzählen und Schreiben.
„Ein Geschenk des Vogels" bleibt dem Prolog des Romans treu: „Von meinem zwölften Lebensjahr an musste ich mich nicht mehr weiterentwickeln." Erwartungen eines positiven weiblichen Entwicklungsromans werden enttäuscht, stattdessen beleuchtet Eun mit großer Klarheit und Direktheit die Hindernisse, die eine solche Entwicklung unmöglich machen. Eun setzt die Porträts der Figuren und Episoden in Jinhis Leben zu einem Mosaik zusammen, dessen einzelne Elemente nicht von der fortschreitenden Handlung dominiert werden. In der Gleichzeitigkeit von Rückblick, Gegenwart und Zukunft entsteht eine eigene literarische Realität, die zugleich wie das Leben selbst funktioniert.

Inwon Park und Anja Michaelsen

---

[1] enthalten in: Ahn/Kang (Hg.), „Ein ganz einfaches gepunktetes Kleid", Moderne Erzählungen koreanischer Frauen, Pendragon Verlag 2004.

[2] Der Titel des Romans spielt auf ein gleichnamiges Gedicht von Jacques Prévert an.

Cadeau d'oiseau
Un très vieux perroquet vint lui porter ses graines de tournesol et le
soleil entra dans sa prison d'enfant.

Ein Geschenk des Vogels
Ein uralter Papagei brachte ihm seine Sonnenblumenkerne
und die Sonne brach ein in das Gefängnis der Kindheit.